KB252776

1970년대 장편소설의 현장

민족문학사연구소 현대문학분과

국학자료원

머 리 말

　오늘날 '자본'과 '속도'의 논리가 횡행하고 있는 가운데, 이른바 인문학의 위기며 정체성을 거론한 지도 몇 해가 흘렀다. 그러나 이러한 위기 혹은 정체성 문제에 대해 '스스로 자초한 부분은 없는가'라고 묻는 엄정한 목소리는 정작 드물다. 문학연구만 하더라도 각각의 분과와 영역을 세분하고 고립시킨 채 서로에게 거대한 장강(長江)을 만들어 놓은 것은 아닌지, 그리고 편협한 대상과 시기에 스스로를 속박시킴으로써 연구와 비평의 소통을 차단한 것은 아닌지, 또한 폐쇄적 연구의 경향과 자족적 의미부여는 학문의 대중성은 물론 '생산적 대화'를 애초부터 가로막았던 것은 아니였는지 말이다.

　민족문학사연구소의 현대문학 분과가 의욕적으로 『1960년대 문학연구』(깊은샘)를 출간하고, 그 후속 작업으로 『1970년대 문학연구』(소명 출판)를 냈던 것은 단순한 치기를 넘어 모름지기 그와 같은 엄정한 질문을 의식했기 때문이다. 사실 우리의 작업은 연구의 고립성을 탈피하고 소통의 장을 만들어낸 공동연구라는 점에서도 일말의 자부심을 가졌다. 물론 민족문학적 관점으로 20세기 문학사를 일관되게 되비쳐보는 과정에서 애초 우리의 취지와 문제의식이 충분히 반영되었다고 말하기는 어렵다. 여럿이 함께 하는 작업이니만치 시각의 조율과 일정한 체계를 확보하는데 매번 어려움이 따랐다.

　두 번째 결실로 『1970년대 문학연구』(소명출판)를 내면서 우리는 부족한 부분을 좀더 보완하기로 했다. 특히 기왕의 책에서는 다수의 장편을 다루지 못한 점을 들어 별도의 작업을 약속했던 것이다. 그리고는 긴 겨울이 지났다.

자고 나면, 쉬고 나면 한결 가뿐할 것 같았는데 시간이 지나다보니 게으름이 몸에 뱄는지 호흡도 걸음도 자꾸만 낯설어졌다. 그리하여 두 번의 겨울을 보내고야 애초의 약속을 지킬 수 있게 되었다.

돌이켜 보면, 1970년대야말로 근대의 빛과 그림자가 극명하게 교차하는 시기일 뿐만 아니라 문학사적으로도 그 다양함과 역동성이 내재된 '열정의 시대'라고 하지 않을 수 없다. 그러므로 이번 우리의 작업은 단순히 한국문학사에서 명작의 목록을 가려내기 위한 경지정리가 아니라, 그 열정의 시대를 달군 작가와 작품에 대한 일정한 '경의'를 포함한다. 우리의 작업이 진행되는 동안 그 시대가 쏟아냈던 소설들을 통해 그들의 세상과 삶에 대한 열정을 확인하고, 오늘날의 지리멸렬한 문학에 대한 엄중한 비판을 되새겨볼 수도 있었다.

모쪼록 우리의 이번 작업이 1970년대의 저류를 폭 넓게 제시하는 길잡이 역할뿐만 아니라, 연구와 비평이 교류하고 서로의 지평을 넓히는데 조금이나마 보탬이 되길 기대해 본다. 원고가 모아지기는 꽤 오래 전의 일이나 어엿한 책으로 묶이기까지의 과정은 무척 길고 순탄치만은 않았다. 인내를 갖고 마지막까지 원고를 다듬어 준 필자들에게 거듭 감사를 드리며, 필자들보다 더 많은 인내와 수고로 도와준 출판사의 모든 식구들에게 고마움을 전한다.

2002년 봄 저자 일동.

차 례

1970년대 장편소설의 현장

1970년대 장편소설의 현장

김원일의 『노을』론
─ 귀향을 통한 과거사 치유와 새로운 희망 찾기

김효석[*]

1. 머리말

김원일의 장편 『노을』은 1977년에서 1978년에 걸쳐 『현대문학』에 연재된후 1978년 〈문학과 지성사〉에서 단행본으로 출간된다. 『노을』은 1973년 발표되어 문단에 주목을 끌었던 단편, 「어둠의 혼」 이후 작가가 지속적으로 관심을 가져왔던 해방직후와 한국전쟁기의 사회상이 장편형식을 빌어 보다 심도 깊게 형상화되어 있다.

『노을』은 무엇보다 작가를 이른바 '분단문학' 의 대표주자로 지칭하는데 있어 빼놓을 수 없는 중요한 작품이라 할 수 있다. 김원일은 이 소설을 통해 '한' 의 해소 차원에 머물러 있던 과거사에 대한 개인적 토로에서 벗어나 보다 객관적인 시각으로 당시의 사회사를 풀어나갈 수 있는 토대를 마련한다. 무엇보다 이 소설은 해방 직후의 긴장된 사회상을 배경으로 하여 여러 계층을 대표하는 다양한 인물들을 실감 있게 형상화하고 있어 이후 대하 장편 『불의 제전』(1997 완간)으로 나아가게 하는 징검다리 역할을 하고 있다는 점에서 중요한 의미를 지닌다. 이처럼 분단현실에 대한 작가의 관심은 「어둠의 혼」에서 『노을』로 『불의 제전』으로 증폭 확대되고 있는데 하응백은 초기 단편소설에서 시작하여 장편 소설, 대하장편소설로 이어지는 김원일의 이같은 문학적 도정을 '자아탐구(개별성)에서 역사 탐구(민족적 특수성)로, 역사탐구에서 보편성추구' (하응백, 「들끓음의 문학, 혼돈의 문학」, 『김원일 중단편전집』 2권, 문이당, 1997.)의 발전으로 이야기한 바 있다.

---

* 중앙대 강사

그러므로 『노을』을 통해 다시금 확인할 수 있는 것은 김원일 소설의 알맹이라 할 수 있는 분단현실에 대한 작가의 보다 진솔한 이해 노력과 극복의지다. 1966년 대구 매일신문 매일문학상소설 공모에 「1961 · 알제리아」로 당선된 직후 발표된 몇 편의 단편들을 논외로 한다면 작가의 관심은 해방전후와 한국 전쟁기에 꾸준히 집중되어 있었다고 단언할 수 있다. 그렇다면 김원일이 이토록 민족의 분단과 그 비극적 상황에 대해 집요하게 관심을 집중하고 있는 이유는 무엇일까.

그 이유는 해방전후와 한국전쟁으로 이어지는 격동기에 유년을 보냈던 작가에게 있어서 당시의 기억들은 이후의 삶 전체를 지배할 만큼 커다란 의미로 자리매김해 있기 때문이다. 또한 분단된 현실 속에 살고 있는 작가의 화두는 바로 분단으로 인한 아픔과 그 극복에 있다는 단호한 작가의식에 근거하고 있다. 한국전쟁기에 월북한 아버지에 대한 상실감을 간직한 채 3남 1녀의 장남으로 어렵게 생활해야 했던 김원일에게 있어서 현실은 '분단' 의 어두운 그림자에서 한치도 벗어날 수 없는 것이었다. 이런 이유로 기존의 많은 평자들은 김원일의 가족사에 주목하고 그의 소설을 아버지의 부재와 홀로 남아 억척스러울 수밖에 없었던 어머니로부터 영향, 장자(長子)의식 등으로 풀어낸 바 있다. 그리고 이같은 작업들은 그의 소설이 자전적인 요소가 강하고 그 속에 끊임없이 가족사가 변주되고 있다는 점에서 어느 정도 타당성을 확보하고 있는 것이 사실이다.

무엇보다 『노을』의 특징은 민감할 수밖에 없는 해방기를 역사와 사회에 대한 거시적 시각으로 풀어내고 있다기보다는 그로 인해 고통받았던 개인들과 가족사에 촛점을 맞추고 있다는 점이다. 특히 아이와 성인의 시점을 교차해 사용하면서 당시의 시대상을 보다 개연성있게 파헤치려 하고 있다는 사실에서 분단현실에 대한 작가의 지난한 탐색은 진정성을 확보하고 있다. 하지만 이같은 긍정적 측면에도 불구하고 이 소설에 등장하는 당시의 인물들이 역사성과 객관성을 담보로 하고 있지 못하다는 점에서 일정한 한계를 보이고 있다. 이처럼 『노을』의 소년화자는 이 소설의 장점과 한계를 동시에 보여주고 있는데 그 구체적 분석을 통해 '분단소설' 로서 『노을』이 가진 문학사적 의미를 살펴보도록 하자.

2. 시점의 교차를 통한 과거사 드러내기

전 7장인 『노을』은 치밀한 구성이 돋보인다. 제 1장을 포함한 홀수장은
중년이 된 갑수의 시점으로 쓰여지고 있고 제 2장을 비롯한 짝수장은 열네
살의 갑수가 화자로 등장하고 있다. 이야기는 현재 (1977), 우민출판사에서
출판일을 하는 갑수가 삼촌의 임종을 계기로 귀향하게 되면서 1948년 여름
의 사건들을 회상하는 형식으로 전개된다.

넉넉하지는 않지만 서울서 자리를 잡은 갑수는 고향인 경남 진영읍과 그
곳에서의 유년시절을 의식적으로 잊고자 애쓰며 살아간다. 하지만 고향에
서 어물전을 경영하던 삼촌의 임종소식은 그로 하여금 귀향하지 않을 수 없
게 만드는데 그는 장남인 현구를 데리고 29년만에 고향을 다시 찾게 된다.

고향 진영의 상가집에는 이미 동생인 갑득이를 비롯한 고향사람들로 붐
비고 있었다. 그리고 그들은 오랜만에 고향을 찾아온 갑수 부자를 반갑게
맞이해 준다. 그 곳에서 갑수는 아버지 김삼조와 백정 일을 함께 했던 추노
인 등 고향사람들과의 만남을 통해 자신이 떠나온 후 끊겼던 고향의 소식들
을 접한다. 그리고 삼촌의 장례를 돕고 있는 마을청년 치모를 소개받는데
그는 아버지의 옛동지였던 이중달의 아들로 대학에서 운동권으로 활동하다
제적을 당한 후 고향에 돌아온 청년운동가다. 유복자인 치모는 갑수를 통해
아버지인 이중달의 존재에 대한 궁금증을 해소려고 한다. 치모는 당시의 기
억을 다시금 끄집어내기 꺼려하는 갑수에게 집요한 질문공세를 펴는데 갑수
도 치모의 진지하고 건강한 모습에 점차 마음을 열고 당시를 회상하게 된다.

그리고 이 소설의 또다른 테마라 할 수 있는 갑수의 회상은 제 2장을 비
롯한 짝수 장으로 전개된다. 그것은 1948년 여름. 고향 진영을 배경으로 좌
익에 몸담았던 아버지와 우익 사이에 벌어졌던 피비린내 나는 싸움과 그로
인해 겪어야만 했던 갑수 가족의 해체와 고통에 관한 것이다. 당시 열 네살
이었던 갑수의 눈에 비친 아버지 김삼조는 동네에서 개삼조로 통할만큼 온
갖 멸시를 받는 인물로 그려진다. 김삼조에 대한 마을 사람들의 멸시는 그
의 좋지 못한 행실에서 오는 것이었지만 그가 소를 잡는 백정이었다는 계층
적 편견도 작용했던 것이 사실이었다. 백정에 대한 마을 사람들의 뿌리깊은

차별은 아버지 김삼조를 더욱 반사회적이고 비관적인 인물로 몰아가는 동인이 된다.

그리고 어려운 살림을 근근히 꾸려나가던 갑수의 어머니는 아버지 김삼조의 폭력을 견디지 못하고 천옥이 누나만을 데리고 가출하게 된다. 이로인해 갑수는 동생인 갑득이와 함께 이웃집 또출이 할머니의 손에 자라게 된다. 이같은 이유에서 갑수와 갑득이의 아버지에 대한 증오는 어머니에 대한 연민과 그리움으로 더욱 커져만 간다.

한편 아버지는 한때 형무소에서 같이 지낸바 있는 배도수와 갑수의 학교 선생님이었던 장태문 선생 등의 영향을 받아 좌익사상에 빠져들게 된다. 계층적 멸시에 시달려온 김삼조에게 사회주의 사상의 '평등'이란 말은 인간다운 삶을 위한 유일한 탈출구로 다가왔기 때문이다. 그는 고추대장이라 불리던 이중달 등과 좌익의 행동대원 역할을 하면서 좌익의 중심에 서게 되는데 이후 그들은 자신들을 검거하려는 우익 측의 행보를 눈치채고 한발 앞서 폭동을 일으켜 세력을 잡는다. 이후 좌익세력을 등에 업은 아버지 김삼조는 그동안 핍박받았던 삶을 보상받기라도 해야겠다는 듯 우익인사들에 대한 무자비한 테러를 감행한다. 하지만 그것도 잠시, 결국 우익측의 전경대에 쫓기게 된 아버지는 배도수, 장태문, 이중달 등과 봉화산에 숨어들어 빨치산이 되고 그 와중에 갑수는 우익의 첩자로 오해받아 아버지로부터 죽음에 이를 만큼 폭행을 당하고 사경을 헤매게 된다.

그러던 중 식량을 구하러 마을에 몰래 잠입한 아버지를 따라 봉화산에 들어가게 된 갑수는 그 곳에서 빨치산 생활을 경험하게 된다. 그리고 빨치산 생활이 점차 불가능해지자 월북하는 아버지를 따라가지 못하게 된 갑수는 홀로 마을로 내려온다. 그리고 그 길로 갑수는 배도수의 소개장을 들고 부산으로 내려가고 그 곳에서 어머니와 누이, 동생인 갑득이와 해후하게 된다. 그후 전경대에 붙잡힌 빨치산을 통해서 아버지가 월북하지 못하고 자살했다는 소식을 전해 듣는다.

작가는 열 네살의 소년 화자 갑수를 내세워 과거사를 더듬으면서 분단의 원인을 객관적인 시선으로 조망하고 있다. 한편 현재의 갑수를 통해 지금까지 계속 진행되고 있는 분단현실에 의한 고통을 확인함과 동시에 미래를 향해 나아가고자 하는 자기극복의 과정을 보여준다. 이처럼 소년 화자를 통해 분단 현실을 바라보는 소설들은 70년대 하나의 유행처럼 패턴을 형성하기도 하는데 1973년 김원일의 「어둠의 혼」을 비롯하여 같은 해 발표된 윤흥길의 단편 「장마」, 한승원의 「폐촌」(1976), 김성동의 「엄마와 개구리」(1979) 등이 그것이다. 이들 소년화자들의 등장은 실제 한국전쟁기에 유년기를 보냈거나 전쟁으로 인해 가족의 해체를 겪었던 3, 40대 작가들의 생체험에서 비롯된 것으로 전후의 편협하고 주관화된 시각을 극복하고 보다 안정되고 객관적인 시선을 확보하기 시작했다는 점에서 중요한 의미를 지닌다. 무엇보다 장편 소설이 세계의 총체성 탐구를 지향한다는 형식적 특성을 감안하면 전쟁 경험의 장편소설화는 일정한 시간이 요구되었던 것이 사실이다. 70년대 『노을』의 등장은 이같은 문학사적 요구에 충실히 답한 결과라 할 수 있으며 소년 화자를 통해 분단의 원인과 그로 인한 아픔을 가능한 한 이념에 함몰되지 않고 형상화하려는 노력의 결과물이라 할 수 있다.

3. 소년화자의 한계에서 오는 역사적 인물형상화의 실패

『노을』이 분단의 원인과 그 극복과정을 사회적이고 역사적인 맥락에서 접근했다기보다는 개인사적인 측면에서 접근한 것임은 이미 언급한 바 있다. 그럼에도 『노을』이 보여주고 있는 당시 인물들에 대한 형상화는 현실을 객관적이고 총체적으로 그려내지 못하고 있다는 점에서 아쉬움을 준다.

48년 당시 좌익 폭동의 주동인물 중 한 사람이었던 아버지는 개삼조라 불릴 만큼 망나니로 묘사되어 있다. 그는 사회주의이론에 대해 전혀 무지했음에도 불구하고, 다만 백정이라는 사회적 신분으로 인해 받아왔던 핍박과 설움에 대한 복수심으로 이성이 마비된 인물로 그려진다. 그의 좌익활동이란 소잡는 칼을 휘두르며 백정인 자신을 비웃었던 마을사람들에 대한 무차별적인 복수에 그칠 뿐이다. 그의 좌익 참여는 국가나 민족의 비젼이 거세된 단순히 개인적 차원의 행동으로 전락해 있을 뿐이다. 그는 다만 "부자와 가난뱅이 차벨이 없어지는 시상이 되고, 양반 상늠을 차벨 않고, 똑같이 일하고 똑같이 나나 묵는다 카능기 공산주이"(『노을』, 299쪽.)라는 정도의 주관적이고 피상적인 이해만을 갖고 있을 뿐이다. 이는 해방 전 그가 노름판의 시비 끝에 비누장수 실강이의 손목을 자르는 범죄를 저지르고도 해방의 여파로 인해 독립투사들과 함께 당당히 풀려나왔던 사실과 등가를 이루고 있다. 실강이가 일경의 앞잡이였다는 우연한 사실이 해방과 함께 김삼조를 떳떳이 고향으로 돌아오게끔 만들었던 것이다. 김삼조에게 있어 사회주의 사상은 독립운동을 '판돈 훑어가는 핑계로 쓸개빠진 그런 늠 작살내 뿌리는' 것으로 치부해 버리는 것과 같이 지극히 개인적 측면에서 수용된 것이었다. 그러므로 마을에서 벌어진 좌익 폭동은 그의 사적인 울분을 마음껏 분출할 수 있었던 해방구였던 셈이다.

> 「산중늠은 도끼질, 야지늠은 괭이질, 그라모 나는 난도질이다아!」아버지는 두 팔을 버리고 넋오른 무당처럼 계속 소리 높여 외쳐 댔다. 「도수(刀手) 개삼조가 이래 인민의 영웅이 될 줄 몰랐지러. 천지신명도 몰랐을 끼이라! 인자 앞질이 신작로같이 탁 트인 내 앞에서 어느늠도 대가리 쳐들고 몬 지내갈끼다아!」(『노을』, 문학과 지성사, 1978, 301쪽.)

당시의 사료(史料)를 통해서도 알 수 있듯이 좌우익의 대립은 사상적인 농후와 상관없이 서로 감정적이고 비이성적인 성격을 띠고 있었던 것이 사실이지만 이를 모두 폭력에 물든 광적인 행동으로 묘사하는 것은 문제적이라 아니 할 수 없다. 그리고 이같은 김삼조의 좌익사상에 대한 무분별한 신봉은 아들인 갑수를 우익의 첩자로 오인하여 폭행을 가하는 극한적 행동으로 치닫는다.

반면 당시 좌익의 지도자라 할 수 있는 배도수와 장태문 그리고 이중달에 대한 인물의 형상화는 표면적인 것으로 그치고 있다. 당시 일본 유학생으로 사회주의 운동의 이론적 지도자 역할을 했던 배도수나 학교 교사였던 장태문에 대한 인물묘사는 아버지에 비해 상대적으로 빈약하다. 이처럼 『노을』은 48년 당시의 상황묘사에 있어 갑수의 시각을 철저히 벗어나지 못하고 있는데 이는 소년화자의 한계를 단적으로 보여주고 있다. 당시 좌익과 우익의 대립을 단순히 복수의 차원으로 그려냄으로써 당시의 정황을 객관적으로 형상화하는데 실패하고 있는 것이다.

또한 장태문 선생과 함께 월북을 결심하게 되는 주신례 선생에 대한 묘사는 작가의 편향적 시각을 다른 각도에서 확인할 수 있는 부분이다. 갑수는 장태문 선생을 따라 월북한 주신례 선생을 못 잊어하면서 왜 자신의 부모님은 장태문 선생이나 주신례 선생처럼 사랑할 수 없는가 하는 부러움으로까지 이어진다. 작가는 주신례 선생의 월북 동기가 사회주의로의 자의적 선택이 아닌 장태문 선생과의 사랑에 의한 것이었다는 사실을 애써 강조한다. 이는 이데올로기가 사랑이나 가족애를 결코 우선할 수 없다는 작가의 철저한 가치 판단에서 비롯된 결과로 보인다. 그렇지만 주신례 선생의 미덕으로 여성의 전통적 순종의식과 수동성이 강조되고 있어 여성에 대한 편견이 작용하고 있다. 주신례 선생과 함께 긍정적인 여성상으로 그려져 있는 배도수의 아내 또한 이같은 전통적 가치관의 범주에서 벗어나 있지 못하다. 소설의 말미에 잠깐 등장하는 배도수의 아내는 이념을 쫓아 고향을 등진 채 타지를 떠돌았던 남편을 대신해 고향에 남아 두 아들을 키우며 가정을 지켰던 인물로 묘사된다. 그리고 그녀는 허망한 이념에 인생을 소비한 남편을 따뜻하게 보듬는 고향과도 같은 이상적 인물로 그려져 있다. 작가는 이같은 여성 묘사를 통해 이데올로기의 상처를 치유할 수 있는 것은 가족 중심의 전통적 가치관이라는 사실을 강조하려 한다. 하지만 가정을 버리고 이데올로기를 선택한 아버지를 평생 증오하며 살아가는 갑수의 어머니나 나중에 미군위안부로 전락하는 천옥이 누나, 월북한 아들 장태문 선생을 잊지 못하는 물금댁 등은 모두 남성위주의 가치관을 그대로 수용한다. 이들은 모두 이념에 충실했던 남성들이 남긴 상처들을 안고 살아갈 뿐 역사나 사회에 대한 비판의식이나 참여 의지가 빈약한 인물들이다.

또한 작가는 당시 가장 현명한 처세를 한 인물로 아버지와 함께 일하던 추서방을 제시한다. 그는 백정이었지만 글을 스스로 깨친 지식인으로 좌익 참여를 강요받자 자신의 손가락을 스스로 절단해 좌우익의 소용돌이에 휘말리지 않으려 한다. 그는 삼조가 좌익에 의해 이용당하고 있을 뿐이며 결국 이데올로기 대립의 희생물이 되리라는 사실을 깨닫는다. 추서방의 눈에는 서로 피 흘리며 대립하는 좌·우익의 행태가 반인륜적이며 반민족적인 것으로 비춰질 뿐이다. 그리고 작가의 이같은 이데올로기 혐오는 좌익 세력의 우두머리였던 배도수의 전향과정을 긍정적으로 형상화하는 것으로 나아간다. 하지만 이데올로기를 버리고 낙향한 배도수에 대한 긍정적인 평가는 전향과 낙향으로 이어지는 일련의 과정들이 생략된 채 피상적으로 이루어져 있어 개연성을 떨어뜨리고 있다.

이렇듯 작가는 과거의 추서방이나 현재의 배도수의 모습을 통해 당시의 이데올로기 대립이 전적으로 허망한 것이었다는 사실을 강조하면서 이데올로기의 허망함을 깨달을 때만이 진정한 자유와 평화를 얻을 수 있다는 평범한 결론에 도달하고 있다.

4. 상처의 치유와 새 세대의 부각

이 소설의 이중구조는 과거의 상흔이 현재에도 끊임없이 지속되고 있다는 작가의 현실인식을 드러내고 있다는 점에서도 주목된다. 이념의 대립으로 인한 분단 상황과 지속적인 고통은 삶의 곳곳에서 갑수를 괴롭힌다. 출판사에서 일하던 갑수는 일본에 있다던 배도수의 갑작스런 방문을 받는데 그는 재일교포 진필제의 책을 출판하는데 힘써 달라는 말과 함께 원고를 맡기고 간다. 하지만 별로 중요하게 생각하지 않았던 이 일로 인해 갑수는 국가기관에 의해 조사를 받고 그 곳에서 진필제가 간첩이라는 사실을 알게된다. 위기를 몰린 갑수는 진필제를 만난 경위를 소상히 진술한 이후에야 겨우 풀려나게 된다. 그리고 이 사건을 통해 갑수는 월북한 아버지를 둔 자신의 삶이 결코 분단된 현실에서 자유로울 수 없다는 사실에 충격을 받는다.

나는 더 이상 그 문제를 두고 생각지 않기로 했다. 이데올로기라는 것이 무엇인가. 아버지의 시대와는 달리 그런 쪽과는 담을 쌓고 살려는 나에게까지 남북의 극단적인 대치상황이 그렇게 가깝게 영향력을 미칠 줄이야 미처 몰랐던 것이다. 서로 책상 하나를 가운데 두고 설왕설래를 하는 정전 회담의 장면을 텔레비젼이나 신문에서 더러 볼 때는 남의 일같이만 여겨졌던

분단의 아픔이, 현실로서 나의 와해된 의식을 새로이 휘저을 줄 나 역시 미
처 예측조차 못한 일이었다. (『노을』, 문학과 지성사, 1978, 132쪽.)

갑수의 아내 또한 분단현실에서 이데올로기에 대한 컴플렉스를 안고 살
아가는 인물이다. 그녀 역시 갑수와 마찬가지로 과거 이데올로기의 첨예한
대립에 희생된 아버지를 갖고 있기 때문이다. 백정이면서 월북한 아버지를
둔 갑수와는 반대로 황해도에서 태어난 아내는 지주라는 신분에 불안감을
느껴 월남을 시도하려던 아버지가 있었다. 그런데 그녀는 토지개혁에 반발
해 월남의 기회를 엿보던 아버지가 평소 금을 모으는 것을 보고 이를 아무
렇지 않게 친구들에게 자랑을 했던 것이다. 그리고 이로 인해 아내의 아버
지는 당국에 끌려가 모진 고문을 당하고 결국엔 죽음을 맞이한다. 이는 당
시의 이데올로기 대립이 개개인의 삶에 얼마나 폭력적이고 또 어처구니없
이 피해를 줄 수 있는가를 보여준다. 이처럼 이데올로기의 대립으로 빚어진
폭력과 분단의 아픔은 삶의 곳곳에 만연해 있으며 여전히 현재에도 유효하
다는 사실을 작가는 강조하고 있다.

　하지만 갑수는 격동의 해방기를 온 몸으로 헤쳐왔던 추노인과 배도수, 물
금댁 등과 차례로 조우하면서 점차 자신의 아픈 상처를 치유하는 과정을 거
친다. 무엇보다 48년 좌익의 지도자로 활동하다 전향하여 고향을 지키고
있는 배도수와의 조용한 화해를 통해 지난 시절의 앙금을 털고 새로운 시작
을 다짐하게 된다.

　무엇보다 아버지인 이중달의 행적을 추적하는 청년 치모와는 만남은 그
로 하여금 미래세대에 대한 희망을 불러일으키게 하는 계기가 된다. 그리고
전세대의 삶에 대한 객관적이고 비판적 시선을 확보하고자 꾸준히 노력하
는 치모의 모습에서 우리는 어렵지 않게 작가 김원일을 발견할 수 있다. 월
북한 아버지에 대한 진정한 이해를 위해 시작했던 작가의 해방기 탐색은 자
연스럽게 당시의 삶과 역사에 대한 지적 호기심으로 연결되었고 그것은 문
학을 통해 결실을 맺게 되었던 것이다. 결국 갑수는 그동안 기피의 대상이
었던 고향과의 화해를 이루고 현구와 함께 다시 귀갓길에 오른다. 여기서
갑수가 아들 현구와 여정의 시작과 끝을 같이 한다는 사실은 과거의 아픔이

아버지에게서 자신으로 또 아들인 현구에게 면면히 이어지고 있으며 그 치유과정 또한 세대간의 이해와 극복의지에서 출발해야 한다는 것을 말하고 있다. 작가가 세 새대의 전형으로 제시하고 있는 치모의 다음 발언은 이 소설의 주제의식이 단적으로 드러나 있는 부분이다.

> 글쎄예. 남들이 어떻게 보든, 지는 그 당시 동족 상잔의 부산물 내지 찌꺼래기가 아니겠습니껴. 그러다 보니 제게도 알량한 국가관이란 게 있다면, 그 비극을 증오하기보다 사랑하는 마음부터 가지는 게 제가 취할 태도라 여겨지니깐예. 우리 세대는 이데올로기의 차원을 넘어서서 우선 서로가 서로를 증오하지 않는 마음부터 배워야 되겠지예. 이것은 흑이고 저것은 백이다. 이렇게 둘로만 딱 갈라놓는 단세포적인 단견만큼은 지양되야 할 줄 압니더. 이 점 적십자 정신이래도 좋고 다른 이름으로 불려져도 상관이 없을 겁니다. 만약 선생님이나 지까지도 원수지간의 옛 악몽을 되씹으며 앙숙으로 이빨만 간다면 서로의 이질감은 분명 우리 당대를 넘어서게 되고, 통일은 그만큼 더 멀어질 겁니더. (『노을』, 문학과 지성사, 1978, 253쪽.)

5. 글을 마치며

『노을』은 해방기의 좌우대립과 한국전쟁의 폭력성으로 인해 야기된 상처를 안고 살아가는 한 인물의 자기극복 과정을 보여주면서 과거사에 대한 반성을 통한 새로운 미래에 대한 희망적 메시지를 전하고 있다. 무엇보다 작가는 30년 가까운 세월을 넘나드는 이야기를 어른과 아이의 두 시선으로 포착하는 구성의 치밀함과 참신성을 보여준다. 그리고 이를 통해 과거의 아픈 상처를 숨기고 피할 것만이 아니라 적극적으로 맞서 새로운 세대의 밑거름이 될 수 있도록 하자는 뚜렷한 주제의식을 보여준다.

하지만 48년의 혼란상을 포착하는 소년화자의 시선에는 심각한 한계가 엿보인다. 당시 역사를 준동하는 주동 인물들에 대한 형상화에 있어 역사성과 객관성을 확보하고 있는 전형적 인물형을 그려낼 수 없었기 때문이다. 이는 반공을 국시로 하던 70년대의 시대상황을 간과할 수 없는 것이긴 하

지만 은연중 좌익사상에 대한 막연한 혐오를 가지고 있는 갑수의 시각으로
는 당시의 좌우대립을 그리는 과정에서 어쩔 수 없는 편향성을 드러낼 수밖
에 없었다.

　이같은 맥락에서 작가는 소년화자를 통해 화자와 비교적 거리가 가까운
아버지나 어머니, 추서방 등의 인물묘사에는 성공하고 있지만 정작 좌우익
의 주도 세력에 대한 형상화에는 실패하고 만다. 그리고 이같은 인물묘사의
실패는 당시의 좌우이데올로기의 대립이 단순히 폭력으로 점철된 허망한
것에 불과했었다는 작가의 단호한 역사인식에서 비롯된다. 하지만 당시 좌
우익의 대립에 대한 객관적이고 총체적인 형상화를 담보하지 못한 채 사랑
과 화해만을 강조하는 것으로 소설을 결말지어 버리는 것은 지나치게 낙관
적인 전망이랄 수 있다. 그리고 이와같은 낙관적이고 단순한 결말은 가족을
버린 아버지가 선택했던 이데올로기의 허구성에 대한 작가의 개인적 혐오
감에서 비롯되었을 것으로 추측할 수 있다. 그리고 이러한 혐오감이 짙어질
수록 가족과 인간에 대한 사랑의 강조는 배가된다. 이데올로기에 빠진 김삼
조가 가족의 의사와는 상관없이 붉은 소피를 강요하고 폭행까지 가하는 광
기 어린 장면과 이데올로기를 버린 배도수의 평화스러운 전원생활의 교차
는 작가의 이같은 현실인식을 단적으로 보여주는 대립적 상황설정이다.

　하지만 이같은 약점에도 불구하고 『노을』은 가족사를 중심으로 시대의
아픔과 그 치유과정을 상세히 그리고 있다는 점에서 분단문학의 또다른 가
능성을 제시하고 있다. 이데올로기를 쫓아 자신의 길을 걸었던 아버지가 중
요하듯 그로 인해 상처받은 남겨진 식구들이 존재한다는 사실을 부인할 수
없기 때문이다. 무엇보다 이데올로기 때문에 자신을 죽음 직전까지 몰고 간
아버지를 미워하면서도 끝내 혈육의 정을 포기하지 않는 소년 갑수의 모습
에는 사랑과 증오의 이중적 감정으로 점철된 남과 북의 현실상황이 고스란
히 투영되어 있다. 서로가 서로를 인정하고 사랑하는 것에서부터 출발해야
한다는 사실. 『노을』은 민족이 진정한 화해로 나아가기 위한 기본적인 과제
를 다시금 확인케 하고 있다.

■ 참고문헌

김병익, 「『핏빛』에서 『가을볕』으로 – 김원일의 문학적 진전」, 학원한국문학전집, 학원출판공사, 1997.
류보선, 「자신만의 진리를 위한 서사적 모험」, 김원일중단편전집 4권, 문이당, 1997.
강진호, 「분단현실의 자기화와 주체적 극복의지 – 1970년대 분단소설에 대해서」, 『1970년대 문학연구』, 소명출판사, 2000.

김춘복의 『쌈짓골』론
─ 자력갱생을 위한 과정의 서사

신종곤[*]

1. 들어가며

　김춘복의 장편 『쌈짓골』은 1970년대 농촌 현실을 다루고 있는 농민 소설이다. 농민 소설은 농민의 생활 즉, 역사 · 사회적 조건에 기반한 농촌 현실을 문학적으로 구현한 소설이라고 할 수 있다. 따라서 농민 소설은 농민 또는 농촌을 소재적 차원에 국한하여 다루는 소설과는 구별된다. 농촌을 총체적 사회 현실과 괴리시켜 고립된 공간으로 파악한다거나 자연 예찬의 경향을 노골화하는 전원 소설이나 목가 소설과는 현실 인식의 층위를 달리한다는 것이다. 『쌈짓골』을 농민 소설이라고 규정할 수 있는 까닭은 질박한 영남 농민의 언어로 구현되어 있는 이 작품이 한 인물의 삶을 통하여 당대의 농촌 현실을 형상화하고 있으며, 또한 그 인물의 삶의 서사가 척박한 현실의 극복을 위한 자력 갱생의 치열한 모색을 보여주고 있기 때문이다. 『쌈짓골』은 지식인 주인공의 선취된 이념태에 의한 서사나 황폐한 농촌의 현실을 보여주는 데에 머물러 있는 것이 아니라, 한 농민의 삶의 과정을 통하여 황폐한 현실을 자력으로 극복하고자 하는 몸의 서사를 보여준다.

　본고에서는 『쌈짓골』에 재현된 공간과 인물의 성격 분석을 통해 70년대 한국 농촌 사회의 문제와 그 문제에 대응하는 농민들의 양상을 살펴 보고자 한다. 한국 농촌의 끊임없는 해결 과제이자 여전히 풀리지 않은 숙제인 자력 갱생이라는 현실 문제를 형상화하고 있는 『쌈짓골』을 통해 작품에 나타나는 현실 인식의 태도와 그 의미를 분석해 봄으로써 70년대 농민 문학의

---

[*] 고려대 강사

한 측면을 살펴보고자 하는 것이다. 분석의 텍스트는 1977년 창작과비평사의 것임을 밝혀둔다.

2. 질곡의 전형적 공간 : '암마'

『쌈짓골』의 공간적 배경이 되는 '쌈짓골' 중의 '암마'는 소작농이 절대다수를 차지하고 있는 공간이다. 소작은 지주에게 땅을 빌어 생산을 하고 그 대가로 경작된 생산물의 일정한 정도를 지불하는 계약에 의해 이루어지는 생산 방식이다. 이러한 방식은 단순히 생산의 결과물만을 지불하는 데에 그치는 것이 아니라 경작 이외의 노동력까지 지주에게 편입되는 결과를 야기한다. 소작인이 지속적으로 경작할 땅을 유지하기 위해서는 지주나 마름의 영향력을 벗어날 수 없기 때문이다. 따라서 소작이라는 생산 방식이 구축하는 생산 관계는 반(半)봉건적인 생산 양식이라고 할 수 있다.

> 장남들이나 어쩌지 못해 부모를 모시고 눌러 붙어 살지, 지차만 되면 입살이만이라도 되는 일자리를 찾아 이 쌈짓골을 떠나야 한다. (중략) 그때마다 내놓는 전답은 갈데없이 영달의 수중으로 들어가게 마련이었다. 하기야, 좀 더 정확하게 말하면 달중(영달의 고모부:인용자)이 앞으로 들어갔다고 해야 옳다. 영달의 방대한 농토의 삼분의 이는 달중이의 것이니까 말이다. (21-22쪽)

소작의 문제는 신경향파 문학에서부터 70년대 농민소설에 이르기까지 농촌 현실의 축도로서 제기되어 온 문제이다. 농민들이 이중 삼중의 질곡을 담보할 수밖에 없는 생산 방식인 소작은 농민 소설에 등장하는 전형적인 모티프 중 하나이다. 일제 시대부터 본격적으로 진행되어온 소작이라는 농업 생산 방식은 농민들의 자력 갱생을 짓누르는 뿌리깊은 질곡으로 쌈짓골의 공간인 '암마' 역시 이로부터 예외가 아니다. 일제 시대에 고등계 형사였던 달중이라는 지주와 그의 처조카인 '영달'과 같은 현대판 마름의 횡포는 소작의 문제가 역사적으로 되풀이되는 질곡임을 드러내는 것으로 농민들로

하여금 자립의 의지를 질식시키는 소여이다.

이러한 뿌리 깊은 소작의 문제와 더불어 당대의 농업 정책은 농촌을 회생시킬 수 없는 도탄의 지경으로 몰게 된다. 공업화 위주의 산업 발전을 근간으로 하는 70년대의 국가 정책은 농민들로 하여금 일방적인 희생을 강요한다. 저곡가 정책으로 대변되는 농민 정책은 농민들로 하여금 농촌을 떠나 저임금의 노동자로 전락하게 하는 구조적 질곡을 야기하게 된다. 땅을 잃은 농민들, 즉 영달의 횡포를 못이겨 도시의 하급 노동자로 전락한 영기, 술집여자가 된 영자, 공장노동자로 전락한 창식 등 농촌 젊은이들의 행보는 '암마'라는 공간이 당대의 대부분의 농촌의 현실을 반영해 주는 공간임을 보여준다.

또한 이러한 쌈짓골은 〈근대화〉의 혜택에서 소외된 공간이다. 근대 물질 문명의 산물인 전기와 도로의 확산은 인간의 삶에 있어 시간을 확대시키고, 공간을 확장시켜 준다. 즉, 불의 발견과 비견되는 전기는 노동의 시간을 확대시켜 주며, 도로는 시간과 결부되어 공간을 장악할 수 있는 수단을 제공한다. 따라서 전기와 도로는 근대 산업 사회의 생산력을 추동하는 동력원이자 젖줄인 셈이다. 그런데, '암마'는 전기와 도로로 상징되는 근대 문명의 혜택으로부터 소외되어 있다. 남해안 고속도로의 개통으로 인한 '××선' 도로 건설의 중단은 '암마'가 근대화라는 당대의 시류와는 거리가 있었던 공간임을 말해 줌과 동시에 '암마'의 외부에서 진행되는 근대화는 쌈짓골 사람들의 삶과는 무관한 방향에서 진행되고 있음을 말해준다. 말 그대로 '산 너머 멀리에서 바다를 메우고 산허리를 끊으며 걸쭉한 공기를 토해 내고 있다는 〈근대화〉란 이름의 물결'(36쪽)은 쌈짓골 사람들에겐 그 실체를 짐작할 수조차 없는 주변부의 상황이었을 뿐이다.

따라서, '암마'는 70년대의 사회 구조적 문제와 뿌리 깊은 소작의 문제가 더불어 주조(鑄造)해 낸 전형적인 농촌 공간인 셈이다.

3. 변화의 의미와 지향성

황폐한 농촌의 전형적인 모습을 보여주고 있는 '암마'는 변화의 시점에서게 된다. 즉, 생산력 증대의 문제와 관련된 근대화의 문제와 직면하게 된다는 것이다. 이러한 변화에 대한 인식은 '새마을운동'이라는 외부적인 요구와 지주 계급의 이윤 추구 그리고 자생적인 농민의 의식에서 비롯되며, 이는 모두 '생산력 증대'라는 필요성으로 수렴된다.

> (1) 각 부락마다 다투어 열을 올리던 새마을 사업은 이제 그 막바지에 다다른 것이다./오랫동안의 겨울잠에서 겨우 지난 늦봄에야 깨어난 암마마을도 불과 두 달 만에 놀랄 만큼 달라졌다. 우선 대부분의 집들이 융자나 사채를 내어 슬레트 지붕으로 탈바꿈을 했는가 하면, 마을길도 배 이상으로 넓혀졌다.(243쪽)
> (2) 용솟골이 관광지 개발 대상에 들어 있다고 한 사실입니다. (중략) 내년 안으로 도로가 열린다니, 늦어도 내년부터는 많은 관광객이 몰릴 것입니다.(165쪽)
> (3) 영달의 그늘에서 하루빨리 벗어나야 한다. 영달의 그늘에서 벗어나자면, 새로운 시도가 있어야 한다.(90쪽)

(1)의 인용문은 '새마을운동'이라는 외적 변화의 흐름에 의해 변화되어가는 암마의 모습이다. '새마을운동'이라는 외형적 〈근대화〉의 흐름은 '쌈짓골'에 새로운 변화를 초래하게 된다. 정부로부터 무상으로 제공된 시멘트 백 부대와 더불어 시작된 새마을운동은 〈초가집도 없애고 마을 길도 넓히〉자는 새마을 노래가 높은 주파로 '쌈짓골' 구석구석에 울려퍼짐과 동시에 농촌의 현실을 외면한 채 강요되는 새로운 질곡으로 작용하게 된다. 마치 역사의 합목적적인 정향(定向)처럼 전국가를 뒤덮고 있던 근대화의 요구와는 상관없는 후미진 공간이었던 '암마' 역시 〈소득 증대〉라는 생산력 증대의 요구에서 예외일 수 없는 것이다.

1970년부터 시행된 새마을운동은 외형적 생활 환경 개혁 운동으로 후락한 농촌을 경제적으로 근대화하겠다는 취지에서 비롯된 것이었다. 그런데 그 속내는 유신체제와 연관된 정치적 의도가 짙게 깔려 있었다. 정치적으로 국민적 저항을 실감한 유신 정권이 체제를 유지하기 위한 정치적 돌파구이자 농민과 서민 대중의 지지 기반을 유도하고자 하는 관권 주도의 개발 운동으로 시작한 새마을 운동은 몇 부대의 시멘트를 농민들에게 무상 배급하는 것을 시작으로 농촌에 대한 외형적 근대화의 압박을 가한다. 특히, 마을 길을 넓히고 농로를 정비·확장하는 것은 농촌의 생산력 증대를 위한 기반을 조성하기 위함이다. 하지만, 이러한 생산력의 증대는 농민의 삶의 질의 향상과는 무관하다. 오히려 농민들이 융자나 사채를 내어 스스로의 삶의 질곡을 가중시키는 외형적이고 왜곡된 변화일 따름이다.

(2)는 '암마'의 실제 지주인 달중이 '암마'의 근대화의 필요성을 역설하는 대목이다. 달중과 영달은 '새마을운동'과 관련된 국가적 근대화는 자신들에게 또 다른 이윤 추구의 기회를 제공한다는 것을 빠른 잇셈으로 간파하고 있음을 보여 준다. 그리하여 이들은 구체적으로 마을의 길을 넓히는 것을 기회로 '암마'를 농촌이 아닌 관광지로의 전환을 꾀한다. 이러한 달중의 의도는 결국 이윤을 확대하려는 지주 계급의 자본가적 태도를 극명하게 보여주는 것이다.

이러한 외압적 근대화는 달중·영달과 같은 지주나 마름의 이윤을 확대시키는 일일 뿐 아니라 이들이 국가 권력과 그에 기생해서 소작 농민들의 삶의 뿌리까지 장악할 수 있는 기회로 작용한다. 이들의 이윤 추구의 기획은 '암마'의 정신적 근본마저 뿌리 채 뽑아버리는 결과를 낳는데, 그 구체적인 행위가 바로 '당나무'로 상징되는 농촌 공동체의 근간을 베어버리는 것이다. 당나무가 베어진 자리에는 대신 속이 빈 새마을 회관이 들어선다. 외형만 그럴싸한 새마을 회관으로 상징되는 새마을운동 즉, 외형적인 근대화는 지주인 달중과 영달에게 자신들의 잇속을 차릴 수 있는 기회가 된다. 마을길이 넓혀짐으로써 '암마'가 관광지 개발 대상지로 선정되는 '암마'의 새로운 변화는 달중과 영달의 부를 축적하게 하는 기회가 되는 것이다.

(3)은 이 작품의 주인공인 '팔기'의 당면한 현실에 대한 인식을 나타내 주는 말이다. 무기력하기만 한 '암마' 농민들의 삶을 '새로운 시도'로 극복하고자 하는 기획이다. 팔기는 '암마'의 질곡의 원인을 달중과 영달이라는 지주 계급의 횡포에 의한 것으로 인식한다. 즉, 지주 계급의 횡포가 농민들의 무기력을 강요한다는 것이다. '암마' 농민들의 무기력함은 '당나무' 벌목에 대한 반응에서 구체적으로 드러난다. 당나무는 '암마'에 있어 민속 신앙과 공동체를 나타내는 상징물이다. 새마을 운동과 달중의 이윤 추구는 마을

길을 넓히기 위해 이러한 농촌 공동체의 상징물을 베어버린다. 이러한 행태에 대해 '암마' 농민들은 무기력하기만 하다. 당나무의 속이 비어 가고 있었다는 것은 이렇듯 무기력한 농민들의 삶을 암시한다. 당나무의 속이 비어 있는 것은 민속 신앙으로서의 신성성과 공동체의 응집력이 이미 희석되어 가고 있는 '암마' 농민들의 공동체 의식 정도의 상징적 형상이다. '한 지붕 아래에서 같은 달에 두 사람이 몸을 풀지 않는다'는 금기 때문에 함안댁을 사립문 밖으로 내몰 만큼 민속 신앙에 대한 두터운 믿음을 지녔던 덕봉의 아내는 더 이상 당나무의 영험성을 믿지 않으며, 영달이 당나무를 베는 것에 대해 마을 사람들은 당당하게 반대하지 못한다. 그것은 당나무를 베는 주체가 바로 자신들의 땅의 주인이자 마름인 영달이기 때문이다.

팔기는 질곡의 현실의 근본적인 원인을 극복하기 위한 '새로운 시도'를 모색한다. 이는 근대화의 물결이 아직 '암마'에 밀어닥치기 전부터 팔기 스스로 각인하고 있는 현실 개혁의 의지이다. 그는 전국가적인 근대화의 과정에서 소외되어 있는 현실에서 자생적인 현실 극복의 대안을 찾고 있는 것이다. 그리고 그 대안이 바로 '밤나무 농사'이다. 밤나무 농사는 재래적인 농촌의 현실에서 벗어나고자 하는 특화된 사업으로 '암마'의 소작이라는 질곡의 생산 양식을 극복하고자 하고 새로운 생산 양식을 확립하고자 하는 기획이다. 즉, 특화된 상품의 생산을 통해 소작이라는 반봉건적인 생산 관계를 극복하고, '암마'의 생산력을 제고하려는 노력을 의미한다.

4. <富貴>영달의 자기 갱신과 <七顚>팔기의 자력 갱생 의지

『쌈짓골』은 지주인 달중의 성격을 함의하고 있는 현대판 마름 영달과 이에 자력 갱생으로 맞서려는 팔기의 갈등을 서사의 주요축으로 삼고 있다. 이러한 두 인물의 대립은 '암마'라는 질곡의 전형적인 공간 속에서 변화 즉, 근대화의 지향이 어떻게 맞서고 있는가를 보여 준다.

이름이 환기시키는 의미에서 알 수 있듯이, 영달은 개인의 <부귀 영달>만을 추구하는 인물이다. 그는 6.25 당시 경찰의 끄나불 노릇을 하면서부터

술수와 부정을 통해 부를 축적한 부정적 인물로 설정된다. 또한 일제 시대 경찰 출신인 고모부 달중과 야합하여 쌈짓골의 농민들의 착취하는 대표적인 현대판 마름으로 형상화된다. 이 두 인물의 형상화 과정은 소작 지주의 자본가로서의 자기 변신 과정을 역사적 맥락으로 보여 준다. 달중과 영달의 변천은 친일 주구로서의 지주 계급으로의 성장과 '새마을운동'이라는 관권적인 근대화의 과정에서 이윤을 추구하는 자본가로서의 자기 갱신을 보여주는 전형적인 변모 과정이다. 이들에게 '암마'는 농촌 공동체로서의 공간이 아니라 소작 농민들의 착취를 통한 치부의 대상일 뿐이며, 근대화라는 새로운 변화의 시기에 있어서는 관광 단지 개발을 통해 자본을 축적할 수 있는 이윤 추구의 대상일 뿐이다.

따라서, 이들은 자본을 축적하기 위한 모든 수단을 강구한다. 이들이 동원한 수단은 '암마' 농민들보다 앞서 받아들인 근대 문물들의 시혜에서 비롯된다. 쌈짓골 전체가 가뭄으로 기근이 들 때에 영달은 양수기를 운용함으로써 가뭄의 문제와 무관한 생산을 할 수 있었고, 도유림이던 천황산을 불하 받아 사유화하면서 '망원경'을 이용하여 자신들의 재산을 지키면서 한편으로는 '암마' 농민들을 감시 통제 수단으로 활용한다. 또한 마을 당나무를 베자는 것도 농촌의 전통적인 의사 결정과는 다른 '동의', '제청' 등의 근대적 의사 결정 수단을 동원하여 자신들의 의견을 관철시킨다. 이러한 일련의 행위들의 근원적인 힘은 국가 권력에 기생하여 이를 이용함으로써 가능한 것이다. 역시 친일의 주구로 여전히 '쌈짓골'에 지대한 영향력을 발휘하고 있는 면장은 행정 기관의 성격을 상징적으로 보여준다. 그리고 이러한 행정 기관은 배후 세력으로서 달중과 영달의 자본 축적의 제도적 힘으로 작용한다. 이는 국가 권력이 이들의 자본 축적의 〈토대〉임을 의미하는 것이며, '암마'에서 제후의 권력을 발휘하던 이들이 '군내 사업 평가회'를 준비하는 과정에서 밑둥 없는 소나무로 길을 장식하는 데에서는 이들이 국가 권력에 기생하는 존재임을 드러내 주는 것이라 할 수 있다.

한편, 달중과 영달의 지주 계급에 맞서는 팔기는 〈칠전 팔기〉의 생명력을 보여주는 인물이다. 팔기는 영웅적 면모를 지닌 인물로서 자력 갱생의 의지를 강력하게 드러낸다. 팔기의 영웅적인 면모는 어느 누구보다 힘이 세고 부지런하며, 열악한 상황에서 자신의 의지를 꿋꿋하게 밀어부치는 성격에서 비롯된다. 이러한 면모를 지닌 팔기는 무기력한 쌈짓골 농민들과는 달리 유일하게 영달과 맞서게 된다. 팔기가 영달에게 맞설 수 있는 까닭은 영달의 땅을 부치지 않기 때문일 뿐만 아니라 밤나무 농사를 통해 거둔 성과가 달중과 영달의 자본 축적에 맞설 만큼 위협적인 존재가 되었기 때문이다. 즉, 팔기는 더 이상 '수박을 땅에 심는' 돈키호테와 같은 인물이나 영달의 자본축적의 보조자가 아니라 현실 세계에서 자신의 이상을 실현시킬 수 있는 가능태의 인물이자 영달의 자본 축적에 있어 방해자로서의 가능성을 점차 가시화시켜 나가고 있는 인물로 성장한 것이다. 팔기의 이러한 가능성은 영달에게는 자신의 이윤 축적의 장애로 등장하는 경쟁자로서의 가능성을 의미한다.

팔기의 성격의 변화는 밤농사를 통한 근대적 문물을 체험을 통해 삶에 적용해 가는 과정을 통해 구체화된다. 마을 사람들뿐만 아니라 영달마저도 경제적 가치가 전혀 없는 것으로 판단한 공동묘지 위의 황무지를 팔기는 '은기'라는 개량된 품종의 식목과 토질의 개선을 통해 그 성과를 이루어 나간다. 농촌 지도소 박주사가 마지 못해 던져준 조언과 근대적 농법이 담긴 책 한 권을 통해 근대적 지식을 삶에 적용해 나가는 것이다.

그런데 체험을 통한 터득은 시행착오를 거듭할 수밖에 없다. 밤나무 사이에 심은 수박에 끊임없이 생겨나는 온갖 병충해와의 싸움과 농약 살포로 인해 목숨을 잃을 뻔한 사건, 동네 당골무와 마찬가지로 자신의 병을 오진한 양의(洋醫)의 체험 등은 이러한 시행 착오를 극명하게 보여준다. 팔기에게 있어 시행 착오는 근대적 문물을 선택적으로 받아들여야 한다는 안목을 심어준다. 즉, 근대적 문물이나 제도가 무조건적으로 선택 우위에 있는 것이 아니라 하나의 선택지에 불과하다는 것을 인식해 나간다는 것이다. 이러한 팔기의 〈근대화〉는 체험을 통해 구체적으로 '암마' 농민들의 삶을 위한 것이어야 한다는 이념적 지향성을 배태한다. 팔기가 지향하는 '암마'의 이상태(理想態)는 영달과 같은 지주 계급이 단지 이윤 추구의 공간과는 다른 농민들을 위한 공동체이다.

팔기가 모델로 삼고 있는 공동체는 전통적인 농촌 공동체인 '두레'이다.

두레는 공동 노동 조직으로서의 역할뿐 아니라 마을의 제반 문제를 이끌어 나가는 자치 조직을 의미하기도 한다. 이러한 포괄적인 농촌 공동체로서의 두레는 '서로 믿고 서로 위하는 사람들이 오손도손 정답게 모여 사는' 마을, '일손이 달리는 농사철이 되면 〈두레〉를 내어 네 논 내 논 구별이 없이 서로 힘을 모아' 일하는 정(情)을 근간으로 하는 공동체이다. 이러한 공동체에 대한 인식은 '진짜 새마을을 만들어, 열두발 상모춤을 추'는 진정한 공동체에 대한 지향을 보여준다. 즉, 진정한 공동체는 '새마을운동'이 추구하는 외형적인 근대화를 통한 것이 아니라, 농민들의 자력 갱생을 통해 이루어 낼 수 있는 내실있는 공동체를 의미한다. 따라서 이러한 팔기의 농촌 공동체에 대한 인식은 단순히 전근대적인 농촌 공동체로의 회귀를 꿈꾸는 것도 밀려드는 외형적 근대화에 매몰된 것이 아니다. 팔기는 자신만의 경험에서 비롯된 인식을 통하여 내실 있는 〈근대화〉로의 지향 즉, 진정한 농촌 공동체를 만들어 나갈 수 있다는 의지를 구체적인 체험과 시행 착오를 통해서 구현하고 있는 것이다.

5. 개인적 자력 갱생의 의미와 한계

그렇다면, 『쌈짓골』에서 팔기가 꿈꾸는 〈근대화〉를 통한 내실 있는 새마을 즉, 농민들의 자력 갱생을 통한 새로운 공동체는 과연 가능한 것인가? 이 물음은 팔기의 개인적 체험의 성격과 긴절한 연관이 있다. 즉 팔기의 개인적 체험의 너비와 깊이에 따라 팔기의 성격과 지향성의 의미가 달라지기 때문이다.

우선 팔기의 체험의 너비는 그가 접촉하고 있는 근대 문물의 시혜의 폭과 범주를 같이 한다. 팔기가 인식하고 있는 근대화의 시혜는 농촌 지도원인 박주사를 통한 과학 영농에 대한 지식과 시비와 농약의 사용을 통한 밤농사의 성공 그리고, 도시에서 피상적으로 겪은 풍요한 삶의 외경과 같은 개인적 체험의 범위에서 구성된다. 팔기는 이를 토대로 무기력에 빠져 있는 쌈짓골 농민들에게 자력 갱생의 가능성을 보여주고 싶은 것이다. '모지리 눈까리가 확 뒤비이지도록 맹글고야 말겠다'는 그의 결심은 '가난한 이웃들을 일깨워'(p. 278.) 이루어내는 내실 있는 근면·자조·협동을 통한 농촌 공동체를 이루어보겠다는 것으로 발전한다.

하지만, 이러한 믿음의 원천인 팔기의 체험의 너비는 개인적으로 국한되어 있다는 점에서 한계를 노정하지 않을 수 없다. 이는 현실에 대한 구조적 모순을 파악하지 못한 데에서 비롯된다.

> 달포나 앞당겨진 새마을 사업 평가 대회만 해도 그렇다. 누군지 모르지만 〈중앙에서 높은 어른〉이 내려오기 때문이란 것인데, 당초에 세운 계획대로 착실하게 밀고 나가면서, 중앙에서가 아니라 하늘에서 내려온대도 그렇지, 해 나가고 있는 그대로를 보여주면 될 것을……. 아니, **오히려 높은 어른이 보고 싶은 건, 얼마만큼 〈착실하게, 그리고 성실하게 해 나가고 있는가〉 하는 점이 아니겠는가.**(247-248쪽)(강조 : 인용자)

새마을 사업 평가 대회에 대한 〈높은 사람〉에 대한 인식은 소박한 감상을 드러내고 있다. 이는 팔기의 현실 인식을 반영하는 일면으로 파악할 수 있다. 즉, 달중과 영달로 전형화되는 지주 계급은 자본가적 자기 갱신의 과정에서 국가 권력을 자신들의 이윤을 추구하기 위한 배후 세력으로 이용하는 대상으로 파악한다. 반면 팔기의 외형적 근대화를 강요하는 왜곡된 국가 권력을 인식하지 못하고 있다. 이는 팔기의 세계에 대한 인식이 소박한 감상적 수준에 머물러 있음을 보여주는 것이다. 팔기는 자신의 자력 갱생의 의지가 고립되어 있음을 깨닫지 못하고 있는 것이다. '부지런히 가꾸기만 하면 반드시 그 값어치만큼의 수확을 거둘 수 있으리란 확신감'(p. 11.)은 이러한 팔기의 인식을 단적으로 드러내 준다.

공동 묘지 위의 고립된 공간 속에서 고립된 노동 즉, 사회적 관계를 형성하지 못하는 노동은 사회적 노동으로 발전할 수 없다. 특히 논농사가 아닌 밤농사라는 특화된 농업 경영을 통해 농촌의 자력갱생을 이룩하겠다는 팔기의 사고는 당대 농촌의 구조적 모순을 총체적으로 해결할 수 있는 대안이라기보다는 팔기 개인의 고립된 자력 갱생의 미몽에 머무를 수밖에 없는 것이다.

하지만 팔기의 개인적 체험의 너비는 체험의 깊이에 의해서 새로운 차원의 의미로 전화될 가능성을 담고 있다. 체험은 너비에 있어 한계를 노정할수밖에 없지만, 그 깊이에 의해서 삶의 진정성과 전망을 시사하기 때문이다.

팔기의 밤농사의 과정은 팔기의 자력 갱생의 의지의 구체적 삶의 형상이다. 즉, 이러한 의지는 선험적 이념태에서 비롯된 것이 아니라 과정의 서사를 구현한다는 것이다.

> 정복을 입은 순경 한 명이 마당으로 들어서며 팔기를 찾는다.
> 「저어…… 서에서 나왔습니다. 당신 어제 장영달씨를 구타한 사실이 있죠? 3주 진단서를 끊어서, 장씨가 고소를 해왔어요.」
> 「예? 뭣이 어째요?」
> (중략)
> 순경의 말마따나 이 기회에 법에 가서 꼭 옥석을 한번 가려보고 싶다.(304쪽)

작품의 마지막에 해당하는 부분이다. 정당방위가 분명한 것이었음에도 불구하고, '진단서'와 '고소'라는 근대적 행정 체계는 팔기를 범법자로 간주하고 있다. 그럼에도 아직까지 팔기는 '법에 가서 옥석을 가려' 보고 싶어 하는 소박함을 버리지 않는다. 하지만, 이는 팔기에게 국가 권력에 대한 새로운 인식을 가능하게 하는 계기로 작용할 것을 예감하게 한다. 그것은 팔기의 삶이 '암마'에서 벗어나 국가라는 보다 확장된 세계와 맞서게 될 것을 암시하고 있기 때문이다. 또한 『쌈짓골』의 서사가 완결된 결말에 의해 구축되는 것이 아니라 새로운 가능성을 제시하는 과정의 서사 즉, 열린 구조를 취하고 있다는 것 역시 이러한 과정의 서사를 위한 것으로 파악할 수 있다. 이러한 텍스트의 결말 구조는 『쌈짓골』의 텍스트의 의미인 팔기의 서사를 고정시키지 않고 새로운 사능성을 열어 놓음으로써 칠전팔기의 삶이 지속될 것임을 암시하는 것으로 확장된다는 것을 의미한다.

또한, '영기'라는 인물의 설정은 팔기의 체험의 깊이를 더 이상 고립된 것이 아닌 연대의 가능성을 열어 놓는 것이라고 할 수 있다. 이는 천황산 공동 묘지 위에서 고립되어 개인적 노동에 머물러 있던 팔기의 체험을 '영기'

라는 인물의 귀향을 노정함으로써 연대를 이루는 즉, 사회적 관계를 형성하는 노동으로 전화시킬 가능성을 제시하는 것이라고 할 수 있다. 이러한 팔기의 개인적 체험과 의지의 사회적 연대의 가능성은 '영기' 라는 동시대의 인물과의 관계 형성뿐만 아니라 도시로 떠난 '금분이' 와 '만석이' 의 교육과 건강한 삶의 암시를 통해 다음 세대로 이어지는 새로운 과정의 서사를 암시하고 있는 것이다.

6. 『쌈짓골』의 가능성

『쌈짓골』은 체험의 서사를 구현한 작품이다. 그것은 농촌을 질곡의 공간으로 만드는 소작이라는 반봉건적 생산 양식에서 벗어나 자력 갱생을 위한 삶의 서사를 형상화하고 있기 때문이다.

황폐한 현실에서 고립된 개인의 의지와 행위는 곤고할 수밖에 없다. 『쌈짓골』에 표면적으로 드러나는 서사는 이러한 곤고한 삶을 형상화하고 있다. 〈새마을운동〉이라는 일방적이고 외형적인 농촌 근대화의 흐름이 밀어닥치는 첨예한 시대적 상황에서 농촌의 자력 갱생의 의지와 그러한 시대적 상황에서 지주 계급의 자본가적 자기 갱신 과정, 그리고 소작과 국가 정책에 의해 소외되어 있는 농촌의 현실을 극복하려는 노력은 주인공의 삶을 끝없는 고행의 길로 이끌 수밖에 없다.

하지만, 『쌈짓골』의 진정한 의미는 전체 작품을 관통하고 있는 개인적 체험의 너비와 깊이를 통해 1970년대 황폐한 농촌 현실을 극복하고자 하는 과정의 서사를 보여준다는 점에서 찾을 수 있다. 특히, 선취된 이념태를 향한 이념적 서사나 황폐한 현실을 묘사하려는 서사가 아니라 주인공의 체험의 깊이가 연대의 행위와 인식의 너비로 확장되어 가는 계기의 서사를 보여주고 있다는 점에서 현실에 대한 역사적 안목을 제시하고 있다. 이는 텍스트의 마지막에서 새로운 과정의 여로를 열어 놓음으로써 치열한 현실 인식의 확장 가능성으로 전화되는 것을 의미하는 것이다.

▓ 참고문헌

류양선, 『한국농민문학연구』, 서광학술자료사, 1994.
신용하, 「두레공동체와 농악의 사회사」, 『한국사회연구2』, 한길사, 1984.
오양호, 『농민소설론』, 형설출판사, 1984.
왕인근, 『現代의 農村社會學』, 박영사, 1985.
유동식, 『韓國巫敎의 歷史와 構造』, 연세대출판부, 1975.
이재선, 『한국현대소설사』, 홍성사, 1981.

박상륭의 『죽음의 한 연구』론

― 사유와 언어의 용광로

허명숙[*]

1. 용광로적 상상력

　박상륭의 『죽음의 한 연구』는 주역의 음양사상을 기조로 하여, 기독교, 불교, 연금술, 정신분석학 등의 신화와 상징을 재해석하고, 여기에 다양한 설화, 각종 秘儀, 민담, 민요 등의 모티브들을 활용하여 하나의 통합적인 신화를 구축하려는 야심찬 소설이다. 한 수도승의 40일 간의 행적인 이 작품의 서사축은 세속적인 인간의 人神되기 과정의 상징화라 할 수 있을 것이다.

　『죽음의 한 연구』는 그 주제적 비중으로나, 작품에 동원된 전문적 지식으로나, 이색적인 문체로나 대중적 접근을 가로막는 아우라를 간직하고 있다. 그러나 이 작품의 주조는 귀족적이라기보다는 서민적이며, 정신적이라기보다는 육체적이며, 천상적이라기보다는 지상적이다. 이런 느낌, 이런 분위기는 이 작품이 '몸'과 '땅'을 중심으로 삶의 비의와 생명의 근원을 성찰하고 있기 때문은 아닐지……. 혹은 문화적으로 친숙한 담론, 예컨대 전라도 사투리, 무속어, 비속한 어투, 설화·민요적 모티브 들을 적절히 활용함으로써 얻어진 효과는 아닐지…….

　그러나 이러한 생각은 오히려 이 작품의 총체성, 본질에 다가서기 위한 출발로써 부적절하다. 왜냐하면 이 작품은 궁극적으로 그 어떤 분별이나 경계를 허물고자 하는 것이 최대의 관심인 듯 보이기 때문이다. '해골을 끼고 다니는 주인공'이라는 설정에서부터 '음양이 공존하는 타원형'이라는 도상과 '옴마니팟메훔'(연꽃 속에 담긴 금강석)이라는 진리에 도달하기까지, 이

---

* 숭실대 강사

작품의 주된 상상력은 삶과 죽음, 육체와 영혼, 성과 속, 실재와 비실재의 경계를 와해하고 전복하려는 데에 바쳐지고 있기 때문이다. 그럼으로써 시간적으로는 시작도 끝도 없고 공간적으로 이편과 저편이 다르지 않은 세계를, 그리고 그것들의 끝없는 진화와 되풀이로써의 삶과 우주를 보여주고자 한다.

이처럼 이질적이고 相훼적인 것을 병치시키고 뒤섞어 일원화의 길을 모색하는 이 작품의 상상동력을 '용광로적 상상력'이라 부르고자 한다. 이 용광로적 상상력은 주제적 차원에서나 문체적 차원에서나 동일하게 『죽음의 한 연구』 전편을 통해 작용하고 있다. 그 덕택에 이 작품은 관념적이고 현학적인 부분이 엄존함에도 불구하고 구체로서 실체로서 경험되고 감득되는 미덕을 지니고 있다.

2. 몸 · 혼돈 · 깨달음의 공간—유리

용광로적인 상상력이 최초로 닻을 내린 곳은 '유리'라는 공간이며, '마른 늪에서의 고기낚기'라는 화두이다. '유리'는 중국의 주문왕이 유배가서 주역을 완성했다는 전설 속의 공간이다. 전설 속에서 주문왕의 세속적 지위가 죄인으로 낮아졌듯이, 주인공 '나' 역시 유리의 초입에서 비만한 존자와 외눈 중을 살해한 죄인으로서 그 곳에 들게 된다.

> 나는 그래서 한숨 따위를 걷어치우고 저 주검으로부터 뛰쳐 일어나, 입었던 옷 벗어 하나씩 하나씩 뒤에 던지고, 이를 드러내 웃으며, 유리를 향해 내달았다. 그러고 나니, 내 전체가 그냥 하나의 근(根)인 듯만 싶어 대단히 해탈스러이 홀가분했다. 혼은 벗은 저 껍질은, 그냥 거기 남겨둬 버렸는데…… (박상륭, 『죽음의 한 연구』, 문학과 지성사, 1986, 25쪽 이하 쪽수만 표시함)

'나'는 세속적 굴레라 할 옷들을 벗어 던져, '나' 전체가 하나의 根이 되어 유리로 향한다. 옷을 벗어던진, 영혼을 껍질처럼 벗어버린 根이란 무의식이다. 따라서 유리는 무의식이 펼치지는 畜生道의 공간이며, '나'는 그 곳에서 살욕과 성욕의 존재로서 행동하게 된다. 세 차례의 살해와 수도부와 성교가 그것인데, 이는 몸 입은 존재라는 수동적 육체성의 조건을 능동적, 적극적으로 실현해 보이는 과정이기도 하다. 육적인 존재로 살아간다는 것, 몸 입은 존재로 살아간다는 것은 카오스로 돌아가는 적극적인 행위이다.

'나'는 유리에서 탐욕과 편견의 상징인 비만한 존자승과 외눈중의 살해 에 이어, 5조 촌장인 스승을 살해한다. 기존의 질서로 대표되는 스승—아버 지를 살해함으로써 '나'는 무질서의 세계에 뛰어든 존재가 된다. 이제 '나' 는 6조 촌장이 되어, 5조의 해골을 유산으로 물려받고 '마른 늪에서 고기낚 기'라는 공안을 부여받는다. 스승이 물려준 해골은 '나'가 차고 다녀야 할 內毒, 짐승의 털을 벗기 위한 "쑥과 마늘" 같은 것이다. 그러므로 '마른 늪 에서 고기낚기'는 독으로 금을 얻기, 쑥과 마늘로 사람되기, 아버지를 살해 한 자리에서 아버지 되기, 즉 자아의 정체성 찾기에 다름 아니다.

주인공은 유리 밖에서 죽은 스승에게서 '내가 죽은 얼굴'(19쪽)을 보았 고, 유리 안에서 죽인 스승에게서 '아버지의 얼굴'(73쪽)을 본다. 나와 아버 지를 동시에 잃은 존재란 정체성 혼란의 표상이다. 정체성 혼란의 상태에서 '나'가 만난 수도부와 촛불중은 자아의 근원으로 돌아갔을 때 맞닥뜨리는 '나'의 두 根—아니마와 아미무스로써 기능한다. '나'에 앞서 유리에 공존 하고 있던 그들은 '나'가 정체성 혼란에 빠져들기 전—탐욕과 편견을 살해 하고, 법으로서의 아버지를 파괴하기 전부터, '나'의 내면에 존재했으되 '나'가 인식하지 못했던 '나'의 또다른 자아의 표상인 것이다.

> 헌데 내 눈에 보이는 자네라는 녀석은 체(體)의 용(用) 사이에 어떤 부조
> 화를 갖고 있는 듯하다구. (21쪽)

'물과 뭍이 조화을 잃은' 유리, 창녀로 설정된 수도부, 물질적 풍요를 누 리는 촛불중 등의 설정은 '나'의 체와 용의 부조화와 긴밀히 관련된다. 아 버지의 법을 파괴하고 혼돈에 든 '나'는 내 안의 또다른 어머니인 수도부와 또다른 아버지인 촛불중와의 만남을 통해 새로운 질서를 모색하는 상징적 주체가 된다. '나'는 수도부와 촛불중과 각각 성적으로 관계함으로써 창녀

인 수도부를 '나'의 각시로 만들고, 촛불중의 창자 내부에 추악함을 "보고 핥는 산 눈(目)"(125쪽)을 남긴다.

> 그러나 숫컷에 이르르면, 자기의 암컷이자, 자기의 어미인, 저 선녀자가 어떻게 이해되고 있을 것인가. 자기 파괴를 전제하고서라도 그 성교를 강행군하려 드는, 저 선남자의 색탐은 이해키 저으기 곤란하다. 다만 추측하고 얘기할 수 있는 것이 있다면, 그것은 어쩌면 두 개의 혀를 가진 짐승일지도 모르는데—생명이 〈말〉과 혼동되고, 그 〈말〉은 혀에 의해 의미를 획득하는 것이라면—혀의 하나는 자기를 부나비로 만들고 싶어 하고, 다른 하나는 나비가 되어 날아가기를 바람으로 해서, 저 선녀자를 하나의 제단, 하나의 장소로 택한 것은 아닌가, 그런 것이다. 그렇게 따지고 보면, 그때 암컷이란 생명이 아니라, 숫컷의 의지를 수용하고, 그 의지의 발효를 돕는 하나의 요니 전체에 머무는 듯한데, 숫컷은 그래서 자기 몸을 저 그릇에 바쳐 피 뿌린 뒤, 그 속에 유아로 환신한다. (128쪽)

'부나비처럼 송두리째 태워 없애려는 색탐'은 소모적이고 파괴적인 욕망이라면, '나비가 되어 날아가고자 하는 색탐'은 생산적이고 창조적인 욕망이라 할 수 있다. 전자는 촛불중을 통해, 후자는 수도부를 통해 실현된다. 촛불중은 '나'의 공격적인 남성성으로 인해 그의 남성성을 거세당하고 자궁을 가진 남성으로 화한다(제7일). 촛불중과의 비역을 통해 '나'가 경험한 '저 깊고도 깊은 피의 붉은 못에 피어있는 연꽃'(124쪽)은 양의 상징이다. 반면 수도부와 '나'의 결혼을 그려보이는 〈제8일〉에서

> 그리고 우리는 그 샘 안에 누웠는데, 그때 우리는 죽어, 그 물 밑에 가라앉아 있었을 것이다
> 광야에서 은혜를 얻었나니. (127쪽)

'나'와 수도부가 가라앉은 물은 음의 상징이며 마른 늪에 물을 채우려는 상상과정의 일부를 이룬다. 더불어 촛불중과의 비역에서 경험한 연꽃은 마른 늪에서 낚아질 물고기의 전신으로 상상해볼 수 있다.

'나'는 유리에서 살욕으로 '아버지의 세계'를 파괴하고, 성욕으로 '아버지—나의 세계'를 구축한다. 두 개의 상극으로 배치되었던 유리의 원주민,

수도부와 촛불중은 '나'와의 성교로 인해 '나의 각시'와 '마근의 응시자'(124쪽)라는 새로운 상징적 위상을 얻게 되고, 그로 인해 '나'는 몸 입은 것들의 암수관계를 명상함으로써 〈양극을 갖는 타원형〉이라는 결론을 도출해낸다.

> 그러니까, 〈양극을 갖는 타원형〉을 이루고 있는 두 곡선은, 〈눈에는 보이지 않는, 어떤 남근을 휘감고 있는, 두 마리의 뱀 같은 것〉이라고 한다면, 그것은 곧장 요니의 의미와 통하는 것이라고 보아지는 것이다. 남근과 요니의 관계에는 그리고 언제나, 임신이나 출산이 저변되는 것이므로 전날 나는, 요나를 삼킨 물고기의 뱃속과, 예수를 묻은 무덤은 동시에 자궁과 상사를 갖는 것이라고 했었다. 그리고 고기, 또는 〈양극을 갖는 타원형〉 자체는, 그 외양에 있어 남근의 형태이지만, 〈고기와 생명은 같다〉의 관계에서 본다면, 그 형태가 생명을 싸아 안고 있음으로 해서, 성전환을 하여, 여성화한다는 것을 밝혔었다. 〈생명은 남근과 같다〉의 관계에서, 그 형태가 생명을 싸아 안고 있다는 의미는 그러니까, 동시에, 그 형태는 보이지 않는 남근을 싸아 안고 있는 요니라는 결론을 이끌어내는 것이다. (171쪽)

〈양극을 갖는 타원형〉은 밖에서 보면 남근의 형상이며, 안에서 보면 요니의 형태로서, 이를 작용태로 해석하면 '남근을 싸안은 여근', '죽음과 재생'의 도상이 된다. 신화적으로 '요나를 삼킨 물고기', '예수를 묻은 무덤'을 연상시키며, 텍스트 내적으로는 '마른 늪에서 낚아낸 물고기'를 암시한다. 이 작품의 제2장은 〈양극을 갖는 타원형〉에 대한 사유과정과 함께 '나'가 번갯불을 향해 낚싯대를 휘두르고, 그 낚싯대에 수도부가 낚여지는 장면이 나타난다. '나'가 낚아올린 번개와 수도부는 다산성을 상징한다. 즉 번개는 하늘로부터 떨어지는 어마어마한 수태 능력을, 수도부는 모든 것을 받아 수태시키는 대지를 상징한다. 그러므로 '나'의 낚싯대에 낚여진 번개와 수도부는 생명을 상징하는 물고기에 일치한다. 다른 측면으로 번개는 覺의 상징이기도 하며, 번개를 낚는 낚싯대에 수도부가 낚여져 올라온 것은 성교를 생명의 원리로 상징화하려는 문맥으로 이해해 볼 수도 있다. 이로써 '나'의 〈마른 늪에서 고기낚기〉의 화두는 풀린 셈이 된다.

3. 말·현실·실천의 공간—읍

'나'는 〈마른 늪에서의 고기낚기〉라는 화두를 풀고 유리를 떠나 읍으로 간다. 유리가 몸 입은 자로서의 구도적 과정이 펼쳐지는 공간이라면, 읍은 말(언어) 있는 자로서의 구도적 과정이 실현되는 공간이라 할 수 있다. 유리가 비실재적인 공간이란다면 읍은 실재적인 공간, 즉 우리의 세속적인 삶이 펼쳐지는 공간에 해당한다.

> 어쨌든, 사람 사는 곳은 다 그렇고 그런 것이다. 울타리엔 빨아놓은 월경대가 걸려 있고, 어느집 마당 귀퉁이에서는 금잔화가 피고 있거나, 또 섬돌 위에서 파리를 가득히 물고 자는 엷은 뱃가죽에 채독병 든 아이, 유리갑 속에 든 알이 큰 눈깔사탕, 그 뚜껑 위의 먼지, 도가집의 술찌꺼기 냄새, 정미소의 꺼끄러운 먼지, 웃음 소리는 그러나 별로 없고, 개장국집, 생사탕집, 저녁녘, 어쩌다 곱창 구워지는 냄새가 나는 골목을 지나다 보면, 으레 병든 목소리의 작부의 노래가 느려터지게 흘러나오고 있고, 떼뭉친 건달이패들, 해수걸린 노파의 기침 소리, 소박맞고 돌아가는 며느리의 누런 삼베적삼에서는 땀냄새가 풀신거린다. (182–183쪽)

생활의 온갖 풍경이 묘사된 그 곳에 '웃음 소리가 별로 없음'이 주목된다. 웃음을 잃은 현실은 '무너져 가는 교회당'과 '창기와 아편과 독주로 재산을 모은 장로의 집'과 무관하지 않다. 이 두 공간은 '상류층의 뿌리 깊은 병독'을 대변하고 있는데, 전자는 무력한 기독교 신앙을, 후자는 대중들과 유리된 부유층의 삶을 표상한다. 읍의 이와 같은 지상적 어둠과 대결하고자 하는 '나'의 의지를 상징적으로 보여주는 사건이 바로 '나'의 고양이 살해이다.

읍에 도착한 '나'는 허물어져 가는 교회당에서 하루 밤을 묵는다. 그곳은 '습습한 곰팡이 냄새로 썩어 가고, 먼지가 두텁게 쌓여있고, 방 안의 그을음이 붙어있고, 노파의 눈물자국과 젊은 여신도의 냉자국이 남아있는' 곳으로 묘사되고 있다. '나'는 거기의 제단에서 검은 고양이를 발견한다. 유리의 촛불중네 촛불 속에서 봤던 그 고양이를 다시 만나게 된 것이다. 그것은 '하나의 깊은 절망', '구원이 차단된 괴로운 고장', '탈수록 심지 가운데 두터워지는 흑암', 즉 '생명과 같이하는 원죄'(186쪽)와도 같은 것을 상징한다. 유리에서 '나'는 고양이의 쏘는 듯한 눈빛을 겁냈었다. 먹혀들어 헤어나오지 못할까봐 외면했었다. 그러나 읍에서는 그것과 대면하고 그것을 살해하는 용기를 발휘한다.

읍에서의 '나'의 구도적 실천의 핵심은 그 무엇보다도 설교와 노동이라 할 수 있다. 제17일, 읍의 유지들이 장로의 집 사랑방에 참석한 자리에서 행해진 '나'의 설교는 연금술과 음양 사상의 논리를 따라 〈삼위일체론〉, 〈원죄론〉을 재해석한 것이다.

> 어떤 질료든, 가령 수은이라거나 유황이라거나, 그것이 금으로 가기 위해서는, 일차적으로 죽어야 수은이나 유황인 것의 성질을 잃는 바, 그러한 죽음을 가능시키는 것이 바로 독인 것입니다. 그 독이 없이는, 수은은 여전히 수은이며, 유황 또한 그러하며, 금으로의 변질을 도모할 수가 없는 것입니다.……(중략)……소승의 믿음엔, 그리하여 이 〈독〉의 의미는, 그 시대를 살고, 그 시대를 고뇌하고 간, 그 시대민의 고통, 그 시대민의 사고, 그 시대민의 풍속, 그 시대민의 경향 등등의 전부와 동일한 것으로 여겨집니다. (286쪽)

『죽음의 한 연구』에서 원죄는 연금술적 비유에 따라 〈신의 人現〉, 〈삼위일체〉를 이루기 위한 毒이자 위대한 힘으로 〈업〉이며, 〈음기〉이며, 〈죽음〉으로 해석되어진다. 그러므로 '죽음에 대한 공포와 기대가, 생명에 대한 고통과 희망'이 지속되는 인간의 역사(음기의 역사화) 속에서는 신으로 하여금 "쉬임없이 人处을 입어 내려와, 우리들의 십자가를 대신 지게 하지 않으면 안되는 것"(269쪽)이다. 이러한 논리를 전개해나가는 방식이 지나치게 현학적인 면은 없지 않지만 '나'의 기독교 교리 해석은 철저히 인간중심적, 역사중심적이다.

'나'의 지극히 인간적인 면모는 노동자로서의 체험에서 더욱 여실히 드러난다.

> 나는 이때, 고통은 차라리, 짐을 부려 버리고 난 뒤에서부터 정작으로 시작된다는 것을 알아내고 있었다. 짐을 부리고 난 뒤, 잠깐 숨을 돌리며,

다른 짐들이 산적해 있어 져나르기를 기다리고 있는 것을 멀거니 건너다
본다—이것은, 짐을 지고, 한 발자국 한 발자국 내디디며, 나를 일시에 해
방시켜 줄 곳을, 땀과 열로 흐린 눈으로 바라보았던 것과는 전혀 달랐다. 이
때 내게는 거부가 싹트고, 그래도 자신을 채찍질해 나아가는 길을 더디고
비겁해진다. 이럴 때 아마도, 야윈 자식들을 거느린 아비들은 한 숟갈 더 많
은 풀기를 자식들과 자기의 목구멍에 흘려넣을 수 있게 될 것을 생각할지
도 모르며, 비록 천수답일망정 그것 한 떼기라도 자기 것으로 갖고 살다 죽
었다는 희망을 떠올릴지도 모르며 또 아니면 형편 탓에 혼기를 놓치고, 퍼
내지르고 앉기만 하면 수심가나 부르는 딸내미 낭자라도 올려줄 것을 생각
할지도 모른다. 어쨌든 일하지 않으면 궁핍과 모멸이 빚더미로 쌓인다.
(311쪽)

'나'는 노동을 통해 짐을 부려야 할 장소가 위안이 아니라 또다른 고역의
시작이라는 것, "일하지 않으면 궁핍과 모멸이 빚더미로 쌓인다."는 것, 다
짊어지지 못하고 남긴 것은 누군가의 짐에 덤으로 얹어진다는 것 등을 깨달
아 가는 한편, 누구든 다 짐질 수 없는 인간적 '왜소함과 대면'하게 된다.
그러나 그럴수록 '나'는 짐이 '멜빵이 어깨를 파고들도록' 많이 지고, 부지
런히 나르며, 그 고역에 면역되지 않기를 바란다. 그럼으로써 '삶'의 고통
을, 인간의 고역을 철저히 살아내고자 한다.

설교가 '땀냄새도 눈물도 없는' 상류층을 대상으로 '경전에 억류되고, 한
민족을 수호하는' 폐쇄적인 신을 해방시켜 '카인의 제물도 받아들이는 신',
'세계의 사랑과 빛과 생명의 신'으로 인식전환을 이루고자 하는 과정이라
면, 노동은 '땀냄새와 눈물자국'으로 얼룩진 하층민들과 실존적으로 일치
하는 삶의 형상화라 할 수 있을 것이다. 위로는 어떤 교리·교의에도 얽매
임 없는 사유논리를 지닌 수도자로서 기독교의 쇄신을 꾀하고, 아래로는 노
동의 고통과 휴식의 감미로움을 몸소 체험하는 노동자가 된, 읍에서의 '나'
의 삶은 예수의 삶과 여러모로 닮아 있다.

실제로 읍의 장로는 '나'를 '보통의 척도를 넘어선 대가'로 평가하며 읍
에 남기를 권유한다. 그러나 '나'는 그것을 거부하고 유리로 돌아가고자 마
음먹는다. 그 이유는 구체적으로 드러나 있지는 않지만 다음의 서술을 통해
짐작해 볼 수 있다.

현상을 비실재로 보는 것은 오류인 듯하다. 현상은 현상으로서 실재며, 그것은 〈틀〉이나 한계로서 구획지어질 것이기 전에, 그리고 〈먼지나 티끌끼인〉 것으로 정의할 것이기 전에, 하나의 우주를 형성해내는 것으로 이해할 것인 듯하다. 허지만 우주는 가득 채워진 것으로 비임(空)을 지키는 것이며, 이 〈공(空)〉은 〈비유(非有)〉와 결코 같지 않은 것일 것이다. 나는, 올 수 있단다더라도, 두 번 다시 읍에는 오지 않을 것이다. (330쪽)

읍에 남아 헐어낸 교회당의 자리에 절간을 짓고 가부좌를 틀고 앉아 성자로서 살아가는 것은 오히려 쉬운 일이다. 그러나 그것은 空의 견지가 아니라 非有를 空으로 착각한 태도이다. "배고파 우는 아이도 머리만 쓰다듬어 주면 되고, 불쌍한 과택의 살기 어려움의 호소에도 그저 미소만 보이면 되고, 사춘기놈들의 심적 고뇌의 고백에도 충고 같은 걸 들려 주는 일은 금물, 미소와 침묵, 난이나 보며 게으름이나 즐기고 있으면, 저희들 스스로 위로를 만들어내고도, 그 위로가 하늘에서나 내린 듯이 한 보따리의 존경을 싸아가지고 올라온다."(332쪽) 이는 우리의 삶과 현실 속에 존재하는 성자의 허상인 것이다. 박상륭의 주인공은 이를 단호히 거부한다. 진정으로 '비임(空)' 을 지키기 위해서는, 즉 색을 공으로 변환하기 위해서는 미소와 침묵이 아닌, 색으로 드는 아픔과 형벌이 수반되어야 하므로 '나' 는 필연처럼 다시 유리로 들어가야 하는 것이다.

4. 법·형벌·재생의 공간—다시 돌아온 유리

'나' 가 유리로 다시 돌아온 뒤로 전개되는 서사적 내용들은 〈양극을 갖는 타원형〉이라는 가설을 현실로써 증명하기 위한 것들이라 할 수 있다. 애초의 유리가 몸의 공간이고, 읍이 말의 공간이라고 한다면, 다시 돌아온 유리는 법의 공간이 된다. 즉 말이 법으로 몸에 집행되는 상징적 場이 다시 돌아온 유리이다. '나' 가 유리로 돌아왔을 때, 그 곳에는 두 개의 사건이 준비되어 있다. 하나는 수도부의 죽음이며, 다른 하나는 나의 형벌이다.

수도부는 '나' 가 읍에 있는 동안 촛불중으로부터 강간을 당하고, 그 때문에 비상을 먹고 죽어가고 있다. 강간이란 파괴적인 행위를 통해 '나'와 수도부와 촛불중의 관계는 재편성된다. 혼돈이 새로운 질서를, 파괴가 재생을 가져오는 이 작품의 상상논리에 의해서이다. 이제 '나'와 수도부와 촛불중은 아들과 어머니와 아버지라는 상징적 관계에 놓이게 된다. '나'와 촛불중은 한 어머니를 두고 다투는 상징적 아들과 아버지로서 기능한다.

수도부는 촛불중이라는 아버지를 거부하며, 물고기가 되어 '나'를 유리의 형벌로부터 자유롭게 해주고 싶다는 유언을 남기고 죽어간다. '나'에게 그녀의 죽음은 일차적으로 어머니의 죽음이다. '나'는 어머니를 아들로서 장사 지내면서 아버지가 된다. 그녀로부터 의식주의 보살핌을 받던, '아들의 몸'이었던 '나'는 죽어가는 그녀의 목구멍에 혀를 물어끊어 산제물로 바침으로써 '아버지의 말'이라는 상징적 위상을 차지한다.

> 선업의 고리에 끼어들어 나를 지속시킬
> 하나의 확고부동한 마음을 견지하고,
> 자궁의 문으로 다가가자, 그리고 대우를 명심하자.
> 지금은 진지한 마음가짐과 순수한 애정이 필요한 그 시각이 아닌가
> 질투를 버리고, 아버지—어머니 위에서 명상하자. (372쪽, 377쪽)

이 작품의 4장, 23일부터 27일에 이르는 동안에 서술된 '나'의 煙禱는 그녀의 혼을 천국으로 인도하는, 혀 아닌 혀로 하는 말, 아버지로서의 말이다. 위에 인용한 대목은 그 가운데 되풀이되는 게송 중의 하나로서 완전한 재생을 이루기 위한 마음가짐으로 '하나'를, '하나'는 '對偶'임을, '대우'는 '아버지—어머니'임을 말하고 있다. 이와 관련지어 볼 때 '나'의 말 전부를 지니고 떠난 그녀는 나의 반쪽, 나의 대우—누이이며, 딸이며, 어머니가 된다. 다른 한편으로 그녀의 죽음에 산제물로 바쳐진 '나'는 아버지—어머니가 된다.

수도부의 죽음 이후 '나'의 정체성 탐색, 즉 人神되기의 길은 여성화 경향을 보인다. 여기서 여성화란 신 앞에, 법 앞에 바쳐지는 희생제물이 된다는 뜻을 함축한다. '나'의 여성화는 촛불중의 예형, 즉 촛농이 '나'의 눈동자에 떨어뜨려지는 장면에서 단적으로 드러나는데, 이 때 촛불이 형벌이고, 양의 상징이라면, '나'의 눈은 처형당하는 음의 공간이 된다.

> 그러나 나는 계집만 같구나, 서방 잃은 계집만 같구나, 그의 말로 채워
> 졌던 입은 비고, 그의 모습의 아름다움으로 열렸던 눈은 닫겼으며, 공허와
> 암흑이 나의 것인데…… (399쪽)

'나'가 여성화되어 갈수록 촛불중의 남성성은 더욱 강화되어 간다. 이 작품의 상징적 문맥 속에서 촛불중은 '나'의 사라쌍수, 즉 '나'와 또다른 대우를 이루고 있기 때문이다. 그의 점점더 남성화 되어가는 경향은 아버지의 법을 집행하는 과정에서, '나'의 여성화 경향은 장로의 손녀딸과의 성교에서 여실히 드러난다.

> 이것은 계집과의 수분의 여수중에 갑자기 깨달은 것이었지만, 피부를
> 통해 오는 모든 느낌 또한 깊고 넓으며, 두려운 것이다. 느낄 수 있는 피부
> 란 하나의 바다라고 불리울 것처럼 생각된다. 이것은 매순간 처녀다우며,
> 어머니답게 또한 포용적이다. (410쪽)

볼 수 없고 말할 수 없는 몸으로 인해 '나'는 처녀처럼 민감하고, 어머니처럼 포용적으로 세상을 받아들이는 존재가 된다. "아버지가 빼앗아간 눈을 대신 보여 주려고"(408쪽) 왔다는 장로의 손녀딸의 말이 이행된 셈이다. 외부로 향하는 눈을 잃고 외부로 향하는 말을 잃음으로 해서 '나'의 눈과 말은 전적으로 내부로 향한다. 여성화된 '나'의 몸은 '변질을 위한 원초적 질료'(411쪽)로서 '충일 그 자체인 듯 하지만 텅 빈 것'(412쪽)이다. 그러므로 성교는 몸의 말, "교화하고 교화당할 수 있는 타아에의 관통을 통해 양자가 하나로 변하는", "자기 쪽은 하나의 소멸로서 그 순간 존재하고 타방은 다시 살아날 생명의 장소로 생각하게 되는", "일원화의 장소"(412쪽), "죽음의 연구"(420쪽)가 된다.

제33일에서는 충일의 존재로서 나를 다 바치고, 공허인 존재로서 他를 삼키려는 지극히 여성화된 성교, 즉 '죽음의 연구'로서의 성교가 그려지고 있다. 오륙십 번의 절정에 달한 장로의 손녀딸과의 성교에서 '나'는 나의 수분을 모조리 거두어간 그녀의 목을 물어 피를 빠는 장면이 그것이다. 여기에서 그녀와 '나'는 요니도 남근도 아니면서, 요니이면서도 남근인 존재

가 된다. 성교를 음양의 體로서가 아니라 자웅동체를 지향하는 用으로서, 살욕과 성욕을 성교의 體, 금을 만드는 毒으로 천착해 보인 부분이라 할 수 있을 것이다.

'나'의 정체성 탐색의 과정이 점차로 여성화되어 간다는 것은 달리 말하면 성욕과 살욕의 가학적 존재에서 피학적 존재로의 변모라고 할 수 있을 것이다. 따라서 '나'의 죽음은 피학적 존재로의 변모, 자아의 여성적 경향이 정점에 달한 경지를 보여준다. 달리 말해 자웅동체, 人神, 부활의 실현이라 할 수 있다. 역사 속에서 피학적 존재로서의 삶을 가장 완성적으로 보여준 자웅동체적 인물이 예수라고 한다면, 우리는 『죽음의 한 연구』를 통해 선불교와 라마교와 기독교가 융합된 모습의, 또 하나의 예수를 만나게 된 것이다.

5. 다양한 담론의 혼용

이제 '죽음의 한 연구'라는 이 작품의 제목은 하나의 아이러니로 여겨진다. 『죽음의 한 연구』는 죽음을 숙주삼아 삶과 우주의 원리를 천착하고 있기 때문이다. 다시 말해 이 작품의 주제적 비중은 죽음 쪽이 아니라 삶과 재생과 부활 쪽에 놓여 있다. 삶을 삶답게 하는 것이 삶에 지속되는 죽음이라는 말을 들려주기 위해, 한 인간의 내면에서 치뤄져야 하는 죽음과 역사 속에서 되풀이되는 '피'의 의미를 천착한 것이다. 박상륭의 용어를 빌자면 '陰氣流轉의 역사'에 대한 연구라 할 수 있을 것이다. 다양한 신화체계, 사유체계를 빌어 그것을 형상화하였는데, 예컨대 예수의 행적을 연상하는 '나'의 40일에 거친 고행, 서른세 살, 막달라 마리아를 상기시키는 수도부, 예수의 발을 기름으로 닦아준 여자를 상기키시는 장로의 손녀딸, "안팎으로 만나는 자를 모두 죽여라, 부처를 만나면 부처를 죽이고, 스승을 만나면 스승을 죽이고, 친척을 만나면 친척을 죽여야만 해탈할 수 있다"는 구도적 살인, 정신분석학적 성장의 드라마, 연금술적 물질의 변용과정 등이 그것이다.

『죽음의 한 연구』에서 천착되는 음기유전의 역사는 살욕과 성욕에서 시발되어, 그것을 음과 양으로, 체와 용으로 사유하는 상상과정을 거친다. 그 결과 이질적이고 相勀적인 것들을 부딪히게 하고 뒤섞이게 하여 서로가 스미고 짜여 하나가 되게 하는 것, 둘이면서도 하나이고, 하나이면서도 전부를 포괄하는 다양한 자웅동체·체용합일의 상징체—양극을 갖는 타원형, 연꽃 속에 담긴 보석, 해골에 세워진 십자가 들이 나타난다. 이것들은 영혼과 육체, 여성과 남성 등이 완전하게 균형잡힌 인격, 죽음의 자리에서 얻어진 부활의 의미를 상징한다. 이는 필멸의 신육이지만 불멸의 영혼으로 사는 삶, 유한성의 육적 조건을 무한한 자유로 사는 삶의 표상이기도 하다.

죽음과 재생, 파괴와 창조의 통합적 드라마를 구현함에 있어서 이 작품은 실로 다양한 담론들을 활용하고 있다. 서사구조에 동원된 다양한 신화체계(기독교, 불교, 연금술, 정신분석학)는 물론, 비속어와 일상어, 사투리와 표준말, 역사와 철학적 담론, 고전 문학(민요, 윤선도의 시조, 처용가)과 현대문학(오감도)적 담론, 구비문학(비나리, 민요, 무속어)적 담론 등을 적절히 구사함으로써 주제적 차원 못지 않게 문체적 차원에서도 언어적 이질성의 통합을 꾀하고 있다. 그것을 가장 단적으로 보여주는 예가 번뇌와 벌레를 합해서 만든 '벌뇌' 라는 말이다. 그 결과 현학적 변설로만 그칠 철학적 종교적 담론들이 구체적인 살과 옷을 입게 되어, 자칫 고답적이고 관념적일 수 있는 주제가 정서적이면서 논리적으로 체험된다는 것이다. 그래서 이 작품을 읽는 독서는 유장한 호흡과 변전하는 이미지를 따라 상상력을 물처럼 흐르게 하는 자유와 집요하고 치밀한 사유의 논리를 따라 높은 산을 오르는 숨가쁨을 동반한다. 이 점은 이 소설의 매우 중요한 장점이라고 생각한다. 심오한 이 작품의 주제에 頓으로 혹은 漸으로 다가가게 해주기 때문이다.

참고문헌

김경수, 「박상륭 소설의 연금술적 탐색에 대하여」, 『죽음의 한 연구』, 동아출판사, 1995.
김명신 「박상륭 소설 연구」, 연세대 대학원 박사학위논문, 2000. 6.
김주성, 「소설 죽음의 한 연구의 신화적 요소 연구」, 중앙대 문창과 석사논문, 1989. 6.
서정기, 「죽음의 한 연구 시론」, 『동서문학』, 1989. 10.
임금복, 『박상륭 소설 연구』, 국학자료원, 1998.

박완서의 『나목』론
— 치유와 복원의 소실점, 글쓰기

소영현[*]

1. 복수에서 치유를 통해 복원으로

『나목』은 박완서의 등단작답게, 박완서의 작품 세계를 해명할 수 있는 많은 실마리들을 담고 있다. 그러나 『나목』은 박완서 작품 세계의 배아(胚芽)에 해당되기 때문에, 『나목』을 통해 박완서의 작품 세계를 추출해내기는 어렵다. 우선, 주인공 이경의 6.25 전쟁 체험이 『나목』의 시간적, 공간적 배경을 이루고 있음에도, 6.25 전쟁과 분단 체험을 소재로 하는 다른 소설들, 『목마른 계절』(1972), 「부처님 근처」(1973), 「카메라와 워커」(1975), 「엄마의 말뚝 2」(1981), 『그 산이 정말 거기에 있었을까』(1995)와는 달리, 이경의 가족이 겪었던 6.25 전쟁 체험은 『나목』의 서사를 추동하는 중심축이 아니다.

폭격으로 어이없이 죽은 오빠들이나 그들의 죽음으로 인해 삶의 생기를 잃어버린 어머니에 대한 접근도 이데올로기 대결이라고 할 수 있는 한국전쟁의 의미와 무관한 곳에서 이루어지고 있다. 특히 모든 사건이 이경의 입장에서 그려지기 때문에, 그 의미도 상당 부분 굴절되고 있다. 예컨대, 오빠들의 죽음도 사건의 의미 그 자체보다는 그 사건에 대해 이경 자신이 느끼는 '가책'이라는 측면이 강조되고 있다. 그러므로 전쟁 체험을 다루는 박완서의 소설들과는 달리 『나목』에서 전쟁은 전쟁이라는 특수한 의미보다는 극한적 상황 일반이라는 보다 추상적 의미를 갖는다. 즉 전쟁은 각 인물들을 둘러싼 추위, 공포, 불안이라는 심리적 상황으로 치환 가능한 것이다.

좀더 구체적으로 살펴보면, 『나목』에서 전쟁은 이경과 옥희도라는 인물

---

* 연세대 강사

이 정체성을 찾으려고 몸부림치는 상황에 절박함을 부여하는 장치로 사용되고 있을 뿐, 전쟁 자체가 그들의 절망과 상실과 혼돈의 직접적인 원인으로 작용하지 않는다. 따라서 『나목』은 6.25라는 전쟁의 의미를 개인사를 통해 접근하는 전쟁소설이라기보다는 이경과 옥희도의 정체성 찾기라는 실존의 문제를 다루는 작품으로 보아야 한다. 이경이 전쟁의 재난이 다른 사람들에게도 골고루 분배될 때까지 전쟁이 계속되기를 바란다거나, 끓어오르는 증오를 주체하지 못해 초상화를 그리는 환쟁이들이나 옥희도의 부인에게 악의에 찬 말을 퍼붓는 행동 등도 전쟁이라는 상황이 몰고 온 불가피한 것이라기보다는 청춘 그 자체의 혼돈에 의한 것으로 보는 것이 더 타당하다.

또한 「지렁이 울음소리」(1973), 「이별의 김포공항」(1974), 「부끄러움을 가르칩니다」(1974), 「도둑맞은 가난」(1975), 『휘청거리는 오후』(1977)에서 보여지는, 주인공 자신에게까지 가해지는 박완서만의 독특한 현실 비판 즉 속물근성(중산층 소시민 의식)에 대한 풍자와 공격도 『나목』에서는 주로 최만길이나 다이아나 김과 같은 '살겠다는 의지'를 보이는 천박하고 '극악스러운' 사람들에게로 향하고 있다. 표면적으로는 이경이 '극악스러운' 사람들을 일방적으로 증오하는 것처럼 보인다. 그러나 그녀는 '극악스러운' 사람들이라는 거울을 통해 달러를 벌기 위해 되지도 않는 영어를 지껄이는 자신의 모습 즉 자신의 내면에 숨겨진 '극악스러움'을 발견하고 확인하게 된다. 그러므로 궁극적인 차원에서 이경의 증오는 자신을 향하고 있으며, '극악스러운' 사람들을 향한 그녀의 증오와 환멸은 자신에 대한 환멸에 다름 아니다. 이처럼 『나목』에서도 박완서의 비판의 촉수가 주인공에게까지 닿아있는 것은 분명하지만, 그 비판은 직접적이지 않으며 에둘러서 이루어지고 있다. 게다가 작품 속에서 '극악스러운' 사람들에 대한 이경의 증오는 돌출적인 행동을 일삼는 그녀의 심술궂고 모난 성격에 가려, 그 비판적 의미 마저 무뎌져 있다.

그러므로 『나목』은 박완서의 작품 세계 전반을 관통하는 모티프들이 뒤섞여 있는 작품이면서도, 전쟁 체험이나 속물근성에 대한 비판과는 일정한 거리를 유지하고 있다. 오히려 『나목』은 복수의 글쓰기 혹은 복원의 글쓰기라는 차원에서 박완서의 소설 세계와 직접 맞닿아 있다. 전쟁 중에 아버지나 오빠를 잃고 생존 문제에 떠밀린 여주인공에 관한 이야기는 박완서의 소설 세계를 구성하는 중요한 한 축이다. 때로는 오빠가 둘인 경우(『나목』), 그 오빠가 자신이나 어머니의 눈앞에서 총살된 경우(「부처님 근처」, 「엄마의 말뚝 2」, 『목마른 계절』), 아들의 죽음 앞에서 어머니가 실성한 경우(『목마른 계절』)도 있으며, 주인공이 목숨을 부지하기 위해 오빠의 죽음을 삼켜버리고 빈집털이를 일삼는 경우(『그 산이 정말 거기 있었을까』)도 있다.

그럼에도 불구하고 그 소설들에는 전쟁이 발발했을 때 피난도 못 가고 서울에 남아, 북측과 남측 양진영으로부터 고초를 겪으면서도 어떻게든 살아남아야 했던 여인들, 즉 전쟁으로 오빠 혹은 아들을 잃은 여인들의 이야기라는 뼈대가 고스란히 유지되고 있다. 그래서 박완서의 소설들은 그 내용에 있어 서로 중첩되어 있기도 하며, 그 때문에 독자를 다소 식상하게 하는 것도 사실이다. 그렇다면 같은 소재를 '울거먹는다'라는 비난을 감수해 가면서, 박완서가 그 소재에 큰 변형을 가하지 않고 소설화하는 작업을 끊임없이 반복하는 까닭은 무엇인가? 그것은 그 시절의 경험이 그녀의 글쓰기의 동력이면서 동시에 그녀를 구성하는 정체성의 핵심이기 때문이다.

> (1) 남들은 잘도 잊고, 잘도 용서하고 언제 그랬더냐 싶게 상처도 감쪽같이 아물리고 잘만 사는데, **유독 억울하게 당한 것 어리석게 속은 걸 잊지 못하고 어떡하든 진상을 규명해 보려는 집요하고 고약한 나의 성미가 훗날 글을 쓰게 했고 나의 문학정신의 뼈대가 되지 않았나 싶다.** (박완서, 「나에게 소설은 무엇인가」 『박완서 문학 앨범』, 웅진출판, 1992, 123쪽)(이하 강조 : 인용자)

> (2) 그때 내가 미치지 않고 온전한 정신으로 살아남을 수 있었던 비결은 그래, 언젠가는 이걸 소설로 쓰리라, 이거야말로 나만의 경험이 아닌가 라는 생각이었다. 그건 집념하고는 달랐다. 꿈하고도 달랐다. 그 시기를 발광하지 않고 살아남을 수 있는 유일한 방법이었고, 정신의 숨구멍이었고, 혼자만 본 자의 의무감이었다. 전쟁이 끝나고 세상이 살만해지고 나 또한 보통사람으로서의 무사안일을 누리는 동안 그건 짜릿한 예감이 되어 나의 안일에 잠복해 있다가 발병처럼

갑자기 망각을 들쑤석거리곤 했다. 그래서 처음으로 세상에 글장이
로 선을 보이게 되었을 때의 감상도 꿈을 이루었다든가, 노력한 결
실을 거두었다든가 하는 보람보다는 마침내 쓰는 일을 피할 수 없게
되었다는 안도와 체념에 가까운 거였다. (박완서, 「작가의 말」, 『목
마른 계절』, 열린책들, 1987, 302쪽. 이하 쪽수만 표시함)

위의 인용문을 통해 박완서 자신이 직접 언급하고 있듯이, 그녀의 글쓰기
는 상흔으로만 남겨져 있던 자신의 경험들을 스스로 납득할 수 있는 인과율
을 지닌 사건으로 재구성하는 과정이다. 그것이 바로 그 시절의 상처를 극
복하는 그녀 나름의 방식인 것이다. 그 방식을 통해 박완서는 '그 시절'을
겪으면서 얻게 된 타인에 대한 증오심과 이기심, 무관심의 연원을 밝히고,
그것을 통해 과거의 자신뿐만 아니라 현재의 자신까지도 냉정하게 비판할
수 있는 거리를 확보하고자 했던 것이다. 즉 박완서는 『나목』을 출발점으로
해서 일방적으로 당할 수밖에 없었던 그 시절의 운명의 힘에 '글'로써 복수
하고자 했으며, 더 나아가 그러한 복수의 글쓰기를 통해 자신의 상처를 치
유하고 그 시절의 경험으로 인해 잃어버리게 된 자신의 모습을 복원하고자
했던 것이다. 물론 그 복원의 과정이 길고도 험난한 것이었음은 두말할 필
요가 없을 것인데, 『나목』에서 시작된 복수와 복원의 글쓰기가 아직도 끝나
지 않고 계속되고 있다는 사실은 우리에게 그 시절에 대한 작가의 원한의
깊이와 폭을 가늠할 수 있게 해주는 대목이기도 하다.

『나목』이 박완서의 복수와 복원의 글쓰기의 출발지라는 점은 작품 속에
서 생생하게 살아있는 인물이 주인공 이경뿐이라는 사실과도 긴밀하게 연
관되어 있다. 옥희도나 황태수 등의 인물들이 행위의 차원에서만 묘사되는
반면, 이경이라는 인물은 표면적인 행동과 그 이면의 심리의 차원이 동시
에 그려지고 있는데, 작가는 이경의 행동을 그녀의 심리의 추이를 통해 다
시 한번 재구성하고 있다. 즉 이경 자신의 욕망과 그 욕망에 대한 작가의
해석이 이경의 내면에 공존하기 때문에, 이경은 욕망의 충돌이 만들어내는
갈등 속에서 생생한 인물로 그려질 수 있는 것이다. 따라서 작가는 『나목』
에서 이경의 내면을 드러내는 방식을 통해 자신의 글쓰기의 궁극적 목적이
라고 할 수 있는 '복원과 치유의 글쓰기'를 수행하게 되는데, 그것은 주인

공 이경의 정체성 찾기 과정인 동시에 박완서 자신의 정체성 찾기 과정이기도 하다.

2. 존재론적 고독에서의 탈출을 꿈꾸며, 사랑을 향해 달려가다

작품 전체에 암울한 분위기를 조성하는 후경(後景)일 뿐인 전쟁은 『나목』에서 '회색'이라는 시각적 이미지로 표현되고 있다. 이경에게 회색의 전쟁은 "마지못해 죽지 못해 살고 있노라는 생활태도에서 추호도 물러서려 들지 않는 그 무섭도록 딴딴한 고집"(17쪽)으로 자신의 존재를 증명해 보이고 있는 그녀의 어머니와 동일시되고 있으며, 무엇보다 "부연 하늘을 이고 서서 한쪽이 보기 싫게 일그러져나간 채인"(16쪽) 그녀의 집으로 상징되고 있다. 옥희도에게 회색의 전쟁은 PX 초상화부 유리문을 덮고 있는 '회색 휘장'으로 상징되고 있으며, 그것은 그가 부양해야 할 식구들, 생활고의 문제로 구체화되고 있다. 그는 상황이 여의치 않으면 김일성 초상화도 그려야 하고, 천조각에 서양여인도 그려야 하며, 그렇게라도 하지 않으면 살아남을 수 없는 상황에 놓여 있는 것이다.

그러므로 이경과 옥희도에게 전쟁이란 그들의 삶을 송두리째 뒤엎어버린 사건이라기보다는 그들이 인간다운 삶을 살지 못하게 하는 하나의 악조건에 가깝다. 그들에게 '회색 휘장'은 '삶에의 기쁨을 희구하려는 열망'을 덮고 있다는 공통의 의미를 지닌 것이기 때문에, 그들은 그 '회색 휘장'에 의한 절망과 그 휘장을 벗어나고 싶다는 욕망을 공유하고 있는 것이다. 또한 그들은 그 휘장에서 벗어나, 그들이 전쟁을 통해 잃어버렸거나 망각한 것 혹은 그 휘장에 의해 억압된 욕망의 복합체를 분출시키고자 한다. 구체적으로 살펴보면, 이경의 희구는 두 방향을 향하고 있다. 한편으로 그녀는 "과거와의 단절"(91쪽)을 간절히 염원하는데, 그것은 고가(古家)로 상징되고 있는 과거의 망령으로부터의 탈출, 자신의 삶에의 욕망을 자유롭게 표출할 수 있는 상황의 도래를 향한 열망이다. 그러므로 그것은 미래의 시간을 향한 열망이다. 다른 한편, 그녀는 전쟁으로 잃어버린 가족, 가족들로부터 보호받던 삶의 회복을 열망한다. 그러므로 그것은 과거의 시간을 향한 열망이다.

그녀는 과거의 시간을 거부하면서 동시에 희구하며, 미래의 시간을 회피하고자 하면서 동시에 열망한다. 이러한 복합 욕망의 공통된 뿌리는 치욕스럽고 벗어던지고만 싶은 현재의 시간에 대한 부정에 있다. 그래서 그녀는 전쟁에 대해서도 양가적 입장을 취할 수밖에 없는 것이다. 그녀는 전쟁을 피할 수 있기를 염원하면서 동시에 전쟁의 노도가 밀려오기를 염원한다. 이는 살고 싶다는 욕망과 죽고 싶다는 욕망의 공존으로 간단하게 요약되는데, 이렇게 상반된 갈망이 그녀의 내부에 공존하는 까닭은 그녀가 자신이 처한 상황에 대처할 방법을 찾지 못했기 때문이다. 문제를 정확히 인식하면, 그 해답은 의외로 손쉽게 얻어진다. 그러므로 그녀는 해결책을 찾지 못했다기보다는 자신이 처한 상황이 어떤 상황인지, 그것이 지닌 문제가 무엇인지를 정확하게 파악하지 못하고 있는 셈이다.

따라서 전쟁이라는 외피를 걷어내고 나면, 그녀는 자신 앞에 놓인 실존의 문제 즉 '어떻게 살 것인가' 라는 문제를 해결해야 하는 상황에 급작스럽게 내몰렸기 때문에 혼란스러워 하고 있는 것이다. 그녀에게 실존 문제를 해결해 가는 과정이란 다양한 모습의 자신들, 다양한 갈망과 염원을 소유한 채 다른 모습으로 존재하는 자신의 모습들이 모두 자신임을 받아들여가는 과정일 것이며, 보다 포용적이고 열려있는 자신을 정립해가는 과정일 것인데, 회색 휘장에서 벗어나고 싶다는 그녀의 열망은 '무엇인가를 사랑하고픈 열망' 으로 수렴되고 있다. 이렇게 본다면, 이경과 옥희도가 서로에게 이끌린 까닭은 서로에게서 존재 확인에의 열망이 끓어오르고 있음을 감지했기 때문이며, 그 열망의 좌절이 만들어내는 "아주 황량한 풍경의 일각 같은 것"(26)을 서로의 눈 속에서 발견했기 때문이다. 즉 그들은 상대방을 통해 자신의 존재를 확인 받을 수 있다고 여겼던 것이다. 무엇보다 그들은 그들이 처한 상황을 대변해주고 있는 완구점의 침팬지 인형이라는 촉매를 통해 사랑을 불태우게 된다.

드디어 태엽이 풀리면서 침팬지의 동작은 서서히 느려지고 유쾌한 애주가의 폭음은 부시시 멎었다. /구경꾼들은 하나둘 비어갔다. 흥겨운 시

간은 삽시간에 지난 것이다. /**침팬지만이 사람들한테 아침 떨기를 멈추고
한껏 외롭게 서 있었다. /그의 고독이 가슴에 뭉클 왔다. 사람과 동물로부
터 함께 소외된 짙은 고독과 절망.** /나는 옥희도 씨를 쳐다보았다. 그는
하염없이 화필을 높고 잿빛 휘장을 바라볼 때처럼 그런 시선으로 침팬지
를 보고 있었다. /문득 나도 그도 역시 침팬지의 고독을 앓고 있음을 짐작
했다. 그리고 나도 그를 도울 수 없음을. /좀전의 충족감이 포말처럼 꺼졌
다. 나는 그에게서 소리 없이 밀려나 있었다. 침팬지와 옥희도와 나…각각
제 나름의 차원이 다른 고독을, 서로 나눌 수도 도울 수도 없는 자기만의
고독을 앓고 있음을 나는 뼈저리게 느꼈다.(65-66쪽)

   (…)「글쎄 말이야. 그놈이 태엽만 틀면 술을 마시는 게 처음엔 신기하
더니만 점점 시들하고 역겨워지기까지 하더군. **그놈도 자신을 역겨워하고
있는 눈치였어. 그래서 그런 슬픈 얼굴을 하고 있을 게야. 그러면서도 어
쩔 수 없이 태엽만 틀면 그 시시한 율동을 안할 수 없고… 한없이 권태로
운 반복, 우리하고 같잖아.** 경아는 달러 냄새만 맡으면 그 슬픈〈브로큰
잉글리시〉를 지껄이고 나는 달러 냄새에 그 똑같은 잡종의 쌍판을 그리고
또 그리고」/그는 몸을 떨었다. /이제 그는 나 때문에 떨고 있지는 않았다.
성당 앞까지 왔다. 「사람이고 싶어. 내가 사람이라는 확인을 하고 싶어」/
그는 나를 끌어안았다. (172쪽)

   그런데 태엽만 감아주면 어쩔 수 없이 술을 먹는 율동을 계속해야 하는 침
팬지를 통해 그들은 회색 휘장에 갇혀 있는 자신들의 운명을 발견하게 되며,
인간으로서의 삶을 모두 포기한 채, 생존을 위해서만 살아야 하는 자신들의
삶에 비애감을 넘어서 환멸을 느끼게 된다. 무엇보다 그들을 절망으로 몰아
넣은 것은 동물로 전락한 듯한 삶을 그들이 철저하게 혼자 감당해야 하며,
서로 도움을 줄 수도, 받을 수도 없는 상황에 그들이 놓여 있다는 사실이다.
   『목마른 계절』에서는 이와 같은 고독감이 명백하게 전쟁에서 기인한 것
으로 그려지고 있다. 전쟁을 겪으면서도 여전히 순종적이고 나약한 자신의
어머니를 향해, 주인공 하진은 "전쟁이 아닌가. 아무도 응석부리거나 위무
(慰撫)받을 수만은 없는 것이다. 자기 몫의 재앙은 조만간 자기 몫이다. 제
가끔 정직하게 받아들이고 감당해야"(세계사, 1994, 115쪽) 한다고 되뇌인

다. 전쟁은 가족마저도 남과 같은 관계에 놓이게 하기 때문에, 그 속에서 모든 사람들은 서로 고립되어 자신을 책임져야 한다는 것이다. 그러나 『나목』에서 고독감은 실존적인 문제에 보다 가깝다. 이경과 옥희도가 침팬지를 통해 느끼는 고독은 그들을 하나 되게 하는 동시에 철저하게 고립시킨다. 이런 까닭에 이경과 옥희도는 서로 사랑을 하고, 상대방을 통해 자신의 존재를 확인하고 싶어하지만, 결국 그 사랑은 불발로 끝날 수밖에 없으며, 아무런 결실도 맺지 못하게 되어 있는 것이다.

3. 자신이 만들어낸 신기루에 빠진 존재들, 돌아오다

이처럼 그들이 서로에게 탈출구가 될 수 없다면, 어떻게 그들은 회색 휘장에서 벗어날 수 있는가? 이경은 GI 조와의 사건, 옥희도 집에서의 하룻밤이라는 일탈적 행동을 통해 회색 휘장에 균열을 가하고자 한다. 특히 조를 통해 수많은 군더더기의 자신을 벗을 수 있다고 믿은 그녀는 조를 만나러 경서호텔에 간다. 그러나 조가 침대맡의 스탠드 불을 켠 후 침대 시트가 핏빛으로 물들자, 그녀는 자신의 육신이 혁과 욱이 오빠의 육신처럼 시트를 붉게 물들이며 조에 의해 참담하고 추악하게 조각날 것 같다고 여기게 된다.

그리고 그 순간, 그녀는 자신이 두려워했던 것이 고가(古家)의 부서진 지붕이 아니라, 오빠들의 죽음이 자신의 탓일지도 모른다는 '가책'이었다는 것을 깨닫게 된다. 그때까지 그녀는 오빠들을 행랑방 벽장에 감추자는 생각을 해낸 것이 자신이었다는 사실을 망각한 척하거나 회피해 왔는데, 그녀는 자신이 그 사실을 회피함으로써 오빠들의 죽음으로부터 자신이 자유로워진 것이 아니라 오히려 불안과 공포에 시달리게 되었다는 사실을 깨닫게 된 것이다. 뿐만 아니라 그 순간, 그녀는 자신의 일탈적 행동이 자신을 거듭나게하는 생성이 아니라 오빠들에게 벌어진 일과 같은 파괴임을 깨닫게 되며, 무엇보다 자신에게 오빠들의 죽음에 대한 가책보다는 자신의 삶을 영위하고 싶다는 삶에의 욕구가 더욱 강하다는 것을 깨닫게 된다. 그래서 그녀는 조에게 자신을 깨뜨리지 말라고, 파괴하지 말하고 외치게 되는 것이다.

반면, 그의 존재를 얽매고 있는 사슬, 즉 많은 수의 식솔을 책임져야 하고, 그들과 함께 이 전쟁을 견디고 살아남아야 한다는 피할 수 없는 운명으로부터 벗어나 인간으로 존재하고 싶어하며, 무엇보다 화가로서의 자신의 모습을 되찾고자 하는 옥희도는 자신이 처한 상황에 대한 절망감과 자신의 존재를 증명하고자 하는 욕망을 화폭 속의 나무로 형상화함으로써 평정을 찾게 된다. 그가 그린 희뿌연 질감의 배경 속에서 한발(旱魃)에 말라죽은 것처럼 보이는 나무는 그가 처한 상황과 그의 심리 상태를 고스란히 담고 있는데, 자신의 상황을 눈에 보이는 그림으로 승화시킴으로써 그는 자신의 상황 또한 객관적이고 냉정한 시각으로 바라볼 수 있는 여유를 확보할 수 있게 된다. 뿐만 아니라 그는 그 그림을 통해 화가로서의 자신의 존재 의의도 확인할 수 있게 된다.

이렇게 본다면, 이경과 옥희도는 서로 사랑을 했다기보다 서로에게서 자신의 염원이 만들어낸 환상을 보았던 셈이다. 현실을 벗어나고픈 욕망은 그들에게 그 환상을 탈출구로 보이게 했다. 이경이 상실된 가족애를 옥희도를 통해 회복하고자 했다면, 옥희도는 생활고에서 벗어난, 인간다운 삶, 예술가로서의 삶이 아직도 가능하다는 확신을 경아를 통해 얻고자 했다. 그들은 그렇게 자신의 꿈을 상대방에게 투사함으로써 끝나지 않을 것 같은 전쟁이 몰고 온 불안을 견디고자 했던 것이다. 옥희도는 황태수와 대면한 자리에서 이경에 대한 사랑을 한편으로 인정하면서 한편으로 부인하는데, 옥희도의 해명성 발언에서 우리는 그의 사랑이 그 자신의 욕망의 투사였음을 확인할 수 있다.

「오, 어떡하면 자네가 알아줄 수 있을까? **내가 살아온, 미칠 듯이 암담한 몇 년을, 그 회색빛 절망을, 그 숱한 굴욕을, 가정적으로가 아닌 예술가로서 말일세. 나는 곧 질식할 것 같았네. 이 절망적인 회색빛 생활에서 문득 경아라는 풍성한 색채의 신기루에 황홀하게 정신을 팔았대서 나는 과연 파렴치한 치한일까?** 이 신기루에 바친 소년 같은 동경이 그렇게도 부도덕한 것일까?」(272-273쪽)

「경아. 경아는 나로부터 놓여나야 돼. **경아는 나를 사랑한 게 아냐. 나**

를 통해 아버지와 오빠를 환상하고 있었던 것뿐이야. 이제 그 환상으로부
터 자유로워져봐 응? 용감히 혼자가 되는 거야. 용감한 고아가 돼봐. 경아
라면 할 수 있어. 자기가 혼자라는 사실을 두려움 없이 받아들여. 떳떳하
고 용감한 고아로서 모든 것을 다시 시작해 봐. 사랑도 꿈도 다시 시작해
봐」(273쪽)

그러므로 유부남인 옥희도가 이경에게 사랑을 느꼈다해도, 우리는 그 사
랑에 윤리적 잣대를 들이대면서 단죄할 수는 없는 것이다. 비록 그 빛이 옥
희도 자신이 만들어낸 신기루일지라도, 그에게 이경은 회색빛 생활을 버티
게 해주는 한줄기 빛이었기 때문이다. 마찬가지로 이경 또한 그녀만의 환각
속에 빠져 있었던 셈인데, 옥희도가 그린 나무 그림에 대한 그녀의 해석이
그것을 증명해준다. 음력설을 앞두고 옥희도의 집에 찾아간 이경은 그가 그
린 나무 그림을 보게 되는데, 그녀는 그 나무에서 "꽃도 잎도 열매도 없는
참담한 모습의 고목"(195쪽) 즉 "빛과 빛깔의 빈곤 그러니까 삶의 기쁨에의
기갈"(197쪽)을 보게 된다. 그녀는 궁상스럽고 수다스러운 속물들, 전쟁, 살
벌한 거리와 회색의 건물들과 촉루 같은 가로수 때문에, 그가 잎 하나 없이
말라죽은 나무를 그렸다고 확신한 것이다.

그러나 그러한 해석은 어디까지나 그녀의 정신적 공황 상태를 투영한 것
일 뿐이다. 왜냐하면 중년이 된 그녀가 옥희도 유작전에서 그 나무를 다시 보
았을 때, 그녀는 그 나무가 말라죽은 고목이 아니라, "봄에의 믿음"(285쪽)으
로 의연히 겨울을 견디는 나목이라는 전혀 다른 깨달음을 얻기 때문이다. 그
러므로 이경에게도 그 나무는 자신의 심리의 투영물이었을 뿐이며, 옥희도
와 마찬가지로 그녀 또한 철저하게 자신의 내면 세계에 갇혀 있었던 셈이다.

옥희도가 나무를 그림으로서 화가로서의 자신의 존재를 확인한다면, 이
경은 황태수를 받아들임으로써 자신만의 신기루에서 벗어난다. 회색의 대
리인이었던 어머니가 급성 폐렴으로 죽고 말았다는 점에서, 그녀가 회색 휘
장을 주체적으로 극복했다고 볼 수는 없다. 그렇지만 그녀가 일탈적 행동이
라는 스스로의 의지를 통해 자신을 억누르는 가책에서 벗어났음을 부정할
수는 없으며, 그것은 결국 그녀가 회색 휘장에서 벗어났음을 뜻하는 것이
다. 그러므로 그녀는 더 이상 전쟁을 기다리지도, 바라지도 않는다. 다시 말

하자면, 그녀는 일탈적 삶에의 동경으로부터 일상적 삶으로 귀환하고 있는 것이다.

4. 삶을 이루는 두 가지 구성 요소가 있으니, 존재론적 고독과 '사랑'

이경과 옥희도가 탈출욕망을 불태우고 있으며, 그 욕망을 통해 자신들의 존재를 증명해 보이고자 한다고 할 때, 그들이 탈출하기를 염원하는 상황이 단순히 전쟁일 뿐이라면, 그 상황은 그들의 자발적인 노력 없이도 얼마든지 타개될 수 있는 상황이다. 왜냐하면 전쟁이란 그것이 아무리 참혹하고 끝나지 않을 것 같다고 해도 특수하고 한시적인 상황일 것임이 분명하기 때문이다. 이때의 탈출욕망 혹은 다른 삶 꿈꾸기는 탈출이 원천봉쇄된 절망적인 상황 속에서의 꿈꾸기라기보다는 전망이 있는, 실현 가능한 꿈꾸기인 것이다.

그러나 그들이 처한 상황이 인간의 실존 문제와 연관된 상황이라고 한다면, 그 의미는 전혀 달라진다. 인간에게 주어진 존재론적 고독은 한시적으로만 경험하게 되는 것도, 벗어날 수 있는 것도 아니며, 전쟁이라는 극한 상황이 종결된다고 해서 사라지는 것도 아니다. 박완서가 『나목』의 마지막 장에서 말하고 있는 바와 같이, 누구나 자신의 내부에 타인과 나눌 수 없는 잉여의 자신을 지니고 있는 것이며, 그것은 전쟁이나 혹은 청춘 시절에만 국한된 문제가 아니기 때문이다. 이 경우, 그들의 탈출 욕망은 좀 더 비극적인 꿈꾸기라고 할 수 있다.

바로 이 지점에서 우리는 『나목』의 의의는 찾을 수 있다. 앞서 지적한 바 있듯이, 『나목』은 유종호식 표현으로는 사람살이의 근원적인 외로움을 뜻하는, 인간에게 주어진 존재론적 고독을 포착한 데 있다. 그러나 존재론적 고독의 포착보다 중요한 것은 박완서가 그 고독을 인간이 벗어날 수 없는 그물망이 아니라 우리 생을 구성하는 한 요소로 그리고 있다는 점이다. 그래서 『나목』에서는 '인간은 근본적으로 외로운 존재'라는 사실이 부각되고 있으면서도 역설적으로 사랑의 필요성과 의미가 강조되고 있는 것이다.

　　물론 이때의 사랑이란 남녀간의 사랑만을 뜻하지 않는다. 이경과 옥희도 사이의 사랑도 일반적인 남녀간의 사랑과는 그 함의가 같지 않다. 그것은 이경이 옥희도에게 사랑의 감정을 느끼게 된 계기를 살펴보면 쉽게 알 수 있다. 얼핏 보면 그녀는 모든 것이 전쟁을 닮은 회색빛이었던 그 시절, 다른 사람들과는 달리 옥희도의 눈에 그 회색빛으로 인한 '피로와 상심', 깊은 절망감이 감돌고 있음을 감지한다. 그의 눈 속에서 자신의 것과 똑같은 절망감을 보았기 때문에 그녀는 그에게 사랑을 느낀 것이다.

　　그렇지만 실상, 옥희도가 다른 이들과 달랐다기보다는 '그는 딴사람과 다르다'고 믿는 이경 자신의 주문 혹은 옥희도가 다른 사람과 다르기를 바라는 그녀의 염원이 그를 그렇게 보이게 한 것일 뿐이다. 이경에게는 사랑할 누군가 즉 자신의 절망과 열망을 투사할 누군가가 필요했던 것이다. 그러므로 이경이 옥희도를 사랑한다고 할 때, 그 사랑이라는 것은 남녀간의 사랑에 한정된 것이라기보다는 외로움을 나누고 잊을 수 있는 모든 통로를 포괄하는 개념인 것이다. 즉 그것은 타인을 향한 열망 그 자체인 셈이다.

> 　　(…)사랑하는 진이 오빠. 좀 쑥스럽지만 이렇게 부르고 싶습니다. 이웃의 개 짖는 소리도 안 들리게 넓은 집에 외롭게 살고 있기 때문인가 봅니다. **이 무섭도록 완벽한 적막을 견디는 길은 사랑하는 여러 사람들을, 사랑하는 남자, 사랑하는 친구, 사랑하는 혈연을 가졌다는 믿음뿐입니다.** 그럼 안녕-(169쪽)

　　그래서 이경은 사랑하는 사람들을 곁에 두는 것이 고독을 치유하는 방법이라고 믿는다. 그녀는 나이 지긋한 '싸진' 이 천연색 가족 사진을 내밀면서 실크 바탕에 일가족을 그려달라고 요청하자, 돈을 받지 않고 그림을 그려주고 싶어하기도 하고, "가끔 사랑한다는 말을 허공에다라도 안하고 못 배길 때가 있"(181쪽)다는 녹색 눈의 GI 조에게 호감을 느끼기도 한다. 이 같은 이경 심리의 무의식적 움직임은 작게는 붕괴된 가족 관계의 회복에 대한 열망의 발현이지만, 근본적으로는 타인을 향한 열망의 분출인 것이다. 물론 인간의 존재론적 고독은 타인에 대한 열망 혹은 사랑을 낳고, 그 사랑으로 인한 좌절은 인간을 다시 타인과 나눌 수 없는 고독 속으로 밀어넣는다. 이

변증법적 반전은 인간이 존재하는 한 끝나지 않으며, 끝날 수 없는 것이다. 『나목』을 포함해서 6.25 전쟁과 분단 체험을 다룬 소설을 통한 박완서의 복수와 복원 그리고 치유의 글쓰기가 끝나지 않는 것처럼 말이다.

▨ 참고문헌

김우종, 「나목의 아픔과 그 영광」, 『신한국문제작가선집 6』, 어문각, 1978.
김윤식, 「박완서와 박수근—나목에 이르는 길」, 『현대문학』, 1983.5.
유종호, 「고단한 세월 속의 삶」, 『나목, 도둑맞은 가난』 개정판 해설, 민음사, 1997.
이경호, 권명아, 『박완서 문학 길찾기』, 세계사, 2000.

송기숙의 『자랏골의 悲歌』론
― 민중적 주체성의 회복을 위한 열정

이봉범[*]

1. 텍스트 개작의 양상과 의미

『자랏골 비가』는 『현대문학』에 17회 연재(1974.2–1975.6)되었다가 1977년 창작과비평사에서 단행본으로 다시 출간된 장편 농민소설이다. 그런데 단행본은 표현, 구성, 내용면에서 대폭적인 수정이 가해져 연재본과 다른 작품인 듯한 인상을 준다. 그 중에서도 후반부(연재본의 10회 이후)의 내용과 구성의 급격한 변화는 작품 전체의 성격이나 미적 특질의 뚜렷한 변모를 초래한다는 점에서 주목할 필요가 있다. 여기서 우리는 연재 후 2년이라는 짧은 기간에 일상적인 개작의 수준을 훨씬 뛰어넘는 단행본을 상재한 까닭에 의문을 가지지 않을 수 없다. 의례적인 현상이라고 치부하기엔 그 정도가 심하기 때문이다. 더욱이 개작을 중시했던 그래서 문학적 완성도에 강한 의욕을 보이는 스타일—대표적으로 황순원, 최인훈—이 아닌 송기숙에게 있어 이 점은 1970년대 그의 문학적 향방과 밀접한 연관이 있을 것이라는 추정을 낳기에 충분하다. 이는 그렇게 수정하고도 "민중들의 곤핍과 고통을 더 핍진하게 형상화하지 못했다"는 단행본 '후기'의 겸사(兼事)를 통해서 그 일단을 확인할 수 있다. 개작의 의도를 조금 서둘러 이야기하자면 송기숙 문학 전체의 주제이기도 한 '민중적 주체성'의 구현에 있었다.

개작이 현저하게 이루어진 것은 결말 처리 부분이다. 등장 인물이나 사건의 배열에도 개작의 흔적이 역력하게 나타나지만 이것은 결말의 개작에 수렴되고 있다. 『자랏골의 비가』는 전근대적 생산관계에 기반한 지배계급(이

---

* 성균관대 강사

양문 일가)과 피지배계급(자랏골 농민들) 간의 계급적 대립이라는 비교적 분명한 서사적 골격을 갖추고 있다. 그 대립은 자랏골 한가운데 위치한 이양문의 '묏등'을 매개로 이루어진다. 다소 샤머니즘적 요소를 내포하고 있는 이 묏등은 그러나 자족적인 삶을 영위하는 자랏골 농민들의 삶을 근본부터 바꿔 놓는 엄청난 파괴력을 지닌다. 묏등의 조성으로 말미암아 자랏골의 대다수 농민들은 '위토(位土)'를 벌어 먹으며 묘를 지켜주는 산지기가 되어 이양문에게 경제적, 신분적으로 예속되는 처지가 된다. 더군다나 3.1운동 직전(1918년) 묏등이 조성된 이래 이양문 일가는 발복하게 되는 반면 자랏골은 우환이 끊이지 않게 된다. 이러한 우환의 연속이 3대에 걸쳐서 재생산되고 그때마다 그 우환의 고리를 끊으려는 자랏골 농민들의 투쟁이 서사적 내용의 중심을 차지하고 있다. 그 투쟁은 자랏골 농민들의 묏등 파괴 욕망과 엄밀한 대응관계를 이루면서 점진적으로 고조된다. 묏등 조성을 반대하는 단순한 항의에서 묏등의 정기를 없애려는 '오물사건'으로 그리고 급기야 그 우환의 근원인 묏등(바윗등)을 파괴하는 것으로. 이러한 서사적 골격은 두 텍스트에 큰 차이가 없다. 그러나 그 갈등이 최종적으로 해결되는 국면에 이르면 연재본과 단행본은 엄청난 차이를 드러낸다.

연재본에서의 갈등 해결은 종수 개인의 역량에 의해서 이루어진다. 종수는 6.25 때 아버지가 비명횡사한 원인이 이양문의 모략에 의한 것이라는 확신을 갖고 자기 논배미에 있는 바윗등을 폭파하려고 한다. 바윗등은 묏등의 정기가 뻗치고 있어서 묏등 폭파 이상의 효과를 지니고 있기 때문이다. 이 사실을 누구보다도 잘 알고 있는 이양문 일가는 부와 권력을 동원하여 갖은 회유와 협박을 통해 종수의 결행을 방해한다. 그러나 종수는 '적개심에 의해 바위를 떨어내는 것이 자기가 자랏골에서 할 수 있는 것'이라고 생각하며 결국 바윗등을 폭파한다. 종수의 행적을 자세히 거론한 것은 다름 아니라 3대에 걸친 자랏골의 비극이 한 개인의 적개심에서 발원한 복수로 해결되고 있다는 문제를 지적하기 위해서다. 권력자의 억압과 피지배계급의 희생이 맞물려 작동하는 역사의 악순환이 개인적 원한에 의한 영웅적 행동으로 해결될 리 만무하다. 아니 해결된다고 생각하는 것 자체가 비역사적이다. 종수의 영웅적 행동 전후에 4.19에 대한 장황한 서술이 배치되어 있는 점으로 미루어 그의 행동이 일종의 역사적 상징성을 띠고 있다고도 볼 수 있다. 하지만 종수의 바윗등 파괴가 지극히 개인적 욕망의 충족에 국한되어 있다는 점에서 4.19에 대한 서술은 단순한 삽화 이상의 의미를 지니지 못한다. 그러므로 연재본의 결론에서 찾아볼 수 있는 것은 가난 앞에서 숨막히는 무력을 느끼는 종수의 장탄식 만큼이나 자랏골이 안고 있는 고통의 악순환이 영속화될 수밖에 없다는 음울함 뿐이다. 그것은 삶의 비극적 조건에 대한 체념적인 수납에 가깝다. 이러한 낭만적 역사인식은 지배계급의 종말에서도 확인된다. 바윗등이 폭파된 후 이양문은 묏등을 이장하고, 자기로 인해서 죽은 사람들과 자랏골 사람들에게 사죄할 만큼 적어도 양심적인 인간으로 그려져 있다. 일제시대부터 이승만 독재정권에 이르기까지 부와 권력을 독점하면서 자랏골을 수탈했던, 심지어 독립운동가를 사칭한 반역사적, 반민족적 인물이 한순간 반성할 줄 아는 인간으로 탈바꿈할 수 있겠는가. 비록 작가가 의도한 것은 아니지만 종수의 영웅적 행동에 치중하다보니 파렴치한 이양문에게 역사의 면죄부를 준 것과 다름없다. 결국 연재본은 낭만적인 역사인식으로 말미암아 부와 권력이 세습되듯 피지배층의 가난과 희생 또한 세습될 수 밖에 없다는 운명의 악순환만을 확인할 수 있을 뿐이다.[1]

　반면, 단행본은 계급적 대립 구도가 예각화되어 있다. 종수의 영웅적 행동, 이양문의 반성, 종수 아버지의 죽음이 곰영감에 의해 자행됐다는 진실이 드러나면서 작품의 긴장이 급진적으로 약화되었던 연재본과 달리 단행본은 갈등 관계를 첨예하게 부각시키면서 긴장된 극적 분위기를 조성하는 데 성공하고 있다. 아마도 송기숙이 밝히고 있는 것처럼 몇 사람의 조언이 작용했으리라 짐작된다. 『자랏골의 비가』가 민중문학을 지향하고 있다는

1)『자랏골의 비가』의 후반부에서 소설의 중후감을 더 한층 크게 풍긴다고 평가하고 있는 김병걸의 견해에 필자는 동의할 수 없다. 이양문의 온갖 회유와 협박에도 불구하고 바윗등 폭파를 결행하는 종수의 영웅적인 행동은 분명 비극적 운명을 주체적으로 극복하고 있다는 점에서 중요한 의미를 지닌다. 하지만 종수의 바윗등 파괴는 개인적 욕망의 충족에서 크게 벗어나지 못하고 있다. 갈등의 한 축인 이양문이 그 사건 이후 개과천선하는 모습으로 미루어 볼 때 종수의 행동은 자랏골의 숙명적 비극을 궁극적으로 해결하는데 아무런 기여를 하지 못한다. 오히려 종수의 영웅적 행동은『자랏골의 비가』의 계급 대립이 담고 있던 역사적 맥락을 개인적 차원으로 환원시키는 심각한 문제를 지니고 있다. 김병걸, 「『자랏골의 비가』 해설」, 『현대문학』, 1975, 7, p.269면

연재 당시의 평가를 고려할 때, 위에서 살펴본 것처럼 연재본은 그런 평가를 무색케 할만큼 많은 문제점을 지니고 있었기 때문이다.

먼저 갈등의 한 축인 이양문 일가의 반민족성이 한층 강화되고 있다. 이양문은 우리 현대사의 모순을 고스란히 담고 있는 반민족적인 인물의 전형이다. 일제시대에는 친일행위로 부와 권력을 유지했고, 해방 후에는 독립운동가를 사칭해서 광복회장에 취임했으며, 이승만 독재정권에서는 아들을 국회의원으로 둘 만큼 호세가로 군림한다. 그런 이양문은 40년 동안 직, 간접적으로 자랏골의 집단적 비극에 관여한 인물로 서사 전개에서 중요한 역할을 담당한다. 다소 샤머니즘적 요소를 띄고 있는 '묏등'이 자랏골의 비극의 원천으로 설정되어 있지만, 그 '묏등'은 바로 이러한 반민족적 인물의 상징이라는 점에서 충분한 설득력을 지니고 있다. 그런 부정성은 결말 부분에서 한층 노골적으로 제시되면서 갈등을 고조시키는데 기여한다. 종수의 바윗등 폭파를 눈치 챈 이양문이 흥정을 통해 그 논을 확보하기 위해 경찰까지 동원해 벌이는 갖가지 회유와 협박, 필순이를 외팔이(이양문의 막내아들)의 후처로 삼으려는 작태, 미곡담보융자건 해결 과정에서 국회의원 이종석(이양문의 큰 아들)이 보여주는 농간 등 이양문 일가의 파렴치한 행위는 갈등의 또다른 축인 자랏골 농민들의 집단적 항거와 불가분의 관계를 이루면서 갈등 해결의 정당성을 높여 준다.

뭐니뭐니해도 개작의 정점은 자랏골 농민들의 집단적 저항에서 찾을 수 있다. 이 부분에서 개작의 의도가 뚜렷히 부조된다. 연재본이 종수에게 초점이 맞춰진 것과 달리 단행본은 자랏골의 부흥을 목표로 결성되었던 '지남회' 회원들, 즉 3세대들에 의한 집단적인 저항으로 이양문을 정죄하고자 한다. 그러한 노력의 이면에는 자기존재의 정당화에 대한 욕구가 깔려 있다. 이는 자랏골의 수난에 대한 자각과 의식적 각성에 의해 가능했다. 가령, 종수가 바윗등을 깨면서 "이 바위는 자랏골 사람들의 피맺힌 원한과 통분이 오래고 오랜 세월 앙금으로 굳어지고 옹이로 맺힌"[2] 것으로 자각하는 것은 이후 저항의 필연성과 정당성을 높이는데 크게 기여한다. 급기야 설날 성묘를 기하여 종수, 선찬이, 문길이, 평식이 등 자랏골 청년들의 묏등 폭파

2) 송기숙, 『자랏골의 비가』, 창작과비평사, 1977, 423면(이하 면수만 밝힘).

가 결행되고 이양문은 벙어리가 되고 만다. 묏등을 파괴할 때 자랏골에 울려 퍼진 다이너마이트의 굉음은 40년 동안 누적되어 온 자랏골 사람들의 분노와 절규의 함성이며 새로운 시대를 예비하는 축음이었다. 즉 이양문 일가의 몰락은 곧 민중에 대한 억압과 수탈을 일삼아왔던, 봉건적 신분질서와 이에 연결된 토지소유제도 등 구조적 모순의 정치적 실현체인 권력자층의 붕괴를 의미한다.[3] 그것은 작품 말미에 제시된 4.19의 민중 승리와 맥을 같이하고 있다.

『자랏골의 비가』는 이렇게 개작을 통해 농민 집단의 의식적 각성과 잠재된 힘을 발견하여 현실모순에 주체적이고 능동적으로 저항하는 민중들의 투쟁을 형상화한 작품으로 탈바꿈되기에 이른다. 특히 자랏골 농민들의 '작은 승리'는 매우 값진 것이다. 민중들이 체제순응적 미몽으로부터 깨어나 역사 발전의 당당한 주체로 발돋움하는 과정은 해방 이후 단절되다시피 한 진보적 문학 전통의 복원이라는 의의를 갖는다. 이러한 민중적 주체성의 복원은 1970년대 소시민적 농민문학의 한계와 뚜렷하게 구별되는 점이기도 하다.[4] 그렇다고 『자랏골의 비가』가 민중문학으로서 완벽한 수준을 보여주는 것은 아니다. 여전히 집단적인 저항에 이르기까지의 과정에 나타나는 인물들의 자각과 의식적 각성이 자족적인 수준에서 이루어지는 문제를 지니고 있다. 즉 개인적 원한이 사회적 차원으로 매개되는 과정이 빈약하기에 그들의 저항은 충동적인 것에서 크게 벗어나지 못한다. 문제는 무엇을 말하는가가 아니라 어떻게 말하는가에 있다.

이상으로 개작의 의도가 민중주체성의 구현에 있음을 확인해 보았다. 동시에『자랏골의 비가』의 윤곽이 어느 정도 파악되기도 했다. 그리하여 본론의 작품 분석은 이 작품이 지니고 있는 민중문학적 성과와 한계를 파악하는 것에 주안점을 두고 이루어질 것이다. 당연히 분석 대상은 단행본『자랏골의 비가』다.

---

3) 김윤식 · 정호웅 공저, 『한국소설사』(예하, 1993), p.388 참고.
4) 졸고, 「농민문제에 대한 문학적 주체성의 회복」, 민족문학사현대문학분과, 『1970년대 문학연구』, 소명, 2000, 참고.

2. 농촌공동체의 수난과 주체적 극복 의지

『자랏골의 비가』는 총 18장으로 구성된 장편소설이다. 서사적 시간은 현재(1,2,6,9,11-18장)와 과거(3-5,7-8,10장)가 교차하는데, 과거 부분은 자랏골이 당했던 비극의 수난사를 서술하고 있으며 현재 부분은 1950년대 농촌이 당면하고 있던 문제와 과거의 수난사가 중첩되면서 그 비극을 주체적으로 극복하려는 자랏골 농민들의 집단적 저항을 그리고 있다. 이 때 서사적 과거는 현재 자랏골이 당면하고 있는 비극의 역사적, 구조적 근원을 드러내는 기능을 담당함으로써 현재의 역사에 밀접하게 연결되어 있는, 즉 현재의 전사(前史)로서의 의미를 지닌다. 이와 같이 현재와 과거가 유기적으로 연관됨으로써 『자랏골의 비가』에서 형상화된 민중과 그들의 수난은 구체성을 확보하는 동시에 역사적인 의미를 부여받는다.

그런데 집필 시점으로 보면 작품 전체가 과거의 역사를 다루고 있다. 즉 3.1운동 전해(1918년)부터 4.19혁명까지 3대에 걸친 자랏골 농민들의 비극적 운명과 그것의 극복 의지를 형상화하고 있는 것이다. 『자랏골의 비가』를 소재적인 차원으로 접근하면 역사소설과 농민소설의 성격을 공유하고 있다고 볼 수 있다. 그러나 『자랏골의 비가』의 진면목은 소재적 차원을 훨씬 뛰어 넘는 문학적 성취를 보여준다는 점에 있다. 다시 말하면 역사의 도도한 흐름에서 항상 소외될 수밖에 없었던 민중들에게 역사적 의미를 부여하고 그들이 역사의 당당한 주체임을 확인하는 민중문학적 지향을 담고 있다. 과거 역사를 통해 민중주체성을 복원하는 작업은 송기숙 문학의 뚜렷한 흐름을 형성한다.[5] 그렇다고 송기숙이 당대 문제에 대해 소홀했던 것은 아니다. 특히 1970년대 분단시대의 비극을 예리하게 통찰하고 있는 작품들이나 파행적인 근대화에 의해 몰락할 수밖에 없었던 전통적인 농촌공동체의 참상과 그 회복을 지향하는 농민문학 작품들은 민족(중)문학의 의의를 충실하게

---

5) 가령 식민지시대 반제, 반봉건 민중운동의 한 정점이었던 농민들의 소작쟁의사건을 다룬 장편소설『암태도』(창작과비평사, 1981), 역사발전의 주체로 나섰던 농민들의 삶과 투쟁의 생생한 기록인 대하소설『녹두장군』(창작과비평사, 1994), 광주항쟁의 현재적인 의미를 조망하고 있는 최근 장편소설『오월의 미소』(창작과비평사, 2000) 등은 과거 역사를 통해 민중주체성을 복원하고 있다는 점에서 우리 민족문학의 귀중한 자산으로 평가할 수 있다.

예증해주고도 남음이 있다.[6] 이와 같은 맥락에서 볼 때, 『자랏골의 비가』를 역사소설 또는 농민소설의 협소한 틀로 접근한다면 작품이 담고 있는 의의를 훼손시킬 우려가 있다.

『자랏골의 비가』는 전통적인 농촌공동체 민중들의 삶을 충실하게 재현하고 있다. 소설의 무대가 되고 있는 '자랏골'은 30호로 구성된 비교적 규모가 작은 전형적인 농촌공동체 촌락이다. 그렇다고 농촌공동체 특유의 다사롭고 넉넉한 품을 간직하고 있는 곳은 아니다. 예나 지금이나 변변한 농토가 없는 자랏골은 이양문에게 '위토'를 벌어 먹으며 묘를 지켜주는 산지기가 태반을 차지할 정도로 가난에 찌들어 있다.

> 자랏골을 울타리처럼 둘러싸고 있는 산줄기도, 너희들은 꼭 이만큼의 농토만 벌어 먹고 살아라 하듯, 삼십 여호가 일년 양식이 빠듯할 넓이의 들판과, 산자락에 논다랑치 몇 개를 덤으로 얹은 다음, 팔로 싸안 듯 자랏골 안통을 옥죄어싸안고 있었다. (16-7면)

자랏골의 지세에 적절히 의탁해 자랏골 농민들의 처지와 그들이 겪어야만 하는 비극을 넉넉하게 암시해 주고 있다. 이 절대적 궁핍에 덧붙여 자랏골을 비극의 소용돌이로 몰아 넣는 것은 이양문의 묏등이다. 이는 자랏골(龜洞)이 지명 자체에 암시되어 있는 것처럼 소문난 명당자리라는 데서 연유한다. 예로부터 풍수들이 드나들던 자랏골이었는데, 근동의 호세가 이양문이 자랏골 한가운데 묏등을 조성하면서부터 자랏골의 비극이 초래된다. 그런데 묏등의 조성은 자랏골 농민들에게 이중적인 의미를 지닌다. 절대적 가난으로부터 벗어날 수 있는 생활의 유효한 수단(산지기)이 되는 동시에 경제적, 신분적 예속으로 인해 무고한 희생을 가져오는 재앙이 되기도 한다. 전자는 "그 만큼의 인생, 좋게 보아 제 타고난 분수대로 그 분수만큼의 세상을 사는"(16면) 소박한 심성을 간직한 농민들이 산지기를 차지하려고 벌이는 갖가지 음모, 시기, 갈등에서 확인되듯이 자랏골 내부의 비극의 원인이 되며, 후자는 자랏골 전체가 권력자의 전횡에 속수무책으로 당해야만 하는 수난의 근본 원인이 되고 있다. 전체적으로 볼 때 묏등은 자랏골이 당

---

6) 진정석,「민중적 주체성의 복원을 위한 도정-송기숙론」(창작과비평, 1995, 겨울호), 참고

하는 비극의 원천이다. 명당인만큼 1918년 묏등이 조성된 이래 이양문의 일가는 발복하게 되는 반면 자랏골은 우환이 끊이지 않는다. 40년간 3대에 걸친 이 우환의 역사가 곧 자랏골의 수난사다. 앞서 밝힌 서사적 과거 부분은 그 수난의 역사를 핍진하게 형상화하고 있다. 크게 보아 3.1운동, 해방 전후와 전쟁, 1950년대에 겪었던 수난은 자랏골의 각 세대의 수난과 일치하고 있다.

자랏골의 첫 번째 수난은 묏등이 조성되는 시점에서 발생한다. 수난의 당사자는 '용골영감'과 '고당영감'인데, 그들은 동학혁명에 참여했으나 혁명의 좌절로 피신하여 자랏골에 정착한 사람들이다. 고당영감은 얼마간의 재물로 논과 집을 장만했지만 일본에 유학하고 있던 큰아들 김태율(종수 큰아버지)이 찾아와 독립운동 자금을 마련하기 위해 전답뿐만 아니라 명당으로 소문난 대밭까지 이양문에게 매도하게 된다. 그리하여 이양문의 묏등이 자랏골 한가운데 들어서게 된다. 비극은 천묘(遷墓)를 서두를 무렵 누군가가 관이 들어갈 자리에 똥을 퍼다 놓은 사건으로 시작된다. 그 사건으로 인해 마을 사람들이 헌병대에 끌려가 곤욕을 치르게 되며, 고당영감의 큰딸 '옥분이'가 양문이 산지기들로부터 능욕을 당해 자살하게 되고, 그 여파로 고당영감 또한 자살한다. 친일 권력자에게 속수무책으로 당하는 자랏골의 비극은 식민지시대 우리 민중들이 겪었던 수난의 일반적인 모습일 것이다. 거기에다 반봉건, 반외세를 위해 투쟁했던 동혁혁명군 고당영감의 죽음은 우리 근대민중사의 처절함을 여실히 드러내 준다.

두 번째 비극은 3.1운동 때 발생한다. 국기라면 일본 국기밖에 몰랐던 자랏골 사람들에게 있어 3.1운동은 한마디로 '기막힌 사건'으로 받아들여진다. 우매한 농민들이 나누는 3.1운동에 대한 대화(123-138면)는 일일이 소개할 필요가 없을 만큼 당시 농민들의 실상을 핍진하게 묘사하고 있는데, 적어도 일제와 친일배가 3.1운동을 계기로 소탕되기를 간절하게 염원하고 있음을 충분히 확인할 수 있다. 그러나 그런 소망과는 달리 다음날 묏등이 뭉개지고 태극기가 꽂힌 사건이 발생하여 자랏골 사람들은 또 곤욕을 치르게 된다. 자랏골 사람들은 헌병대 분견소로 모두 끌려가 숱한 고문을 당하지만 끝내 범인이 밝혀지지 않자 용골영감의 두 아들 '병열' 형제와 덕재영감 아들 '중구'가 범인으로 조작되어 2년 징역을 치르게 된다. 해방 전해는 묏등 도장사건이 발생하여 애매하게 선찬이 아버지가 죽고 작은 아버지 텃골양반이 병신이 된다. 또한 마을 사람들 중 일부가 징용으로 끌려가게 된다. 이 모두 이양문의 모략에 의해서 빚어진 자랏골의 비극이다.

해방된 이후에도 자랏골의 사정은 나아지지 않는다. 해방으로 이양문이 힘을 못쓰게 되었다는 것만으로도 기뻤던 자랏골 사람들은 주먹맞은 망건 꼴로 무색해져 버리고 만다. 오히려 이양문은 자랏골 사람들의 기대와는 달리 읍내 양조장을 차지하고 조카가 경찰서장이 되어 더욱 기세등등하게 된다. 심지어 이양문은 자기가 독립운동 자금을 지원했다는 허위 사실을 유포해 광복회장에 취임한다. 또한 아들을 국회의원에 출마시키기도 한다. 친일로 자신의 부와 권력을 유지했던 이양문이 해방된 뒤 더욱더 부와 권력을 증식시키는 왜곡된 역사와 정반대로 자랏골의 비극은 더욱 강도를 더해 간다. 6.25 와중에 종수 아버지는 바윗등을 없애려다 비명횡사하게 된다.

간략하게 묏등과 관련된 자랏골의 비극을 살펴보았다. 자랏골의 비극은 몇몇 인물의 운명의 부침에 그치는 것이 아니라 지난한 시대 민중들의 수난사의 압축이라 할 수 있다. 또 그 비극의 역사는 곧 파행적인 우리 근대사의 환부를 예리하게 환기시켜준다. 반민족적인 인물의 발호가 오히려 정당화되는 역사, 정직한 농민들의 소박한 소망마저 저버린 뼈아픈 역사에 다름아니다. 그렇다고 자랏골 농민들이 체념으로 일관한 것만은 아니다. 다시 말하면 그들의 수난사는 불의에 항거한 투쟁의 역사이기도 하다. 묏등으로 일곱 명의 목숨을 빼앗긴 비극의 이면에는 동학혁명, 독립운동, 3.1운동의 정신이 면면히 살아 숨쉬고 있던 것이다. 또한 가난을 숙명적으로 수납하기보다는 그 극복을 향한 열정도 있었다. 자랏골의 부흥을 목표로 자랏골 3세대가 주축이 되어 결성된 '지남회'의 활동이 대표적인 사례다. 그러나 그들의 활동에서 확인할 수 있는 것은 단순한 의욕만으로는 당대 농촌이 안고 있던 문제를 전혀 해결할 수 없다는 점이다. 그만큼 농촌의 질곡은 당대 현실 모순의 집약이라는 점, 그리하여 농촌 문제는 농민들의 주체적 역량에 의해서 가능하다는 역사적 교훈을 상기시켜준다. 이 점은 작품 말미에서 나타나는 농민들의 집단적 저항으로 연결되고 있다.

　수난과 투쟁의 비극을 간직하고 있는 자랏골의 현재(1950년대)는 어떠한 가. 여전히 위토를 벌어먹을 만큼 가난을 면치 못하고 있다. 그래서 많은 젊은이들이 도회지로 돈벌이를 떠나지만 그 결과는 '써운이'의 삽화가 증명하는 것처럼 처참한 결과만을 가져올 따름이다. 거기에다 잘못된 농정(農政)으로 또다른 수난을 당하고 있는 실정이다. 면사무소 수리비, 상이군경 원호비, 나협회비, 치도비, 물읍 뿐만 아니라 하물며 지서주임 송별금까지 갹출해야 되는 등 관청의 수탈이 이만저만한 것이 아니다. 농정의 폐해는 여기에서 그치는 것이 아니다. 소위 입도선매(立稻先賣)를 방지하고 상업자본이 농촌에 끼어들어 높은 이자로 농민을 수탈하는 것을 방지해 보자는 취지에서 시행된 '영농자금'이란 것이 농민들에게는 턱없이 부족하고 분배과정이나 관리가 소홀해 많은 부작용만 낳게 된다. 자랏골도 이 영농자금 문제로 한바탕 곤욕을 치르게 된다. 이장이던 '득철이'가 농민들의 연대보증으로 수령한 거금의 영농자금을 횡령하고 도주한 사건이 발생한다. 마을 사람들은 자기 실속 차리기에 바쁘다. 한편 이 문제를 떠안은 종수가 문제 해결을 위해 사방으로 뛰어다니는 과정에서 이양문 일가와 부딪치게 되는데, 그로부터 40년 동안 지속되었던 자랏골 사람들과 이양문 일가의 대립이 파국을 맞게 된다. 그 과정과 의의에 대해서는 1장에서 자세히 언급한 바 있다. 중복을 피하기 위해 생략한다. 다만 갈등 해결의 과정에서 나타난 문제점을 살펴 보기로 한다.

　무엇보다도 집단적인 저항에 이르기까지의 과정이 지극히 개인적 원한에 의해서 이루어진다는 점이다. 물론 종수, 질천이, 문길이, 평식이 등 3세대들의 원한은 지금까지 누적되어 온 자랏골의 비극을 총체적으로 담보하고 있다. 특히 그 비극의 주된 원인이 이양문으로 대표되는 반민족적 인물에 의해서 자행됐다는 점에서 묏등 파괴는 역사적인 정당성을 확보하고 있다. 또한 그들의 결행이 자랏골의 비극에 대한 자각을 통해서 이루어졌다는 점에서 농민들의 비극은 그들 스스로에 의해 해결가능하다는 주체성의 확인이기도 하다. 그러나 그들의 의식의 반경은 극히 협소하다. 그들의 의식을 지배하고 있는 것은 부모의 원수를 갚는다는 차원을 넘지 못한다. 이는 묏등을 폭파시킨 후 선찬이가 이양문 일가를 향해 일갈(一喝)하는 부분에 잘 나타나고 있다.

나나 당신덜이나 똑같은 사람이라, 당신덜한테 애비가 중하먼 나한테
도 애비가 중해. 이 세상이나 저 세상이나 권세나 법은 당신덜 권세고 당
신덜 법이어서 자랏골 사람들은 당신덜한테 난장박살에 어혈탕국으로 녹
아왔제마는, 이렇게 사잣밥을 뒤꼭지에 붙이고 나서는 데야, 당신덜 몸뚱
이도 철판이 아닌 담에는 다이나마이트나 칼에는 찢기고 찔린다는 사실을
알아두라 이거여.(481-2면)

그러므로 이양문을 정죄하는 것이 과거의 유제를 청산하는 의미를 지니
지만 현재(1950년대) 자랏골이 당면한 문제를 극복하는 것과는 일정한 거
리를 지닐 수밖에 없다. 이 문제는 『자랏골의 비가』의 서사구조와 밀접한
관련이 있다. 첫째, 소설의 공간 설정 문제로, 벽지에 위치한 30호 남짓한
자랏골을 무대로 소설에서 다루어지고 있는 우리 근대사에서 빚어진 농촌
및 농민문제를 총체적으로 조망하기엔 너무 협소하다. 또 전근대적 계급 관
계를 설정하고 있지만 그것이 묏등을 중심으로 한 신분적 예속 문제로 단순
화되다보니 생산관계의 측면이 소홀하게 취급되고 아울러 1950년대 농촌
문제를 구체적으로 접근할 수 없게 되었다. 둘째, 자랏골이 겪었던 수난사
에 초점이 맞춰져 있다는 점이다. 물론 이 서사적 과거는 자랏골 농민들의
집단적 저항의 필연성을 담보해주고 있지만 자랏골의 문제를 구조적으로
접근하는데 적잖은 장애가 되기도 한다. 다시 말하면 과거의 재생이 궁극적
으로 미래를 향해 열려 있을 때 진정한 의미를 획득할 수 있는데, 앞서 지적
한 것처럼 과거를 청산한다는 차원에서 이루어진 수난사의 조명은 미래지
향적인 모습과 일정한 거리를 지닐 수밖에 없다. 이는 집단적 저항이라고
했지만 실제 그 저항의 주체가 되었던 사람들은 유독 묏등으로 인해 직접적
인 피해를 당한 사람들의 자손들로 국한되어 있다는 점에서도 확인된다. 여
타의 자랏골 사람들은 여전히 비극을 운명적으로 받아들이는 몽매한 상태
그대로다. 여기에서 미래의 자랏골을 어떻게 그려볼 수 있겠는가. 이와 같
은 문제점을 송기숙 문학의 한계로 간주하는 데는 무리가 있다. 왜냐하면
『자랏골의 비가』이후 민중지향성, 민중주체성을 구현한 수다한 작품들에서
는 이 문제점들이 해결되고 있기 때문이다.

3. 『자랏골의 비가』의 의의 - 결론을 대신하여

『자랏골의 비가』를 민중주체성의 회복이라는 측면에서 살펴보았다. 특히 민중들이 자신을 둘러싸고 있는 질곡과 억압을 자각하고 그것을 해결하기 위해 집단적인 저항으로 나아가는 과정을 형상화하는 송기숙 문학의 특질은 1970년대 민족문학의 전개 과정에서 독보적인 위치를 차지한다고 평가할 수 있다. 이는 그의 투철한 현실인식과 민중들에 대한 무한한 신뢰를 바탕으로 이루어진 성과다. 그리하여 그의 작품엔 1970년대 소시민적 농민문학에서 발견되는 민중현실에 대한 지식인적 왜곡이나 경직성을 찾아볼 수 없다. 그의 작품엔 민중들의 진정한 고통과 분노가 촘촘하게 배어 있으며 발랄한 민중적 정서가 생동하고 있다. 『자랏골의 비가』에서도 그러한 특징이 도처에서 발견된다.

우선 전통적인 농촌공동체의 실상과 민중적 삶을 탁월하게 재현하고 있다. 특히 농민들이 절대적 가난과 신분적 예속에 얽매어 신산한 삶을 영위하는 가운데 빚어지는 그들 특유의 민중적 정서가 생동감있게 제시되고 있는 점을 주목할 필요가 있다. 가령, 고당영감이 명당자리를 이양문에게 매도한 것을 두고 겉으로는 핀잔을 주지만 제각각 산지기를 해보려는 욕심으로 갖은 음모를 꾸미는 농민들의 이중적인 모습(3장), 마을 다리공사를 위한 울력에서 자기는 조금도 손해보지 않겠다고 아등바등하는 모습(12장), 미곡담보 영농자금 횡령사건에서 책임 소재를 둘러싸고 보증을 선 사람과 그렇지 않은 사람들 간에 벌어지는 갈등(16장), 이양문과 타협하지 않으려는 종수를 두고 겉으로 두둔하면서도 타협해야 한다고 밀어붙이는 표리부동한 모습(16장) 등 순박한 심성 이상으로 제각기 자기 실속 차리기에 급급한 농민들의 생태가 놀라울 정도로 치밀하게 묘파되고 있다. 그 뿐만이 아니다. 몽지몽매한 농민들에게 역사적인 사건은 쉽게 이해되지 않는다. 3.1 운동을 기막힌 사건으로 이해하면서 아전인수격으로 해석하는 모습(5장), 해방 직후 제각기 시국풀이하는 모습(8장), 6.25 와중에서 좌충우돌하는 모습(15장), 이승만의 몰락과 4.19에 대한 천진한 반응(18장) 등 자랏골 농민들이 역사적 격변에 대해 자기나름대로 이해하는 내용은 비록 역사적 진실과 거리가 멀다 할지라도 당대 민중들의 역사 이해 정도를 세세하게 드러내 주는 효과를 지닌다. 즉, 이치에 맞지 않는 역사적 격변 앞에서 그들이 연발하는 "말이여 막걸리여"는 오히려 역사적 진실을 환기시켜주는 효과를 거둔다.

또한 농촌공동체 민중들 특유의 낙관적인 정서를 읽을 수 있다. 마을 다리개조공사를 위한 울력에서 솔선수범하는 모습(12장), 추석날 자랏골 고유의 풍속인 '들돌' 경쟁에 참여하고 환호하는 모습(11장), 관혼상제에 협심하는 모습(12장) 등은 전통적인 농촌공동체의 실상을 유감없이 보여준다. 이 낙관적 정서는 권력자의 억압과 수탈에도 불구하고 좌절하지 않는 농민들의 본원적인 건강성이다. 이러한 민중적 삶과 정서의 풍부한 재현은 그야말로 지난한 시대 우리 농촌공동체의 만화경같은 풍속도를 탁월하게 형상화한 대표적인 사례라고 할 수 있다.

한편 농민들의 삶과 정서가 유려하게 그려질 수 있었던 것은 송기숙의 소설 언어와 밀접한 연관이 있다. 그의 소설에는 우리 고유의 토착어(특히 전라도 사투리), 속담, 해학, 익살, 육담이 넘칠 정도로 말의 성찬(盛饌)을 이루고 있다. 인물들의 대화 장면, 풍경 묘사 뿐만 아니라 특정 상황에 대한 작가적 개입이 이루어지는 부분에서도 관념어를 찾아보기 힘들 정도로 한국의 토착성을 짙게 발산하는 토착어로 수놓아져 있다. 이는 앞서 말한 농민들 특유의 삶과 정서를 절실하게 드러내 주는 효과를 지니는 동시에 그의 작품을 읽는 독자에게 정서적 감동을 가져다 주는 주된 요인이기도 하다. 특히 비극적 상황에서 그의 문체적 특징은 더욱 돋보인다. 가령 이양문의 모략에 의해 헌병대에 끌려가 고문을 당하고 마을 전체가 슬픔에 빠져있는 광경을 "개똥에 미끄러져 쇠똥에 입맞추듯, 똥일로 얻어맞고 또 이번에는 그 똥물로 어혈(瘀血)을 풀어야 할 판이니, 똥같은 인생이라 똥같은 일만 장마에 개똥참외 열리듯 줄레줄레 뒤를 이었다"(141면)고 묘사하고 있는 부분은 판소리 사설 문체의 한 장면을 보는 착각을 불러일으킬 정도로, 비극적인 장면을 해학적으로 처리하면서 민중들 특유의 낙관적 정서를 유감없이 보여 주고 있다.

또한 그의 전라도 사투리 구사는 오유권과 쌍벽을 이룰 만큼 탁월한데,

충청도 사투리의 이문구와 방영웅, 경상도 사투리의 김정한과 더불어 1970년대 농민문학의 큰 수확이라고 할 수 있다. 덧붙여 송기숙의 문체가 갖는 개성 중의 하나가 다양한 속담을 구사하고 있다는 점이다. '대통맞은 병아리꼴, 풀방구리에 새앙쥐 드나들듯, 똥묻은 쇠발 털대끼 털고 나설 입장이 아니라, 밑구녁 뚫애진 도가지에 물붓기, 쇠뿔도 각각 염불도 몫몫이라고……' 등 일일이 예거할 수 없을 정도인데, 속담이 민중들의 삶의 체험을 절실하게 반영하고 있다고 볼 때 이러한 개성적인 문체는 모두 민중적 삶의 생생한 근원을 드러내는 데 이바지한다.

참고문헌

김병걸, 「'자랏골의 비가' 해설」, 『현대문학』, 1975. 7.
서경석, 「투철한 역사의식과 비극적 근대의 탐구」, 임환모 엮음, 『송기숙의 소설세계』, 태학사, 2001.
송현호, 「송기숙 문학의 세 갈래와 저항문학적 성격」, 임환모 엮음, 『송기숙의 소설세계』, 태학사, 2001.
이봉범, 「분단시대 농민소설 연구」, 성균관대 박사논문, 2001.
정호웅, 「송기숙론 : 70년대 농민문학의 한 수준」, 이주형 외, 『한국현대작가 연구』, 민음사, 1989.
진정석, 「민중적 주체성의 복원을 위한 도정―송기숙론」, 『창작과 비평』, 1995. 가을.

유현종의 『들불』론
─ 민중적 영웅 창조를 통한 진(震)사상의 모색

강진구[*]

1. 머리말

유현종의 『들불』은 1972년 〈현대문학〉에 연재된 장편 역사소설로, 임여삼이라는 무식하고 황소처럼 힘이 센 농투성이가 동학혁명에 휩쓸려 점차 의식 있는 민중의 한 사람으로 성장하는 과정을 통해 동학혁명과 민중들의 투쟁을 형상화한 작품이다.

작품의 이해를 위해 간략한 내용을 제시하면 다음과 같다.

여진 민란을 일으킨 아버지 때문에 영문도 모른 채 어머니, 누이동생과 함께 감옥에 갇힌 여삼은 모든 것을 팔자소관으로 여기며 온갖 굴욕과 모욕을 소처럼 참으며 지낸다. 그러던 그는 신임 현감 최동진을 죽이고 누이동생을 구출하기 위해 잠입했다 발각된 친구 곽무출의 도주를 위해 관청에 불을 지르는 한편 그 일이 실패하자 간수들을 때려눕혀 무출을 탈출시키고 대신 모진 고문을 당한다. 그런데도 누구를 원망하기는커녕 모든 것을 숙명으로만 여기던 여삼은 마침 괴질이 감옥안까지 퍼지자 엄청난 괴력으로 옥을 깨뜨리고 탈출하여 임피 왜상 배서방의 일을 돕는다. 그러던 중 최동진에게 발견되어 다시 도주를 하다, 율치고개에서 산적 원징희 일당에게 붙잡힌 이진악과 의형제를 맺고 화적이 되어 무장관아 습격에까지 나선다. 그곳에서 우연히 동학군에 휩쓸린 여삼은 진주성 공격 전투에 참여하여 공을 세우고 기총으로 승진한 후, 진주성에서 옥이를 만나 부부의 인연을 맺은 다음 집강소 기간동안 남원에서 얼마간 행복한 나날을 보낸다.

---

[*] 중앙대 강사

　행복도 잠시, 일본의 내정 간섭이 심해지자 동학군은 '왜이축멸(倭夷逐滅)' 기치를 내세워 북접과 연합하여 왜군을 몰아내기 위한 기병을 단행한다. 여삼은 염탐을 위해 공주성에 잠입하여 활동하던 중 일본군 색주가에서 3년 전에 헤어졌던 누이동생 상녀와 일본군의 첩자로 변한 무출을 만난다. 상녀는 자신의 신세를 비관해 자살을 하고, 여삼은 무출과 격투를 하다 간신히 빠져 나온 후 공주성 전투에 참여하지만, 신식 무기로 무장한 왜와 관군의 연합군에 참패를 당한다. 부상을 입은 채 혼자 남겨진 여삼은 옥이와 김계남이 기다리는 남원으로 향하는 것으로 끝을 맺는다.

　『들불』은 기간 연구자들에 의해 전대 역사소설의 한계를 일정 극복하고 새로운 역사소설의 발전 가능성을 제시했다(김병익,「時代相의 發見과 恨의 再現」,〈현대문학〉, 1976.6)는 평가와 과도한 민중중심주의로 인해 역사의 총체성을 망각한 '로망스적 통속소설'(이보영,「東學革命과 小說化의 문제」,〈표현〉, 1989. 상반기)또는 '집단적 한풀이'(황국명,「유현종의 『들불』 연구」,〈한국문학논총〉 16집, 19995. 12) 문학이란 평가를 받아 왔다. 이러한 평가의 근저에는 이들의 지적처럼 『들불』이 소설 형상화에 있어 문제점과 더불어, 통속 내지 대중작가 유현종에 의해 창작된 작품이라는 연구자들의 섣부른 제단이 자리잡고 있다.

　『들불』은 동학혁명에 대해 논의하는 것 자체가 불온시 되었던 1970년대 초반에 우리 민족사 최초, 최대의 근대적 민중·민권운동이었던 동학혁명을 다루었으며, 그것도 혁명군 지도자를 작품 전면에 내세우지 않고 임여삼이란 빈농하층민을 내세웠다는 점만으로도 충분히 문제적이다. 게다가 『任巨正』을 연상시키는 세태에 대한 치밀한 묘사와 토착어의 사용은 당대 역사소설과 확연히 구별된다. 여삼, 곽무출, 이인직이 보여준 성장과 변절, 그리고 좌절의 여정은 단순히 소설의 배경 정도로만 기능해 오던 역사적 사실을 작중 인물의 실체적 삶과 연결시킨다는 점에서 역사소설의 새로운 가능성을 제시한다 하겠다.

2. 전설적 영웅창조를 통한 민중 투쟁의 형상화

『들불』은 그 설정이 일견 장사류의 전설과 닮아 있다. 작중 주인물이 하루 4백 리를 거뜬히 걷는 빠른 발과 장정 이십 명이 힘을 써도 끄덕도 없는 감옥 기둥을 한번에 뽑아 버릴 정도의 무서운 괴력을 소유한 점도 그렇고 우연히 참가한 동학혁명 와중에서 전설적인 투쟁을 감행한다는 것도 장사류 전설을 살필 수 있다. 게다가 "林汝三은 우리 마을의 傳說的인 英雄으로 지금도 사랑방에 口傳되어 오고 있다."는 작가의 직접적인 언급까지 더한다면 영락없는 전설의 형상화이다.

그런데 유현종은 이 전설 같은 소재를 단순한 영웅신화나 전설로 남겨두지 않는다. 그는 임여삼이란 전설 속에서나 등장할 법한 장사형 인물을 형상화함에 있어, 전설이나 영웅이 갖기 마련인 인물의 비범성을 철저하게 거세해 버린다. 임여삼은 답답하다 할 정도로 무지한 인물이다. 어머니와 누이동생이 자신의 눈앞에서 능욕을 당하는데도 특별한 분노를 느끼지 못하고, 도망치자는 무출의 제안마저 팔자 탓으로 돌리며 거절한다.

> 감쪽같이 도망쳐서 산다는 것이 아예 불가능한 것으로 여겨진다. 솔직한 심정으로 여삼은 이곳을 떠나거나 도망치고 싶은 마음은 없었다. 어머니가 죽는 것은 병이 들었기 때문이고 여동생 상녀가 현감의 품속에서 자야만 되고, 자기는 삽 밑에 불화로를 매달고 심부름을 다닌다는 것은 다 팔자소관인 것처럼 여겨지는 것이다. (세종출판사 1977, 6쇄, 63면, 이하 면수만 표시함.)

작가의 서술에서 우리는 전설류의 인물이 갖는 비범성이나 근대소설의 한 특징인 문제적 인간형의 모습을 찾을 수 없다. 단지 힘만 세고, 머리는 텅 빈 그렇고 그런 무식한 농투성이를 발견할 수 있을 뿐이다. 그런데 이러한 인물 설정은 다분히 의도적이다. 작중 주인물을 무지하고 힘이 장사인 농투성이로 설정함으로써 작가는 초인적인 괴력을 소유한 인물을 주인공으로 설정함으로써 필연적으로 빠지게 되는 도식성— 비범한 능력과 힘을 소유하고 있지만 천민 소생이기에 필연적으로 비극적인 운명을 타고 남—의 위험을 극복할 뿐 아니라, 한낱 전설류로 전락할 위기에서 다양한 가능성이 열려 있는 소설로 이끄는 기제로 활용한다. 다시 말해 임여삼이란 무지한 농투성이를 동학혁명이란 역사의 한 줄기에 휩쓸리게 함으로써, 작가는 역사 발전의 주체로서의 민중의 위치를 선명하게 부각시킬 수 있었다. 게다가 상상적 인물인 임여삼을 역사라는 객관적인 사실에 개입시킴으로써 기존의 사담류 역사소설과는 다른 방식으로 역사라는 객관적 사실을 소설의 상상 속에서 해석하게 만든다.

『들불』에 있어 임여삼의 역할은 핵심적이라 할 수 있다. 임여삼은 동학혁명 운동의 주력인 농민군의 밑으로부터의 혁명을 대변할 뿐 아니라, 민중전체의 상징으로 읽힌다. 임여삼이 답답할 정도로 무지한 인물로 묘사되다, 동학혁명에 휩쓸리면서 비약적인 의식성장과 맹활약을 하는 모습으로 형상화된 것은 임여삼의 변화 자체가 민중의 의식 변화를 상징적으로 대변하기 때문이다.

> 앞뒤를 생각하고 재면서 스스로 줏대껏 밀고 나간다. 또는 옳지 않다, 그러니 고쳐야 된다. 또는 변하는 건 싫다. 그저 좋은 게 좋은 거지. 사서 우환을 당할 건 뭔가. 하라는대로 시키는대로 하는 게지, 그게 다 팔자에 타고난 걸. 우리야 비천한 농투성이지. 이런 관념에 모두 찌들어왔고 줄때 묻도록 그렇게 살아왔기 때문에 선뜻 나서지 않고 서로 눈치만 살피고 있는 것이었다. (81면)

> 지친 백성은 오늘도 없고 내일도 없었다. 아니 있다면, 바라는 것이 있다면 기적뿐이다. 그 기적은 천지개벽이어야 한다. (중략) 「이렇게 살면 뭐하나, 차라리 죽는 게 낫지. 아니 하늘 땅이 딱 붙었다가 새 세상이 온다면…… 새 세상이 온다면 잘 살 수 있을 지 몰라도.」
> 이런 마음은 짓밟히며 살아온 백성들의 일관된 한(恨)이며 원(願)이었다. 하루면 수십번도 더 뇌까리는 한, 그 한은 실제로 꿈에 보이기도 하고 때로는 엉뚱한 것에 의탁하는 믿음으로까지 고인다. (120면)

농민으로 대표되는 민중은 그저 '하라는 대로 시키는 대로 하기만 하는' 수동적인 존재들이다. 그들은 스스로의 능동적인 판단에 입각해 자신들의 삶을 개척하는 것이 아니라, 관으로 상징되는 지배계급의 허락에 의해서만 움직이는 꼭두각시들이다. 게다가 "관이라면 벙기지 끝만 보아도 지레 겁을 먹고 죽으라면 죽는 시늉"까지 하는 겁 많고 무지한 존재들이다. 그렇기 때문에 그들은 '짜면 짜는대로 나오는 기름'처럼 지배계급의 갖가지 패악에 대해 속수무책일 수밖에 없다. 지배계급의 착취를 떨쳐 내기 위한 변혁에 대해서는 '사서 우환을 당할' 필요가 없다며 두려워하고 모든 불행을 오로지 팔자 소관으로만 여긴다. 심지어 같은 처지의 농민들이 당하는 고통에도 '분노도, 동정도, 슬픔도, 흥미도 보이지 않는' 지극히 이기주의적인 속성을 드러낸다. 그런데 이러한 농민의 모습은 역설적이게도 왜 그렇게 여삼을 무지할 정도로 우직하게 형상화되었는가 하는 비밀의 일단을 파악하게 해준다. 민중들의 모습은 눈앞에서 능욕을 당하는 어머니와 누이동생의 모습에서도 분노를 느끼지 않는 여삼의 모습 그대로다.

그렇지만 여삼이 동학혁명 운동에 휩쓸리면서 새로운 인간으로 성장하듯 농민들도 성장으로 나아간다. 그들은 동학혁명이란 계기가 주어지자, 그 누구도 어쩔 수 없는 '들불'과 같은 존재로 변한다. 비록 그 변화가 될 대로 되라는 식의 체념에 근거해 기적을 바라고 있지만, 천지개벽이란 점에서 이전의 수동적인 민중의 모습과는 확연히 구분된다. 이기적이고 수동적이며, 체념에 젖어 있던 농민들이 들불처럼 일어나는 모습은 절지에 놓인 바위가 구르듯 엄청난 힘으로 표출되는데, 자신들이 원하는 세상은 오직 싸워서 쟁취해야 하며, 죽어서 이룰 수 있다면 죽음까지도 불사하겠다는 결의로 발전한다.

「아, 죽는 걸 그렇게도 무서워 혀서는 어떻게 잘 살기를 바라겠어요? 앙 그러요? 안되면 싸우고, 죽어서 된다면 죽어야 되잖겠어요?」
늙은이의 얼굴이 부르르 떨리더니 화난 표정이 된다.
「잘 생각혔다. 허다가 말면 생전 가도 우리는 이렇게 밖에는 못산다! 한 번 나선 것이니 죽기 살기로 결판을 내야지.」(312면)

이러한 농민들의 변화는 '매어단 줄을 잡아 당기며 조종하던 대로 움직이는 꼭두각시'에서 '제정신으로 말하고 제정신으로 움직이는' 여삼의 모습과 동일함을 볼 수 있다. 결국 농촌공동체의 전설 속에서나 등장할 법한 여삼의 인물 창조는 살아 움직이는 민중의 형상화라 할 수 있다.

3. 문제적 인물을 통한 객관적 역사의 복원

『들불』에서는 역사가 문제적 인물의 전형적인 창조를 통해 제시된다. 임여삼, 곽무출, 이진악 등이 바로 그들인데, 작가는 이들의 삶을 통해 당대 사회의 본질에 접근하려 한다. 이것은 당시 여타의 역사소설에서 찾아보기 힘든 구성으로 작가는 역사라는 객관적 사실이 작품의 배경으로만 등장하고 등장인물들의 실제적인 삶에 영향을 미치지 못하는 당대 역사소설의 난점을 시대를 대표하는 전형적인 인물의 구체적인 삶과 행동 양식을 통해 극복하고 있다.

구한말이란 시대 상황과 동학혁명이라는 역사적 사건은 임여삼이라는 전설에서나 나올 법한 인물을 설정함으로써 처음부터 상상적 개입에 의해서밖에 이루어질 수 없었다. 따라서 여삼을 통해서는 고통받는 민중의 모습과 역사발전의 주체로서 민중의 위치를 형상화 할 수 있었지만 민족사 최초, 최대의 근대적 민중·민권운동이었던 동학혁명과 당시의 시대적 상황을 보여주기에는 역부족이었다. 작가는 이러한 문제점을 인물의 이중적 배치—동학혁명이란 투쟁의 한 복판에 임여삼을 배치하고, 곽무출과 이진악은 당대의 시대적 변화 속에 위치 시키는 방식— 를 통해 극복해 낸다. 곽무출과 이진악이란 인물을 창조한 후 이들 인물의 의식 변모와 행동에 대한 개연성을 부여하기 위해 역사적 사실을 지루하리만큼 끌어들여, 동학혁명을 둘러싸고 진행된 급박한 역사적 사실들을 복원해 낸다.

곽무출은 한말의 혼란한 시대 상황이 낳은 대표적인 인물이다. 여삼의 죽마고우로 어려서부터 몸은 허약했지만 비상한 머리에 기질이 반골적이었다. 작품 초기 그는 농민들을 동원해 관아를 급습하는 등 민란 지도자로서의 모습을 보여준다. 그의 성품과 기질로 미루어 볼 때, 동학혁명이 본격화되면 그 운동의 지도적 역할을 할 수 있는 충분한 가능성을 내포한 인물로 묘사되고 있다. 그런데 작품 중반에 이르면 이러한 가능성은 순식간에 사라지고 오직 신분제적 질곡과 그로부터의 해방에만 혈안이 된 존재로 급격히 변해 버린다. '모랫바닥에 혀를 묻고 죽는다 해도 왜놈 밑으로 가서는 안된다고 다짐' 을 하던 무출은 '출세를 위해서는 그 무엇도 할 수 있' 는 존재로 변하면서도 그 흔한 내적 갈등마저 겪지 않는다. 이러한 변화의 과정에 역사적 사실들이 놓인다.

> 게다가 어디를 가든 왜상의 배경을 업으면 개화신사로 대접받고 존경을 받았다. 상인출신으로서 이쯤된 것은 정작 상상도 못할 출세였다. 이와 같은 처세에 후회는 거녕 오히려 자랑을 느끼며 동분서주하고 있었다. 교만을 부리고 싶은대로 부려보고 양반사대부를 골탕먹이는 데 항상 통쾌감을 만끽했고 돈이 되는 것이라면 무엇이든지, 어떤 방법을 동원하든지간에 끌어 내었다. 부러울 것이 없었다. (226면)

무출의 관심은 오로지 상민출신이라는 신분적 제약으로부터의 탈출이다. 그는 신분제의 제약을 떨쳐 버리는 일이라면 어떤 수단을 동원하든 양심의 가책이라곤 조금도 받지 않는 존재로 탈바꿈 한다. 이러한 무출의 급격한 변화에 개연성이 전혀 없는 게 아니다. 우리는 이미 이런 인물을 본 적이 있다. 『태평천하』의 윤직원의 모습에서 무출과 같은 변화의 일단을 읽을 수 있다. 그런데 무출은 윤직원과는 본질적으로 그 기능을 달리한다. 윤직원은 한말에서 일제 식민지로 변화하는 격변기를 본능적인 감각을 바탕으로 적응해가며, 일제에 의해 규율되는 새로운 지배 체제를 합리적(?)으로 계산하고 이것에 근거해 행동하는 합리주의자의 모습을 어느 정도 보여주고 있다. 이에 반해 무출은 비록 자신의 입으로 여삼을 향해 일본의 간첩으로 활동하는 것을 '어엿한 사업' 으로 말하고 있지만, 그의 행동에서는 현실에 대한 자기 조절능력과 미래에 대한 계산 가능성과 같은 근대적 합리주의자의 모습보다는 신분제의 원한에만 사로잡혀 있다.

동학혁명군의 지도자적 가능성을 내포하고 있던 무출을 이런 식으로 처리한 것은 작품의 내적 원리라기보다는 역사적 사실을 복원하고자 하는 작가의 의도에서 기인한다. 즉, 작가는 곽무출의 변화나 행위 하나 하나에 개연성을 부여하는 방식으로 역사적 사실을 제시함으로써, 일제의 조선침략의 전과정을 어느 정도 형상화할 수 있었다.

율치고개에서 작중 주인물 여삼과 만나 결의형제를 맺음으로써 일약 작품의 주요 인물로 등장한 이진악은 당대를 살아가는 지식인으로서 역할을 수행하는데, 그 역시 무출과 동일한 역할을 한다. 결국 곽무출과 이진악을 통해 『들불』은 전투만이 존재하는 전투물에서 탈피하여 역사적 사실과 시대적 배경이 결합하는 역사소설로서의 위치를 갖게 된다.

4. 꿈 또는 기적으로서의 동학

『들불』의 또 다른 특징 한 가지는 동학혁명이 농민들에게 하나의 꿈과 같은 믿음으로 등장한다는데 있다. 따라서 『들불』에서는 동학 혁명을 통해 조선후기 이후 민족내부로부터 성장·발전해 온 민중들의 변혁 열망이나 자주적이며 근대적인 국가 건설이란 동학의 이념과 실체를 파악하는 것은 불가능하다. 동학혁명은 시종일관 농민들의 현실적 고통을 잊게 하는 주술적 힘으로 작용하고 있는데, 이 점은 여삼이 처음으로 동학이란 말을 접할 때부터 시작되어 작품 전체를 관류하고 있다.

> 양반 상놈이 모두 하늘처럼 똑같이 귀하다니. 더욱 놀라운 것은 아버지가 외우던 주문을 암송하고 「乙乙乙乙」자를 쓴 부적을 몸에 붙이고 그것을 태워서 먹으면 만병이 나을 뿐만 아니라 창칼이 다가와도 다치지 않고 그 무서운 조총의 탄알도 날아오다가 피한다는 것이었다.(92-93면)

여삼에게 동학은 하나의 주문과도 같은 것이다. 그에게 있어 동학은 '신들린 당집무당처럼' 아버지 입에서 흘러나온 알 수 없는 주문이었고, 일년 운수를 알려주는 마술이거나, 친구 무출처럼 똑똑한 이들이나 은밀히 그 존재를 알고 있는 밀교적인 것으로 '자기와는 전연 상관되지 않는 것'이다.

이처럼 추상적이고 주술적인 동학의 특성은 동학군혁명군 지도부에 있어서도 동일하게 반복된다. 동학혁명군 지도자인 전봉준과 김계남은 농민군을 혁명에 끌어들이는 과정에 이 주술적인 힘을 적극적으로 활용한다. 전봉준은 농민군을 향해 '하늘이 점지하고 하눌님이 내려주신 귀신군대' 라고 명명하면서 「弓弓乙乙」 부적만 몸에 붙이고 있으면, 총알도 피해가고, 부적을 가졌다는 것만으로도 신군이 되었다는 증거라며 천운이 농민군을 돕고 있으니 아무 것도 두려워하지 말라고 강조한다. 그러면서도 정작 그 자신은, 초토사 홍계훈이 대포와 신식무기로 무장한 채 내려오자, 그들과의 싸움을 피한 채 남쪽으로 동학군의 방향을 돌린다. 이러한 전봉준의 계책은 전투경험이 부족한 농민군에게 전투경험을 준다는 점에서 훌륭한 전략이라 할 수 있으나, 그 본의는 다른 곳에 있었다.

> 대포만 터지면 불사불퇴(不死不退)의 신군이라 할망정 혼비백산, 한꺼번에 수십명씩 싸워보기도 전에 죽을 것임엔 틀림없다. 싸우면 반드시 죽지 않고 이기리라고만 생각하는 군사에게 그런 치명상을 안겨놓으면 재기불능이 되기 십상인 것이다. 다시는 전봉준, 자신의 말을 믿지 않을 것이다. 두려운 것은 바로 그 점이었다.(231면)

전봉준이 정작 두려워하고 있는 것은 자신이 지금껏 동학군을 이끌면서 발휘했던 주술적인 힘이 사라지는 것이다. 따라서 그는 어떻게 해서든지 농민들의 이러한 믿음을 유지시켜야 했고, 이를 위해 남행 기간 동안 탐관오리에 대한 농민들의 직접적인 응징을 허락함으로써 그들의 개인적인 원한을 풀 수 있는 기회를 제공 – '人間待接' 장에서 한 농민이 자신의 고을 현감의 부랄을 까고 소금을 쳐며 넣는 모습-하는 한편, 고의적으로 죽었다는 소문을 퍼뜨려 농민군과 관군을 속인 후 집강소 설치를 주관해 부활하는 존재로 자신을 신비화시킨다. 이처럼 동학을 주술화 하는 것은 작가에 의해 긍정적인 혁명군 지도자로 형상화되고 있는 김계남에서도 동일하게 발견된다.

월평리에서 관군과의 첫 전투에서 동학군이 처참하게 패하자, 김계남은 '몸에 부적을 달고 십삼자 주문만 외면 불사한다' 고 한 전봉준의 말이 거짓으로 드러나는 것을 막기 위해 월평리 전투에 참여해 죽지 않고 살아온 이들에게 싸움터에서 죽은 이들은 '부적을 잃어버리고 싸움터에 나간' 자들이라고 속인 후, 부적을 몸에 지니고 주문만 외면 절대로 죽지 않는다는 믿음을 심어 놓는다. 이러한 전봉준과 김계남의 행위로 인해 동학은 철저하게 신비화 내지 주술화 돼 버린다.

일련의 역사소설을 통해 '현묘한 도'의 실체를 밝히려 했던 유현종은 동학을 만민평등과 자기 정신수련, 심신 연마를 주로 한다는 점에서 '현묘한 도'의 구체적 형태로 보았다. 그렇다면 왜 이처럼 중요한 동학을 다루는데 있어 그 실체는 사상한 채 오직 싸움에 임하는 군사들을 독려하기 위한 전술적인 기능만으로 그 역할을 제한했을까. 아마도 작가의 동학에 대한 독특한 믿음에서 비롯되었다. 그런데 이 '현묘의 도'는 진(震)사상으로 수렴된다. 진(震)사상이란 아침 햇살이 세상을 비추듯 한반도 내지 한민족이 세계의 중심이라는 신화적 상상에 근거한 사상이다. 유현종은 일련의 역사소설에서 일관되게 진사상을 추구하고 있다. 그러므로 『들불』에서 동학의 의미는 거창한 이념의 형태가 아닌, 천지개벽을 바라는 민중들에게 일시적으로나마 현실의 고통에서 벗어나 그들이 꿈꾸었던 이상향의 열망을 대변하는 기적으로서의 의미를 갖는다.

5. 남는 문제들

『들불』은 독특한 인물설정과 현실인식으로 인해 기존 역사소설의 한계점들을 극복하고 역사소설의 새로운 가능성을 제시하고 있다. 그러나 이러한 긍정적 평가에도 불구하고 몇 가지 지점에서 해결되지 않는 문제가 여전히 남아 있다.

서사구조 파괴 내지 부족은 아무래도 『들불』의 가장 큰 약점으로 지적해야 할 것이다. 특히 인물들을 중심으로 한 서사구성에 있어서는 복선들이 철저하게 무시되거나 효과를 발휘하지 못함으로써 큰 아쉬움을 남긴다. 대표적인 인물이 이진악과 임호환이다. 이진악의 경우 작품 중간에 여삼과 결의형제를 맺음으로써 중요한 변수로 등장한다. 그런데 그는 몇 마디 말로 여삼을 일깨워 줄뿐 이후, 단 한번도 여삼과 만나지 않음으로써 서로가 의식형성이나 행동에 어떠한 변화도 주지 못한다. 실제 인간사라면 생사를 알 수 없는 상황에서 결의형제를 맺을 수도 있고, 또 그렇게 맺은 결의형제간에 한번도 만나지 않을 수 있다. 그러나 소설에서는 이런 불필요한 구성은 군더더기에 다름 아니다. 따라서 결의형제는 이진악을 작품의 중심으로 끌어들여, 여삼의 시각에서 벗어난 지배권력의 암투를 보여주기 위한 하나의 조치라고 밖에 할 수 없다.

이진악의 등장이 역사소설이란 특성에 기인한 어쩔 수 없는 등장이라면, 임호환의 등장과 실종은 좀더 심각한 문제점을 갖는다. 여진민란의 주역으로 관군의 토벌을 피해 행적을 감춘 임호환은 행방불명은 서사구성상 여삼이 당하는 고난을 극대화하기 위한 하나의 기제로서 역할을 수행한다고 할 수 있지만 아무래도 무리가 따른다. 동학도이며 민란의 지도자였던 임호환을 행방불명으로 설정한 것은 작품의 서사 구조로 볼 때 이후에 있을 동학혁명과정에서 여삼과의 극적인 재회를 위한 복선의 의미를 담고 있다. 하지만 임호환은 작품의 내적 구조나 독자의 기대를 저버린 채 끝내 등장하지 않는다. 더군다나 여진민란의 혼란 속에서 함께 행방을 감춘 강진달마저 그의 행방을 모르는 것으로 처리하는 것은 독자의 기대지평을 뛰어넘음으로써 긴장감을 유발시키는 것이 소설의 본령이라 치더라도 명백한 서사구조상의 결점이라 할 수 있다.

이러한 문제점에도 불구하고 『들불』은 70년대 들어 급격히 발전한 민중적인 역사 인식 방법을 신화적 상상력으로 수렴하는 한편, 독특한 인물 설정과 치밀한 세태 묘사를 통해 형상화하고 있다. 게다가 지배계급의 횡포에 맞서 투쟁하는 민중들의 정당성을 적극적으로 옹호함으로써 70년대 중반 이후 우리 문학의 주류로 떠오른 민중적 역사소설의 근간을 이루고 있다.

▨ 참고문헌

김병익, 「시대상의 발견과 한의 재현」, 〈현대 문학〉, 1976. 6.
이보영, 「동학혁명과 소설화의 문제」, 〈표현〉, 1989. 상반기.
황국명, 「유현종의 『들불』 연구」, 〈한국문학논총〉 16집, 1995. 12.

윤흥길의 『아홉켤레의 구두로 남은 사내』론
― 변두리 도시민의 삶과 소시민 의식의 양면성

김한식[*]

1. 1970년대 소설과 연작 형식

　윤흥길의 『아홉 켤레의 구두로 남은 사내』(문학과 지성사, 1997) 연작은 대도시로 편입하지 못한 변두리 시민 권기용의 삶을 통해 개발과 발전으로 화려하게 치장된 70년대 우리 사회의 어두운 이면을 사실적으로 보여주는 소설이다. 연작은 「아홉 켤레 구두로 남은 사내」, 「직선과 곡선」, 「날개 또는 수갑」, 「창백한 중년」의 네 편으로 이루어져 있으며 모두 1977년에 발표되었다. 『아홉켤레』 외에도 70년대는 좋은 연작 소설이 많이 발표된 시기였는데, 이문구의 『관촌수필』, 『우리동네』가 산업화 시대의 농촌을 배경으로 하고 있고, 조세희의 『난장이가 쏘아 올린 작은 공』 연작이 노동 현실을 배경으로 하고 있다면 『아홉 켤레』 연작은 도시 소시민의 삶과 의식을 제재로 한 작품으로 분류된다.

　연작소설은 하나의 문제를 각기 다른 관점에서 고찰할 수 있다는 장점이 있다. 개별적이고 다양한 개인의 삶들을 모아 시대의 전체적인 그림을 그리는 방법인 셈이다. 복잡한 사회 현상을 장편의 큰 서사로는 일관되게 다루기 어렵거나 단편으로 다룰 경우 일면적인 고찰에 머물 경우, 연작 형식은 양쪽의 단점을 보완할 수 있는 유용한 형식이라 할 수 있다. 따라서 성공한 연작 소설은 다양한 시각으로 현실에 접근하는 장점과 인물과 사건에 대한 단일한 이미지를 만들어내는 장점을 모두 가지고 있다. 현실에 대한 총체적인 인식을 시도하거나 현실을 본격적으로 파헤친다기보다 현실의 모순을

＊ 고려대 강사

암시적으로 보여주는 데 더욱 효과적인 방식이기도 하다. 동일한 사건을 화자를 바꾸어가며 기술한다든지, 동시대를 살아가는 다양한 인물들의 불연속적인 모습을 나열하는 것은 연작소설의 대표적 구성방식이다.

이문구의 연작소설에 등장하는 인물들은 다양한 삶의 궤적을 보여준다. 인물들은 서로간에 특별한 관계가 없으면서도 동일한 시대적 조건 안에 뿌리를 두고 있다는 특징으로 묶여 있다. 고난과 아픔으로 일관된 노동자, 농민들의 삶을 작가 특유의 문체를 통해 해학적으로 그려내기도 한다. 사건이나 인물의 연속성으로 보면 매우 느슨한 연작이라 할 수 있다. 조세희의 소설은 동일한 사건을 사이에 두고 상이한 관점을 제시하기도 한다. 중심 이야기라 할 수 있는 난장이 일가의 생활 뿐 아니라 자본가 이세의 관점을 적절히 도입한다든지(「내 그물로 오는 가시고기」), 평범한 주부의 시각을 빌기도 한다(「칼날」). 단문의 연속으로 이어지는 문체는 특유의 서정적 분위기를 만들어내기도 한다. 역시 70년대 쓰여진 최인훈의 『소설가 구보씨의 일일』 연작은 한 작가의 돌아본 서울의 풍경이 각 작품마다 변주되어 묘사된다.

이들 연작들과 달리 『아홉 켤레』는 산업화 시대에 적응해 가는 도시 소시민의 삶을 조명하고 있는 소설이다. 그러면서도 사건을 묘사하는 데 그치지 않고 인물의 의식이 변화하는 과정을 중요하게 다룬다. 광주 대단지 철거사건이라는 구체적인 현실에서 출발하여 소시민의 속물성을 중심 문제로 삼고, 나아가 열악한 당시의 노동현실에 대해서까지 폭넓은 관심을 보여주고 있는 것이다.

연작의 두 번째 작품인 「직선과 곡선」의 화자이며 「아홉 켤레 구두로 남은 사내」, 「창백한 중년」의 중심 인물인 권기용은 작품의 이러한 특징을 잘 보여주는 인물이다. 대학을 졸업하고 출판사에 다니던 평범한 직장인 권기용은 소시민에서 도시 빈민으로 다시 속악한 현실주의자로 변화한다. 또, 삶에 수동적이고 비겁했던 속물에서 세상과 정면으로 맞서려는 건강한 공장 인부로 변화를 겪기도 한다. 이런 변화는 주어진 현실에 대한 어쩔 수 없는 반응이면서 동시에 자신이 처한 현실을 발견하는 인물의 각성과정이기도 하다. 따라서 인물의 변화과정과 그 변화를 불러내는 현실을 살펴보는 일은 이 소설을 읽는 유용한 방법이라 할 수 있다.

2. 소시민 의식의 양면성

　연작 전체를 이끌어 가는 가장 중요한 사건은 광주(廣州) 대단지 철거사
건이다. 개발이라는 이름으로 행해진 '판자촌' 철거는 70년대 서울 근교 곳
곳에서 흔하게 볼 수 있는 풍경이었다. 2차 산업 중심의 경제 개발로 도시
는 산업 예비군을 필요로 하였고, 그에 따른 농촌의 해체는 도시 변두리에
대규모 산업 예비군 단지를 형성하였다. 고향을 떠나 무조건 대도시로 올라
온 사람들에 의해 소위 무허가 판자촌이 형성된 것인데, 도시가 확장되면
그곳은 도시 안으로 편입되기도 하였다. 그곳에서 쫓겨난 사람들은 더 외곽
으로 밀려나 다시 삶의 터전을 꾸며야 했고, 판자촌은 재개발에 의해 새로
운 시가지가 되었다. 지금은 대단위 아파트가 들어서 있는 영동, 반포, 잠
실, 사당동 등은 모두 그렇게 해서 생겨난 곳이다. 70년대 초 『난장이가 쏘
아올린 작은 공』을 통해 우리는 이미 '호수가 두 개나 있는' 잠실에서 밀려
나는 난장이 일가를 본 바 있다. 지금은 성남시가 된 광주 단지는 서울에서
밀려난 철거민들이 터를 잡고 살던 곳이다. 광주 대단지에도 역시 개발의
바람이 불게 되는데, 철거민들이 새로운 집을 얻기 위해서는 '일정한 요건'
을 갖추어야 했다. 『난장이가 쏘아 올린 작은 공』의 영수네가 그러했듯 대
부분의 주민들은 '일정한 요건'을 갖추지 못했다는 이유로 외곽으로 더욱
밀려가게 된다. 그들의 입주 권리는 '일정한 요건'을 '충분히' 갖추고 있는
사람들에게 싼값에 팔리게 된다. 광주 대단지 사건은 이런 배경 아래에서
벌어진 철거민들의 대규모 시위사건이었다.

　광주 대단지 사건을 다룬다고 해서 『아홉 켤레』 연작이 개발의 난맥상이
나 철거의 폭력성에 초점을 맞추고 있지는 않다. 사건의 외곽에 위치한 한
소시민의 희망과 몰락을 다루고 있는 작품이다. 권기용은 판자촌에 터전을
잡고 살던 원주민이 아니다. 대학 졸업의 학력과 안정된 직장이 있다는 점
에서 하층민이라 보기도 어려운 인물이다. 권씨는 입주 자격을 얻기 위해
전 재산을 털어 광주단지의 한 철거민의 땅을 차지하고 앉은 사람이다. 그
러니까 권씨도 실은 광주에 새로운 터전을 꾸리기 위해 '불행한 어느 철거
민' 소유의 권리를 양도받은 셈이다. 가난한 월급쟁이의 살림으로는 평생

자기 집을 갖기 어려우리라는 절박한 심정으로 편법을 사용한 것이다. 남의 권리를 빼앗았다는 가책이 없는 것은 아니지만 그것은 자기 삶의 절실함 앞에서 애써 무시되었다. 그러므로 우리는 철거민의 권리를 빼앗은 권씨의 행위를 무조건 비난할 수도 없다. 어차피 철거민의 불행한 '권리'는 누군가에게 양도될 수밖에 없는 성질의 것이었기 때문이다.

권씨의 이런 힘겨운 자리잡기는 파탄으로 끝나고 마는데 이 연작은 그 파탄 이후의 권씨를 추적하는 데서 시작하고 있다. 권씨는 정부의 철거작업에 대항하는 철거민들의 데모에 참여하여 전과자가 된 인물이다. 선거를 앞두고 무허가 주택에 대해 너그럽던 정부는 선거 다음날부터 인정사정 없는 정리작업을 진행하는데 그는 이에 반대하는 시위에 주도적으로 참여했던 것이다. 본래 성격이 소심하고 온순한 시민 권씨는 철거작업을 부당히 여기면서도 데모에 직접 참여할 용기는 없는 사람이었다. 철거민들에게는 무리이다 싶은 정부의 요구가 땅 소유자들에게 끊임없이 이어지고 순박한 권씨는 그런 요구에 성실히 따르려 할뿐이었다. 일말의 저항도 상상하지 못하는 소극적인 가장이었다. 그에게 중요한 것은 철거민의 생존권이나 부당한 경찰의 공권력에 대한 저항이 아니라 개인과 가족의 편안한 삶이었다.

이런 권씨가 시위에 주도적으로 참여했다는 사실 자체가 이 소설에서는 중요한 의미를 갖는다. 작가는 이렇듯 순박한 소시민 권씨마저 시위에 참여하게 되는 폭력적인 상황을 비판적으로 보여주려 하였던 것이다. 권씨의 평범한 인격이 강조될수록 그를 억압하는 현실의 부당성은 상대적으로 강조되는 것이기 때문이다. 상식 이상으로 무책임하고 무능력해 보이는 권씨의 모습은 이런 효과를 높이기 위해 의도적으로 강조된 것이라 할 수 있다.

그런데 잠시 지켜보고 있는 사이에 장면이 휘까닥 바꿔져버립디다. 삼륜차 한 대가 어쩌다 길을 잘못 들어가지고는 그만 소용돌이 속에 파묻힌 거예요. 데몰 피해서 빠져나갈 방도를 찾느라고 요리조리 함부로 대가릴 디밀다가 그만 뒤집혀서 벌렁 나자빠져버렸어요. 누렇게 익은 참외가 와그르르 쏟아지더니 길바닥으로 구릅디다. 경찰을 상대하던 군중들이 돌멩이질을 딱 멈추더니 참회 쪽으로 벌떼처럼 달라붙습디다. 한 차분이나 되는 참회가 눈 깜짝할 새 동이 나버립디다. 진흙탕에 떨어진 것까지 주워서

어적어적 깨물어 먹는 거예요. 먹는 그 자체는 결코 아름다운 장면이 못
되었어요. 다만 그런 소에서도 그걸 다투어 주워먹도록 밑에서 떠받치는
그 무엇이 그저 무시무시하게 절실할 뿐이었죠. 이건 정말 나체화구나 하
는 느낌이 처음으로 가슴에 팍 부딪쳐옵디다. (「아홉켤레의 구두로 남은
사내」, 181-182쪽)

　수동적이기만 하던 권씨가 격렬한 시위의 주동인물이 될 수 있었던 이유
는 군중 속에서 처절하고 본능적인 인간의 모습을 발견했고, 그로 인해 누
군가에게인지 모를 분노를 느꼈기 때문이다. 행위만으로는 다분히 충동적
이었다 할 수 있다. 위 예문에 이어지는 문장에서 권씨는 "돌팔매질을 하다
말고 뒤집혀진 삼륜차로 달려들어 아귀아귀 참외를 깨물어 먹는 군중"을
보고는 온전한 정신을 유지할 수 없었다고 말한다. 권씨는 거기에 해당되지
않았지만 철거민들이 겪어야 했던 생활의 절박함이란 인간적인 마지막 품
위마저 포기하게 만들었던 것이다. 그들에게는 집을 차지하는 것보다 당장
의 허기를 채우는 일이 중요했으며, 그것이 처절한 투쟁의 현장에서도 무의
식적으로 드러났다 할 수 있다. 그런 비인간적인 삶에 대한 인간적인 분노
와 그렇게 만드는 사람들에 대한 참을 수 없는 분노가 권씨를 데모대의 선
두에 서게 한 것이라 할 수 있다.

　평범한 회사원 권씨는 이 사건으로 인해 회사에서 쫓겨나고 계속해서 당
국의 주목을 받게 된다. 소심한 성격의 권씨는 감시를 의연히 견디지 못해
한 직장에 오래 머물지도 못한다. 세파를 헤쳐나가기에 너무 순진한 그는
가족에게 한없이 무능력한 가장이 된다. 그는 자식을 낳는데도 병원에 갈
돈이 없다. 그 때문에 술을 먹고 주인집에 들어 어설픈 강도 짓을 하지만 그
것도 성공하지 못한다. 이처럼 이 소설(단편「아홉 켤레」)은 '모범생'이라 불
릴만하던 한 인간이 사회적 폭력에 의해 얼마나 철저하게 무너지는지를 보
여준다.

　이렇게 보면「아홉 켤레」의 주제는 광주 단지 철거나 권씨의 몰락에 있는
것이 아니라 '나체를 본' 경험 자체에 있다고 할 수 있다. 이런 경험의 기억
은「아홉 켤레」의 화자인 오씨에게도 강렬하게 남아 있다. 빈민촌에 세 들
어 살지만 교사로서 일정한 수입이 있던 오씨는 자기 아들이 과자 봉지를

들고 가난한 집 아이들을 놀리는 장면을 목격한 적이 있다. 아이들은 과자 하나를 얻어먹기 위해 오씨 아들이 원하는 모든 행동을 한다. 더러운 도랑에서 과자를 건지거나 재주를 부리는 일 등을 서슴지 않는다. 오씨가 보기에 그것은 물질의 유혹 앞에서 인간의 자존심을 포기하는 추악한 행위였다. 그는 그런 짓을 시키는 아들에게 화가 났지만 그보다는 과자를 위해 모든 요구를 수용하는 아이들을 용서할 수 없었다. 이 사건을 계기로 오씨는 그곳에서 더 이상 살 수 없다는 생각을 하게 된다. 이런 경험은 오씨가 가난한 동네를 벗어나 새 집을 빨리 장만할 수 있는 자극이 된다. 참외 트럭에 몰리는 사람들이 권씨를 분노케 했던 것처럼 오씨는 과자 하나를 위해 자존심을 버리는 아이들의 모습에서 분노를 느꼈던 것이고, 그 분노를 잊기 위해 가난한 동네에서의 탈출을 다짐했던 것이다. 유사한 성질의 분노를 느끼지만 아이들에게서 벗어난 오씨는 안정된 생활을 찾았고, 데모에 참가한 권씨는 생활 기반을 잃어버린 셈이다.

3. 소시민의 속물성과 허위의식

연작의 두 번째 작품인 「직선과 곡선」은 권기용이 속물적인 현실주의자로 변해 가는 과정을 그리고 있다. 화자는 권기용이 독자들에게 자신의 과거 행적과 새로운 생활에 임하는 의지를 들려주는 형식으로 전개된다. 이 작품은 권기용을 화자로 설정함으로써 속악한 현실에 대응하는 그의 의식을 섬세하게 그릴 수 있었다. 화자는 세상에 순진하게 대응했던 자신의 과거를 돌아보고 앞으로는 가족과 자신의 편안한 삶을 위해 다른 무엇도 희생할 수 있다는 의지를 밝힌다. 세계의 인정 없음에 대하여 뼈저리게 느끼고 인정 없는 세상을 견디어나가리라 다짐한다. 실제로 권씨는 영악하다 싶을 만큼 현실의 이익을 계산하고 예전에 지녔던 세상에 대한 자존심을 버린다. 그러한 권씨의 생각은 "전 단단히 결심했습니다. 앞으로는 사람들 앞에서 절대로 내 똥구녁을 내보이지 않을 작정입니다"(「직선과 곡선」, 236쪽)라는 말에 집약되어 있다. 이는 소시민으로 지키고 있던 자존심을 물질의 힘 앞에서 포기한다는 말과 다르지 않다. 이로써 권씨는 허위를 허위로서 그냥 받아들일 수 있는 준비가 된 셈이다. 그렇게 변해버린 자신을 과거의 가슴 아팠던 경험을 들어 변호하기도 한다. 노골적으로 자신의 변신을 웅변하고 있어 오히려 역설적이라는 느낌을 주기도 한다.

　권씨가 무기력한 가장을 벗고 속물적 생활인으로 변하게 되는 계기는 동림산업 사장이 탄 자동차와의 충돌인데 이 부분은 다분히 작위적이라는 느낌을 준다. 그는 우연히 지나가던 승용차에 부딪치는 사고를 당한다. 여기서는 사고의 내용보다는 사고를 당하는 권씨의 의식이 문제인데, 사고의 처리과정에서 권씨의 속물 근성이 본격적으로 발휘된다. 차에 받히자마자 권씨의 의식에서는 사고를 자신의 처지를 개선하는 기회로 이용하려는 약삭빠른 계산이 이루어진다. 검정 세단을 보고 충돌을 하면서 제발 '저 차에 재무 구조가 양호한 어떤 회사의 사장이 타고 있기를 바라는 음험한 잠재 의식'이 발동했던 것이다. 권씨에게 사장의 승용차는 개인에게 위해를 가하는 무서운 차가 아니라 자신에게도 비빌 언덕으로 사용할 수 있는 유용한 기회의 제공자였던 셈이다.

　이러한 권씨의 의식 변화는 다른 의미의 '나체'에 해당한다 할 수 있다. 이는 권씨를 가까이에서 지켜보았고 '나체'를 본 경험을 가지고 있는 오선생의 태도를 통해 확인된다. 오선생이 경제적인 불이익에도 불구하고 권기용에게 애정을 보일 수 있었던 것은 권씨가 가지고 있는 인간적인 자존심 때문이었다. 그러나 교통사고 처리 과정을 지켜보면서 오선생은 인간의 바닥을 보여주는 권씨에게 환멸을 느낀다. 오선생은 그가 고의로 차에 뛰어들었을 수도 있다고까지 생각한다. 오선생의 이런 생각과 무관하게 이 사고를 인해 권씨는 동림산업에 취직하여 속물로의 전향 선언을 현실적으로 실행한다.

　　얼굴에서 잃은 체면을 엉뚱하게 발에서 되찾고자 기를 쓰던 내 병적인
　자존심 대신에 철면피의 뻔뻔함이, 그리고 인면수심(人面獸心)의 사악함
　이 아홉 켤레의 구두를 희생으로 드리는 번제(燔祭)를 통해서 굳건히 자리
　잡게 되기를 간절히 기대했다. 세상에서 통용되는 아름다움을 단순히 미
　(美) 속에서만 찾으려 했던 종래의 내 기도가 얼마나 어리석은 것이었던가
　를 나는 가출 기간의 체험을 통해서 사무치게 깨달았던 것이다. 제아무리

힘껏 노력을 했어도 선(善) 속에서 아름다움을 끝내 발견할 수 없었다면
그것은 정녕코 악(惡) 속에 숨어 있기 십상이었다.(「직선과 곡선」, 203쪽)

위 예문은 권씨의 달라진 생각을 잘 보여준다. '인면수심(人面獸心)의 사악함'이 자신에게 굳건히 자리잡기를 바란다든지, '선(善) 속에서 아름다움을 끝내 발견할 수 없'고 오히려 그것은 '악(惡) 속에 숨어 있기 십상'이라는 인식은 상처의 깊이를 말해주는 동시에 세계에 대한 잘못된 대응 방식을 낳는 것이다. '세상에서 통용되는 아름다움'에 대해 눈을 뜨게 되었다고 할 수 있다. 조금은 영악하고 약삭빠르게 현실에 대응하는 인물이 될 것이라 짐작할 수 있다.

현실적으로 무능한 가장이지만 열 켤레의 반짝이는 구두는 권씨에게 현실에서 잃어버린 자존심의 상징이었다. 주목하지 않으면 눈에 띠지도 않는 구두를 그는 매우 정성스럽게 관리했다. 걷거나 설 때도 더러운 구두를 그냥 두지 않았다. 강박에 가까울 정도로 구두의 청결 상태에 신경을 쓰는 권씨에게서 우리는 안타까움을 넘어 슬픔까지 느낄 수 있었다. 그렇기 때문에 「직선과 곡선」에서 구두를 태워버리는 권씨의 결행은 중요한 의미를 갖는다. 권씨는 자존심의 상징과도 같았던 구두를 태워버리면서 사회에 참여하는 일종의 입사의식을 치렀던 것이다. 「직선과 곡선」의 서두에서 권기용은 자신이 애지중지하던 구두가 아홉 켤레였다고 말하는 것에 대한 불만을 토로한다. 실제 구두는 자신이 신고 있는 것까지 합쳐 열 켤레라는 것이다. 이런 말을 통해 권씨는 자신에게 무관심한 세상을 인정하지 않겠다는 의지를 보인다.

권씨가 중요하게 등장하지 않는 「날개와 수갑」이 갖는 연작으로서의 의미는 이런 맥락에서 분명해진다. 이 작품은 창사 기념일에 맞추어 사무직 직원도 제복을 입어야 한다는 회사의 방침에 대한 직원들의 반응을 다루고 있다. 많은 직원들이 회사의 방침에 반대한다. 개인의 자유를 획일적인 틀에 묶으려 한다는 이유에서이다. 그러나 대부분은 회사의 강한 주장에 굴복하고 만다. 반대의 목소리가 컸던 사람들도 개인적인 불이익 앞에서는 '작은 불편함'을 감수하려 한다. 이를 통해 연작에서 일관되게 유지되는 소시

민에 대한 비판이 이어진다. 자신들의 주장을 끝까지 관찰시키지 못하는 우유부단함이 그 하나이고, 제복 문제를 대단한 문제인 양 과장해서 떠벌이는 허풍이 그렇다.

이 소설에서 작가는 민도식의 편을 들고 있다. 그는 홀로 제복을 맞추지 않고, 체육대회장 밖에서 맴도는 인물이다. 소시민의 나약함과 자기 안위를 보존하려는 성격에 대한 부정으로 읽을 수 있는 이 소설에서 작가는 끝까지 제복을 입지 못하고 운동장 밖에서 머뭇거리는 민도식에게 여운을 남겨둔다. 민도식이 현실적인 승리자는 아니지만 「아홉 켤레」의 무기력한 권기용이 그랬듯이 「날개와 수갑」에서도 작가는 소시민 개인이 부딪쳐 이겨낼 수 없는 현실을 인정하고 그 안에서 결국 패배자가 되고 마는 인물들을 그려내었다.

4. 노동 현실과 연대의 가능성

속물근성은 권씨에게 고유한 것은 아니다. 이런 속물의 가능성은 오선생에게도 잠재되어 있는 것이었다.

> 우리의 분노란 대개 신문이나 방송에서 발단된 것이며 다방이나 술집 탁자 위에서 들먹이다 끝내는 정도였다. 나도 그랬다. 내 친구들도 그랬다. 껌팔이 아이들을 물리치는 한 방법으로 주머니 속에 비상용 껌 한두 개를 휴대하고 다니기도 하고, 학생복 차림으로 볼펜이나 신문을 파는 아이들을 한목에 싸잡아 가짜 고학생이라고 간단히 단정해버리기도 했다. 우리는 소주를 마시면서 양주를 마실 날을 꿈꾸고, 수십 통 껌값을 팁으로 던지기도 하고, 버스를 타면서 택시 합승을, 합승을 하면서는 자가용을 굴릴 날을 기약한다.(「아홉켤레」, 168쪽)

현실에서 자신의 정체성을 찾기 어려운 것이 소시민이다. 반대로 늘 유동하는 계층이기 때문에 그들은 안정을 희구한다. 안정을 누리는 데 오선생은 비교적 성공한 경우라 할 수 있고, 권기용은 실패한 경우이다. 겉으로 보기에 이런 두 사람의 성공과 실패는 단편 「아홉 켤레」에서는 인간의 품성이라는 것에 의해 이면으로 숨게 된다. 오선생과 권기용의 차이는 실제로 근본적인 차이라고 볼 수 없는 것이다. 이에 비해 「직선과 곡선」에서 두 사람의 생각과 행동은 반대 방향으로 향하고 있었다고 할 수 있다.

구두를 태워버리고 현실주의자가 되었던 권기용은 또 한번의 변화를 겪는데, 그 변화는 열악한 조건의 노동 현장을 관찰하면서 이루어진다. 개인의 안위에 집중하던 권씨에게는 노동현실에 대한 자각이기도 하다. 이 변화는 매우 중요한데, 순전히 감정적인 충동으로 철거에 대항하던 권씨가 마땅히 받아야 될 권리를 누리지 못하는 공원들에게 권리를 찾아주어야 한다고 생각하는 인물로 변화하기 때문이다. 작품에서는 의식의 변화 뿐 아니라 적극적인 참여의식까지 암시되고 있다. 변화의 계기와 과정이 충분히 설득력을 갖지 못하는 것이 사실이지만 그 변화의 방향만은 명확하게 드러난다 할 수 있다.

여기서 권씨가 스스로와 비교하는 대상은 자신보다 힘겹게 살아가는 사람들로 바뀐다. 그 사람들을 보면서 세계를 보는 권씨의 시각이 넓어진다. 첫 작품에서 자조적인 말투로 반복하는 안동 권씨요, 대학 나온 사람이라는 말은 더 이상 자긍심의 표현이 아니다. 이전까지 이 푸념들은 현실적인 위치를 견디는 자존심인 동시에 사회에 대한 불만이었는데, 노동자들의 생활과 비교되면서 그 말이 허위의식의 발로였음이 분명해진다. 「창백한 중년」에서 권기용은 소시민 의식을 넘어서는 새로운 삶의 문제를 고민하기 시작하는 것이다. 사회에 대한 비이성적인 분노도 현실에 대한 구체적인 분노로 바뀌어 극복되는 셈이다. 무엇을 하느냐보다는 어떻게 해야 할 것인가를 문제 삼는다. 작가는 권기용씨의 삶을 통해 의식의 각성되는 과정을 보여주면서 동시에 소시민과 노동자들간의 의식의 연대 가능성을 조심스럽게 진단하기도 한다. 권기용은 노동자들에 대한 자신의 관심을 "오로지 먼저 태어난 까닭에 지지리도 많이 고생해본 사람이 나중에 태어난 까닭에 좀 적게 고생한 사람에게 느끼는, 이를테면 형제애 비슷한 감정의 발로였다."(「창백한 중년」, 277쪽)고 말한다. 그 형제애는 동류의식이며 동류의식은 소시민들 사이에서가 아니라 노동자들과 맺어지게 되는 것이다.

「창백한 중년」의 사건은 여공 안순덕의 폐결핵을 권씨가 우연히 발견한 데서 시작된다. 권씨는 비록 공장에서 일하지만 그곳 노동자들에게는 이질적인 존재이다. 사장이 내려보낸 끄나풀 정도로 비쳐진다. 그 역시 노동자들의 삶에 대해 아는 것이 없다. 안순덕은 자신의 병이 권씨에 의해 알려져 공장에서 쫓겨나게 될까봐 두려워 한다. 자기 병을 알리지 않는 조건으로 권씨에게 은밀한 거래를 제의하기도 한다. 그러나 정기 건장 검진으로 안순덕의 병이 알려지고 그는 공장에서 쫓겨나게 된다. 기계 앞에 배치된 여공과 자기 기계 앞에서 떠날 수 없다고 주장하는 안순덕 사이에 몸싸움이 벌어지고 몸싸움 과정에서 안순덕은 큰 부상을 입는다. 안순덕 사건으로 인해 권씨는 노동자들의 형편을 조금 알게 되지만 노동자들에 의해서는 계속 따돌림을 당한다.

> 숨돌릴 겨를도 없이 쏟아져 내리는 타격은 차라리 일종의 청량감 같은 것이었다. 그것은 안순덕과 박환청과 자기를 잇는 삼각의 끈을 확인하는 절차이기도 했다. 여태껏 그들과 자기 사이에 가로놓인 엄청난 허구의 공간이 주먹과 발길 끝에서 조금씩조금씩 무너져내리고 있었다. 내가 만약 이 자리에서 저 미치광이 젊은이한테 타살당하지 않고 살아날 수만 있다며, 하고 권씨는 가정을 해보았다. 살아난 값을 톡톡히 해야지. 그러기 위해서는 다른 무엇보다도 먼저 노조 간부들을 만나볼 필요가 있었다. 그리고 다음 순서로 본사에 가서 사장을 만나는 일도 당연히 고려에 넣으면서 권씨는 차츰 의식을 잃어갔다. (「창백한 중년」, 294쪽)

위 글을 통해 권씨의 의식이 속물화 이전으로 회복되고 있음을 알 수 있다. 앞의 세 작품에서 작가는 이전의 권씨가 가졌던 인간적인 매력을 온전히 유지하기 힘든 현실을 이야기했다. 그것을 통해 소시민 근성을 철저히 발휘하는 권씨를 볼 수 있었다. 이제 권씨는 새로운 각성을 하게 되는데 그것은 소시민이었던 자신의 현실을 통해서가 아니라 실제 공장 노동자들의 삶을 경험하면서 이루어진다.

현실주의자 권기용의 목표는 자신의 뒤를 남들에게 보여주지 않는 일이었다. 그러나 노동자들의 삶과·접하면서 자신의 그러한 생각이 얼마나 어리석었는지 깨닫게 된다. 기댈 곳 없던 권기용은 자신의 뒤를 남에게 보여주지 않는 방법으로 남들 못지 않게 현실을 영악하게 살아가는 방법을 택했다. 그리고 어느 정도는 성공했다고 볼 수도 있다. 그러나 이런 모든 행위는 자기

기만에 지나지 않았다. 실제 남들에게 보여지는 모습을 위해 자기의 본 모습
은 애써 무시하려 했던 것이다. 권씨는 공장에서 일하면서 자신의 뒷모습을
숨기려던 한 여공을 만나게 되는데, 그의 삶이 갖는 절실함에 대해 생각하게
된다. 이런 현실 속에서 자신의 뒤를 숨기겠다는 개인적인 생각은 사치에 지
나지 않는다는 것도 깨닫는다. 실제로 존재하는 현실보다 더 중요하게 절박
한 것은 없다. 소시민으로서 권씨가 가지게 된 불행에 대해 그는 순전히 개
인적으로 반응하였다. 개인적인 반응은 개인적인 해결만을 요구하게 되는
데, 권씨는 어느 정도 이를 이룬 상태라 할 수도 있다. 그런 권씨가 모든 사
람들이 함께 가지고 있는 시대의 뒷모습을 보게 되었고, 그들에게는 자신도
그들의 뒤를 들추는 인물에 지나지 않다는 것을 깨닫게 된다.

그렇다고 이 소설이 노동운동이나 계급문제에 초점이 맞추어졌다고 보기
는 어렵다. 권씨가 노동자들의 현실을 이해하고 '대학 나온 사람'으로 할
수 있는 일을 찾으려 한다는 점은 당연히 긍정적으로 평가되어야 하겠지만
그것은 미래형으로 열려있을 뿐 작품 안에서 실현되는 것은 아무 것도 없
다. 상류를 지향하는 소시민 의식이 '숨돌릴 겨를도 없이 쏟아져 내리는 타
격'에 의해 갑자가 노동자와의 동류의식으로 변하는 것도 그리 설득력 있
다고 볼 수는 없다. 노동운동의 가능성 등에 대해서도 구체적으로 언급되어
있지 않다. 『아홉 켤레』 연작의 중심 문제는 노동현실이나 노동자 의식보다
는 소시민성 혹은 소시민 의식에 모아진다고 할 수 있다. 권씨의 방향을 찾
아가는 길에 노동자들의 현실이 있다고 보아야 할 것이다.

5. 맺음말

『아홉 켤레』 연작 이전에 윤흥길은 성남에 사는 사람들의 애환을 담은 단
편 「엄동」(『현대문학』, 75.3)을 발표한다. 이 소설은 서울로 상징되는 산업
화의 중심에 편입되지 못하고 서울을 지향하고 있는 소시민들의 고달픈 삶
을 그린다. 서울에서 성남으로 출퇴근하는 직장인들이 폭설이 내린 어느 날
오지 않는 버스를 기다리며 겪게 되는 사건들을 다룬 작품이다. 서울에 진

입하지 못한 변두리 도시인의 피곤한 삶은 물론 귀가하는 못하는 사람들의 의식의 절박함, 짧은 시간에 벌어지는 심리적 갈등 등이 잘 그려진 소설이다. 버스를 타기 위해 아수라장이 되는 정류장, 추위를 피하기 위해 들어선 다방의 풍경, 여관비가 없어 처음 본 남성과 함께 기꺼이 여관에 가자고 하는 아가씨 등 버스가 끊긴 밤거리의 풍경이 흥미 있게 묘사되어 있다. 이 작품 역시 넓게 보면 『아홉 켤레』 연작에 포함시킬 수 있다고 생각한다.

평범한 소시민의 삶이 본격적으로 주목받기 시작하는 것이 70년대 소설의 중요한 흐름이다. 이 시기 들어 정부주도의 경제개발이 본 궤도에 오르고, 개발에 따른 부작용이 표면화되기도 하였다. 경제 개발과 정치적 권위주의, 거기서 희생당하는 인물들의 일상적 삶이 70년대 소설의 중요한 주제라고 한다면 『아홉 켤레』 역시 그러한 주제에서 크게 벗어나지 않는 작품이다. 그러면서도 이 작품은 소시민을 생산하는 환경만을 다루고 있는 것이 아니라 소시민들의 의식을 문제삼고 있다는 데 의의가 있다. 평범한 가정을 지키는 가장에서 무능한 전과자로 다시 노동현장의 경험을 통해 새로운 삶을 계획하는 의식 있는 인물로 변화하는 과정을 보여주고 있다.

그러나 소시민의 양면적인 심리묘사가 갖는 미덕만큼 권기용의 각성과정이 설득력 있게 그려졌다고 보기는 어렵다. 속악한 현실을 속악하게 받아들이게 되는 과정 역시 석연치 않은 점이 있다. 연작으로서 각 단편들이 비교적 일관된 줄거리로 엮여 있지만 그 연관이 첫 작품에서 만큼의 새로운 의미를 만들어 낸다고 보기는 어렵다. 각 작품의 편차는 존재하게 마련이지만 앞의 「아홉 켤레」가 갖는 감동의 여운까지 해치고 있다는 인상을 지울 수 없다.

참고문헌

오생근, 「개인과 사회의 역학」 초판 해설, 문학과 지성사, 1977.
성민엽, 「아홉켤레의 구두로 남은 사내」 연작의 현재적 의미. 신판해설, 문학과 지성사, 1997.
천이두, 「화해 지향성의 문학」, 한국소설문학대계. 동아출판사, 1996.

이문구의 『우리 동네』론
— '다른 국민'의 성립과 풍자적 서술의 힘

구자황[*]

1. 구이지학(口耳之學)의 의미

이문구는 한국문단의 희귀한 스타일리스트다. 절묘하게 불려 놓고 교묘하게 엮어 가는 그의 언어감각은 매우 탁월하다. 가령 이문구의 소설을 읽으면서 어떤 이는 염상섭의 질깃한 만연체를 떠올리는가 하면, 또 어떤 이는 판소리 사설을 연상하기도 하고, 혹자는 시골 농투성이의 왁살스런 그의 말참견을 두고 '시골 밭둑의 싱싱한 수풀'에 비유하곤 하였다. 과연 그의 만연체 문장과 풍부한 어휘구사력, 특히 충청도 사투리의 문학적 복원과 생생한 육성이야말로 어느 작가의 말마따나 '차돌배기 고기 씹듯이 요리 씹고 저리 굴리는 맛'을 느끼게 함으로써 소설 읽기의 또다른 맛을 제공해준다.

실제로 작가의 공부는 말공부요, 시가 노래라면 소설은 어차피 이야기며 말이라는 게 이문구의 지론이다. 그가 말을 줍거나 얻거나 물려받는 일에 관심을 두는 것도 이런 연유에서다. 이렇게 해서 명명된 이문구식 소설의 정의가 이른바 '구이지학'(口耳之學)이다. (이문구, 『관촌수필』, 문학과지성사, 1991. 238쪽) 즉 '귀로 들은 것을 그대로 남에게 이야기하는 일'이 그에겐 소설이었던 것이다. 물론 여기에는 다분히 작가 특유의 겸손함이 배어있다. 그러나 '구이지학'의 의미는 단지 겸양의 수사(修辭)나 글자 그대로의 뜻으로만 한정될 수 없는, 보다 심층적 의미가 담겨져 있다.

그는 몇편의 산문집을 통해 자신의 작가적 기질에 대해 부족함을 스스럼없이 인정하곤 했으며, 더러는 그의 소설을 두고 구성이 부실하다는 세간의

---

* 성균관대 강사

평을 시인하기도 했다. 그러나 이것은 이문구가 사건을 인과적 논리로 구성하고 작중인물의 내면과 숨겨진 가치를 탐구하는 글쓰기 방식, 즉 서구적 근대소설과의 '거리'를 인정하는 것일 뿐 결코 그의 소설관 자체를 부정하는 것은 아니었다. 오히려 '구이지학'(口耳之學)의 소설관과 이야기꾼 혹은 강담사(講談師)로서의 소설가를 염두에 두었기 때문에 그와 같은 단점을 인정할 수 있었던 것이라고 보면, 결과적으로는 겸양의 의미와는 별도로 그의 소설관을 역설(力說)하고 있었던 셈이다.

좀더 다른 각도에서 보면, 이문구의 '구이지학'은 60년대적 글쓰기에 대한 탈선 혹은 저항을 의미한다. 사실 서양소설이 유입된 이후 대다수의 작가들은 '긴밀하고 건축적인 이야기 구성'을 소설창작의 요체인양 생각해 왔다. 60년대의 소설도 예외는 아니어서 60년대 문학이 보여주는 '성찰성'(省察性)——세계에 대한 성찰과 자기성찰——은 대부분 주제와 플롯, 인물의 유기적 상관관계에 갇혀있거나, 반대로 감각적 이미지나 상징적 언어로 구사되기 일쑤였다.

이에 비해 그의 중기작이라 할 수 있는 『관촌수필』 연작은 다른 소설처럼 사건 전개의 과정을 필연적인 인과관계에 의해 구성한 것이 아니라, 화자가 자신의 성장과정과 삶의 체험을 자유스런 방식으로 직접 말하는 형식을 취하고 있어 마치 수필과 같은 인상을 준다. 이처럼 보고 들은 것을 삽화적으로 구성하고 긴밀한 통일없이 자유롭게 서술하는 방식은 이문구 특유의 소설쓰기로 정착되었던 것인데, 이는 소설사적으로 볼 때, 채만식 이래의 서술전통을 계승하는 것으로 보이며 아울러 이야기체 소설의 현대적 가능성을 실험하였다는 점에서 평가할 만한 것이다.

사정이 이와같다 하더라도 혹자는 이야기꾼이나 강담사로서의 소설가 역할이 극히 제한적이고 수동적일 수 밖에 없다는 점을 들어 '구이지학'의 의미를 애써 깍아 내릴지도 모른다. 그러나 그러한 시도는 이문구의 실제 작품을 접하는 순간 여지없이 깨지고 만다. 왜냐하면 이문구의 '구이지학'은 단순히 전달자의 역할이나 언어적 윤색, 관념적인 인물의 형상화를 뛰어넘고 있기 때문이다. 무엇보다도 이문구의 소설은 초기 작품 이래 작가 자신의 '체험'과 당대의 구체적 '사실'이 결합된 형태를 보여주고 있기 때문이다.

주지하다시피 『장한몽』(70. 12-71. 9)은 초기 소설 가운데 유일한 장편이며, 이문구의 실제 '노가다판' 현장 체험을 바탕으로 한, 작가의 말을 그대로 옮기면 "사실(事實)을 사실(査實)한 대로 사실(寫實)하기로 작정했던" 작품이다. 이런 점에서 『장한몽』의 일차적 의미는 이문구의 소설관, 즉 '구이지학'을 자신의 체험을 통해 세 가지 사실의 차원으로 구체화시킨 데 있다. 『장한몽』은 삶의 변두리나 밑바닥에 전전하는 이들로부터 '들은 이야기'를 자신이 '겪은 이야기'와 결합시켜 '사람사는 이야기'로 들려주었던 것이다. 이밖에도 초기 소설 가운데 「몽금포타령」(69. 9), 「다가오는 소리」(72. 7), 「금모래 빛」(72. 5) 등 상당수가 작가의 60년대 말 밑바닥 체험에 바탕을 둔 작품들이다.

2. 소리나는 쪽으로 돌아보다

한국현대사를 돌이켜 볼 때, 전시가 아닌 평시에 1960년대와 같이 급격한 인구이동과 공간의 조작이 이루었던 시기는 일찍이 없었다. 특히 60년대 후반부터는 개발이 모든 가치를 앞지르기 시작했다. 성장과 수출이 인간적 가치를, 중앙이 지방을, 공권력이 국민을 압도한 채 그야말로 '성찰적 근대화'(省察的 近代化)의 변증법적 접근이 완전히 결여된 시기였다.

이와 같은 '개발과 성장'의 구호아래 진행된 60년대 도시화는 한마디로 농촌의 와해 위에 이루어진 '농민의 도시화'였다. 국가의 농업부문에 대한 적극적 착취는 '저임금-저곡가'(cheap labor and cheap food)라는 형태로 공업적 도시화의 생산적 기반을 제공하였으며, 농촌은 '조국 근대화'의 미명아래 내국(內國) 식민지의 위치 또는 이중(二重) 식민지의 역할을 강요당해야만 했다.

70년대로 들어서면서 염무웅을 필두로 새로운 농촌문학론이 제기된 것은 확실히 위와 같은 현실 인식과 맥락을 같이한다. 이들이 파악한 문제는 농촌 빈곤의 확대재생산, 농촌 파괴의 가속화로 야기되는 이른바 '농촌 탈출'(rural exodus)현상인데, 급기야 이로 말미암은 한국농촌의 기형성(畸

型性)은 도시와 농촌을 분리시키는 데 그 심각성이 있다고 보았다. 따라서 당시 농민문학론의 핵심적 요체는, 이른바 '불도저식' 근대화로 인한 농촌의 급작스런 변모와 와해의 본질을 인식하고, 도시와 농촌의 문제를 분리하지 않은 채 궁극적으로는 '도시의 문제를 포함하는 탁월한 농촌문학'을 정립하는 것이었다.

이와 관련하여 이문구의 「암소」(70. 10)가 새로운 농촌소설의 가능성으로 주목을 받은 것은 사실이지만, 그가 우리 문학사의 좀더 뚜렷한 존재로 부각된 것은 『관촌수필』(72. 5-77. 1) 연작을 통해서다.

이 작품은 작가의 유년 체험이 당대의 농촌현실과 겹치면서 파생된 기억을 씨줄과 날줄로 엮은 이문구의 대표작이다. 사실 『관촌수필』의 감동은 근대화로 인해 잃어버린 '고향'의 존재와 의미, 즉 전일적 공동체(全一的 共同體)가 주는 안온함과 자연의 품속에 들어앉은 인간미를 그리워하는 정서에서 기인한다. 그러나 이 작품이 정서적 공감의 차원에서 뿐만 아니라 '1970년대 농촌소설 분야의 확고한 성과'로 자리매김 할 수 있는 이유는 농촌공동체의 해체과정을 통해 근대화의 명암을 가장 풍부하고 적나라하게, 그리고 따뜻한 시선으로 반영하고 있기 때문일 것이다.

『관촌수필』에는 두 개의 '고향'이 팽팽하게 맞서고 있다. 하나는 화자의 기억 속에 남아있는 충족과 조화의 고향이고, 나머지 하나는 화자가 현실로 맞닥뜨린 결핍과 파괴의 고향이다. 달리 말하자면, 이것은 전통과 근대, 공동사회와 이익사회, 농촌공동체와 자본주의적 근대의 대립이다. 『관촌수필』의 화자는 고향과 고향 사람들에 대한 그리움, 유년시절에 경험한 농촌공동체의 조화와 따스한 인정들을 기억의 우물 속에서 길어낸다. 뿐만 아니라 산업화·도시화 과정에서 겪게되는 농촌사회의 소외와 해체과정까지를 이문구 특유의 문체로 들려준다. 이때 『관촌수필』의 1인칭 회상 형식은 두 개의 고향을 수시로 교체·대비하는 데 적절히 사용된다.

『관촌수필』의 화자에게 두 개의 '고향'을 동시에 호명(呼名)하고, 충족과 조화의 고향을 기억하는 작업은 부재와 상실의 공간을 확인하는 과정이라는 점에서 고통이다. 그러나 기억은 현실의 결핍을 구체화시켜주고 인간에게 보다 근본적인 상태가 어떠해야함을 환기(喚起)시켜주는 것이라 하겠다.

그 점에서 기억은 과거의 어떤 '충만한 심적 충족의 경험' 과 관련된다. 그것은 현재의 결핍이나 모순에 대해 그것의 극복 가능성으로서 과거의 충만성이 작용한다는 의미이다.

따라서 『관촌수필』의 화자가 두 개의 '고향' 을 동시에 호명하고, 충족과 조화의 고향을 기억하는 과정에서 느끼는 서러움의 실체는 더 이상 개인적 차원의 서러움이 아니다. 『관촌수필』의 화자인 '나' 가 잃어버린 것은 더 이상 혼자 잃어버린 것이 아니라 우리 민족 전체가 잃어버린 것의 의미로 증폭된다. 또 '나' 를 키운 사람들은 우리와 더불어 살던 사람들이고, 종내는 우리가 잃어버린 심성들이라는 사실을 환기시킨다. 이런 점에서 『관촌수필』은 농촌공동체에 대한 향수나 단순히 과거에 대한 그리움의 정서를 지향한다기보다, 그 이면에 놓인 변화의 구체적 정체를 밝히면서 부정적 근대를 환기시키는 데 있다.

덧붙이자면, 『관촌수필』의 성격을 반(反)근대적 · 복고적 향수로 보는 견해는 사실상 이같은 '환기' (喚起)의 의미를 과소평가하고 있을 뿐더러, 『관촌수필』내의 질적 변화를 설명할 수 없다. 주지하다시피 『관촌수필』 연작은 화자의 성격과 서술시점에 따라 전반부(1-5)와 후반부(6-8)로 나뉜다. 전반부의 중심화자는 유년기의 '나' 이고, 대체로 유년기의 조화롭던 시절과 그때의 추억을 반추한다. 그러나 후반부의 중심화자는 성인이 된 시점이며, 서술의 많은 부분은 광범위하게 달라지기 시작한 당대의 농촌현실에 두고 있다. 물론 소설의 전편(全篇)을 관통하는 작가의 의도는 비교적 뚜렷하다.

> 세월은 지난 것을 말하지 않는다. 다만 새로 이룬 것을 보여줄 뿐이다. 나는 날로 새로워진 것을 볼 때마다 내가 그만큼 낡아졌음을 터득하고 때로는 서글퍼하기도 했으나 무엇이 얼마만큼 변했는가는 크게 여기지 않는다. 무엇이 왜 안 변했는가를 알아내는 것이 더 중요하겠기 때문이다. (이문구, 『관촌수필』, 문학과지성사, 1991. 237-238쪽)

작가는 변화를 부정하지는 않는다. 아니 부정하지는 못한다. 그는 근대화의 물결이 시대적 대세라는 것을 인정한다. 그러나 그에게는 나날의 변화, 급격한 변화 속에서도 변치 않거나 변치 않아야 할 것들, 그래서 더욱 소중한 가치를 발견하고 싶었던 것이다. 화자의 궁극적 시선은 반상적(班常的)

질서를 회고하거나 유기적 농촌공동체를 추억하는 곳에 있지 않다. 다만 그러한 공동체를 이루는 '삶의 본원적 가치'를 천착하고 있었을 따름이다.

그런데 『관촌수필』의 후반부는 이문구가 경험했던 조화롭던 시절, 그리고 그 속에서 더욱 빛났던 전인적 인간들의 모습보다는 그들의 눈으로 본 변화 이후의 세계와 인간(심성)의 변모가 두드러진다. 예를 들어,「관산추정」의 중심인물인 복산이는 굽은 나무처럼 고향을 지키면서도 궂은일 마다 않고 동네일까지 뒷치닥거리하는 천품의 소유자다. 그런데 세월과 더불어 고향의 변화를 지켜온 그가 화자에게 들려주는 넋두리의 핵심은 물질적·외형적인 것이 아니라 동네의 풍속과 인심의 타락에 관한 것이다. 이러한 복산이와 같은 인물의 형상화는「행운유수」의 옹점이나,「청산녹수」의 대복이,「공산토월」의 신석공과 같이 선하고 올곧은 영혼을 제시하고 있다는 점에서는 같지만, 그토록 변치 않는 심성의 소유자에게서 나오는 날선 비판이라는 점에서 확연히 달라보인다. 특히「여요주서」에 등장하는 신용모의 현실 비판과 자신에 대한 각성은 다소 희화화 되어 나타나지만 예리하고 당당하다. 비록 소설은 그의 우행(愚行)으로 마감되지만 그것은 "잘 먹구 못 먹구가 문제 아니라 열화 터져 못 살겠다"는 말처럼 농촌의 소외 내지 상대적 박탈감을 전제로 했던 것이기 때문이다.

이렇듯 『관촌수필』의 후반부는 소설적 공간이 당대의 농촌현실 속으로 보다 깊숙히 이동하고, 중심화자의 시선 또한 부정적 인물의 형상화나 일그러진 농촌 풍속과 윤리에 집중함으로써 풍자적 서술이 한층 강화된 양상이다. 여기서 특히 주목되는 것은 저항적 주체의 등장이다. 비록 그것의 발단은 다분히 도덕적이고 양심적인 차원의 수준이고, 그나마도 대개는 희화화(戲畵化) 되거나 요설적 풍자(饒舌的 諷刺)로 인하여 날카로움은 반감되는 측면도 없지 않지만 70년대 농민소설의 차원에서 보나 이문구 소설의 경로로 보나 적지않은 변화임에는 틀림없다.

훗날 이문구는 이러한 변화의 이면(裏面)과 소설의 내적 변화에 대해 어렴풋하게, 그러나 무엇보다도 또렷한 이유를 이렇게 적고 있다.

　　매우 심한 청각장애자가 아니라면 누구라도 먼저 소리가 나는 쪽으로

먼저 돌아다보기 마련이 아니던가. 하물며 들리는 소리의 태반이 비명소
리, 신음 소리, 한숨 소리였던 어둠의 시대였음에랴. 나도 남들처럼 소리
가 나는 쪽으로 먼저 돌아다보는 여느 생리구조에 지나지 않았던 것이다.
(이문구, 『소리나는 쪽으로 돌아보다』, 열린세상, 1993. 95쪽)

3. 성장의 덫과 '다른 국민'의 성립

　거리에서는 '애국가' 를 듣자마자 부동자세로 서야하고, 극장에서는 '대한
뉴스' 가 고도성장과 산업화를 세뇌시키며, 농촌에서는 이장집 스피커를 통
해 '잘살아보세' 와 각종 캠페인을 강요하던 시절, 이 모든 성장주의와 권위
주의와 반공주의로 무장한 절대 권력의 시대가 우리의 70년대였다. 그러나
이와 함께 부정적 근대화의 참상이 전면화 되기 시작한 때도 70년대였다.
　물론 박정희식 고도성장의 신화가 '보릿고개' 로 상징되는 농촌의 절대적
빈곤을 타파하는데 기여한 것은 사실이다. 그러나 이같은 신화의 뒷켠에서 농
민들은 계층간의 격차를 더욱 뚜렷히 경험하게 되고, 그들의 사회적 기대와
사회적 성취의 격차 또한 더욱 벌어지면서 상대적 빈곤감 내지 박탈감에 사로
잡히게 된다. 뿐만 아니라 대규모 이농현상과 함께 서구 문명이 우리의 전통
문화를 대체하면서 공동체적 삶의 질서가 해체되어 많은 문제점이 야기된다.
　『우리동네』(77. 11-80. 6) 연작의 소설사적 의미는 이와 같은 농촌의 현
실, 즉 상대적 박탈감과 농촌공동체의 해체에 관한 가장 풍부한 보고서라는
점이다. 실제로 『우리동네』안에 산재된 편편의 삽화——형식적인 각종 교
육과 기만적 농정, 동원행정으로 인한 민관의 갈등과 대립, 농민의 이중성
과 기회주의적 속성, 망년회와 관광계 등 무분별한 소비풍조, 부동산 투기
와 선거행태 등등——는 소설의 자잘한 축을 이루는데, 그것을 따라가다 보
면 성장의 덫에 걸린 70년대 농촌의 일그러진 자화상을 만나게 된다. 그러
나 이같은 삽화의 양적 총합이 결코 『우리동네』의 소설적 가치를 담보하지
도 않을뿐더러 『우리동네』의 의미를 세태소설적 면모에서만 찾을 수도 없
다. 그렇다면 『우리동네』의 진정한 의미는 어디에서 찾을 수 있는 것인가?

아이러니컬하게도 경제성장은 일반적으로 대중들의 사회적·정치적 태도에서의 적극성을 증대시키기도 하는 것이다. 빈곤을 어느 정도 극복 할 수 있었던 경험을 가진 대중들은 마치 절대적인 빈곤이 영원한 자신들의 운명이 아님을 자각하였듯이 사회적 비정의을 더 이상 운명적인 태도로 받아들이지 않게 된 것이다. 이러한 모습은 상대적 박탈감을 경험한 농민의 저항으로, 자주성으로 발전하여 『우리동네』의 곳곳에 드러난다.

> 농사꾼은 호적 파갖구 물 근너온 의붓국민인감. 다른 물건은 죄다 맹그는 늠이 기분대루 값을 매기는디 워째서 농사꾼만 남이 긋어 준 금에 밑돌어야 혀? 마눌 한 접이 금가면 버리는 푸라스틱 바가지만두 못허니 이래두 갱기찮은겨? 드런 늠덜. 암만 초식장사 제 손 끝에 먹구 산다지만 해두 너무 헌다구. 꼭 이래야 발전헌다는 겨? (이문구, 「우리동네 강씨」, 『우리동네』, 민음사. 191쪽)

『우리동네』에 등장하는 대부분의 농민들은 이제 누구랄 것도 없이 거의 농공 혹은 농상 불균형을 이야기 하고, 경솔한 농업정책을 질타한다. 그들은 이제까지의 공정성에 대해 회의를 갖게 되고 정부의 일방적인 하향식 태도에 반기를 든다. 농민과 정부의 갈등 혹은 관권과 자주성의 대결양상은 『우리동네』를 관통하는 서사의 또다른 축이다.

사실 관(官)에 대한 농민의 불신은 오래전부터 있어 왔고, 채만식의 「논이야기」같은 작품을 통해 예리하게 지적되기도 하였다. 그러나 「논이야기」의 한생원이 해방 직후 국가와 정치의 허구성에 대해 통렬히 풍자하고 있음에도 불구하고 종국에 가서는 허무주의나 냉소주의로 빠지고 말았던 것에 비추어 보면, 『우리동네』에서 보여지는 농민과 정부의 대립(혹은 갈등)은 농민의 주체적 각성과 자주성의 문제로 이어진다는 점에서 70년대적 의미를 띠는 것이다.

「우리동네 이씨」에서 이십년 농민 이낙청씨는 그릇된 풍속에 휘둘리지 않고, 남의 장단에 덩달지 않게, 깜냥껏 줏대있게 살 한 가지 방법으로 자기의 이씨 성을 '리' 씨로 바꾼다. 한편 「우리동네 김씨」의 김승두는 자기 농토는 자기 요량으로 다스려 보겠다는 의지로 혼자서 가뭄을 헤쳐나간다. 그런데 애초 물꼬싸움을 통해 전개된 사건은 변모된 농촌인심을 보여주는 것이었는데, 난데없이 절박한 농심(農心)으로 끌어다 쓴 전기가 불법시비에 휘말리자 김승두와 그의 일행 모두는 한전 출장소 직원과 한마음으로 응수한다. 형식적인 민방위교육장에서 김승두가 농정의 허구성을 비판하고, 다른 농민들의 지지속에 박수를 받는 대목은 『우리동네』 연작이 보여주는 풍자의 시작이자 주체적 농민의 일성(一聲)이었던 셈이다. 더욱이 「우리동네 황씨」에서 보여주는 이장의 해결책은 농민의 각성과 자주성을 강조하고 있을 뿐만 아니라 부정적 인물을 감싸안는 화해의 결말을 유도하고 있다는 점에서 한층 성숙된 주체의 면모를 확인할 수 있다.

> 그러니께 결과적으로 우리 스스로 우리를 보호허지 아니허면 아니되겠더라——이게 결론여. 내 맘만 같으면 당신이구 오도바이구 죄다 남대문표 빤쓰에 싸서 둠벙 속에 쳐늫겠어. 또 그래야 옳어. 그러나 워쨌든 간에 당신은 우리게 사람여. 우리는 아직두 이웃을 보살피구 동네 사람을 애끼구 싶다 이게여. 그리고 당신 빤스 아니더래두 수재민들이 홑바지는 안입는답디다. 부디 니열 새벽 빤스버텀 걷어 가슈. 당신 손으루, 동트기 전에.
> (이문구, 「우리동네 황씨」, 『우리동네』, 민음사. 315-316쪽)

이미 신화가 되어버린 '조국 근대화'의 논리, 특히 관창민수(官唱民隨)운동으로 변질되어버린 '새마을 운동'은 농촌공동체의 자율성을 오히려 약화시켰을 뿐만 아니라 농촌이 가지고 있던 공동체적 전통을 부정·파괴하였다. 그러나 이문구는 「우리동네 황씨」의 결말을 통해 전통(=전근대) 대 근대화를 이분법적으로 분리함으로써 놓쳤던 '전통의 지혜'를 농민 스스로가 복원해내는 과정까지 보여주었던 것이다.

70년대 농민들에게 '국민'은 어쩌면 '강요된 공동체'에 가까운 것이었는지도 모른다. 비록 봉건시대의 백성에서 식민지시대의 신민(臣民)을 거쳐 해방 이후 비로소 국민이라는 명칭을 부여받았지만 사실상 국가 내의 다른 국민으로 존재해왔기 때문이다. 따라서 70년대 문학의 특징을 저항의 서사로 규정한다면, 이는 자본주의적 산업화와 더불어 형성·고착된 집단들, 즉 국가 내의 다른 국민으로 취급되거나 혹은 소외받아왔던 농민, 노동자, 도시빈민의 집단적 저항과 주체화가 핵심일 것이다. 이러한 맥락에서 볼 때, 『우리동네』의 가장 큰 의미는 70년대 농민의 언술 속에 등장하는 국민에 대한 의심과 '다른 국민'의 성립, 즉 민중의 원형을 발견하고 있다는 점일 것이다.

4. 풍자적 서술의 힘

『우리동네』 연작이 뚜렷한 결말이 없고, 별다른 진전이 없이 같은 이야기를 맴돌고 있다는 것, 『관촌수필』에 비해서도 구성의 밀도가 떨어진다는 지적은 일견 타당하다. 그럼에도 불구하고 성장의 덫에 걸린 70년대 농촌의 일그러진 모습을 『우리동네』만큼 풍부하게 보여주는 작품은 거의 없다고 말했다. 무엇보다도 부정적 근대화의 그늘 속에서 새로운 주체의 발견, 즉 '다른 국민'의 성립과정이야말로 『우리동네』의 가장 두드러진 70년대적 성과라고 할 수 있다.

그런데 『우리동네』의 이러한 성과는 사실상 이문구의 풍자적 서술의 힘에서 나온 것이다. 주지하다시피 풍자는 있어야 할 것을 바탕으로 있는 것의 본질을 우스꽝스럽게 폭로함으로써 사회적·윤리적 비판을 가하는 것이다. 따라서 풍자는 이상과 현실, 본질과 외관의 차이를 날카롭게 의식하는 정신의 산물이다. 그런데 '있는 것'이 매우 견고하거나 폭력적 억압에 의해 강요될 때, 그러니까 '있어야 할 것' 즉 긍정적인 것을 곧바로 제시하기 어려운 상황일 때, 풍자의 기법은 더욱 교묘해지고 복잡해지게된다.

『우리 동네』 연작은 70년대 후반 유신말기의 엄혹한 현실하에서 쓰여졌다. 작가 개인적으로는 '자유실천문인협의회'(74년 11월 8일 설립)에서의 적극적인 활동으로 신변이 제한되고, 1년여의 절필뒤, 실제 농촌(경기도 화성군 향남면 행정리)으로 들어가 자리잡고 쓴 작품이 바로 『우리동네』 연작이었다. 따라서 애초 해학적 전통이 풍부하였고 유연한 풍자의 모습이 내재되었던 그의 소설은 이러한 여건으로 말미암아 더욱 복잡한 양상을 띠게 된다.

대개 풍자소설의 양상은 등장인물들이 벌이는 행동의 인과관계를 통해 드러난다. 이에 비해 『우리 동네』의 풍자는 그에 대한 서술자의 개입에 의해 제시되는 양상을 보인다. 즉 『우리동네』의 경우 서술자의 개입은 인물들 간의 빈번한 대화를 통해 간접적으로 진행되는데, 서술자가 개입하는 정도를 불문하고 『우리동네』의 풍자는 서술 대상의 작은 잘못이나 모순을 공격하기 이전에 그러한 대상에 대한 서술자의 풍자적 서술행위 자체에 의하여 주제가 형성·제시된다는 특징을 가지고 있다.

『관촌수필』을 두고 작가가 '묵은 이야기' 라고 부른 것은 『관촌수필』이 작가를 키워준 고향과 고향사람들에 대한 소설적 헌사(獻辭)였기 때문일 것이다. 그러나 '묵은 이야기' 의 또다른 의미는 '있어야 할 것' 을 서술하는 대신 '있었던 것' 을 기억하는 방식에 있다. 그렇다면 『우리동네』의 경우는 아마도 '묵은 이야기' 를 접고 '있었던 것' 을 기억하는 대신 '있어야 할 것' 을 제시하는 지점이었을 터인데, 문제는 작가 이문구가 본 『우리동네』의 현실은 추억과 현실이 행복하게 합쳐져 두물머리(兩水里)를 만드는 곳이 아니었다는 점이다. 즉 부정적 근대의 견고함과 억압적 현실로 인해 '있어야 할 것' 을 곧바로 제시하지 못하고 별도의 방법이 요청될 수 밖에 없었던 것이다. 『우리동네』가 풍자적 서술에 의존하게 된 배경은 여기서 비롯된 것이다.

마지막으로 『우리동네』의 소설사적 평가를 덧붙일 필요가 있다. 사실 한국 농민문학의 전통은 일제 강점기 이광수류의 계몽문학과 프로문학의 성과이래 정당한 발전을 도모하지 못하고 단절의 영역으로 남아있었다. 해방 이후 가까스로 명맥을 이은 것이라고 해야 오영수, 황순원, 하근찬, 오유권 등인데, 이들은 넓은 의미의 한국적 전통주의와 인정주의에 머무르고 만 한계가 있다. 따라서 김정한의 복귀와 더불어 이문구의 등장은 이전의 농촌문학과 구별되는 진정한 의미의 농민문학적 전통을 복원하였고, 구체적인 농촌현실의 형상화를 통해 70년대 농민소설의 민족문학적 위상을 마련하였다.

이문구의 『우리동네』 연작은 급격하게 변모한 현실 속에서 점차 상실되어 가는 전통적 삶의 숨결과 현장을 사실적으로 그려내고, 새로운 주체의 성립과정을 풍자적 서술의 힘으로 보여주었다. 이는 얼마간의 시대적 거리에도 불구하고 첨단 과학 기술의 시대를 살아가는 우리가 진정으로 간직해야 할 참된 가치가 무엇인가를 생각하는데 도움을 준다. 『우리동네』시절 만큼이나 오늘날 우리 시대의 근대적 기획은 사람의 세상을 위한 정신문화적 구상이 심각할 정도로 빠져있는 듯하다. 따라서 공동체 전체의 속깊은 건강과 유기적 조화에 관심을 기울어야 한다. 경직된 합리주의 넘어서는 총체적 관점이 필요한 싯점에서 우리가 다시금 『우리동네』를 읽어볼 필요가 있다면, 그것은 전통성과 근대성이 혼재하던 시간, 문화적 이중구조의 공간을 건너온 지혜를 『우리동네』가 담고 있기 때문일 것이다. 아울러 치렁치렁하고 톡쏘는 문체의 『우리동네』를 끝끝내 완독한 독자들이라면 얼마간의 인내와 노력을 인증받고 소위 '소설의 맛'을 운위할 권리도 얻을 수 있으리라.

참고문헌

구자황, 「이문구 소설 연구─구술적 서사전통과 변용을 중심으로」, 성균관대 박사논문, 2001.
권영민, 「연작소설의 기법과 장르적 가능성」, 『현대소설』, 1990. 겨울.
김인환, 「체험의 입체」, 『창작과 비평』, 1977. 6.
김치수, 「농촌소설은 가능한가」, 『문학과 지성』, 1971. 3.
황종연, 「도시화·산업화시대의 방외인」, 『작가세계』, 1992. 겨울.

이병주의 『지리산』론

— '지식인 빨치산' 계보와 『지리산』

김복순*

1. 남북한 빨치산 문학의 계보와 그 의미

발터 벤야민은 "모든 역사는 지배자의 역사이며, 그 역사는 왼손으로 다시 쓰여져야 한다."고 말했듯이, 문학 역시 항상 다시 쓰여져야 하며, 재해석되어야 한다. '다시 쓰기'는 현재를 재인식하고, 미래를 올바로 전망하기 위한 작업이다. 과거가 구체적으로 규명되지 않는 한 현재는 제대로 자리매김 되지 않기 때문이다.

오늘의 직접적 전사가 되는 현대사의 격랑기를 『지리산』은 어떻게 '다시 쓰고' 있는가. 더군다나 작가 이병주는 4.19 직후 「국제신보」에 한반도의 영세중립국화의 사설과 교원노조 지지 사설로 군사정권 혁명재판소로부터 징역 15년 구형에 10년형 언도를 받은 바 있으며 데뷔작 「소설 알렉산드리아」에서는 국가권력의 합법성에 의문을 제기하면서 국가권력이라는 이름 하에 자행되는 폭력에 부정적 태도를 취한 인물이 아니던가. 또 빨치산 체험 여부로 설왕설래한 인물이기도 하지 않은가.

『지리산』은 1972년 9월 『세대』지에 연재되기 시작한다. 7.4 남북공동성명 발표로 조성된 화해무드에 의해 연재가 시작된 이 소설은 1977년 8월 제60회로 중단되고, 1985년 7권짜리 단행본으로 펴내면서 비로소 완성된 소설이다.

『지리산』이 주목한 대상은 빨치산이다. 금기와 억압의 소재였던 빨치산을 역사의 현장으로 과감히 불러내고 복원시킨 작품이 『지리산』이다. 주지하다

시피 빨치산(partisan)이란 비정규군 유격대를 말하며, 대개 노동자·농민들로 구성되어 있다. 혹자는 단순 가담자인 '산사람'(이데올로기가 없어 무기가 주어지지 않았고, 식량보급투쟁에 더 큰 임무가 주어졌다 함)과 이데올로기적으로 공산당원인 빨치산을 구별하기도 하지만 단순가담 여부의 구별은 생각보다 쉽지 않다. 또 혹자는 해방 후부터 한국전쟁 전 사이에 형성된 구빨치와 한국전쟁 후에 자생한 신빨치로 구분하기도 하나 신·구빨치가 공산주의 이념에 뿌리 박은 공통분모가 있다고 보기도 어려울 뿐 아니라, 해방 전의 만주 항일 빨치도 있다는 점에서 구빨치의 영역이 명확치 못한 점도 있다.

그간 우리 현실에서 빨치산은 '유격대'의 뜻을 상실한 채 '이데올로기의 하수인' 등 온갖 죄악의 대명사로 인식되어 왔다. 『지리산』은 이러한 기존 인식에 인간적 이미지를 부여하면서 빨치산의 구체상을 보여주고, 더 나아가 항일독립운동의 뿌리라는 대의명분을 확보해 준다.

이러한 빨치산 소재 문학은 남북한 문학사에 있어 그 계보 형성과정이 다르다. 남한 문학사에 있어서 빨치산 문학의 계보는 해방 전 박영준의 「밀림의 여인」(1941)에까지 거슬러 올라가고, 해방직후에는 이태준의 「첫 전투」(1949)로 이어진다. 물론 그 계보를 좀더 따지자면, 북한에서는 빨치산 문학의 최초의 큰 성과로 평가되는, 1949년의 박태민의 『제2전구』등이 있고, 『격정시대』의 작가 김학철이 해방직후 발표한 「이렇게 싸웠다」(1945),「담배국」(1946),「야맹증」(1947) 등이 그 앞에 놓인다. 남한에서는 김원일의 『겨울 골짜기』, 조정래의 『태백산맥』, 이태의 『남부군』이 그 뒤를 이은 성과물이며, 북한에서는 천세봉의 중편 「싸우는 사람들」(1953)과 한설야의 장편 『대동강』(1953)으로 상상력의 범위를 넓힌 후 박영순의 『연길폭탄』(1962), 회상기 형식의 박 달의 『서광』(1959), 림춘추의 『청년전위』(1962) 등을 낳는다.

위에서 보다시피 빨치산 문학은 남한에서보다 북한에서 양적으로 많이 창작되었다. 남한에서는 반공주의가 국시로 채택되면서 빨치산을 거론하는 것조차 불가능한 소위 '남한적 제약'이 있었던 반면, 북한에서는 항일빨치산이 공산주의자의 본보기이자 기원이어서 항일무장투쟁사를 발굴하고 알리는 사업이 대대적으로 전개되었다. 그렇기 때문에 항일유격대의 사상체계와 사업방식을 배우는 것 자체가 공산주의 교양을 뜻하게 되었고, 빨치산

문학이 대량으로 창작되기에 이른다. (신형기·오성호, 『북한문학사』, 소명출판, 2000. 참조)

　이병주의 『지리산』은 북한과 달리 '지식인 빨치산' 계보를 형성한다. 박태민의 「제2전구」가 노동자의 빨치산화를 그렸다면, 한설야의 『대동강』은 농민의 빨치산화를 그리고 있다. 남한에서 노동자 농민, 즉 민중의 빨치산화는 조정래의 『태백산맥』이나 이태의 『남부군』을 기다려야 했다. 또 남한의 빨치산 소재 소설들이 대개 해방이후 한국전쟁 과정에서의 빨치산만을 형상화하고 있는데 반해 『지리산』은 빨치산의 뿌리를 항일 빨치산으로 놓는다는 점에서 차별성을 지닌다. 이는 오히려 북한의 빨치산 문학과 맥을 같이하는 부분이다. 남한의 경우 70년대의 『지리산』이 있었기에, 김원일의 『노을』, 『겨울골짜기』, 『불의 제전』 등과 더불어, 80년대의 이태의 『남부군』, 조정래의 『태백산맥』 등 민중주체 시각의 분단문학이 가능했다고 할 수 있다. 80년대 후반에 이르러 '통일'이 가장 중요한 이슈로 떠오를 수 있었던 것도 바로 『지리산』을 비롯한 70년대의 문학적 자장이 한 몫을 담당했다고 할 수 있다.

　북한의 빨치산 문학이 조국해방전쟁과의 관련 아래 빨치산에 대한 긍정적 평가를 바탕으로 형상화되었다면 남한의 빨치산 문학은 이와 좀 달랐다. 남한에서는 회의주의적 시각도 만만치 않으며, 인간성 옹호와 구제라는 즉 인간학적 추구로서 이루어진 소설도 많다. 빨치산 소재는 남과 북 문학사가 공통으로 소유한 것이지만, 지금까지 이 공통적 소재를 공굴리고 윤색하는 시각은 서로 달랐던 것이다. 서로 다를 수밖에 없었던 이유가 무엇인지, 구체적으로 어떻게 달리 형상화되고 있는지를 좀더 차분히 천착하고 자리매김으로써 우리는 통일문학사를 향한 또다른 공통분모를 이끌어낼 수 있을 것이다.

2. 지식인의 이데올로기선택 실패와 민중의 유토피아적 저항

　이 소설은 1933년 추석날에서부터 해방후 그리고 한국전쟁을 거쳐 1956년까지를 시대적 배경으로 민족사의 수난을 형상화하여 보여준다. 이 시대야말로 일제 강점기—해방—분단—한국전쟁의 격변기로 오늘날 우리가 직면하고 있는 민족사적 갈등과 모순을 잉태한 시기였다.

이 소설은 계보 상으로 볼 때 '지식인 빨치산' 소설이라 하였다. 『관부연락선』, 『그해 오월』 등을 통해 일제 강점기 말기와 해방 직후, 한국 전쟁이라는 역사의 소용돌이 속에서 당대 지식인들의 삶의 선택과정을 줄곧 추적해 왔던 이병주는 『지리산』에서도 '지식인' 빨치산을 주인공으로 하여 이데올로기 선택과정을 보여준다. 아시다시피 이병주는 국가권력의 폭력에 저항하는 한편, 정치적 보호막인 권력과 타협했던(김현옥 전 서울시장의 문서비서, 중앙정보부장 이후락의 눈에 띄어 박정희의 밀사 역할, 전두환과의 관계 등이 권력유착적인 정치편력과 정권에의 타협으로 운위된다. 박윤규, 「나는 빨치산이었다」, 『월간조선』, 1994. 6) 인물이었기에 지식인의 선택과정을 고찰함에 있어서도 작가가 이 이율배반적인 자장을 어떻게 넘나들고 있나 하는 점을 자세히 눈여겨 볼 필요가 있다.

이 소설의 주인공 박태영과 하준규는 모두 동경 유학 체험이 있는 지식인들이다. 뿐만 아니라 주요 등장인물 거의가 지식인들이다. 지식인 빨치산 계보이기에 여기서는 1970년대의 「노을」 등에서 보여지는 바, 못 배운 자(민중)는 모두 좌익이 되고 재산 부유가는 모두 우익이 되는 이분법적 폭력이 없다. 지식인 빨치산들답게 지식인으로서의 당대 해석과 이데올로기의 선택과정을 보여주고 있다. 『지리산』의 서사적 긴장은 지식인 빨치산의 해방이념 추구와 '현실 공산주의'와의 갈등에 있다. 『지리산』에서 서사적 긴장을 불러오는 두 축은 이념으로서의 공산주의/현실 공산주의와, 공산주의자/ 미군정 · 부르주아 계급과의 충돌 두 가지이지만, 주된 서사적 긴장은 앞의 것에 있지 뒤의 것에 있지 않다. 이 점은 '지식인 빨치산' 소설의 특징이기도 하다.

이는 분단의 원인을 어떻게 파악하는가와도 연관된다. 외세인가 이데올로기 대립인가, 아니면 사회 · 경제 · 신분적 차별에서 오는 모순관계인가. 『지리산』은 서사적 긴장관계를 앞 축에 둠으로써 분단의 원인을 이데올로기 대립에서 찾고 있다. 이럼으로써 『지리산』은 분단의 기원에 관한 이전의 시각, 즉 한국전쟁이 미소 냉전체제의 산물이라는 기존의 관점을 벗어난다.

이 소설에는 네 가지 유형의 지식인이 등장한다. 첫 번째 유형은 부르주아의 계급적 속성을 그대로 지닌 하영근과 이규이다. 만석군의 외아들로서 인생을 시작하여 성대 예과와 동경 외국어 학교를 다니며 서너개의 외국어를 습득한 하영근은 만 권 장서의 서재를 갖고 있다. 그는 스스로를 "그저 잡박만 주워 모으고 있는 사람, 생산성 없는 지식의 소유자, 도락으로 학문이나 예술의 언저리를 빙빙 돌고 있는…따분한 존재"라고 말하지만, 그의 서재는 지식욕으로 넘쳐나는 박태영에게 풍족한 자양분을 공급한다. 그는 주인공 박태영의 인생을 거시적으로 조망하고 멀리서 통어하는 역할도 한다. 근대적인 현실인식 태도를 갖고 있으며, 이쪽 저쪽을 두루 포용하고 음양으로 돕기를 마지 않는다. 그렇다고 그가 기회주의자인 것은 아니다. 일제 때 비행기를 헌납하기도 하였지만 창씨개명 때는 "대중들의 적의는 견딜 수 있어도 창피만은 견딜 수 없다"며 버티는 선비기질도 갖고 있다. 서술자에 의하면, 그는 유교적 교양과 정세를 객관적으로 균형감있게 조망할 줄 아는 균형감각, 사려깊은 통찰력을 겸비한 사람이다.

해방후 좌우익과의 관계에서 그는 어느 쪽과도 타협하지 않았다. 그리하여 좌우익 선풍이 몰아닥칠 때도 살아 남는다. 그렇지만 역사의 현장에서 실천하는 인물은 아니었다. 그는 본질적으로 현실적 갈등의 밖에 서 있는 인물이며, 역사를 관망하는 관찰자에 머문다. 『태백산맥』의 김범우가 민중들의 요구를 이해하며 민족주의 노선에서 나름대로 실천하였던 것과 달리 그는 본질적으로 관망자, 관찰자에 머물고 만다. 하지만 박태영을 후원하고 있다는 점에서 무기력한 관망자는 아니다. 하영근이 여유롭게 관망할 수 있음은 생업에 구애받지 않는 지주계급이고, 어떠한 이해관계에서도 초월해 있기에 가능하다. 이러한 점에서 『불의 제전』의 안천총과 유사한 면이 있다.

이규는 어떠한가. 이규는 경남 하동 집안의 8형제에 8천석 하는 양반 지주 가문의 종가집 막내 아들이다. 진주 중학-경도 3고-동경제대 역사학부-프랑스 유학을 거치는 그는 수재 중의 수재이다. 이규의 집안은 중부의 독립운동 덕분에 가문의 몰락을 거듭한다. 일제가 강점하자 당대에 망국의 선비가 된 조부는 지리산 심산유곡으로 들어가 신선이 되고자 했고, 중부는 독립운동을 하다가 집안의 몰락만 가세케 했다. 그러나 조부와 중부로 대표되는 이규 집안은 선비층의 저항과 좌절을 고스란히 대표한다. 병풍 속 그림(1권 13면)과 중부의 지리산 은신은 이를 압축하여 보여 준다.

온 집안의 장래를 떠맡게 된 이규는 아버지의 당부를 듣고 "어떤 일이 있어도 중부를 닮지 않겠다"고 다짐한다. 이러한 이규가 박태영과 다른 길을 걸을 수밖에 없음을 작가는 처음부터 예고하고 있다. 이규는 우리 현대사의 격랑기를 소극적 순응의 자세로 살았던 많은 대다수 군상을 대변하는 일반적 인물이다. 그는 일제에 협력하지도 않지만 독립운동같은 것을 꿈꾸지도 않는다. 오직 현실논리에 순응하며 '순경에서 순경으로' 살아가는 인물이다.

하영근과 이규는 두 가지 점에서 일치한다. 양반 지주 계급의 계급적 속성을 대표한다는 점과 좌우익을 오가며 전체 역사현실을 드러내는 중도적 인물이라는 점이다. 이들은 사회적 제 관계의 그물망의 중심부에서 현실의 구체성을 역동적으로 담아낸다. 루카치의 견해에 따르면 역사소설에서는 중도적 인물이 주인공으로 적합하다. 역사소설에서는 인격과 개성 속에 극적 충돌을 불러 일으키는 세계사적 개인보다, '상대적인 불명확성 그리고 거대하고 일면적인 그러나 결정적인 입장표명을 낳게 하는 열정들의 결핍, 또한 서로 투쟁하는 적대적인 양 진영과 접촉을 가지며 비로소 자신의 고유한 운명 속에서 제재들 간의 복합적인 모세관 현상을 적절히 표현해 주는' 중도적 인물이 더 적합하다고 하였다.(게오르그 루카치, 『역사소설론』, 거름, 1987. 제2장 역사소설과 역사극 참조.)

이런 측면에서 두 인물은 중도적 인물이다. 하지만 이들은 주인공이 아니었다.(이 소설의 틈은 두 인물이 주인공이 아니라는 점에 있기도 하다. 이 점에 대하여는 3장 참조) 또한 두 인물에 공통적인 부르주아 계급의 속성은 하영근의 경우 딸 윤희를 이규에게 딸려 프랑스로 유학보내는 장면에서 잘 드러난다. 이규의 경우 사회적·계급적 인식의 부재, 부동성(浮動性)의 측면에서 이 속성이 드러난다.

하지만 이 두 인물이 일치하지 않는 부분 역시 존재한다. 하영근이 주인공의 주위에서 양 진영의 인물을 적극적으로 돕는 후원자 역할과 함께 객관적 통찰력으로 정세를 정확하게 파악하려 한 인물이라면, 이규는 그러한 부분에서도 한참 뒤처지는 인물이다. 이규는 하영근보다도 작품 구조화의 측면에서나 주제면에서 볼 때 그 의미망이 떨어진다. 이규는 당대 정세를 명쾌하게 분석해 낸 경우도 없고, 실천적 의지도 별로 없다. 그가 일제 강점기 말기에 지리산에 들어오게 된 것도 의지와는 상관없이 퇴로가 차단되는 바람에 엉겁결에 남게 된 것이었다.

그렇다고 이규가 지식인의 내면풍경을 보여 주었는가 하면 그렇지도 않다. 솔직한 심정을 토로하는 일도 없고 도무지 무슨 생각을 하며, 무엇을 원하는지도 분명치 않다. 창씨개명 때도 뚜렷한 주견없이 우왕좌왕하다가 1년 후배의 자살사건을 계기로 완화된 분위기를 틈타 엉겁결에 위기를 넘겨 버리고, 무슨 의견을 물으면 항상 "시간을 주게. 나도 생각해 봐야겠다."가 고작일 뿐 도무지 오리무중이다. 그런 이규를 보고 박태영은 '회색의 군상' 이라고 비난한다.

이 소설에서 이규의 등장은 박태영을 부각시키고 박태영의 기록을 전달하는 '단순 전달자' 의 역할 정도이다. 따라서 이규를 주인공으로 보기(정호웅은 이규를 김윤식은 하준규를 주인공으로 본다)에는 무리가 많다. 여하튼 하영근과 이규라는 중도적 인물을 통해 박태영의 다른 반쪽 현실, 즉 당대에 엄존했던 사회현실의 한 부분이 조망되지만, 이규가 해방직후 프랑스 유학 길에 오르기 위해 동경으로 떠나면서부터는 소설의 전면에서 사라져 그 역할이 포기된다. 따라서 그가 역사전개와 무관한 위치로 내몰리는 것은 당연한 귀결이다.

두 번째 유형은 골수 공산주의자들이다. 이현상과 박헌영은 공산주의가 혁명적 논리임을 부정하지도 회의하지도 않으며, '현실 공산주의' 도 결코 부정하지 않는다. 이들은 지식인의 관념적 열정과 소영웅주의, 그리고 기계적이고 맹목적인 신앙과 이어진다. 공산주의자라 하여도 그 출신성분이나 지적·교육적 배경과 수준이 다 다를 수 있으나, 이현상·박헌영, 그리고 그밖의 공산당원들은 모두 한결같은 모습으로, 즉 당에 철저히 충성하는 인간상으로 그려진다. 이들은 항일투쟁―좌경화―지하활동―남로당 가입―월북(또는 지하활동)―한국전쟁―비극적 종말이란 도식으로 정리된다.

이현상과 박헌영, 그밖의 추종 공산당원들에게 공산당은 주체와의 상호작용을 불허하는 절대적 타자이다. 그들은 공산당에 무조건 순응하며 추종

하고 복종한다. 이때 공산당 또는 공산주의 이데올로기는 인간의 힘으로는 의문을 제기할 수 없는 상태로 추상화된다. 절대적 타자가 '있어야 할 것' 인 본질과 등치될 때 공산주의 이데올로기는 변화·수정이 불가능한 것이 되어 버린다. 공산당원이 되는 순간 운명도 결정되고, 현실도 이미 고정된 다. 이렇게 되면 현실에 대한 구체적 인식은 불가능해지고 남는 것은 역사 를 뛰어넘는 추상화 뿐이다. 역사의 진보·변혁에의 열망은 있었지만, 그들 의 열망 또는 확신을 무매개적으로 전환되어 역사의식의 추상화단계로 떨 어져 버린 것이다.

　세 번째 유형으로, 두번째 유형의 연장선 상에 권창혁의 역사 허무주의가 있다. 권창혁은 「공산당선언」을 비롯한 마르크스, 엥겔스, 레닌의 저작을 노역, 일역, 영역 등의 원서로 읽을 정도로 박학다식한 지식인이다. 「경제 학 비판」「자본론」들을 읽고 사회구조가 명확히 파악되는 듯한 개안을 얻었 지만, 인류의 장래에 광명을 줄 것이라고 믿었던 공산주의의 결점을 발견하 게 된다. '공산주의의 결점과 독소는 그 주의와 당에 내재되어 있는 본질적 인 것'이라는 것이 권창혁의 이론이다. 지식인의 정수를 중핵으로 한 사회 민주주의 세계건설을 꿈꾸지만, 공산당 조직의 관료성·비민주성·비인간 성 등을 경험하면서 변화불가능한 현실에 체념하게 된다.

　현실에서 아무런 희망도 찾을 수 없다는 절망감은 필연적으로 역사 허무 주의를 낳는다. 역사의 순환적 반복 과정을 믿는 역사 허무주의는 삶에 대 한 합리적 성찰과 실천을 봉쇄해 버리고, 역사의 변화나 진보는 환상에 불 과하다고 생각한다. 이 때 과거―현재―미래의 역동적 대화란 없게 된다. 역사의 진보를 부정하게 된 것은 이른바 이분법적 세계관과 관련이 깊다. 이분법적 세계관이란 역사를 두 대립항 간의 영원한 투쟁과정으로 이해하 는 태도를 말한다. 이 이분법적 세계관이 권창혁에게서는 조직 대 개인의 대립으로 나타나 있다. 이 두 항 사이의 대립은 화해 불가능한 대립이며, 매 개항이 결여된 대립이다. 매개가 없을 때 두 대립항 간의 상호작용이란 실 질적으로 불가능하다. 권창혁에게 공산당 조직과 권창혁 개인은 상호작용 을 거부한 채 영원히 평행선을 달릴 따름이다.

　두 번째와 세 번 째 유형은 무매개적이라는 점에서 동일하다. 무매개성 때문에 그들에게는 변화가 없다. 평면적 인물인 이들은 오로지 한 목소리로 외치고 있을 뿐 갈등도 없으며 변화를 위한 모색을 꿈꾸지 않는다. 작가의 서술태도에 의해 권창혁은 사려 깊은 통찰과 객관적 균형감각을 겸비한 인물로 그려지지만 무매개적인 역사의 관망자의 위치에 머물러 있다. 하영근도 동요하지 않는 관망자라는 점에서는 동일하지만 그는 매개적 인물이고 무기력하지 않다는 점에서 권창혁과 다르다.

그러나 네 번째 유형의 지식인 박태영·하준규에게 공산주의 이데올로기는 더 이상 절대적 타자가 아니다. 이병주는 이 소설이 「신판 학병 거부자의 수기」(하준규의 모델인 하준수의 수기)를 토대로 하였다고 말하지만 이 소설의 참 주인공은 하준규가 아니라 박태영이다. 하준규는 소설 중반 이후 모습을 드러내지 않으며, 초반부에도 주로 박태영과의 연결고리 하에서만 그려진다. 또 최초의 항일 빨치산이 되는 과정에서도 하준규는 만주로 가려고 하였으며 덕유산——지리산 입산은 박태영의 제안에 의한 것이라는 점, 또 소설 군데군데에서 하준규는 "박태영에게 배워야겠다"는 표현을 하는 점으로 보아 박태영이 구심점에 있음을 알 수 있다.

먼저 하준규부터 살펴 보자. 경남 함양의 이만석 지주계급 출신으로, 그 역시 일본 중앙대 법학부에 동경유학 한 지식인이다. 하준규의 개성은 그가 지식인임에도 이론벽과 관념의 과잉이 전혀 없다는 것이고, 또 지식인 할 때 떠오르는 '육체적 나약함'(김윤식 「지리산의 사상」 참조)이 없다는 점이다. 그는 오히려 모든 무술의 유단자이다. 이미 중학교 시절에 유도가 2단, 검도가 2단이었고, 권투도 잘 하고 당수(카라테)도 5단이며, 일본 학생 카라테로선 최고봉이다. 그래서 하준규에게는 흔히 지식인에게서 엿볼 수 있는 이념의 공급과잉 현상도, 백수의 탄식도 없다. "키가 작고 몸집도 작은, 하얀 피부 빛깔하며 가느다란 눈썹, 예쁘장한 코하며, 어느 모로 보나 여장을 하면 영락없이 여자로 보일 수 있는 그런 인상"이지만 하준규의 이미지는 오히려 임꺽정이나 장길산의 무사 이미지를 더 강하게 지닌다. 보광당 시절 그는 빨치산을 체포하는 순사들을 '가볍게 물리치고(2권 163면), 함양 경찰서를 때때로 습격하여 성공을 거둔다. 순사들을 단번에 물리치는 장면을 보고 사람들은 "귀신같다" "사무라이 활동사진을 보는 것 같다"고 탄성을 지른다. 보광당 창당 시절 보광당 도령들이 지식인 하준규의 지도로 무술훈련을 시작하여 중국 18기의 기본인 당수 등을 배우는 장면(2권 158면)은 우리 소설사에서 처음 보는 장면이다. 임꺽정, 장길산 등 우리 문학사에 등장하는 힘센 장수들은 모두 지식인은 아니었기 때문이다.

하준규에게는 지식인의 이미지와 강인한 육체적 생명력의 민중의 이미지가 중첩되어 있다. 지식인과 민중 이미지의 중첩, 이 점이 하준규의 개성이며 이 작품의 독창성이다. 이 점은 북한 빨치산 소설과도 대비되는 부분이다. 북한 빨치산 소설에서도 이와 같은 형상은 만나보기 어렵다. 이러한 인물유형은 80년대의 『태백산맥』에서 염상진으로 이어진다. 숯 장사의 아들인 천민 출신 지식인 염상진도 이 두 이미지를 중첩적으로 드러낸다. 하지만 하준규가 육체적 생명력이라는 민중 이미지를 외적 측면으로 발현시킨 존재라면, 염상진은 개인적 삶 자체의 이중성과 현실성으로, 즉 민중 이미지를 내면으로 흡수한 존재라는점에서 다르다.

이 소설의 참 주인공인 박태영은 어떠한가. 이규의 진주중학 동창생이기도 한 박태영은 불온서적을 읽었다는 혐의로 일경에 체포되었다 나온다. 그 후 일제가 학교를 병영화하기 시작하자 일본에 건너가 우유배달부로 인생을 새롭게 시작한다. 노예근성을 버리지 않는 한 진정한 독립은 요원하다면서 "오직 스스로의 주인으로서 행세하다가 주인으로서 죽기"를 희망하며 10년 앞을 전망하고 독립운동의 투사로서 기초작업을 하기 시작한다. 일본 공산당의 전신인 신인회의 멤버였던 무나까와를 만나 공산주의 이데올로기에 눈뜨게 된다. 전쟁말기가 되어 자신에게 나온 징병통지서에 응할 수 없었던 박태영은 지리산에 은신하고자 귀국한다. 귀국 길에 만난 하준규와 더불어 지리산에 은신, 보광당을 창당한다. 지리산행은 "일본의 지배를 벗어난다는 것이고, 소극적이건 적극적이건 일본에 항거한다는 의미"라고 말한다. 일본 응징 차원에서 함양경찰서를 습격하는 등 유격대 역할을 여러 차례 감행한다.

해방이 되고 이념대립 상황이 첨예해지자 지리산에서 만난 이현상에게 이끌려 공산당에 가입하게 된다. 시국이 불안함을 감지한 하영근이 이규 등과 함께 유학가기를 희망하나 "불쌍한 이 나라를 구하기 위해" "혁명을 하기 위해" 거절한다. 공산당이 반탁에서 친탁으로 돌아서자 이를 비판하다가 삶의 전기를 맞게 된다. 3개월 간 견책 처분을 받고 급기야 출당된 것이다. 이 이력은 그후 계속 공산당으로부터 비판받는 빌미가 된다. 당에서는 박태영을 '자유주의적, 비판적 성향'의 소유자로 보면서 당에 대한 충성 없음, 반당분자로 몰아붙인다. 이 과정을 거치면서 박태영은 공산주의 이데올로기의 현재·미래에 대해 심각하게 회의하기 시작한다. 주류에서 탈락한 이우적·신용우 등의 인물과 만나 대화하면서 공산당연구를 시작하지만 알면 알수록 공산당의 독재성·비인간성·관료성에 환멸을 느끼게 된다. 조선의 레닌이 되기를 기대했고 또 그렇게 되기를 기대받았던 천재 박태영이었지만, 이제 "이념으로서의 공산당은 신성한 것이지만 현실로서의 공산당은 시행착오를 거듭하고 있음"을 인식한다.

박태영의 공산당에 대한 '회의'는 주체의 정립을 가능케 함으로써 주객변증법이 작동될 수 있도록 해준다. 주객의 정립과 주객변증법은 세계를 절대적 타자가 아닌, 변화 가능한 환경으로 바라볼 때 기능한 법이다. 박태영에게 '회의'는 주체와 세계와의 상호작용을 가능케 하는 매개라고 할 수 있다. 이 '회의'는 주체를 주체답게 해주는 저항의 의미를 띤다. 박태영에게 일제 강점기, 해방 직후의 이념대립 상황, 한국전쟁 등은 주객변증법을 가능케 하는 시공간성을 확보한다. 이 시공간은 주인공의 삶에 개입하여 운명을 조율하고, 주인공과 끊임없이 대결하는 상호작용을 한다.

하영근의 서재에서 다양한 시각을 접한 박태영은 마르크스주의 이론의 결함도 알게 되고, 사회주의의 길이 마르크스주의 방식만도 아니라는 것을 깨닫는다. 그러나 그가 찾은 길이란 결국 "나 혼자만이 걸을 수 있는 길을 찾아야겠다"는 언표였다. 나 혼자만의 방법이란 그동안의 소극적 저항으로부터의 후퇴를 의미하며, 이는 주객대립의 장에서의 패배를 뜻한다. 현실세계에서 박태영이 자신의 신념을 관철할 수 있는 방법은 존재하지 않았기 때문이다. 그는 "혁명도 조국도 망상이요, 환상"이라는 생각을 하고 공산당에 환멸을 느끼며, 사랑 속으로 도피한다. 혁명투사 박태영, 조국 혁명을 위해 아내인 김숙자와도 금욕주의적 결혼생활을 펼쳐 왔던 박태영의 모든 중심에 '사랑'이 놓이게 된다.

그런데 결말 부분에서의 박태영의 자살과 순이의 처형은 중요한 의미를 띤다. 그것은 박태영이 주관적 도피로 귀결되는 것을 방지해 준다. 박태영은 '현실 공산당'에 회의하였지만 '이념으로서의 공산당'을 버린 것은 아니었다. 그의 '자살'은 이제 남한 사회에서는 불가능한 유토피아적 꿈이 되어 버린 자신의 전망을 부정적으로 보존하는 길이다. 현재 '있는 것'인 '현실 공산당' 말고 무언가 "다른 방법이 있을 것"이라는게 박태영의 주된 생각이었으며, 독서회 조직을 통해 끊임없이 그것을 찾고자 노력하였다. 그가 지리산으로 먼저 들어간 하준규 들을 위하여 물자를 보내기 위해 모금하는 장면이나, 지리산으로 들어 간 후 빨치산 들의 생존을 위해 보급투쟁을 할 때도 민중의 궁핍한 생활상을 염려하며 보급투쟁을 부정적으로 바라본 것은 여전히 박태영이 유토피아적 열망을 버리지 않았음을 확인해 준다.

자살 또한 저항의 한 방법임은 익히 알고 있거니와, 이 자살이야말로 '무언가 다른 방법'을 위해 현재를 종결시키지 않고 미래를 향해 열어 놓는 것이다. 순이에게 기록을 전해지게 하여, '절망이면서 동시에 희망의 증거'인 기록을 통해 빨치산의 삶을 남기고자 한 것이 그 증좌이다. 그가 자살하면서 "대한민국이 나를 용서한다고 해도 나는 용서할 수 없습니다"고 한 말도 자신의 공산주의 이데올로기 선택을 후회하는 말이 아니다. 오류를 범하고 있는 현실 공산당을 혁명단계로 바르게 실천해내지 못한 자신을 용서할 수 없다는 말로 해석된다.

순이의 결말이야말로 이를 증거해 주는 확실한 단서이다. 순이는 지식인 빨치산의 결여태를 보완해 주면서 동시에 80년대 이후의 민중 빨치산의 생성 과정을 드러내 줄 수 있는 가능성의 길을 열어 놓은 인물이다. 순이에게 공산주의는 삶 그 자체이며, 빨치산들이 보여준 투쟁은 바람직한 이상 그 자체이다. 항일투쟁이 자신을 포함한 민족을 위하는 길이고, 공산주의가 곧 이상적인 인간다운 삶이다. 순이 가족은 원래 산 아래에서는 살 수 없어 입산한 화전민들이다. 즉, 순이 가족은 남한 경제의 희생자였던 것이다. 순이의 초기의 즉자적 삶은 지식인 빨치산의 투쟁을 매개로 대자적으로 전환된다.

순이의 일상은 구체성을 동반하고 있다. 순이는 산으로 들어 온 지식인 빨치산들로부터 무술도 배우고, 언문도 배우고 소설책 이야기도 들으면서 실로 이상적인 삶을 영위하게 된다. 순이는 처음에는 공산주의의 이념적 지향과는 상관없는 사람이었지만, 산속에서 빨치산들과의 생활을 통해 인생이 무엇인지를 배우고 인간답게 산다는 것에 대해 깨우치게 된다. 순이가 보기에 우리나라를 짓밟은 일제에 맞서는 것은 조선 사람으로서는 당연한 일이고, 조선 사람을 사람답게 살게 해준다는 공산주의 이론은 지극히 정당한 논리였다. 순이에게 공산주의는 이데올로기 또는 논리, 이념자 삶이었다. 따라서 순이의 처형은 '삶으로서의 공산주의'의 선택이라는 의미를 지닌다. 이념(논리)과 삶이 통일되고, 구체성과 일상성이 어우러지면서 즉자가 대자로 전환된 자리에 순이가 있다. 이러한 순이가 전향할 수 없는 것은 너무도 당연하다. 하준규나 박태영이 지식의 차원에서 배워 선택한 것이라면 순이의 것은 삶 그 자체여서 쉽사리 공중분해될 것이 아니었다. 따라서 순이는 남한 정부로부터 악질 공비로 처형당할 수밖에 없었다. 지식인의 이데올로기적 선택이 실패와 죽음으로 귀결되었다면, 그 이데올로기의 또 다른 측면인 삶의 본질적 측면은 결국 파멸에 이르지 않고 청청히 살아 있다는 것이 순이 처형의 상징적 의미이다. 순이의 이 현실적인 유토피아적 저항은 이 작품의 또 하나의 개성이자 독창적인 성격이다.

순이를 통해 박태영의 자살의 의미는 획득되며, 다른 빨치산들의 삶 또한 의미가 확보된다. 박태영과 순이는 서로 상호 매개작용의 연결고리가 된 것이다. 물론 순이의 저항 옆에 '유명순 스토리'가 있지만 이는 일상을 동반하지 않음으로써 순이의 저항을 뒷받침해주는 역할밖에 하지 못한다. 박태영의 기록이 전해지지 않았어도 순이의 삶은 이미 저항의 한 절정에 있다. 순이는 (유명순 스토리와 함께) 『지리산』이 주관적 관념론으로 귀착되는 것을 방지해 준다. 다시말하자면 순이와 유명순 스토리로 인해 『지리산』은 '이념적 환멸에 가까운 개인의 심정주의'나 '역사의 사사화'(私事化)(정호웅)로 기울어지지 않는다.

『지리산』은 '있는 것'인 현상과 '있어야 할 것'인 본질이 서로 대립하며 (『지리산』의 비장미는 바로 '있어야 할 것'으로 '있는 것'을 부정하는 데서 창출된다.), 주객변증법을 모색하는 과정 속에서 통합지향성이 잠시 소영웅주의와 함께 주관적 관념론으로 기울어졌지만 종국적으로는 박태영의 유토피아적 열망이 부정적으로 쟁취되는 미래지향적인 소설이다. 순이와 유명순 스토리는 미래로의 방향성을 열어 놓은 매개라고 할 수 있다. 미래로의 방향 성이 죽음으로밖에 종식될 수 없었던 것은 남한에서의 빨치산 소재 문학이 귀착할 수밖에 없었던 이데올로기적 제약이자 70년대적 제약이었다. 『지리 산』은 지식인 빨치산 소설이면서도 순이라는 민중 빨치산의 생성과정을 압 축적으로 보여 주는 최초의 남한 빨치산 소설이 되었다. 작가가 의도하지는 않았을 테지만, 이렇게 역사의 진보 · 현실의 변혁 가능성을 부정하지 않고 열린 지향성의 가능성을 함유하고 있는 점이 『지리산』과 전후 소설, 또 60 년대 소설과 다른 점이다. 소위 전후소설에서는 전쟁의 비인간성에만 촛점 을 맞추고 있고, 60년대 소설에서는 민중을 객체로만 보고 있기 때문이다.

3. 실록 형식과 역사적 총체성

『지리산』은 해방직후 『신천지』에 소개된 「신판 임거정-학병 거부자의 수 기」(1946.4-6)를 토대로 이태의 수기를 첨가하고 일제 강점기 중기부터 역 사의 소용돌이 30년을 산 작가의 자전적 요소에다 역사실록의 형태를 취하 고 있다. 「신판 임거정」은 일제 때 학병을 거부하고 지리산에 입산하여 보 광당을 창당하고 해방 직후 함양 건준위원과 공산당 간부로 있었으며, 48 년 8월에는 해주 인민대표자대회에 참가하고 한국전쟁 때는 조선인민유격 대 사령관이 된 하준수(하준규, 남로당사에는 南道富로 나옴)를 모델로 한 다. 이태의 수기는 소설 후반부에 나오는 이태의 것이고, 이 수기는 80년대 후반 『남부군』으로 다시 등장한다.

모든 소설이 작가의 체험에 바탕하고 있다는 점에서 볼 때 『지리산』의 반 자전적 성격은 굳이 강조할 필요가 없다. 스스로도 반자전적 소설이 되지 않도록 상당히 고심하였다는 것을 보면 더욱 그러하다. 반면 '실록'이라는 점은 고려해 보아야 할 사항이다. 하준규, 박태영 외에 하라따 교장, 사이 또, 영어교사인 쿠사마는 모두 실제 인물이 실명으로 등장하고, 이현상, 박 헌영 등도 모두 실명이다. 이렇게 볼 때 『지리산』은 하준수, 이태의 수기에 바탕을 두고 실록에 토대하면서 실록과 소설의 영역을 넘나드는 구성원리를 취하고 있다. 이는 체험영역이 넓은 이병주의 특장점으로 지적된다.

그런데 수기도 아니고 소설 그 자체도 아니라는 데서 이 소설의 장점과 취약점이 고스란히 드러난다. 수기는 개인적 체험을 그대로 적은 양식이고, 실록은 역사적 사실을 그대로 전하는 양식이다. 수기는 생생한 개인적 체험을 있는 그대로 전달하고, 실록은 역사를 있는 그대로 전달한다는 점에서 구별되지만, 둘 다 있었던 사실에 기초한다는 점에서 동일하다. 즉 실록 또는 수기형식은 소설(허구) 양식 속에 개재되어 있는 개연성을 거세하고 오로지 역사적 사실(또는 개인적 기록의 차원인 수기)에만 토대하여 역사적 복원을 꾀하겠다는 구성원리가 작용한다.

수기 양식의 특징은 개인적 체험의 직접성과 개별성에 기댄 생생함에 있다. 이태의 수기에 기댄 『지리산』의 후반부가 빨치산의 일상성을 생생하고도 구체적으로, 그것도 남한에서 최초로 전달하고 있다는 점을 기억해 두자. 빨치산을 소재로 한 70년대의 그 어느 소설도 『지리산』만큼 구체적이고 생생하지 않다. 빨치산의 구체적 일상이란 측면에서 『지리산』의 후반부와 『남부군』을 따를 작품은 없어 보인다.

그런데 바로 이 점이 장점이자 취약점이다. 수기 형식은 자칫 서사적 거리 유지에 실패하기 쉽고, 작가의 주관성·체험의 직접성에 함몰되기 쉽기 때문이다. 또 수기 또는 실록이 갖는 계기적 줄거리의 영향 때문에 이야기가 단선적으로 흐를 위험성도 크다. 그래서 역사적 총체성을 획득하려고 할 때에는 철저한 서술전략이 필요하다. 『남부군』이 때때로 당대의 역사적 상황을 세세하게 설명하는 것도 이러한 이유에서이다. 빨치산의 구체적 일상이 당대의 보편성과 통일되어 역사적 총체성에 도달하지 못할 때 소설은 자연주의적 근접성에 함몰될 우려가 크다.

'지식인 빨치산' 계보인 점 또한 역사적 총체성 획득을 어렵게 하는 부분이다. 『지리산』에는 지식인들의 이데올로기 선택과정과 지식인의 내면풍경은 더할 나위없이 구체적으로 형상화되어 있다. 특히 박태영의 흔들리는 내면풍경은 우리소설사에서 지식인의 갈등구조를 잘 포착한 보기드문 예이다. 그러나 당대 민중들의 삶은 그다지 잘 형상화되지 못하였다. 『지리산』

에는 징용을 피해 지리산에 들어온 농민을 비롯한 다수의 민중들이 있으나, 이들은 거의 익명으로 처리된다. 지식인의 경우는 개별성이 확보되었으나 민중의 경우 개별성이 소멸되었다. 당대를 살아갔던 민중들이 시대의 동력으로 엄존했음에도 객관화되지 못한 것이다. 물론 순이가 민중의 대변자 역할을 하였지만, 순이는 이 소설 전면에서 서사를 추동해 나가는 원동력이 아니었다는 점에서 한계가 있다. 그것은 80년대의 『태백산맥』을 기다려야 했던 것이다.

등장인물들의 소영웅주의도 방해가 된다. '지식인 빨치산' 계보여서 이 소설의 지식인들은 어찌보면 모두 영웅이다. 더군다나 이 소설의 주인공 박태영은 천재에 가까운 영웅이다. 그는 처음부터 천재적 형상의 영웅으로 소개된다. 우선 사주부터 굉장해서 "전쟁만 피하면 30세에 재상이 될 수 있는 상"이고 "일인들이 혀를 내두를 정도의 수재"인데다 "재주가 있는 사람에게 흔히 있기 쉬운 경박함이 전연 없는 조용하고 침착한 소년, 어느 한 군데 나무랄 데 없는 학생"이다.

사주만 그러한 것이 아니다. 박태영 자신도 스스로를 영웅으로 인식한다. 지리산으로 가기 위해 부산에서 차를 기다리면서 "여기 식민지의 어느 항구, 추잡하기 짝이 없는 정거장의 한 구석에 장차 이 나라를 구할 영웅이 앉아 있다"거나, "마르세이유 역마차 정거장의 한 구석에 나폴레옹도 지금의 나처럼 초라한 행색으로 웅크리고 앉아 있던 시절이 있었을 것"이라면서 초라한 현실을 위로하기도 하고(2권 114면), "훗날 자기도 스티븐슨 같은 사람이 되어야 하겠다"고 다짐하기도 한다. 하지만 이러한 영웅주의적 시각은 당대의 보편화에 기여하지 못한다. 특별히 예외적인 인물이 당대의 전형일 수는 없기 때문이다.

그밖에 역사의 총체성을 방해하는 요인으로 작가의 시각을 거론할 수 있다. 실록형식은 역사를 있는 그대로 전하는 양식이라고 위에서 말했지만 그것은 허구와 대비되었을 때이고, 여기에도 전달자의 시각은 개재된다. 물론 작가는 곳곳에서 작가의 '기록자됨'을 강조한 바 있다.(「겨울밤」의 '노정필과의 대화 부분에서) 역사의 기록자로서 남고 싶어 하는 작가의 욕망을 충분히 이해할 수 있으나 그 어떤 경우에도 문학은(소설은) '기록 그 자체'일 수 없다.

스페인 내란을 통해 "세계 사조에는 좌우익의 흐름이 있고, 그 중에서도 좌익에는 여러 각도의 흐름이 내재하고 있"다는 것(이병주·남재희 대담, 「회색군상의 논리」,『세대』,1974.5. 240쪽.)을 깨달은 작가는 『지리산』에서 두 가지 방식으로 개입하였다. 하나는 시각의 중립성을 거부하고, 하영근, 권창혁에 대해 긍정적으로 가치평가하는 서술자의 서술태도이고, 다른 하나는 '회색의 군상'에 대해 강조·변명하는 부분이다.

박태영이 경멸한 '회색의 군상'을 작가는 강조해마지 않는다.

> 우리의 역사나 생활은 꼭 흑백의 논리만 갖고 그 값어치가 정해진 것 같고 또한 역사는 그 논리에 있어 승리와 패배의 기록만으로 점철되어 가는 것입니다. 그래서 나는 그 이면을 추구해야겠다는 뜻에서 아무도 찾아주지 않는 회색의 군상으로 눈을 돌렸습니다.……만약 우리가 이 회색을 추구해 나가면서 이때가지 갖고 있던 '흑백의 논리'가 지닌 그 속에서 인간성과 관련된 사상, 환경, 그 가치체계를 또 다르게 얻어낼 수 있다면 그 보람이 크리라 생각됩니다.……(중략)……
> 회색의 사상을 가진 사람이 어떤 행위를 하여 그 결과가 처참한 것이 되거나 또는 보람된 결과가 되거나 하는 측면을 구체적인 관점에서 파악하여 나는 것을 『지리산』을 통해 꼭 표현하여야 되겠다는 마음을 굳혔다는 겁니다.……(중략)……회색의 사상이란 융통성 있는 사고 방식이라고도 할 수 있는 겁니다. (위의 대담, 242쪽)

위에서 우리는 작가의 의도를 분명히 읽을 수 있다. 그러나 작가의 이러한 의도가 십이분 발휘된 나머지 『지리산』에서는 이데올로기의 희생, 또는 양보만 이루어졌으며, 진정한 휴머니즘의 성찰에까지는 도달하지 못하였다. 진정한 휴머니즘에 도달하기 위해서는 이규를 중도에서 하차시키지 말았어야 했다. 이규가 프랑스로 유학을 가지 않았다면 분명 그는 해방직후의 그 소용돌이를 어떻게든 헤쳐 나갔을 것이다. 아니 '어떻게든'이 아니라 진정한 회색 군상으로서의 존재태를 보여 줄 수 있었을 것이다. 그러나 작가는 그럴 여력이 없었다. 무수한 회색군상은 있었지만 구체적이고도 개별적인 회색군상은 하영근 외엔 존재하지 않았기에 이 소설은 또 다른 이데올로기 소설로 읽히는 것이다.

4. 맺으며

주지하다시피 분단문제를 다룬 우리 소설의 양적 질적 성장을 가로막았던 가장 큰 질곡은 반공 이데올로기였다. 보다 더 심각한 것은 이데올로기의 허구성을 폭로한다는 미명 아래 더욱 교묘하게 은폐되고 강화된 반공이데올로기로 분식하는 경우였다. 이병주의 경우는 어떠한가.

『지리산』은 금기와 억압적 소재였던 빨치산을 역사의 현장으로 과감히 불러내고 역사적 주체로서 복원시킨다. 『지리산』은 빨치산에게 인간적 이미지를 부여하면서 빨치산의 구체상에 대한 이해를 도와주고, 더 나아가 항일독립운동의 뿌리라는 대의명분을 확보해 준다.

『지리산』은 북한의 빨치산 문학과 계보가 다르다. 북한의 빨치산 문학이 주로 노동자 또는 농민의 빨치산화를 그리고 있다면 『지리산』은 '지식인 빨치산' 계보에 속한다. 남한의 빨치산 소설들이 항일 독립운동과의 맥을 같이 하지 못하고 있는 반면 『지리산』은 항일 빨치산에 그 뿌리를 두고 있다. 이 점은 북한의 빨치산 소설과 궤를 같이 하는 부분이다.

'지식인 빨치산' 계보이기에 이 소설에는 해방후 지식인들의 이데올로기 선택과정이 상세하게 드러난다. 네 가지 유형의 지식인들을 통해 그들이 현대사의 격랑 속에서 어떻게 실천하고 사라져 갔는가를 내면풍경과 함께 잘 형상화해 보여준다.

『지리산』을 통해 드러난 '지식인 빨치산' 계보의 특징은 다음과 같다. 첫째, 이데올로기의 선택과정에 서사적 긴장이 놓여지기에 70년대 말 이후의 『노을』『불의 제전』 등에서 보이는 못배운자=좌익, 배운자= 우익의 이분법적 폭력이 없다. 둘째, '지식인 빨치산' 계보는 분단 원인을 이데올로기의 대립에서 찾는 필연적 결과를 동반한다. 이 부분은 흔히 말해온 바, 한국전쟁이 미소 냉전체제의 소산이라는 시각에서 벗어나는 부분이다. 셋째, 영웅주의적 시각을 벗어나지 못한다. 『지리산』의 네 지식인 유형에 속하는 인물들 모두 영웅적 형상이었으며, 주인공 박태영의 영웅주의는 역사적 총체성을 확보하는데 방해가 된다. 넷째, 하준규에게서 지식인과 민중의 이미지가 중첩된다. 이는 남북한 빨치산 소설 중 어디서도 발견할 수 없는 『지리산』

만의 독특한 개성이다. 다섯째, 순이를 제외한 민중들은 익명으로 처리된 한계를 보인다. 순이는 민중의 빨치산화를 자연스럽게 보여주는 인물이지만 역사를 추동하는 원동력으로서 그려지지는 못하였다. 그것은 80년대의 『태백산맥』을 기다려야 했다.

순이의 의미는 무엇보다도 지식인 박태영의 회의와 자살의 의미를 획득케 하는 매개 역할을 담당한 점이다. 순이는 박태영이 그토록 열망했던 바 '있어야 할 것'을 삶으로 살아낸 인물이었다. 즉 삶으로서의 공산주의를 선택, 실천해 보인 인물로서, 순이로 인하여 『지리산』은 박태영의 좌절에서 드러난 주관적 관념론으로의 추락을 막을 수 있었다. 순이로 인하여 역사의 진보, 현실의 변혁 가능성이 부정되지 않고 열린 지향성을 함유하게 되었다. 이 점은, 같은 한국전쟁을 소재로 하였지만 전쟁의 비인간성에 촛점을 맞춘 전후소설과의 다른 점이다. 또 민중의 변혁 가능성을 열어 놓았다는 점에서 민중을 객체로만 보고 있는 60년대 소설들과 차이나는 부분이다.

여섯째, 『지리산』이 하준수의 수기, 이태의 수기를 바탕으로 하고 역사 실록의 형태를 취한 점은 장점이자 취약점으로 지적되었다. 수기는 생생한 개인적 체험을 직접적으로 전달하고 실록은 역사적 사실을 있는 그대로 전달하는 구체성을 담보해 주지만, 전자는 체험의 개별성에 함몰되기 쉬우며 후자는 작가의 시각을 전제로 전달한다는 점에서 역사적 총체성에 도달하기에 취약하였다. 수기를 바탕으로 하였기에 빨치산 묘사가 남한 빨치산 소설 중 이만큼 압권인 경우도 없었지만, 역사적 총체성에 도달하지 못한다면 생생한 개인적 체험이란 자연주의적 근접성에 함몰되는 것이다. '지식인 빨치산' 계보여서 민중과 지식인 모두를 당대를 살아가는 동력으로 형상화하지 못한 점은 무척 아쉬운 바이다. 또한 '회색의 군상'을 변호하는 듯한 이병주의 역사적 시각 또한 총체성을 획득하는데 장애 요인이었다. 작가의 시각은 박태영보다 하영근, 권창혁 쪽에 기울고 있어 작가의 말 그대로 기록자이기보다는 "나름대로의 목격자"임을 보여 주었다.

지금까지 검토해 본 결과 『지리산』은 70년대를 뛰어넘으면서도 역시 70년대에 머물고만 소설이었다. 빨치산의 위상을 새롭게 하였지만 빨치산의 역사적 정당성 및 필연성을 제시하는 데는 도달하지 못한 채 빨치산에 대한 인간주의적 시각에 머묾으로써 '70년대식 역사 다시쓰기'에 그치고 말았다. 분단 극복 의지는 드러내었지만 분단 극복문학으로서는 일정한 제약을 지닌 셈이다.

참고문헌

강진호, 「분단현실의 자기화와 주체적 극복의지」, 『1970년대 문학연구』, 소명출판, 2000.
김윤식, 「지리산의 사상」, 『한국문학의 근대성과 이데올로기』, 서울대 출판부, 1987.
남재희 · 이병주 대담, 「회색군상의 논리」, 『세대』, 1974. 5.
박대호, 「민중의 투쟁과 본질적 삶의 지향」, 『문학과 비평』, 1988. 12.
신형기 · 오성호, 『북한문학사』, 소명출판, 2000.
임헌영, 「지리산의 인간과 역사」, 『지리산』 해설, 기린원, 1985.
정호웅, 「지리산론」, 『반영과 지향』, 세계사, 1995.
한　기, 「공간적 상상력과 지리산의 문학사적 표정」, 『문학과 비평』, 1988. 12.
게오르그 루카치, 이영욱 역, 『역사소설론』, 거름, 1987.

조세희의 『난장이가 쏘아올린 작은 공』론
― 열린 세계인식과 닫힌 전망

이화진*

1. 들어가는 말

1970년대는 산업화 시대라고 할 수 있다. 박정희 정권이 들어선 이후, 한국사회는 '근대적' 자본주의로 나가면서 기적의 경제성장을 이룩하였다. 반면 이 과정에서 필연적으로 도출될 수밖에 없는 역기능적 현상 또한 심화, 확대되면서 실제로 경제발전의 주체 역할을 수행했던 생산자들은 희생만 강요당하고 그 중심에서 밀려났다. 착취를 통해 특정 자본가들은 경제적인 풍요를 누리면서 이 땅에서 새로운 특권층을 형성하였고, 게다가 지배권력과 결탁하여 독점국가를 건설하기에 이른 것이다.

70년대 우리문학에서 산업화 시대의 모순성에 대한 비판적이고 저항적인 수행은 황석영, 조세희, 이문구, 윤흥길 등의 작품을 통해서 엿볼 수 있다. 이들 중 조세희는 한국 자본주의의 모순된 현상들에 주목하고, 70년대를 '파괴와 거짓희망, 모멸, 폭압의 시대'라 규정했다. 그 안에서 내몰린 자(도시빈민)들의 삶을 조망하고 '누구나 달라진 환경에서 살 수 있어야 한다'는 인간의 기본권리를 강조하면서 현실과 맞서 나간 것이다.

『난장이가 쏘아올린 작은 공』(텍스트로는 문학과 지성사, 1986. 이하 『난쏘공』)은 이러한 조세희의 문제의식이 고스란히 담겨있는 작품이다. 1970년대 파행적인 사회 현장이 12편의 연작소설 형태로 발표되어 당시 독자들의 주목을 많이 받았다. 연작은 「칼날」(『문학사상』, 1975. 12)을 시작으로 해서 「뫼비우스의 띠」(『세대』, 1976. 2), 「우주여행」(『뿌리깊은 나무』, 1976. 9), 「난장이

가 쏘아올린 작은 공」(『문학과지성』, 1976, 겨울호), 「육교 위에서」(『세대』, 1977. 2), 「궤도 회전」(『한국문학』, 1977. 6), 「기계도시」(『대학신문』, 1977. 6. 20), 「은강 노동가족의 생계비」(『문학사상』, 1977. 10), 「잘못은 신에게도 있다」(『문예중앙』, 1977, 겨울호), 「클라인씨의 병」(『문학과지성』, 1978, 봄호), 「에필로그」(『문학사상』, 1978. 3), 「내 그물로 오는 가시고기」(『창작과비평』, 1978. 여름호) 등의 순으로 발표되었다가 이후 문학과 지성사(1978년)를 통해 장편소설의 형식을 띤 단행본으로 묶여졌다. 작품이 세밀하게 문제적인 현실들을 다루면서도 환상적이고 서정적인 분위기를 창출하는 독특한 기법을 사용하고 있어 모더니즘논쟁을 불러일으키기도 했지만, '내용과 형식의 이질적인 두 요소의 만남'은 문학의 이분법적 분류를 극복하게 하고, 문학의 다양성을 확보하게 하며 새로운 해석의 가능성을 제공해 주고 있다.

『난쏘공』 내에서 서로 이질적인 특성을 가지고 있는 내용과 형식은 괴리되지 않고 통일성을 유지함으로 해서 작품의 긴장감을 확보하고, 전체 작품의 완결성을 구축하는 데 기여하고 있다. 이것은 문학이 현실을 바탕으로 한다는 작가의식과 무관하지 않다고 본다. 이후 발표되는 『시간여행』이나 『난장이 마을의 유리병정』 등에서도 서사적 재료로서 소외계층을 주지하고 있는 것에서도 알 수 있다. 본고는 작품에서 의도적으로 노출되고 있는 서사원리의 낯설음에 주목하고 그것이 당대 현실과 어떻게 유기적인 관계를 맺고 있는지 살피면서, 『난쏘공』의 의미와 한계를 짚어보려고 한다. 이에 대한 해명을 통해 우리 문학에서 『난쏘공』에 남겨진 문제의식들이 풀어지리라 본다.

2. 열린 세계인식과 현실의 입체적 조망

조세희는 작품의 서말 부분인 「뫼비우스의 띠」와 「에필로그」를 통해서 서사원리의 단서를 제공하고 있다. 특히 「뫼비우스의 띠」는 액자소설의 구성방식을 띠면서 작품전반의 구성원리에 대한 '예시적 기능'의 의미를 갖는다. 「뫼비우스의 띠」를 통해서 작품의 서사원리를 살펴보자.

수학교사가 있다. 수학교사는 마지막 수업시간에 학생들에게 질문을 한다. "두 아이가 굴뚝 청소를 했다. 한 아이는 얼굴이 새까맣게 되어 내려왔고, 또 한 아이는 그을음을 전혀 묻히지 않은 깨끗한 얼굴로 내려왔다. 제군은 어느 쪽의 아이가 얼굴을 씻을 것이라고 생각하는가?"(11쪽). 이에 대해 학생들은 얼굴이 새까만 아이가 씻을 것이라는 상식적인 대답을 한다. 하지만 교사는 틀렸다고 말한다. 왜냐하면 서로 상대방의 얼굴을 보고 자기가 더러운 지를 판단하기 때문에 깨끗한 아이 쪽이 얼굴을 씻을 것이라는 말이다. 교사는 또 한 번 더 똑같은 질문을 한다. 이번엔 학생들은 즉각 교사가 앞서 말했던 대답을 한다. 하지만 교사는 또 답이 틀렸다고 말한다. "두 아이는 함께 똑같은 굴뚝을 청소했다. 따라서 한 아이의 얼굴이 깨끗한데, 다른 한 아이의 얼굴은 더럽다는 일은 있을 수 없다"(12쪽)는 것이다.

논리의 비약이 엿보이는 부분이다. 하지만 여기서 논리의 결함을 따지는 것은 별 의미가 없다. 왜냐하면 질문자의 의도는 누가 깨끗하고 더러운가 하는 답을 구하는 데 있는 것이 아니라, 세계를 바라보는 방법의 문제를 제시하는 데 있기 때문이다. 교사는 두 번이나 질문을 하지만 학생들의 대답에는 별 관심이 없다. 아예 다음에는 학생들의 질문자체를 차단시켜 버린다. 어떤 질문을 하더라도 교사의 대답은 이미 정해져 있기 때문이다. 상식을 뒤틀어서 낯선 답을 찾는 행위 곧 기존의 상식적인 세계인식에서 벗어나 새로운 각도로 현실을 조망해 보아야 할 것임을 암시하고 있는 것이다.

이어서 자연스럽게 〈뫼비우스 띠〉를 환기시킨다. "안과 겉의 구분"이 있는 종이를 한 번 뒤틀어 이으면 안과 겉의 구분이 없는 띠가 만들어지는데, 이 〈뫼비우스 띠〉를 통해서 교사는 앞서 한 질문에서와 같이 세계인식의 확장을 도모하고 있다. 종이 띠는 존재하는 하나의 대상이며 세계이다. 원래 존재하고 있는 대상을 한번 뒤틀어 관찰해 보면 그 대상은 전혀 다른 새로운 실체로 바뀐다. 곧 교사(작가)는 보편적이고 상식적인 세계에 대해 인식의 전환을 제기하고, 현실을 새롭게 조명하도록 학생들(독자)에게 상기시키고 있는 것이다.

그렇다면 현실을 새롭게 인식하는 구체적인 방법은 무엇인가. 작품에서는 곱추와 앉은뱅이의 삶을 구체적으로 그리면서 현실모형을 제시하고 있

다. 곧 수학교사는 곱추와 앉은뱅이가 부동산 투기꾼에게 자신들의 삶의 터
전을 사기 당하고 그것을 되찾는 과정에서 살인을 하게 된다는 이야기를 했
다. 이 이야기를 살펴보면, 이들은 잃은 것을 되찾기 위해 가해자를 살해했
으나 현실은 변하지 않은 채 그대로다. 여전히 집은 없고, 피해자가 도리어
가해자가 되어버리는 아이러니를 유발할 뿐이다. 그들은 가해자가 된 순간
동시에 또다시 피해자가 되는 셈이다. 영원히 피해자의 세계 속에 머무를
수밖에 없으며, 이들이 자기의 세계를 벗어날 수 있다고 믿는 것 자체가 착
각에 불과할 뿐인 것이다. 이러한 파행적인 현실모형을 제시한 후, 교사는
학생들에게 다시 '뫼비우스의 입체를 상상' (23쪽)하라고 말한다. 〈뫼비우
스의 띠〉를 자세히 살펴보면 종이의 앞면과 뒷면이 서로 넘나들 수 있는 것
처럼 보이고 두 대립되는 양면의 세계가 하나로 통일된 듯하지만, 실상 이
두 면은 하나가 아니라 하나로 보이게끔 위장되어 있다. 따라서 이 두 세계
의 화해는 허구인 셈이다. 이렇게 세계 내에 팽배한 '속임수' 에 대해 본질을
파헤치기 위해서는 기존의 고정된 인식의 전환이 요구됨은 말할 것도 없다.

> 차차 알게 되겠지만 인간의 지식은 터무니없이 간사한 역할을 맡은 때
> 가 많다. 제군은 이제 대학에 가 더 많은 것을 배우게 될 것이다. 제군은
> 결코 제군의 지식이 제군의 입을 이익에 맞추어 쓰는 일이 없도록 하라
> (「뫼비우스의 띠」, 23쪽)

먼저 인식의 전환을 학생들에게 심어준 교사는 나아가 그들에게 지식사
회에서 인간의 간교함에 대해 상기시키고, 열린 세계인식을 통해 '사물을
옳게 이해할 줄' 알고 개인의 '이익' 에 편승하지 않기를 가르치는데, 이것
이 『난쏘공』의 중심서사이다. 곧 속임수로 가득찬 현실의 본질을 올바로 파
악함으로 해서, 곱추와 앉은뱅이와 같은 피해자의 세계와 간악한 착취의 세
계 사이에 간극이 발생할 수밖에 없는 사회구조에 대한 문제를 제기하고 있
는 것이다.

「뫼비우스의 띠」에 나타난 서사원리는 이후 각각의 연작을 통해 확인된
다. 연작의 형식이 자체내의 특성상 현실을 다각적으로 다룰 수 있는 장점
을 지니고 있어, 속임수로 가득찬 세계의 본질을 면밀하게 파헤치는 장치로

서 효과를 지닌다. 먼저 다양한 계층의 주인공을 등장시켜 현실을 입체적으로 관찰할 수 있는 기회를 제공한다.

자세히 살펴보면 『난쏘공』에는 크게 자본가 계급(기득권층)을 대표하는 인물로 은강그룹의 사장과 아들 경훈이 있고, 중간계급(중산층)을 상징하는 신애의 가족, 교사, 윤호의 아버지 등이 있으며, 노동자 계급(소외된 계층)을 대표하는 난장이 가족이 있다. 이들을 통해 계층간의 모순성이 조심스럽게 드러나 있다. 자본가 계급이 누리는 물질적인 풍요는 정신적인 빈곤과 결합되어 있다. 작품 내에서는 은강그룹 사장과 그의 아들을 통해 자본가의 부정적인 욕망을 드러내는 한편 그들의 부의 축적이 노동자에게 분배되어야 할 몫을 착취한 것임을 드러내었다. 난장이의 가족은 가진 자와 대립적 관계에 놓인 피해자이자 자본주의의 파행적 분배논리에 의해 희생된 집단을 상징한다. 그들 가족 구성원 모두가 공장노동자로 "죽어라 하고 일했지만 팔뚝은 공장 안에서 굵어갔고"(75쪽), 생활은 '회색'(98쪽)이고 '전쟁'(62쪽)이었다. 두 계급의 이분법적 대립의 가운데에 놓인 계급이 윤호, 신애나 교사로 대변되는 중간계급이다. 그들은 착취(자본가)와 피착취 계급의 양극단의 가운데에서 이상(양심)과 현실의 잣대로 어느 곳으로 편승할 지 방황하는 부류이기도 하다. 두 계급을 탐색하면서 때에 따라 이익을 위해 가진 자에 의탁하기도 하고 그 반대편에 서기도 한다. 어쩌면 이 중간계급에 의해 사회는 극단적인 대립보다는 중재와 화해의 분위기가 조성되고 있는지도 모른다. 신애는 이성과 양심의 가치규율로 인해 난장이의 세계에 동정적인 시선을 보이고, '우리도 난장이'와 '한편'(45쪽)이라고 하면서 그들 부류와 동질의식을 가진다. 하지만 윤호는 완결된 인물인 지섭에게 노동현실에 대해 교육을 받지만 혼란스럽기만 할 뿐, 행동과 의식을 달리하는 이중성을 보인다. 아버지의 속물성에서부터 벗어나고자 하면서도 그 세계에서 여전히 머뭇거리고 있는 윤호가 난장이에게 보인 우호적인 시선은 동정에 지나지 않는다. 반면 윤호의 아버지는 자본가 계급에 기생하여 그들의 이익을 대변하는 부정적인 인물로 그려지고 있기도 한다.

『난쏘공』은 이처럼 인식의 전환을 꾀하면서 여러 계층의 삶의 현장과 의식을 탐색해 나갔고. 70년대의 사회 현장의 모순들을 더듬어갔다. 조세희는 각 계급의 속성을 밀도 있게 그려내기 위해 시점을 이동하면서 작중인물과의 심미적인 거리를 좁혀 나갔다. 이 때 중간계층인 수학교사나 신애, 그리고 윤호의 시선은 작가 관찰자 시점으로 서술하고 있는 반면, 난장이로 대표되는 난장이 가족이나, 자본가 계급의 경훈의 모습은 주인공 시점으로 그리고 있는 것을 볼 수 있는데, 이는 중간계급의 입장보다는 다른 두 그룹의 입장을 훨씬 더 객관적으로 보여주기 위한 기법적인 적용임을 알 수 있다. 이러한 방법은 사회문제의 본질인 두 계급의 모순에 대해 그들 자신의 목소리로 대변하게 하고, 이에 대한 객관적 판단을 중간계급이 일정한 거리를 두고 서술함으로 해서 독자로 하여금 두 세계에 대한 객관적인 이해를 도모하고 있는 것이다.

이러한 방법상의 논리로 보면 『난쏘공』은 리얼리티를 확보하고 있는 셈이다. 그럼에도 불구하고 입체적이고 다면적인 접근의 서사전략은 하나의 문제점이 발견된다. 곧 연작들은 여러 사건들을 병치해 놓고 있는데, 이러한 병렬법적 구조에서는 중심주체가 자신의 입장을 대변하는 것이 주로 제거되어 있다. 주체가 침묵하고 있어서 연작들이 공시적인 구조로 결합될 때까지는 그 성격이 여간해서 드러나지 않는다. 곧 이 구조는 여러 층을 이루고 있는 보고를 통해 진실을 밝혀 내는 것을 목표로 하고 있기 때문에 결과적으로 독자에게 최종적인 시점이 가 있는 것이다. 따라서 『난쏘공』의 중심인물이 '난장이'지만, 그는 구체적이고 핍진한 인물이 아니라, 각각의 층위에서 바라보고 있는 상상적 인물로 남게 되는 것이다.

12연작 가운데 난장이에 대한 정보는 키 117센티에 체중 32킬로그램 나가는 신체적 불구자로, '아버지도 씨종의 자식'인 '최하층의 천인'의 족보를 가지고 있고, 쇠붙이 공구를 생계도구로 사용하면서 평생을 채권매매, 칼갈이, 고층 건물 유리닦기, 펌프설치하기, 수도 고치기(「난쏘공」, 73쪽)로 살아간 인물에 국한된다. 하지만 이렇게 사회의 밑바닥에서 치열한 삶을 살다간 난장이를 생동감 있는 인물로 그리기보다는 타자의 목소리에 기대어 화석화된 인물로 그려지고 있음을 볼 수 있다. 난장이와 동일한 세계에 있는 난장이 가족이나 그의 삶에 대해 동질성을 느끼는 신애의 입장에서 보면 난장이는 불행한 역사의 희생자이며, 반대로 경호의 눈에 비친 난장이는

"자식들의 작은 잘못도 결코 용서하지 않고", "잘 때리고", "잠을 안자는 독재자"(216쪽)인 것이다. 어떠한 경우든 난장이는 타자의 눈에 비친 한 인간일 뿐이다. 곧 난장이는 도시빈민을 대변하는 상징성만 남은 화석화된 인물이라고 할 수 있다.

이런 점은 계급모순을 드러내는데 있어서 이미 진부해진 '천인의 족보'를 갖다 붙인 것에서도 사실성이 떨어지는 것이 보인다. 작가는 진정한 모순의 핵심 주체인 난장이의 주체적 목소리를 거세하고 소외계층의 세계관적 기반을 제삼자를 통해 피력함으로 해서 외부와의 의사소통의 가능성을 근원적으로 차단하고 있다. 따라서 난장이는 핍진한 삶을 살았음에도 불구하고 분노나 동요, 혹은 세계와의 구체적인 갈등이나 대결을 벌이기보다는 '따뜻한 사람'으로 남아 있으며, '사랑'이 모든 것을 변화시켜 준다고 믿는 현실성이 결여된 인물에 불과해져 버린 것이다.

> 아버지는 따뜻한 사람이었다. 아버지는 사랑에 기대를 걸었다. 아버지가 꿈꾼 세상은 모두에게 할 일을 주고, 일한 대가로 먹고 입고, 누구나 다 자식을 공부시키며 이웃을 사랑하는 세계였다. 그 세계의 지배계층은 호화로운 생활을 하지 않을 것이라고 아버지는 말했다. 인간이 갖는 고통에 대해 그들도 알 권리가 있기 때문이라는 것이었다. 그곳에서는 아무도 호화로운 생활을 하려고 하지 않을 것이다. 지나친 부의 축적을 사랑의 상실로 공인하고, 사랑을 갖지 않은 사람네 집에 내리는 햇빛을 가려 버리고, 전기줄도 잘라 버리고, 수도선도 끊어 버린다. 그런 집 뜰에서는 꽃나무가 자라지 못한다. 날아 들어갈 벌도 없다. 나비도 없다. 아버지가 꿈꾼 세상에서 강요되는 것은 사랑이다. 사랑으로 일하고 사랑으로 자식을 키운다. 사랑으로 비를 내리게 하고, 사랑으로 평형을 이루고, 사랑으로 바람을 불러 작은 미나리아재비꽃줄기에까지 머물게 한다. (「잘못은 신에게도 있다」, 163-164쪽)

현실에서 주체적이고 적극적인 삶을 살지 못한 난장이지만 그가 지향하는 세계는 '모두에게 할 일을 주고', '일한 대가로 먹고 입고', '누구나 자식을 공부시키며', '이웃을 사랑하는 세계'였다. 그들(자본가)과 적대적인 관계에 놓이는 것은 또 다른 희생을 불러일으키기 때문에 난장이가 지향하는 '사랑의 왕국'에서는 대립이 허용되지 않는다. 결국 난장이가 희망하는 사랑의 세계란 현실과 유리된 이상의 세계, 상상의 세계인 것이다.

다시 돌아가서, 상징적인 존재에 대한 입체적인 조망은 방법론상의 의의와는 달리 구심력을 상실하게 된다. 이러한 점에서 『난쏘공』은 입체적인 조망을 통한 현실접근을 시도했지만 현실의 구체성을 확보하는 데는 실패하였던 것이다. 상징성을 지닌 난장이의 이미지가 난장이 가족과 결합함으로 해서 현실의 구체성을 어느 정도 획득하게 되지만, 소외계층의 구심점(난장이)이 추상적인 성격을 지니고 있기 때문에 그들 계급은 현실의 질곡에서 벗어나지 못하고 그 주변에서 맴돌게 된다. 난장이의 자식들인 영수와 영호, 영희를 통해 현실의 핍진성들이 낱낱이 밝혀지고 있으면서도, 문제의 해결방법은 구체적이지 못하고 즉각적이고 충동적이어서, 오히려 사실성을 떨어뜨린다. 이는 소외 주체의 부재로 인해, 그들 스스로가 문제의식을 제대로 확장시켜 나가지 못하는 결함을 가질 수밖에 없는 한계를 지닌다고 할 수 있다. 그럼에도 불구하고 『난쏘공』은 〈뫼비우스의 띠〉를 통해 열린 세계 인식을 강조했고, 소외계층에 대한 새로운 조명을 시도했다는 데 그 의의가 있다.

3. 절망의 서사학 - 닫힌 전망

『난쏘공』에는 우리가 주목해야할 또 하나의 서사원리가 은밀히 내재해 있다. '절망'이 그것이다. 난장이는 '사랑'의 구현이 세계모순의 해결할 것이라고 믿고 있지만, 사랑이란 이미 현실과는 너무나 동떨어진 곳에 가 있다. 이 땅의 사람들은 "사랑이 없는 욕망"만을 갖고 있을 뿐이며, "단 한사람도 남을 위해 눈물을 흘릴 줄 모른다."(「난쏘공」,79) 이 땅은 메마른 땅, 이미 '죽은 땅'인 것이다. 이런 곳에 '사랑'이 싹틀 리가 없다. '사랑의 왕국'에 대한 난장이의 환상은 어린아이의 순진한 심성에서만 가능한 어떤 꿈과 유사하다. 꿈은 사회나 역사적인 맥락과 밀착되지 못하고, 마음 속 깊이에서 생성되는 이상적인 세계와 결합되어 있으므로 현실에서의 실현은 불가능하다. 그렇다고 해서 절대적인 이상(꿈)이 무의미한 것이라고 할 수는 없다. 절대적인 이상은 그와 동질의식을 느끼는 부류들과 만남으로 해서 현실에 대한 불만적 세력을 도모할 수 있다. 그런 점에서 순수한 이상은 혁명성을 내포하고 있는 것이다.

하지만 『난쏘공』에서는 혁명의 가능성은 차단됨을 볼 수 있다. 난장이의 순진무구한 이상이 달나라의 환영을 찾아가듯 연기처럼 사라져 버린다. 새로운 세계로의 진입이 불가능한 현실에서 오는 좌절은 절망에 가깝다. '사랑'과 '희망', '이상'에 대한 갈망이 클수록 갈증은 더한 것이며 한편으로 그 정점에 도달하지 못했을 때 절망에 이르는 것이다. '절망'적인 분위기는 작품 전체를 끌고 가는 하나의 서사적 분위기라 할 수 있다.

'스타카토 문체'라고 표현될 정도로 간결한 문체들의 나열과 시공을 초월하여 교차시켜 놓는 장면들, 절제된 감정의 표현, 반복적인 문장 배열들은 절망적 분위기 연출을 위한 장치들이다. 이 같은 조세희의 문체를 '단문의 시적 문체' 또는 모순이 야기하는 비극을 '서정적인 순간'으로 포착하는 언어형식으로 파악하기도 하는데, 문체를 통해 감정의 분출이 절제되고 있는 것이 보인다.

> 1) – 까만 쇠공이 머리 위 하늘을 일직선으로 가르며 날아간다. 아버지가 벽돌 공장 굴뚝 위에 서서 손을 들어 보였다. **어머니가 조각마루 끝에 밥상을 올려 놓았다.** (「난쏘공」, 110쪽)
>
> – 아버지는 다시 말했다.
> 「나는 벌레야」
> **「이젠 편해지셨겠지.」**
> **어머니의 목소리가 낮아졌다.** (「클라인씨의 병」, 194쪽)
>
> – 사용자 4 :「네 그러죠. 옷핀이 도대체 어쨌다는 건지 전 모르겠습니다.」
> 사용자 2 :「옷핀?」
> **어머니 : 옷핀을 잊지 마라, 영희야**
> **영희 : 왜, 엄마.**
> **어머니 : 옷이 뜯어지면 이 옷핀으로 꿰매야 돼.**

근로자 3 :「그 옷핀이 저희 근로자들을 울리고 있어요.」
영희 : 이빠보고 난장이라는 아인 이걸로 찔러버려야지. (「잘못은
　　　신에게도 있다」, 172쪽.) **「글자 진하게 표시 : 인용자」**

　　2)「아버지를 난장이라고 부르는 악당은 죽여버려」
　　　「그래 죽여 버릴께」
　　　「꼭 죽여」
　　　「그래, 꼭」
　　　「꼭」(「난쏘공」, 110쪽)

　　　「그를 만나야 돼」
　　　--(략)--
　　　「그를 죽이려고 그래」(「기계도시」, 148쪽)

　　3) 난장이의 아들은 고장난 라디오를 고치고 있었다. / 〈최후의 시장〉에
　　　서 사 온 것이었다. (51, 59, 78쪽)
　　　난장이의 딸은 팬지꽃이 피어 있는 두어 뼘 꽃밭가에서 줄 끊어진 기
　　　타를 쳤다. (51, 57, 78, 91쪽)

　　위의 예문1)에서 보면 공간이동과 병치를 통해 이질적인 요소들을 한자리에
놓고 그 속성들을 드러내고 있다. 삶을 포기한 난장이와 여전히 구차하지만
그 테두리 안에 머무를 수밖에 없는 어머니, 옷 핀을 통해 조망되는 노동현장,
교차되고 있는 삶의 질곡들은 간결한 문장을 통해 절망적인 현실을 보여주고
있다. 간결한 문체는 결연한 의지를 표출한다. 이것이 구체성을 가질 때 전망
을 향한 추동력이 형성되는 것이다. 하지만 여기서 간결한 문체들은 비관적인
세계인식으로 인해 힘의 문제가 되지 못하고, 비극성을 고조시키는 미적 효과
에만 기여한다. 예문2)에서 단문들이 결연한 의지를 담은 언어들이 그와 달리
무게를 싣지 못하고 상징적인 이미지에 머무는 것도 이 때문이다. 예문3)의 반
복적인 언술도 간결한 문체와 결합하여 불구적인 현실을 거듭 환기시키는 장
치로 이용되고 있어 작품 전체에 비극적인 분위기를 유지하게 한다.
　　『난쏘공』의 절망적인 분위기는 출구의 막힘을 통해 고조된다. 아버지의
현실 탈출 행위로서의 자살이 아무런 의미를 획득하지 못하였고, 보다 적극

적이고 논리적인 이성으로 현실의 모순에 접근해 들어가던 영수마저 살인
이라는 돌출된 행위를 자행함으로 해서 난장이 가족은 영원히 그 세계에 갇
히게 된다.

『난쏘공』에서는 처음부터 소외된 계층의 탈출구는 없다. 영수는 막힌 출
구를 향해 많은 준비를 했다. 더 이상 "우리가 기대할 것은 없"(78쪽)는 이
땅, "낙원으로 들어가는 문의 열쇠"도 주어지지 않을 은강에서 일하는 사람
들의 머리 속을 변혁시켜야 한다는 욕망을 가진다. 그 욕망을 실천하기 위
해 영수는 써클을 조직하고 목사에게서 그 지도이론을 교육받는다. 하지만
지섭은 현장과 유리되어 무엇이 옳은 것인지 갈등하는 영수를 비판하면서,
영수에게 "현장을 지키"고 "그곳에서 생각하고" "행동"하며, "근로자로서
사용자와 부딪치는 그 지점"(198쪽)에 서 있을 것을 지도한다.

> 바다에서 제일 좋은 것은 바다 위를 걷는 거래. 그 다음으로 좋은 것은
> 자기 배로 바다를 항해하는 거지. 그 다음은 바다를 바라보는 거야. 하나
> 도 걱정할 게 없어. 우리는 지금 바다에서 세 번째로 좋은 일을 하고 있으
> 니까. (「클라인씨의 병」, 198쪽)

현장에서 이탈하고 있는 영수의 모습을 보면서 지섭은 노동자의 핵심주
체로서의 그들의 입장을 환기시키고 있는 것이다. 결국 노동운동의 주체 문
제가 조심스럽게 부각되고 있는 것인데, 이 점에서 과학자는 영수와 자신을
"줄 안에 있는 사람"과 "줄 밖에 있는 사람"으로 구분한다. 과학자나 목사,
지섭은 "줄 밖에서 소리쳐 준 사람"(199쪽)에 불과한 것이다. 결국 문제의
해결은 그 줄 안에 있는 그들만의 몫으로 남는다.

그러면서 자연스럽게 〈클라인씨의 병〉으로 현실독법을 찾아간다. 〈클라
인씨의 병〉은 도입부분의 〈뫼비우스 띠〉와 함께 『난쏘공』의 서사담론의 상
징체계를 형성한다. 클라인씨의 병은 "안이 밖이고 밖이 곧 안"으로 "갇힌
다는 게 아무 의미가 없"는 병이다. 곧 환원해 보면 "이 세계에 갇혀 있다는
그 자체가 착각"(202쪽)이라는 것을 암시해 준다. 외부세계와 그들의 세계
는 닫힌 공간이 아니라, 닫혀 있다고 착각하고 있었던 데 불과하다. 따라서
이 클라인씨의 병을 통해 고정화된 세계인식에 대해 재인식을 도모하고 있

는 것이다. 곧 두 세계는 서로 다른 세계에 있는 것이 아니라 서로 병존하고 있으며, 각 계급이 세력을 확장하기 위해서는 내부에서 싸움을 통해서만이 가능한 것이다.

주지해 보면, 중간계급에 있는 인물들을 통해 소외된 계급의 탈출 방법이 제시되고 있는 것을 알 수 있다. 곧 그들(노동자)이 주체가 되어 현장에서 적극적인 대립을 통해 인간적인 삶을 살 권리를 회복하라고 지도하고 있는 것이다. 이에 난장이의 아들 영수는 은강그룹의 총수를 살해하는 것으로 해결점을 찾는다. 이러한 황당한 결말은 조세희 관념성이 노출된 한계라기보다는 지배권력과 긴밀하게 유착되어 있는 70년대의 기업의 형태로 인해 노동운동을 통한 개혁이 불가능하다 데서 비롯된 것이라 할 수 있다.

영수의 살인 이후 『난쏘공』의 후반부는 노자간의 대립과 화해불가능성에 치중해 있다. 「에필로그」를 제외하고 마지막 부분에 해당하는 「내 그물로 오는 가시고기」에서 그 부분이 밀도 있게 그려져 있다. 자본가를 대표하는 은강그룹의 총수는 '인간을 생각하지 않고'(204쪽) 노조를 '악마의 도구'(227쪽)라 여겼고, 동생(자신)을 살해한 것을 하나의 '전쟁'(211쪽)이 일어날 일로 간주했다. 게다가 총수의 아들은 공장 노동자들이 행복한 마음으로 일하게 하는 방법으로 "약을 쓰면 된다"는 악한 생각을 하고 있기까지 하다. 이런 견지에서 보면 모든 악의 근원은 타락한 자본가에 있는 것이며, 노동자는 그들의 억압으로 인해 생계의 위협을 받는 피해자인 것은 자명하다. 기득권 층의 의식이 변화하지 않는 이상, 이런 고착된 착취와 피착취 관계는 유지될 수밖에 없다. 자본주의의 생산과 소유의 구조적인 모순관계를 고려해 볼 때 기득권 층의 의식의 변화는 기대하기 어렵다.

경훈의 사촌은 "최소한의 대우"(82쪽)를 얻고자 하는 영수를 "이성과 감정, 의지와의 조화를 잃은 정신분열증 환자"(208쪽)로 바라봤고, 차세대 자본가의 모습을 대변하는 경훈 또한 "그 사람들의 사랑이 나를 슬프게 했다"(233쪽)고 잠깐 감상적인 동정심을 내보이긴 하지만 곧바로 이것을 정신질환으로 말하고는, 아버지의 왕국에 들어가기 위해 지배자의 속성으로 무장해야 한다고 다짐하는 것에서도, 미래의 희망조차도 헛된 꿈에 불과함이 분명해진다.

절망적인 세계인식은 이와 같이 가해자가 패해자에 대해 "죽을 때까지 져야 할 책임이 하나도 없다"(「에필로그」, 235쪽)고 하면서 전혀 죄의식을 갖고 있지 않다는 데서도 확인된다. 현실변혁의 꿈이 좌절되고, 그 몫이 자신의 의지에 의해서도 획득되어질 수 없는 사회에서 기대할 것은 무엇인가. 난장이와 지섭이 달나라를 추구하고 수학교사가 우주여행을 떠나기로 한 것은 현실의 전망이 굳게 닫혀있는 절망 때문이리라. 그 절망이 그들 내부의 응집력으로 뛰어 넘을 수 없는 것이 아쉬울 따름이다.

4. 『난쏘공』의 한계와 의미

『난쏘공』에서는 처음부터 소외된 계층의 탈출구는 없다. 조세희는 '파괴와 거짓희망, 모멸, 폭압의 시대' 인 70년대와 말이 아닌 비언어로 우리를 괴롭히고 모독하는 철저한 제삼세계형 파괴자들을 '언어' 로 상대하겠다는 각오로 작품에 임했음을 내비치었다. 하지만 언어에 대한 탐색으로 밤을 지새우다시피 한 작가의 결연한 의지는 '우리는 목격자' 라는 데서 출발하고 있는데, 이렇게 '목격자' 가 서술주체가 되기 때문에, 갇힌 세계에 대한 조명은 '목격자' 의 입장을 벗어나지 못하는 한계를 지닐 수밖에 없다. 전혀 다른 세계에 살고 있는 목격자가 현장의 주체들의 탈출구를 찾을 수는 없는 것이다. 지나치게 출구를 찾으려고 하다보면, 사실성을 잃게 되고 관념성만 과다하게 노출되기 쉽다. 목격자의 눈에 포착되는 그들의 절망이 소설 내에서 긴장감을 유지할 때 오히려 사실성(reality)을 획득하게 되는 것이다.

70년대의 문학에서 『문학과 지성』과 『창작과 비평』은 서로 대립되는 문학관을 가지고 있다. 두 대립의 가운데에 『난쏘공』이 놓여 있다는 한 연구자의 평가도 있듯이, 작가는 문학이 두 세계로 양분되어 자유롭지 못하게 갇혀있는 것에 빗장을 연 것이다. 두 세계 사이에 가로놓인 장막을 걷고 '자유로움' 으로 현실세계를 구가하고 싶었던 것이다. 그 실천이 『난쏘공』을 통해서 확인된다.

『난쏘공』의 연작들은 순수와 참여, 자유와 평등의 대립의 세계에 비집고 들어가 발표된다. 물론 가장 대립적인 김병익과 백낙청의 상반된 평가를 받기도 하지만 양 진영 모두의 사랑을 받고 있는 것은 시사하는 바가 크다. 『난쏘공』은 문학에서 고질적으로 대립에 놓여 있던 두 진영을 이을 수 있는 준거를 마련해 줌으로써 한국문학의 새로운 지평을 열어준 것이다.

열린 문학으로서의 『난쏘공』을 통해서 "문학이란 **삶**을 **형상화**한 것이다" 라는 가장 고전적이면서도 쉽게 잊어버리기도 하는 문학의 본질을 다시 확인하는 계기가 되었으면 한다.

참고문헌

김병익, 「대립적 세계관과 미학」, 『문학과 지성』, 1978 겨울
김윤식, 「난장이론—산업사회의 형식」, 『우리소설과의 만남』, 민음사, 1986.
류보선, 「사랑의 정치학」, 『1970년대 문학연구』, 소명. 2000.
성민엽, 「이차원의 전망」, 『지성과 실천』, 문학과 지성사, 1985.
이동하, 「어두운 시대의 꿈」, 『작가세계』, 1990 겨울.
최유찬, 「『난장이가 쏘아올린 작은 공』의 구조와 리얼리즘적 성과」, 『한국문학의 관계
　　　론적 이해』, 실천문학사, 1998.

조정래의 『黃土』론

— 역사적 진실이 은폐된 비극

노 철[*]

1. 소설을 읽는 두 가지 독법

　조정래의 『黃土』는 한국 현대사의 갈등을 몸으로 받아낸 한 여인의 삶이 서사적 골격을 이루고 있다. 이러한 서사는 여러 소설에서 다루었던 소재로 별반 새로울 것이 없어 보인다. 그만큼 이 소설을 타성적으로 읽을 위험이 높다. 평범한 독자들은 대개 소설에서 이야기(story)를 읽는다. 그러나 소설에서 서사적 골격도 중요하지만 그 사건을 말하는 서술자의 시선이 중요하다. 서술자의 시선에 따라 소설은 색다른 감동을 주기 때문이다.

　『黃土』는 서술자와 어머니가 반드시 일치하는 것은 아니지만 어머니의 시선을 빌어서 사건을 전개하고 있다. 작가가 설정한 서술자의 성격이 어머니의 생각과 감정에 상당 부분 동조하고 있는 것이다. 이렇듯 서술자의 시선을 주목하는 것은 이 소설에서 서술자의 시선이 역사와 인간에 대한 시야와 일치하기 때문이다. 이러한 서술자의 시선을 살피는 것은 이 소설을 읽는 중요한 한 독법이라 할 수 있다.

　그렇다고 해도 소설은 서사적 골격이 중요하다. 서사는 갈등이라 할 수 있는데 갈등이 어떤 방식으로 전개되고 해소되느냐에 따라 주제의식이 형성되기 때문이다. 『黃土』는 인물 사이의 갈등이 주를 이루고 있으면서도 그 갈등의 원인이 외적 환경에서 발현되고 있다. 사회·역사적 환경이 인물의 성격을 규정하고 있다. 그러나 인물 사이의 갈등이 진행될수록 모든 인물의 내적 상처가 깊어지는 비극적 성격을 지니고 있다. 그러므로 갈등이 진행될

＊상지대 강사

수록 상처가 깊어지는 인물에 대한 이해는 이 소설을 읽는 중요한 독법이 될 수 있다.

특히 이 소설에서 90% 이상의 분량이 어머니의 비극적 삶의 기록이란 사실을 간과할 수는 없다. 작가는 일제 강점기의 일본인의 폭압, 해방공간의 좌·우익의 대립, 전쟁 중에 미군의 참가 등 현대사의 격변 속에서 한 여인의 인생 유전을 초점으로 그리고 있다. 이 서사 골격은 한 여인의 비극을 통해 현대사를 조명하려는 의도가 담겨져 있기 때문이다. 그러므로 서사의 골격이 형성하고 있는 세부적 사실들은 작가의 역사에 대한 시야를 확인하게 해 줄 것이다.

따라서 이 글은 『黃土』의 갈등 전개 양상을 추적하기 위해서 첫 번째로 갈등을 둘러싼 인물들의 성격을 살피고자 하며, 다음으로 어떤 시선으로 서사 골격의 세부적 사실을 묘사하는 가를 살핌으로써 역사에 대한 시야를 살피고자 한다.

2. 혈연적 정당성 찾기가 은폐된 비극

『黃土』는 한 가족 구성원의 갈등을 통해 그 갈등의 원인인 사회·역사적 환경의 비극성을 다루고 있다. 일제 강점기에 일본의 권력 앞에 주재소 주임과 강제 결혼하여 아이를 낳고, 해방이 되자 다시 좌익 활동을 하는 남편과 결혼하여 아이를 낳고, 전쟁이 나자 구속되었지만 미군의 도움으로 풀려나 다시 미군의 현지처로 아이를 낳았던 여인과 그 자식들 간에 갈등이 서사적 골격이다. 그러므로 이 작품의 서사적 골격은 가족사 소설의 서사적 골격과는 변별된다. 가족사 소설은 한 가문의 흥망성쇠를 통해 사회·역사적 변화를 다루지만 이 작품은 한 가족 구성원이 겪는 갈등과 그 원인을 추적함으로써 역사적 비극을 어떻게 수용해야하는 가를 다루고 있다.

큰아들 태순과 작은아들 동익의 갈등은 역사적 상처를 수용하는 데 인색한 사회적 풍토에서 비롯된다. 미군 프란더스와 어머니 사이에서 태어난 혼혈아인 동익에 대해 태순은 증오를 보인다. 주변사람들이 혼혈아와 그 아이를 낳은 어머니를 멸시하는 데에서 느끼는 수치심의 양이 그 만큼의 강도로 동익에 대한 증오로 표출되고 있는 것이다.

중학교 2학년인 태순이의 일기장에는 동익이를 동생으로 둔 자신이 남들에게 놀림 당하는 분함과 손가락질 당하는 수치심으로 가득 차 있었다. 그리고 어른들의 흉거리가 되는 어머니를 옹호할 수 없는 괴로움과 왜 하필이면 우리 어머니가 동익이 같은 애의 어머니가 되어야 했는지 울고 있었다.(15쪽)

사회에서 수용하지 못하는 혼혈아 동생은 태순에게 고통의 원천이다. 여기서 주목되는 것은 동생이라는 사실을 부정하지 못하는 태순의 태도다. 같은 어머니를 둔 형제라는 사실을 부정하지 못한다. 혈연적인 가족을 승인하고 있는 것이다. 태순은 사회의 보편적인 이데올로기를 승인하고 살아가는 평범한 인물이다. 사회의 구조적 모순이나 불평등에 대한 인식의 흔적을 찾아보기 힘들다.

이런 태순의 이데올로기와 자기보상을 위한 공격에 무력했던 동익은 고등학교 때부터 자신이 겪는 울분과 수치를 해소하기 위해 등산을 택한다. 등산은 자신을 수용하지 않는 사회에 대응하여 자기도 같은 인간이라는 사실을 증명하려는 노력이다.

그 때도 그네는, 등산가면 누구나 한번은 오르고 싶어하는 봉우리라서 동익이도 그러는 것이겠지 했다. 그런데 대학에 진학하고 나서는 에베레스트 정복대를 조직한다며 열을 올리는 모양이었다. 뜻밖의 놀라운 사실이었다. 그러나 그네가 더욱 긴장한 것은 모집된 정복대원 전부가 아들 동익이와 같은 처지의 젊은이들이라는 점이었다. 그들은 세계에서 제일 높은 봉우리인 에베레스트를 정복해서 자기들을 멸시하고 천대한 모든 사람들에게 자기들도 사람이라는, 누구에게도 지지않는 사람이라는 것을 증명하고야 말겠다더라는 것이다.(17쪽)

혼혈아가 사회적으로 용인되지 않는 것은 우리 사회의 이중성을 보여준다. 미군 부대에서 나오는 물건을 비싸게 사고 미국인에 대해서는 굽실거리는 남한사람들은 미군의 현지처에 대해서는 냉혹하였다. 미국을 경제적 · 정치적으로는 인정하면서 **혈연적으로** 거부하고 있는 것이다. 물론 양공주의 생활이 몸을 파는 여자로 **보였기** 때문에 도덕적 입장에서 인정되기 힘든 측면이 있었을 것이다. 하지만 일본인과의 사이에 태어난 아이들은 피부색에서 구별이 되지 않았던 만큼 사회적 차별을 피할 수 있었으나 서양인과의 혼혈아들은 그렇지 못했던 것은 혈연적인 것이 원인이라 할 수 있다. 미국을 꿈의 땅으로 인정하여 이민을 간 사람들마저 서양인과의 결혼이 곧 자기 혈통과 가문의 종말이라는 인식을 가지고 있는 것도 이와 맥을 같이 한다. 한국 사회에 혈통에 대한 집착이 서양 혼혈아에 대한 강한 배타의식을 낳고 있는 것이다.

이러한 차별과 동질화는 민족 주체의식이라 하기 힘들어 보인다. 사회·역사적으로 미국 자본의 이데올로기와 권력에 종속된 남한 사회의 문제를 인식하고 미국을 거부하는 역사의식과는 동떨어져 있다. 민족의 생존과 미래에 대한 고충과는 상관없는 혈연의식에 바탕을 두고 있기 때문이다. 혈연의식은 이 작품에서 여러 갈등의 심층적 원인을 형성하고 있다.

태순이 동익을 공격하는 데는 자신에게 혈연적인 정당성을 부여하려는 작업과 관련되어 있다고 할 수 있다. 일본인 주재소 주임인 야마다와 어머니(점례) 사이에서 태어난 태순은 두 살 때 어머니와 떨어져 외할머니 댁에서 국민학교 3학년 때까지 자랐다. 그 동안 자신의 출생에 관한 이야기를 이미 알고 있을 나이다. 시골 마을에서 마을 사람들이 그가 일본인의 자식이며 어미가 다른 곳에 시집 간 것에 대해 손가락질했을 것은 짐작이 되고도 남는다. 태순이 역시 동익이 못지 않게 시골마을에서 분노와 수치에 시달렸을 것이다. 그가 동익에게 잔인할 정도로 대하는 행동에는 동익과 자신을 구별짓고 다른 사람들과 자신을 동일시 하기 위한 심리가 깔려 있다. 혈연적 정당성을 확보하기 위한 것이다.

이런 점에서 세연은 동익과 태순과 같은 부담이 없다. 오빠들 때문에 놀림을 받았을지 모르지만 자신은 정당한 아버지를 두고 있고 그 후예이므로 혈연적 정당성에 대한 부담은 없었을 것이다. 세연은 아버지와 살면서 아버지가 인민위원회 일을 할 때인 네 살 때 선전을 위해 인민군 노래를 불렀으며, 그곳에서 8살까지 살았다. 아버지와 어머니가 한 가족을 이루며 살았던 정상적인 가정을 경험하였다. 세연은 혈연적 정당성을 부여받고 있는 것이다. 세연은 어머니를 생각하고 행동거지가 바르며 따뜻한 마음씨를 가진 딸이 될 수 있었던 요인이 아닐까 싶다.

어머니 역시 이러한 혈연적 유전을 일정정도 느끼고 있다. 어머니의 야마다에 대한 평가와 태순에 대한 느낌은 거의 일치하고 있다. 동익의 조난 소식을 들은 태순이 어머니에게 던진 말은 어머니에게 야마다를 떠올리게 한다.

> "피는 못 속여요. 인디안을 개잡듯 한 그 야만인들의 피가 동해서 그 자식이 그따위예요."
> 큰아들 태순이는 태평스럽게 빈정거리고 있었다.(14쪽)
> 〈중략〉
> 그네는 그 말을 듣는 순간 뺨이라도 호되게 얻어맞은 것같은 모멸감에 휩싸였다. 그건 서른한살의 아들 앞에 발가벗고 서있는 죽음보다 차라리 독한 치욕이었다.(15쪽)
> 〈중략〉
> 피는 못 속인다고? 그럴지도 모른다. 그 짐승같던 야마다의 피가 끈적끈적하게 살아있기에 그다지도 몰인정한 것이 아니겠느냐. 그네의 어지러운 시야에는 언젠가처럼 또 야마다의 모습이 흔들리고 있었다.(16쪽)

거울 앞에서 미친개처럼 헐떡이는 야마다의 노리개가 되었던 알몸뚱이, 그의 위협적인 칼날과 그 칼날에 죽고 싶었지만 가족과 자식 때문에 죽지 못했던 모욕을 야마다의 아들 태순에게서 느낀 것이다. 뿐만 아니라 어머니는 동생 동익에게 처음으로 얻어 막고 쓰러진 이후 싸움에 진 개가 꼬리를 축 늘어뜨린 듯 기가 꺾인 모습에서 기고만장하며 폭력적이던 야마다가 해방이 되자 닛본또를 쥐고 가늘게 떨던 연약한 모습을 본다. 반면에 세연에 대한 느낌은 남편에 대한 느낌과 거의 일치하고 있다.

> 누가 뭐라든 자신에겐 자상하고 정이 두텁던 남편이었다. 그뿐이다. 그것으로 흡족했고 더 바랄 것이 없었다. (92쪽)

> 세연이는 마음 씀씀이가 따뜻하고 자상했다. 그리고 행동거지에 허세가 없었다.(19쪽)

남편의 자상하고 정이 두터운 성격을 그의 딸인 세연에게서 느끼고 있다. 세연이 동익이를 불쌍히 여기는 것이 마음 약한 계집애의 성격이라든가 어머니의 처지를 이해하는 것이 여자로서 어머니를 이해하는 것이라는 생각을 하기도 하지만 세연을 따뜻하고 자상하게 느끼는 것은 남편의 느낌과 맥이 닿아 있다. 이런 점에서 어머니는 야마다의 아들 태순과 남편 박항구의 딸 세연에게서 그들의 아버지를 느끼고 있다고 할 수 있다. 반면에 동익에게서 프란더스의 면모는 외모로만 나타난다. 신문에 동익이 혼혈아 크럽 회장이 되어서 사회의 냉대에 도전하는 인간 선언을 하는 사진을 보고 프란더스의 얼굴을 떠올릴 뿐이다. 어머니는 프란더스의 도움을 받았고 같이 살았지만 정신적으로 소통되지는 못했었다. 그러므로 어머니는 동익이 프란더스에게서 피부색을 혈연적인 물려받았다는 사실 이외에 어떤 것도 알지 못하고 있는 것이다.

서로 다른 혈통의 세 자식은 어머니의 혈통으로 가족을 이루고 있다. 그 가운데 이 작품에서 사건의 전면에 드러난 것은 동익의 고통이다. 동익은 서양인과의 혼혈아로 사회에서 냉대를 받고 있다. 심지어 피부색이 다르다는 이유로 형에게서조차 인간으로 인정받지 못하고 있는 것이다. 반면에 일본인의 자식인 태순의 고통은 상대적으로 은폐되어 있다. 동익에 대한 고통과 폭력이 전면에 부각되어 있을 뿐 동익의 고통은 중학교 때 일기장의 기록으로 간략하게 나타나 있을 뿐이다. 태순이 동익이 동생이라는 사실을 전적으로 부정하지 못하는 심리적 고통과 자신이 일본인의 아들이라는 사실에 대한 심리적 부담은 은폐되어 있다. 동익에 대한 거부의 원인은 오직 동익 때문에 다른 사람에게서 받은 수치라는 사실만이 강조되어 있다. 이런 점에서『黃土』는 소재주의라는 혐의로부터 자유롭지 못하다.

『黃土』는 한국현대사의 비극을 온 몸으로 체험한 한 여인의 비극에 초점이 맞추다보니 자식들 사이의 갈등은 이 여인의 비극을 보여주기 위한 장치 정도로 약화되었기 때문이다. 소설의 첫 부분은 자식들 간의 갈등이 서사적 골격을 이루고 있는 데 이후에는 어머니의 비극적 삶이 서사적 골격을 이루고 있다. 소설의 90% 분량이 어머니의 비극적 삶의 기록이다. 이런 점에서『黃土』에서 중심적인 서사 골격인 어머니의 비극적 삶의 기록을 살펴야 할 필요가 있다.

3. 역사의 사유화 속에 은폐된 이데올로기

이 소설의 서사 골격은 일제 강점기에 점례(어머니)가 일본인 주재소 주임의 소실로 들어가는 사건과 해방이 되자 야마다가 도망치고, 이후 다시 결혼하지만 남편이 인민위원회 활동을 하다가 북으로 간 뒤에 구속되고, 미군 프란더스의 도움으로 풀려나 그와 함께 살게 되었으며, 프란더스가 다시 미국으로 귀국하고 난 뒤에 자식들과 함께 살면서 겪는 고통이다.

일제 강점기에 일본인의 폭압적인 상황에서 조선인의 인권은 무시되었다. 일본인의 과수원에서 일하던 미륵댁(점례의 어머니)가 일본인 주인에게 겁탈을 당하려는 순간 아버지 김사무가 일본인을 두들겨 팬 것이 화근이 되어 주재소에 갇히게 된다. 이 사건 때문에 아버지 김삼수는 주재소에 갇히게 되고 점례를 탐하던 야마다는 일본의 앞잡이인 강호식의 중재로 아버지를 풀어주는 대신 점례를 취하게 된다. 야마다는 점례를 성적 노리개로 탐하면서 아들을 낳게 하지만 점례를 집안에 거의 묶어 놓는다. 점례가 아들을 낳았다는 소식에 아버지는 자식을 팔아 넘긴 죄의식으로 병이 들어 죽게 된다.

한 가족이 일본인의 폭압 때문에 정신적 상처를 입고 고통받는 모습이다. 그러나 여기에는 일본인이라는 사실을 지우면 조선시대 소작인들이 겪었던 고통과 별반 다를 바가 없다. 다른 요소라면 징용이라는 문제다. 친구 복실이의 오빠가 징용에 끌려가게 된 것과 복실이 그것을 막아달라고 부탁하러 온 일만이 식민지 시대라는 사실을 알려줄 정도다. 식민지 시대의 비극에 대해 문제를 인식한 인물은 나오지 않는다. 모든 소설이 문제적인 인물이 나올 필요는 없지만 소설이 역사적 사건을 다룰 때 역사의식이 없다면 사회의 구조적 모순을 반영하기는 힘들 것이다.

이 작품에서 문제적 인물이라면 해방 후에 정식 결혼한 남편 박항구다. 해방 후 토지개혁이 정치적인 핵심이 되면서 남편은 이일을 지지했고 전쟁 중에 그 지역을 인민군이 점령하자 남편은 인민위원회 부위원장이 되었다. 이후 다시 군인이 진입하자 점례는 구속되게 된다. 이러한 사건의 기록은 점례의 시선으로 그려진다. 남편의 활동은 몇 마디의 대화 속에서 제시되고 있으며, 인민위원회가 딸 세연에게 노래를 가르키는 모습은 폭력적이고 기계적인 모습으로 그려져 있으며, 붙잡혀 온 여성동맹의 여자들에 대한 인상이 그려져 있을 뿐이다. 역사적 상황이 점례라는 인물의 시각 속에서 사유화(私有化) 되고 있다. 이러한 역사의 사유화는 점례의 비극적 체험을 강조하는 효과는 있을지라도 역사적 비극을 단순하게 재단할 위험을 안고 있다.

처음부터 이 소설을 창작한 작가의 초점은 역사적 비극이 아니라 한 여인의 인생 유전에 초점이 맞추어졌던 것이다. 그러므로 역사적 사건의 실체보다는 역사적 상황을 당시 세태 수준으로 묘사하고 있는 것으로 보인다. 혹자는 소설가의 의도대로 소설을 읽으면 되지 무슨 비판이냐는 반론을 제시할 지도 모르겠다. 그러나 이 소설이 역사적 비극을 개인의 인생 유전으로 읽어내는 과정에서 역사에 대한 정확한 인식을 방해할 수도 있다는 점을 간과해서는 곤란하다. 박항구의 활동을 폭압적이고 무모한 행동으로 그려낸 것은 1970년대 당시 냉전이데올로기를 반복하는 것이기 때문이다. 소설이 모든 억압으로부터 해방하는 새로운 시야를 열어갈 때 이야기 수준을 넘어서 예술적 가치를 지닌다고 할 때, 이 소설의 시선이 점례의 시선에 고착되어 있는 것은 반성적으로 검토해 볼 필요가 있다.

남편이 인민위원회 부위원장이 되자 딸 세연이에게 인민군 노래를 가르쳐 이 동네 저 동네에서 노래를 부르게 되는 대목을 살펴볼 필요가 있다. 이 대목은 점례가 인민군 시절의 자신의 체험을 기록한 것인데 세부적 묘사가 자세한 대목 가운데 한 부분이다. 다른 대목은 이처럼 세부적인 묘사가 없는데 반해서 이례적인 곳이다.

> 그들은 뱀이 달린 막대기를 기둥 중간에 묶었다. 그러자 뱀은 그 징그러운 몸뚱아리를 공중에 축 늘어뜨렸다. 그들은 그 앞에서 노래를 가르치기 시작한 것이다. 세연이는 파랗게 죽은 채 두 손을 모아잡고 서서 바들바들 떨며 죽어라고 노래를 불렀다. 남자는 가끔씩 회초리로 뱀을 후려갈겼다. 그러면 뱀은 꿈틀거렸고 세연이의 노랫소리는 더 크게 째졌다.(69쪽)

인민위원회 활동하는 사람들의 무모한 폭력이 잘 묘사되어 있다. 그런데 이러한 세부적 묘사가 필요한 대목이었느냐는 의구심이 든다. 세연이 노래를 배워 여기저기서 부르게 된 것은 간략한 설명만으로도 사건 전개를 훼손하지 않는다. 작가가 지나치게 세부묘사에 매달리고 있다. 반면에 박항구가 인민위원회 활동을 하는 이유는 아주 간략하게 제시되어 있다. 인민위원회 의 활동은 대개 소문이나 느낌 정도의 세태로 묘사되어 있다.

> 가난한 사람들을 마구잡이로 부려서 된 부자였어. 죽어라 일을 해서 주 인에게 바치고나면 뭐가 남았지? 자식들은 늘어나지 소작은 조금이라도 더 얻어야지. 그럴수록 주인은 날로 부자가 되고 소작인은 뼈만 남고…… 어쩌자는 거야. 다 같은 사람이 하나는 주인이고 한쪽은 종이고, 이게 되 겠어(64쪽)

당시 토지개혁에 대한 남편의 생각이다. 이러한 논리가 당시 많은 사람들 의 이해 수준이었는지는 확인할 바가 없다. 이러한 남편이 인민위원회 활동 으로 집에 거의 들어오지 않았기 때문에 남편의 활동은 소문이나 분위기로 짐작하고 있다. 점례의 이러한 면모가 사실적일지도 모른다. 그러나 이러한 세부적 묘사의 차이는 점례의 시선으로 사건이 전개되기 때문에 사실이라 는 생각이 들게 한다는 것은 생각해 보아야 한다. 만일 역사의식을 가진 서 술자의 시각으로 사건이 전개되었다면 다른 양상으로 전개될 소지를 지니 고 있다. 이런 점에서 작가는 처음부터 점례의 시선을 택한 것에는 작가의 역사의식의 정도를 가늠하게 한다. 또 하나 1970년대 유신체제에서 반공이 데올로기가 사회를 제압하던 시대에 작가의 자체 검열일 가능성도 배제할 수는 없을 것이다. 작가 조정래가 1980년대에 들어와서 『太白山脈』에서 좌 익의 활동을 적극적으로 다룬 것을 보면 함부로 속단하기 어려운 것은 사실 이다. 하지만 이 소설이 제시한 역사적 시야는 분명 협소하다. 한 여인의 인 생 유전과 그것 때문에 겪는 고통이 역사적 비극이라는 소박한 감상에 기대 고 있기 때문이다.

또 하나, 주제의식이 역사의식과는 무관한 어머니의 개인적인 한에 집중 되고 있다는 점이다. 소설에서 갈등의 지속이나 강화 또는 해소 방식은 주 제의식과 밀접하다. 이 작품에서는 태순과 동익의 갈등이 서사의 출발이지 만 갈등의 중심은 어머니의 갈등이다. 소설 말미에 등장하는 사건은 주제의 식을 부각하는 데 중심적인 역할을 하고 있다. 혈통이 다른 세 자식을 낳아

기르던 어머니는 월남한 장씨의 청혼을 거부하여 이사를 한다. 그것은 또다시 성씨가 다른 아이를 낳는 것을 거부하기 위해서였다. 애비가 다른 세 자식을 거느린 어미로서 아픔을 알고 있기 때문이었다. 그녀는 자신의 아픔만큼 정성을 자식들에게 쏟았다. 자식들이 잘되기를 바랐으며 서로 의지가 되어 힘이 되어 살기를 바랐다. 그러나 지금은 자식들은 자꾸만 흩어지고 있었다. 자신의 정성을 바쳤던 자식이 기대를 저버린 지금 자신의 신세가 한스러울 뿐이다. 태순과 동익의 갈등을 해소하려는 노력을 하지 못한다는 것이다. 자신의 한스러운 삶을 자식에게 모두 밝힐 수가 없었을 것이다. 이것은 한스러운 조선 여인의 전형적인 모습이다. 시대적 배경만 바뀌었을 뿐이지 조선시대 여인상과 다를 바가 없다.

그런데 어머니가 마지막에 유서를 대신해서 빈 공책에 재산 분배를 기록한 대목은 어머니 나름의 해결책을 제시하고 있다. 당장 자신의 삶을 모두 밝힐 수 없는 어머니로서 미래의 해결책을 하려는 의도다.

> 내가 남긴 재산 중에서 세연이 네가 법에 있는 장남 몫을 차지하고 태순이하고 동익이는 시집 간 큰딸 작은딸한테 가는 것만 주면 된다. 어미 김점례(111쪽)

세연이에게 장남의 몫을 물려주는 것은 어머니 나름의 자신의 지난 삶에 대한 평가를 보여준다. 세연이에게 자신이 살아온 삶의 내력이 적힌 노트를 전하고자 하는 마음 때문이다. 그것은 북에 있는 남편에게 자신의 마음을 전하고 싶은 소망과 관련된다. 자신의 삶의 내력을 쓴 이야기를 통일이 된 후에 남편이 읽어 준다면 더 바랄 것이 없다는 심사가 그것을 증명한다. 만일 그런 일이 일어난다면 하고 생각만 해도 가슴이 두근거린다. 자신의 뜻과 상관없이 외적 폭압 때문에 왜곡된 삶이 오늘날 한스러운 인생을 만들었지만 언제나 마음속에 품었던 진실을 전한다는 것이 생각만 해도 속시원하기 때문일 것이다. 거기에는 북에 있을 남편만이 자신을 이해하리라는 믿음이 깔려 있는지도 모른다. 그것은 삶의 세파에 자신의 진실한 뜻대로 살지 못한 여인이 비장하게 자신의 순결을 밝히는 일인지도 모른다.

여기서 역사적 비극의 희생자를 수용하지 못하는 우리 시대의 세태의 가혹함이 한층 강화된다. 한 가녀린 여인의 고통을 이해하지 못하고 손가락질하는 현실에서 자신의 순결이 미래에 이해되리라는 비극적 믿음이 암시되어 있다.『黃土』는 역사적 비극의 희생자를 수용하지 못하는 한국의 세태에 문제를 제기하고 있는 것이다. 물론 문제제기가 적극적으로 이루어진 것은 아니다. 위안부 할머니들이 자신의 과거를 밝히고 역사적 책임을 묻는 것과 같은 적극적인 해결책은 제시되어 있지 못하다. 그러나 1970년대 반공이데올로기 아래 정치적 폭압이 진행되던 시기에 자신의 과거를 밝힌다는 것은 목숨을 내놓는 일이었을 것이다. 어머니가 미래에 자신의 순결을 증명하려는 시도는 출구 없는 사회에서 미래의 출구를 마련하려는 고육지책이었을 것이다.

　이러한 점을 인정하더라도 남는 문제는 있다. 시대적 환경이 소설에서 묘사되어 있지 않다는 것이다. 당대의 폭압적 이데올로기의 공세는 소설 속에 한 줄도 쓰여 있지 않다.『黃土』는 어머니의 비극적 인생유전 속에 무시되는 어머니의 순결을 인정하자는 감상적 휴머니즘에 머물고 있는 것이다. 그러므로 현대사의 상처를 입은 어머니의 비극을 아직도 억압하는 당대 사회·역사에 대해 문제제기를 한 것이 아니다. 이런 점에서 이 작품은 역사를 어머니의 비극으로 사유화하여 역사에 대한 시야를 협소하게 만들 위험으로부터 자유롭지 못하다.

5. 상식을 넘어서는 성격 창조와 시야가 필요

　소설은 현실을 토대로 창조된 허구라는 소박한 사실을 다시 한번 생각해 보자. 인물의 성격 창조란 현실의 소박한 반영으로 형성되지는 않는다. 인물의 내면 심리를 깊이 있게 포착하지 못하면 인물은 상식적인 행동에 그치기 때문에 새로운 성격이 창조되지 못한다. 이런 점에서 태순, 동익, 세연의 인물은 상식적인 수준에 머무른 감이 있다. 소재적인 측면에서 문제적일지 모르지만 상식적인 관념을 넘어서 인간에 대한 새로운 시야를 열만큼 문제적이지는 못했다.

　다음으로 인물과 환경의 관계를 생각해 보자. 인물이 환경과 긴밀하게 연결되지 못하면 개별적인 성격으로부터 자유로울 수가 없다. 개별 인물이 보편적 환경과 긴밀하게 결합해야 구체적이며 특수한 성격을 획득할 수 있다. 단순히 사건의 세부적 묘사만으로 구체적이고 특수한 성격이 형성되는 것이 아니다. 이런 점에서 어머니의 갈등과 해소 방식은 당대 환경과 긴밀하게 연결된 흔적을 찾기 힘들었다.

조정래의 『황토』는 이런 두 가지 점에서 미흡한 점을 가지고 있었다. 인물의 심리의 깊이 있는 탐구와 환경과 인물의 긴밀한 결합은 이후 1980년대 『太白山脈』에서 보다 적극적으로 실천되고 있다. 그러나 『黃土』의 한계를 1970년대 소설의 한계라고 단정할 수는 없을 것이다. 이 작품의 미흡한 점을 부분적으로 넘어서는 작품이 존재하기 때문이다. 다만 작가 조정래가 『黃土』 같은 작품을 토대로 이후 새로운 시야를 제시했다는 점에서 한 번쯤 면밀히 읽을 필요는 있을 듯 싶다.

참고문헌

조정래, 「황토」, 현대문학사, 1974.
———, 「그의 문학 속으로」, 해냄출판사, 1999.
이시영, 「현대소설에 나타난 한국전쟁의 수용 양상—1950~70년대 중·장편 소설을
　　　중심으로」, 경북大 석사, 1985.
루카치, 「역사와 계급의식」, 거름, 1986.
———, 「소설의 이론」, 심설당, 1985.

조해일의 『겨울여자』론
― 거짓과 병적 대응의 세계

김현주 *

1. 들어가는 말

한 시대의 문화의 복잡성은 사회 현상과 그것이 지니고 있는 변화 가능성 뿐만 아니라, 역사적 다양성과 가변적인 역사적 상황에서도 살펴 볼 수 있다. 문학을 바라보는 시각도 문화의 복잡성만큼 사회나 역사에 따라 다양한 시각이 존재하며, 또한 기존의 시각을 조정하는 과정을 겪게 된다. 일부 소설적 경향에 대한 배타성도 이제 조정해야 할 긴박한 시점에 이르렀다.

1970년대는 최인호의 『별들의 고향』을 시작으로 비로소 베스트 셀러가 양산되던 본격적인 대중화의 시기였다. 조해일의 〈겨울여자〉(1975년 중앙일보 연재)도 그러한 70년대 베스트 셀러 중의 하나이다. 그런데 이들 작품들은 당대의 대중적 반향을 불러일으켰음에도 불구하고 문학사적 측면에서 통속소설이라는 이유로 도외시되어왔다.

조해일의 〈겨울 여자〉는 최인호의 〈별들의 고향〉(1972), 조선작의 〈영자의 전성시대〉(1973), 한수산의 〈부초〉(1977)와 마찬가지로 욕구의 분출을 성적 일탈 과정으로 보여준다. 더욱이 그 일탈이 낭만성과 결합되면서 1970년대를 지탱하는 도덕적 준거틀과 어긋나게 된다. 이와 같은 이유로 이들 작품들은 통속성을 지닌 소설이라는 멍에를 걸머지게 되었다. 그러나 성적 일탈을 곧바로 도덕성의 결여 내지는 선정주의로 몰아붙이기에는 한계가 분명하다. 그럼에도 불구하고 70년대 중반이후 민중, 민족문학 이념이 문단의 중요한 쟁점이 되면서 이들 작품은 구체적인 평가 기준도 없이 문학사 뒤편으로 사라지게 되었다.

---

* 연세대 강사

실제로 이들 작품들이 보여주는 성적 일탈은 산업화이후 주변부로 밀려난 인물들의 소시민적 삶을 성취하기 위한 생활 방편이다. 즉 성적 일탈이 단순한 쾌락이 아니라 생활 수단이라는 점만 보더라도 이들 작품을 단순히 통속 소설로 보기에는 무리가 있다.

더욱이 이들 소설이 보여주는 성적 일탈은 비일상적인 삶의 양태를 자본주의 일상성과 대비시킴으로서 당대의 의미 있는 일상성이란 무엇인가를 되묻는 자리인 동시에, 여성에게 강요된 윤리성인 처녀성을 파괴당하는 현장을 보여줌으로써 소외된 자의 타자성을 확인해 주는 자리이기 때문이다. 이런 반성과 확인은 1970년대 주변부로 밀려난 타자가 존재하는 방식이며, 스스로 소외를 치유하는 방식이다. 이들 작품들은 황석영의 〈객지〉(1971)와 같이 노동현실을 핍진하게 형상화함으로 부조리한 현실을 극복하는 방식과는 다른 방식으로 현실을 부정하고 있는 것이다. 물론 문학이라고 해서 그 시대의 정서적 구조나 사회적 문제에 모두 천착해 있어야 하는 것은 아니다. 그러나 당대의 사회적 경험들이 용해되지 않은 문학작품이 존재한다는 것은 불가능한 일이다. (졸고, '1970년대 대중소설 연구' 〈1970년대 소설연구〉(소명출판사) 참고)

조해일의 〈겨울여자〉는 황석영의 〈객지〉와는 다른 방식으로 사회적 문제와 긴밀하게 연결되어 있다. 아니 투박하게 연결되어 있다는 표현이 더 정확한 표현이다. 작가는 소위 말해서 4.19세대이다. 민주주의에 대한 강렬한 열망을 20세에 경험한 그는 28살에 문단에 들어선다. 4.19세대 작가들처럼 그도 그의 작품에서 자유와 평등에 대한 갈망을 분출하려고 했다. 특히 1970년대 한국사회는 민주적 원칙을 억압하는 제도적 장치가 산재되어 있는 사회였다. 그런 사회에서는 인간적 삶이 불가능하기 때문에 그 갈망에 대한 분출 욕구가 강렬해진다. 그의 작품 역시 그런 강렬한 열망이 어떻게 성장신화와 반공주의에 의해서 억눌려지고 있으며 분출되고 있는가를 여실히 보여준다.

조해일은 〈갈 수 없는 나라〉(1979) 후기에서 자신의 작품 세계를, 현실의 절망적 인식의 소산이 자신의 작품이라고 밝히고 있다. 그가 바라본 현실은 '모든 인간적 도덕적 가치'가 타락하여 '날로 우리 사회를 부패의 냄새로

가득 차게 하’ 며, ‘저항력으로서의 인간적 여러 규범들은 날로 위축되어 설자리를 잃어가고 있’ 다. 이러한 현실인식은 〈갈 수 없는 나라〉에 한정되는 것이 아니라, 1970년대 그의 작품 전체에 깔려있다.

그렇기 때문에 부조리한 현실에 대해서 도전적 발언이 작품 곳곳에서 발견된다. 〈겨울여자〉는 현실을 절망적으로 인식하기까지의 궤적과 그것에 대한 도전이 부권과 성적 관습으로 집약된다. 즉 부권 내지 부권이 지닌 힘의 논리가 사회적 억압으로 작용하며, 그 억압은 개개인에게는 성적 관습의 형태로 나타나기도 한다. 즉 성적 관습은 가족 이기주의를 만들어내는 강요된 도덕성으로, 획일화되고 규격화된 윤리로 상징화되어 개개인의 삶을 억압하는 기제로 작용한다. 이 소설은 그런 억압을 ‘거짓의 벽’ 으로 인식하고 있으며, 그 억압의 벽을 무너뜨리기 위해, 그리고 사회적 자아로 ‘거듭나기’ 위해 고투하는 삶을 그려내고 있다.

2. 거짓의 벽 무너뜨리기

인간은 잠에서 깨어나면 자신이 처한 현실과는 다른 세계가 존재하기를 바란다. 그 세계는 현실의 논리로서는 실현 불가능한 세계로서, 현실에서 채워지지 않은 욕망이 실현될 수 있는 세계이다. 〈겨울 여자〉의 주인공 이화는 바로 그런 세계를 꿈꾸고 그런 세계를 향해 돌진한다. 그녀가 바라보는 현실은 허위로 에워싸여 있고, 사람들을 옥죄는 부조리한 세계이다. 그런 허위의 세계는 아버지로 표상 되는 인물들이 지배하는 세계이다. 이런 세계는 ‘거짓의 벽’ 이 완강한 힘을 발휘하는 세계이다.

반공이념과 고도의 경제 성장이라는 물리적 수치에 대한 기대감은 1970년대 한국 자본주의를 급속도로 성장하게 한 원동력이 된다. 반면에 자유, 평등, 사랑이라는 민주주의 원칙은 한국 자본주의 성장을 저해하는 요소로 인식된다. 휴전 상태인 남북 대치 상황은 전쟁에 대한 불안감을, 절대적 빈곤 상태는 물질적 만족감에 대한 강렬한 욕구를 생성한다. 이러한 불안감과 욕구는 성장과 반공으로 집단의식을 강화시키는 한편 개인의 권리는 집단의 이익을 위해서 억제해야 할 것으로 간주하게 한다. 따라서 개인의 자유는 방종으로, 평등에 대한 주장은 사회적 불안을 조성하는 것으로, 성적 사랑은 성적 일탈로 오인된다. 이렇듯 70년대 한국 자본주의 사회는 서구 자본주의 사회와 달리 자본주의와 민주주의가 대치되는 모순된 양상이 전개된다.

이런 점을 감안할때 〈겨울 여자〉는 한국 자본주의가 표방하는 이데올로기를 정면으로 거부하고 민주주의 원칙을 옹호하려는 작가 의식의 표현이라 할 수 있다. 이 소설에서 지배 이데올로기가 아버지라는 존재로 표상되고 있음을 잘 보여주는 인물은 민요섭과 김광준, 그리고 우석기에게서 발견할 수 있다.

이화의 첫 번째 남자인 요섭에게서 아버지의 힘이 어떻게 개인을 파괴시키는가를 잘 보여주고 있다. 그는 공정하지 않은 정치가인 아버지 때문에 친구들로부터 소외된다. 친구들로부터 따돌림을 받은 후 그는 아버지의 비리, 나아가 사회의 비리를 알게 된다. 따라서 대학도 포기하고 집에 칩거한다. 사회와의 완전한 단절을 통해 자신의 아버지와 같은 사람들이 활개치는 부조리한 세계를 거부한 것이다. 사회성을 상실 당한 그에게 유일한 사회로의 통로는 이화였다. 그는 이화를 위한 헌신적인 사랑만이 아버지로 상징되는 세계에서 받은 고통을 치유할 수 있다고 믿는다. 요섭이 사회성과 맞교환으로 선택한 사랑은 당연히 배타적이고 일방적인 성격으로 귀결된다.

광준의 경우는 요섭과는 다른 삶을 보여준다. 요섭이 정치가인 아버지를 부정하기 위해서 사회와 단절했다면, 광준은 대사업가인 아버지를 부정하기 위해 사회에 적극적으로 관여한다. 광준은 건설회사 사장 아들이다. 건설업은 70년대 고도 경제 성장의 주요 업종으로 등장한다. 근대적 도시 건설에서 건설업은 한국 자본주의 발달에 중추적인 역할을 한다. 그런데 그 아버지에 의해 건설된 도시 뒷면에서는 생활 터전을 잃고 수없이 전전해야 하는 도시 빈민들이 생성된다. 도시로 편입되었으나 도시적 삶이 요구하는 가족배경, 교육배경, 생활수준에 결코 도달할 수 없는 주변부 인물들은 도시 빈민층으로 전락한다. 그들은 도시 변두리에 그것도 남의 땅에 움막 같은 집을 짓고 살아가야 하며, 일용직 잡노동 내지 기초 생활비 이하의 수입을 얻는 직업에 의지하며 살아간다. 그런 빈민들의 삶에 관심을 갖게 되면서, 광준은 사회적 부와 명예라는 기득권을 버리고 빈민들과 더불어 살아간다. 빈민촌에 생활터전을 잡은 그는 사상적 동지이며 연인으로 이화를 받아들인다. 따라서 그는 이화를 존중하는 가운데 친밀감을 유지하려고 한다.

반면에 우석기는 요섭과 광준과는 다른 의미에서 아버지를 통해 지배 이데올로기를 체험하게 된다. 요섭과 광준이 자의식이 형성되기 전까지는 아버지의 덕으로 현실과 우호적인 관계를 유지한다. 그러나, 석기의 경우는 정반대이다. 반공이념이나 경제성장에 따른 만족감은 석기 개인에게는 도달 불가능한 것이며, 거짓된 이념일 뿐이다. 그는 빨갱이 자식이라는 이유로 초등학교 시절 선생님과 아이들로부터 따돌림을 당한다. 실제로 그의 아버지는 자유당의 부정 선거에 협조하지 않았기 때문인데도 불구하고, 반공 이데올로기의 희생자가 된 것이다. 석기는 어린 시절부터 지배 권력에 협조하지 않은 아버지로 인해 정치적인 시련을 당한 것이다. 그러므로 그는 '가수조차 돈으로나 가능' 한 세계이며, 지배 이념이나 제도에 의해서 개인의 운명이 일순간에 달라질 수 있는 세계가 현실임을 남들보다 일찍 인식한다. 아버지로 인해 그는 거짓으로 가득 찬 현실에 대항하여 살아가는 방식으로 반공의 허위를 뒤집어 쓴 정치 현실에 정면으로 도전하는 길을 선택한다. 그러므로 그는 정치운동에 몰두하게 되고, 그러한 자신의 신념에 이화를 종속시키려고 한다. 이렇게 형성된 관계는 이화와 상호 친밀감을 유지하는 관계라기보다는 일방적인 복종을 강요하는, 선생과 제자의 관계가 된다.

> 저의 아버지가 공정하지 못한 정치가라는 거였어요. 왜 공정하지 못한 정치가인가하는 이유도 설명해 주었어요.……그동안 아무것도 모르고 지내온 사실이 부끄럽기 짝이 없었죠. 그리고 그러한 아버지의 아들이라는 사실 자체가 얼마나 부끄러운 것인가 하는 것도 알았죠. (《겨울여자》 상권, 솔출판사, 1991, 47쪽)

> 내 박박 깎은 머리통 위에 선생이 침방울과 함께 튀어와 떨어진 말은 빨갱이 새끼라는 한마디였어.……자유당 정권이 꾸민 부정 선거에 협조하지 않았다가 누군가의 모함으로 억울한 혐의를 입었던 거야. (상권, 146-147쪽)

　　우리 아버진 충분히 그럴 수 있는 사람이오. 여태껏 세상을 그런 식으
로 살아온 사람이니까. 언젠가 내가 얘기한, 바로 그 물리적인 힘의 대표
적인 신봉자의 한 사람이 우리 아버지요. (하권, 503쪽)

　위 인용문은 요섭, 석기, 광준이 자기 아버지에 대해서 이화에게 들려준
이야기의 일부이다. 이와 같이 세 아버지의 존재는 1970년대 한국 사회의
축도이다. 즉 비열한 정치가, 대자본가는 1970년대 지배세력, 거짓의 벽을
지탱하는 두 축이다. 반면에 공산주의자는 그 반대축에 존재하지만 결국 반
공이라는 지배 이념을 공고하게 해주는 역할을 한다. 다시말해 지배세력의
힘을 약화시키는 것이 아니라 도리어 강화시켜주는 역할을 한다. 이렇게 이
소설은 경제 성장과 독재 권력, 그리고 그것의 정당성을 부여하는 반공 이
념이 세 인물을 통해 압축적으로 제시된다. 그런데 이 소설이 이러한 지배
권력의 힘의 장만을 보여주는 것이 아니라, 그 지배 권력의 힘 안에서 싹트
는 반항의 씨앗을 보여주고 있다는 점에서 또다른 의의를 찾을 수 있다. 즉
이 소설은 아들의 세대가 이 현실을 어떻게 인식하고 있는가를 보여줄 뿐만
아니라, 현실에 어떻게 부딪히는가를 보여준다.
　이 소설에서 요섭은 현실과 정면으로 부딪히지 못하는 인물이다. 대신 아
버지의 권력이 못 미치는 성적 사랑에서 아버지로 인해 받은 상처를 보상받
으려 한다. 그러나 그의 사랑 방식은 친밀감을 교환하는 것이 아니라, 소유욕
을 일방적으로 강요하는 것이었다. 친밀감이란 타자에게 흡수되는 것이 아
니라, 그 사람의 특성을 아는 것 그리고 자기의 특성을 활용 가능하게 만드는
것이다. 그런데 그의 사랑은 '사랑할 누군가를 발견하고, 그 대상에 집착하
는 것'이었으므로, 사랑의 대상에게 거부당하는 것은 당연한 결과였다. 거부
된 사랑의 시도는 자기 파괴(자살)로 치닫게 된다. 반면에 석기는 학생운동을
하다 강제 징집 된 후 원인 모를 죽음을 당함으로써 현실에 더 이상 부정할
수 없게 된다. 넓은 의미에서 세상을 구제하겠다는 그의 원대한 꿈은 그가 죽
은 후에 이화를 통해서 실현된다. 사상적 측면에서 보면 제자(弟子)격에 해당
되는 이화는 스승격인 석기가 원했던 방식과는 다른 방식으로 그의 꿈을 해
석하고 실천한다. 즉 이화는 거듭나기를 통해 석기의 꿈을 실천하게 된다.

요섭이나 석기와는 달리 광준은 외부 권력에 의해 끊임없이 그의 존재 기반이 끝없이 위협 당하지만 굴복하지 않는 의지적 인물이다. 비록 그의 아버지가 그의 생활터전이면서 저항의 터전인 야학천막을 짓밟고, 심지어 불태워버리기까지 하지만, 그의 의지는 수그러지기는 커녕 더욱 확고해진다.

광준처럼 지배담론을 거부하는 것은 지배 담론의 입장에서 보면 기득권을 포기하는 어리석은 행위인 동시에 비일상적인 행위로 비쳐진다. 하지만 이런 '비일상적인' 행위는 왜 '일상성'을 포기해야만 하는가를 묻는 자리가 된다. 그 의문은 다시 자본주의 '일상성'을 반성하는 계기로 발전한다. 그 결과, 그들의 비일상적인 행위가 실은 진정한 인간적 삶을 추구하기 위한, '의미 있는 일상성'을 회복하기 위한 길임을 암시한다.

이상에서 보듯이 세 인물 모두 주인공 이화와 관계망을 형성한다. 이들은 이화를 통해 현실과 소통하면서 지배담론을 부정하는 방법을 모색한다. 이화 역시 이 세 인물을 통해 세상과 소통하고 현실을 인식한다. 그러므로 이화는 세상과 소통하고 현실을 인식하기 위해, 거듭나기 위해 고통을 겪는다.

3. 거듭나기 위한 병

산업화가 진행되면서 남성의 타자인 여성은 정치 사회적 모순을 복합적으로 보여준다. 게다가 여성은 남성의 타자이기에, 남성의 시선을 받기 위해서 자신의 육체를 가꾸도록 강요받고 그것을 상품화시키려 한다. 이러한 여성의 상품화 현상을 가장 적나라하게 보여주는 존재가 도시 창녀이다.

〈겨울여자〉의 이화는 생계 수단으로 창녀는 아니지만, 삶의 목표를 성취하는 수단으로 성(sex)을 이용한다는 점에서 창녀와 유사한 타자의 행위 방식을 취하고 있다. 이화 역시 자본주의 일상성에서 파생되는 인간 소외를 극복하고 의미 있는 일상성을 회복하려 한다. 그녀는 의미 있는 일상성을 회복하기 위해서는 우선 성적 관습에서 해방되어야 한다고 인식한다. 인식은 성적 대상의 개방으로 실천된다. 이화의 실천을 단순한 성적 일탈로 오인하지 않기 위해서는 이화가 왜 성적 관습에 집착하고 그것을 파괴하려 하는지, 그리고 그것을 어떻게 파괴시키는지 구체화할 필요가 있다.

1970년대 성담론은 중요한 문학적 모티브가 된다. 사회적 측면에서 살펴볼 때, 성담론의 활성화는 정치적 담론과 관련이 있다. 특히 70년대 성담론은 정치적 담론이 억제되는 장소에서 정치적 담론을 드러내는 간접적 방식이다. 프로이드는 〈문명과 그 불안〉에서 문명의 억압적 성격을 본능의 승화가 아니라 성적 관계의 배타성과 관련 짓고 있다. 즉 현대의 성적 사랑은 일부 일처제, 가부장적 가족 틀 안에서 형성된다. 그것은 문명화된 사회 관계를 지속시키는 힘이며 그 조건이라는 것이다. 그런데 성장논리와 반공 이데올로기가 70년대 한국 사회 발전, 곧 문명의 이념이라면, 성담론은 그 이념을 지탱하는 조건을 거부함으로써 그 허위성을 폭로, 부정한다.

섹슈얼리티(sexuality)는 생물학적인 성(sex)과는 달리 성적 행동, 성적 현상 등을 통칭하는 말이다. 그것은 재생산과 관능의 기술을 동시에 지향한다. 그런데 현대 사회는 섹슈얼리티가 정치권력이나 자본주의의 상품논리와 교묘히 결합되면서 양자를 분리한다. 분리된 전자는 순수한 여성이 추구해야할 가치이고, 후자는 그렇지 못한 여성이 추구하는 가치라고 규정 짓는다. 이런 점에서 볼 때, 섹슈얼리티가 쾌락을 낳고, 성을 상품화시킨다는 속설은 부정된다. 성적 쾌락이나 성의 상품화는 섹슈얼리티로 인한 것이 아니라, 지배 이데올로기에 의해 파생된 것이기 때문이다. 그러므로 성적 쾌락이나 성의 상품화를 비난할 것이 아니라 그것이 대두되게 된 사회 현상을 문제 삼아야 할 것이다.

일탈(deviance)행위는 사회적으로 구성되는 것인 동시에 격리 과정을 통해 사회 활동의 중심영역으로부터 분리되는 행위이다. 통상적으로 성적 일탈 행위는 성적 쾌락과 성의 상품화 논리와 맞물려 있다고 본다. 그러나 〈겨울여자〉의 이화의 성적 일탈행위는 성적 관용으로, 성적 쾌락과 성의 상품화와는 다른 성격을 지닌다. 여기서 성적 관용은 타인과 더불어 성적 즐거움을 향유하면서 친밀성을 확인하는 자리가 아니라 박애가 실현되는 자리이다.

그녀는 무엇이든 마음을 기울여서 바라보면 모든 것이 새롭게 보인다

는 사실을 처음으로 깨닫는 듯했다. 그때까지도 그녀는 자신의 마음이 너
그럽게 열려진 상태이기 때문에 모든 사물이 새롭게 바라보인다는 사실을
미처 알아차리지 못하고 있었던 것이다. (상권, 157쪽)

위 인용문은 작가가 '거듭나기 위한 병'이라고 부제를 단 부분의 일부분
이다. 여기서 이화의 의식은 첫 번째 성행위 후에 변화를 보인다. 석기와 하
룻밤을 보낸 후 그녀는 모든 사물을 이전과는 다르게 인식한다. 병을 앓고
난 후에야 그녀는 개인적인 주변사에서 사회적인 문제로 관심 영역이 확장
되면서, 사회적 실천에 눈을 돌린다.

그녀의 일차적인 사회적 실천은 결혼 거부하는 것으로 표면화된다. 폐쇄
적인 가족제도의 틀로 편입하지 않겠다는 의지를 표명한 것이다. 특히 미국
유학생 안세혁과의 결혼을 거부하는 것은 이화 개인에게 주어질 경제적 사
회적 안정, 교환가치로서의 성을 거부하는 행위이다. 이러한 거부행위는 물
질적 가치를 중시하는 현실논리와는 상반된 것이다. 이화에게 성은 자본화
될 수 있는 것이 아니라, 박애를 베풀 수 있는 수단으로 인식되기 때문이다.
이렇게 이화가 성=박애, 즉 성적 관용을 선택하게된 계기는 민요섭과 우석
기에 의해서이다. 요섭은 이화를 일방적으로 좋아하다가 사랑을 성취하지
못하고 자살한다. 그런데 이화는 요섭의 죽음이 자신 때문이라고 생각한다.

"제가, 제가 나빴어요! 요섭씨는 정말 저한테 아무 죄도 짓지 않았어요!
제가 죄를 뒤집어씌운 셈예요! 제가 그런 셈예요!" (상권, 74쪽)

이런 죄책감이 자기 반성의 계기가 된다. 즉 이화는 요섭의 죽음을 통해
자신이 사회의 소단위인 가족을 지탱해온 신념, 폐쇄적인 사랑에 갇혀 있었
음을 인식한다.

또한 70년대 반공이념이 낳은 희생양인 석기는 이화를 가족주의의 안전
한 틀 안에서 벗어나 현실의 문제를 자기 문제로 인식하는 주체적 인간으로
각성시키려 한다. 그는 이화에게 마지막 유언처럼 '불쌍한 사람들의 연인
이 돼' 달라고 부탁한다. 이것은 '불쌍한 사람', 즉 소외된 사람과의 인간적
연대감을 가지라는 의미이다.

　　이화는 석기의 죽음을 통해서 바로 이러한 것을 자신도 모르게 체득한
여인이 되어 있었던 것이다. 즉 언젠가는 죽을 것들에 대한 사랑이 이때
이미 그녀의 마음속에 자리잡기 시작했던 것이다. 그것은 커다란 슬픔과
동행하는 사랑이었다. (상권, 208쪽)

　　요섭의 죽음에 대한 죄책감이 내면화되어 있는 이화에게 석기의 부탁은
불쌍한 사람의 '연인'이 되라는 의미로 축소 해석된다. 따라서 이화의 사회
적 실천은 가족이기주의를 정면으로 비판, 부정하는 성적 관용의 형태로 실
현된다. 성적관용은 가족 이기주의나 언어적 관습, 기존 도덕적 가치를 전
복하고 있기 때문에, 이 소설의 섹슈얼리티는 정치적 담론의 성격을 띤다.

　　우선 이화는 폐쇄적 사랑을 강조하는 가족 이데올로기를 부정한다. 이러
한 부정을 통해 지배 이데올로기의 핵심인 가족은 이기적인 집단주의를 낳
는 집합체라는 인식에 도달한다. 가족주의가 파생한 관습의 벽이 거짓과 허
위로 둘러싼 벽이라는 인식 하에, 이화는 거짓의 벽을 무너뜨리기 위해서
일상어나 사회적 규범이 지닌 모순을 제거하려 한다. 또한 그녀는 언어적
표현 외에 언어외적 표현도 중요한 의사소통 기능으로 이해한다. 이화와 관
계망을 형성하는 인물들은 사회적 문제는 언어로 표현하는데 반하여, 양심
의 갈등은 동작이나 눈빛으로 표현한다. 이런 언어외적 표현을 해석함으로
써 이화는 상대를 이해하고 포용하면서 관계를 형성한다.

　　이런 독특한 행동 방식은 이 소설, 아니 이화에게서 도덕적 숭고성을 느끼
도록 강요한다. 이 방식은 지배담론에 직접적으로 대응하는 힘을 저하시키지
만, 그것에 의해 소외된 인물을 포용하는 힘이 된다. 이화는 이런 방식으로 소
외된 자들을 포용함으로써 그들에게 위안이 되는 한편, 돈과 권력으로 추구하
는 현실적 가치와는 무관한 가치, 즉 진정한 인간적 가치를 추구하려고 한다.

　　한 사회가 제도적으로 부당할 때, 개인의 양심만이 그 사회를 건전하게
지탱하는 힘이 된다. 1970년대 상황이 바로 그런 개인의 양심이 요구되는
사회임을 〈겨울여자〉는 보여준다. 이화를 둘러싼 인물들은 이러한 개인적
양심 때문에 괴로워하는 인물들이다. 즉 정치적 자유를 억압하는 정치가인
아버지, 건설이라는 미명 아래 시민의 생존권마저 위협하여 도시 빈민으로
전락시키는 대사업가인 아버지 때문에 괴로워하고, 스승과 제자 내지 죽은

친구의 여자친구라는 의리 때문에 괴로워한다. 이들은 양심 때문에 슬픔을 껴안고, 그런 슬픔을 그녀에게 전달한다. 이화는 이들과 소통함으로써 현실을 인식하고 그것에 대응한다.

다시 말해서 정치적 자유에 대한 욕망은 양심에서 비롯된다고 할 수 있다. 반면에 현실은 이 욕망을 제도적으로 억제한다. 그 억제는 개개인을 억압하고, 억압은 다시 개인과 개인간의 긍정적인 유대관계를 단절시킨다. 그러한 단절로 인하여 개인들은 타인으로부터 소외되거나 소외감을 느끼게 되고, 그런 소외에서 벗어나려는 노력이 이 소설처럼 성적 자유의 형태로 드러나기도 한다. 이화가 보여주는 섹슈얼리티는 성적 쾌락과 관능의 기술을 모두 부정하는 특이한 형태이다. 그러므로 그녀의 성적 일탈은 도덕적 잣대로 심판할 수 없게 되고 도리어 도덕적 숭고함마저 느끼게 된다

4. 거짓이 판을 치는 세계에 대한 병적 대응과 그 한계

이상은 현실과 만나면 언제나 부조화를 경험하게 마련이다. 그 이상이 현실의 가치 체계를 전복하려고 할 때 양자의 조화는 불가능하다. 더욱이 그 이상이 뚜렷하지 않은 채, 반(反)현실로 드러날 때, 그것은 관념적이고 추상적이기 마련이다. 또한 현실과의 부조화 폭은 자연히 깊어진다. 소설의 힘은 그런 관념적이고 추상적인 이상 세계를 그럴듯하게 꾸며내어서 현실감과 진정성을 부여하는데서 발휘된다. 반면에 그런 힘이 미약하게 발휘되는 경우에 이상이 관념의 상태로, 현실과 조응하지 못하는 상태로 노출된다. 조해일의 〈겨울여자〉가 그러한 예이다. 이 소설은 개인과 사회, 지배자와 비지배자, 개인의 윤리와 집단의 윤리가 갈등하는 양상을 보여준다. 갈등은 부조화의 현실이며, 조화의 가능성이다. 갈등은 쉽게 해결될 수 없기 때문에 갈등의 극복 양상은 다양한 형태를 띤다. 그럼에도 불구하고 이 소설의 갈등은 현실에 대한 부정과 거부로 선명하게 드러나지만, 쉽게 해결되는데 문제가 있다.

〈겨울여자〉의 인물들이 소시민적 삶이나 시민적 삶을 주저 없이 내팽개친 것은 지배권력의 허위성 때문이다. 그들이 내팽개친 삶은 그들 개인의

이상이 아니라, 아버지의 법이 지배하는 사회적 기반이며 기득권이다. 기득권을 포기한다는 것은 쉬운 일이 아님에도 불구하고 이 소설의 인물들은 내면적 갈등 없이 쉽게 포기한다. 지배자와 피지배자를 선악으로 대립시킴으로써 현실적 갈등이 선명하게 드러나기 때문에 쉽게 포기할 수 있는 것이다. 요섭의 아버지처럼 아들의 죽음에도 눈물 한 방울 흘리지 않는 비인간적인 존재, 광준의 아버지처럼 폭력배를 동원하는 파렴치하고 비도덕적인 존재로 형상화하고 있기 때문에 갈등이 안이하게 해결된다. 안이한 해결로 인해 이 소설은 지배 이데올로기에 대해 저항하는 힘 못지 않게 그것을 지탱하는 힘에 대한 긴장감을 핍진하게 형상화하는데 실패한다. 따라서 지배 권력에 전면적으로 저항하는 인물이나 오수환이나, 학보 기자 박양희와 같이 소극적으로 저항하는 인물은 치밀하게 형상화하는 반면에 그 반대편에 위치한 인물은 평면적으로 그려낸다. 또한 기득권을 누리면서 지배 권력에 자연스럽게 편입할 것이라고 예상되는 안세혁이나 이화의 가족들은 이화의 어설픈 논리에 쉽게 자신들의 논리를 허위라고 인정하고 그 논리를 철회해 버리고 마는 데서도 그 근거를 찾을 수 있다.

박애정신이라는 미명하에 기존의 가치질서인 성적 관습에 도전하고 있기 때문에 이 소설의 섹슈얼리티는 성적 쾌락이나 성해방과는 달리 사회적 성격을 지닌다. 그러나 주인공 이화는 견고한 가치 질서에 도전하는 사회적 자아의 주체적 의지를 보여주지 못한다.

라캉에 의하면 상징계의 자아는 대상과 자신을 일치시켜 타자의 욕망과 자신의 욕망을 구별하지 못하는 오인의 단계에서 상징계로 진입하면서 사회적 자아로 굴절된다고 한다. 자아가 상징계에서 빠져 나오지 못하면 타자의식도 존재하지 않으며 광기 또는 대상에의 고착만이 존재할 뿐이다. 사회적 자아, 즉 자율적 주체로 거듭나기 위해서는 자아는 스스로를 객관화하여 대상에 대한 왜곡된 집착에서 벗어나야 한다. 이 때 주체는 현실에 대한 진지한 성찰과 각성을 통해 대상이 허구, 거짓임을 알게 되는 순간 타자 의식을 갖게 된다.

> 그녀의 태도는 마치 석기에게는 무엇이든 자기에게 요구할 권리가 있
> 으며 자기는 그 요구에 따를 의무가 있다는 듯한 태도였다. (상권, 94쪽)

그녀는 자기가 이제 석기의 일로부터(오히려 석기로 말미암아) 완전히 벗어났다는 사실을 자신의 몸으로써 수환에게 증명해 보였다. 자신의 연민에 가득찬 몸으로써 갈망을 가지고 있으나 그 갈망을 스스로 배덕이라고 여기는 사람에게. 그것이 결코 배덕이 아님을 깨닫지 못하고 있는 사람에게 (하권, 312쪽)

한순간 석기의 모습이 떠올랐다. 이어 수환과 허민의 모습도 떠올랐다. 그리고 안세혁의 모습도 떠올랐다. /한결같이 슬픈 몸짓들을 하고 있는 모습이었다. 그녀는 그 모든 사람들을 껴안 듯 그의 몸을 껴안았다. /그의 몸이 그녀의 몸 안으로 들어왔다. 동시에 커다란 슬픔의 물결도 그녀의 몸 안으로 들어왔다. 그가 서럽게 움직이고 있었다. (하권, 464쪽)

인용문에서도 볼 수 있듯이 이화의 성적 대상은 현실적 억압, 그로 인한 슬픔을 느끼는 인물이다. 그들의 슬픔을 분담하고자 하는 이화의 행위는 무한한 포용력, 박애의 성격을 띤다. 그러나 성적 사랑의 교환이 어느 한쪽만의 성적 욕구를 해소하는 것이라면, 진정한 섹슈얼리티라고 할 수 없다. 타인의 욕망에 자신의 욕망을 종속시키게 되면, 도리어 왜곡된 집착에 빠지게 된다. 성적 대상이 성적 욕구를 해소한다고 해서 그가 받고 있는 현실적 억압이 일시에 해소될 수도 없다. 이화가 보여주는 자기 성찰과 사회적 각성은 타인의 죽음이나 성행위를 통해 갑작스럽게 주어진 결과이며, 타인의 욕망에 자신의 욕망을 종속시킨 결과이다. 따라서 성적 관습의 허구성을 알게 되면서, 그것에 집착하고 몰입하게 된다. 집착의 결과 성적 관용을 사회적 실천으로 오인하게 된다. 그러므로 그녀의 사회적 실천은 비자율적 주체의 대상에의 고착에 의한 왜곡된 형태, 즉 '병' 적 대응의 형태를 띨 수밖에 없는 것이다.

이러한 병적 대응은 자율적 주체의 행위가 아니라 실제로 탈중심적 주체, 타자의 그것에 불과하다. 그녀의 행위가 타인, 즉 남성의 성적 억압을 무너뜨리는 행위에 집착해 있는 한, 그녀는 남성의 타자로만 존재한다. 광준과 같은 도시빈민 운동가와 함께 도시빈민의 복지를 위한 사회적 실천을 한다고 하지만, 그녀는 언제나 남성의 보조적 역할을 할 뿐이지 주도적인 역할을 하지 못한다. 그녀는 성적 관습이나 상식에 능동적으로 도전함으로써 자신의 삶을 결정하고 그에 따라 행동하는 자율적 주체인 듯하나, 그것은 허상에 불과하다. 실제로는 그 자리에서 타자성을 확인하게 된다.

이것은 이화를 성처녀 이미지와 결부시키는 데서도 발견할 수 있다. 성적 일탈을 성처녀의 순수성이라는 모순적인 이미지와 중첩시킴으로써, 이 소설은 몇 가지 효과를 파생한다. 즉 부정적 현실에 대항하는 힘의 한계를 보여주는 한편, 여성의 타자성을 재확인하게 한다. 그 결과 '비일상적인 것' 곧 악한 것, 부정되어야 할 것을 긍정적으로 인식하게 한다. 이러한 효과가 파생되는 것은 1970년대라는 시대적 상황과 형상화의 문제, 그리고 작가의식에서 비롯된다.

1970년대부터 한국에서 여성 운동이 시작되었다고는 하나, 1970년대 성담론은 성해방과는 동떨어진 것이다. 다만 성을 상품화시키는 자본주의 논리와 폐쇄적인 성 윤리를 강조하는 가부장적 논리가 서로 충돌함으로써 1970년대 한국 자본주의의 구조적 취약성과 도덕적 허약성을 보여줄 뿐이다. 고도 성장의 한국 자본주의 논리는 민주주의 원칙과는 반대의 지점에서 행해짐으로써 획일적이고 전일적인 힘을 발휘한다. 한국 사회는 자유경쟁이나 능력 위주라는 자본주의의 근본 원칙뿐만 아니라 자유, 사랑, 평등이라는 민주주의 원칙과는 다른 방향을 걷고 있는 것이다. 때문에 한국 사회는 근본적으로 그 구조의 취약성과 도덕적 허약성을 갖는다.

특히 가부장적 논리는 자본주의의 상품화 논리와 연결됨으로써 강화된다. 이것은 성담론을 통제하는 동시에 재생산하는 모순된 양상을 빚어낸다. 그러므로 1970년대 성담론은 여성 자신의 존재론적 의미를 찾는 방식이 아니라 남성의 타자가 존재하는 방식이다. 이러한 방식의 한계는 가족 이기주의 즉 가부장적 이데올로기를 거부하지만, 그것에 내재한 성차별 구조를 전복시키는 힘으로까지 나아가지 못한다는 것이다.

1970년대 한국 사회가 나은 성장 신화는 주변부인에게는 실현 불가능한 것이었다. 실현 불가능을 경험한 타자는 사회로부터 소외되거나, 스스로 세상으로부터 단절된다. 성장 신화는 현실과 꿈, 빈곤과 풍요, 존재와 현상을 끊임없이 혼동시키면서, 타자들이 살아가는 가치와 의미를 무화시킨다. 그런데 성장신화 속에서 배태된 성담론은 타자가 생존하는 수단 가운데 하나이며, 지배 이데올로기와 저항 이데올로기가 끊임없이 길항 작용을 하고 있음을 보여주는 지점이다. 그러나 남성의 주변부인 여성 타자가 자신의 삶을 인식하고 현실에 대처하는 방식은 언제나 남성의 타자로서 행하는 변죽 울리기에 지나지 않는다. 결국 이화를 통해 보여준 여성의 타자성은 1970년대 한국 여성의 존재론적 위치인 것이다.

권력은 부모와 자녀, 스승과 제자, 남성과 여성 등 세력관계가 맺어지는 모든 경우에 나타나게 되며, 그 관계 양상은 복잡하기 마련이다. 그런데 권력 구조를 전도하려는 의욕이 부조리한 현실을 천착하지 못하고 피상적으로 이해할 때, 복잡한 현실이 단순화된다. 그리고 권력관계의 도식적 구도와 관념만이 생경하게 전달될 뿐이다. 더욱이 관념적 논의가 직선적이다 보면 형상화의 밀도가 떨어지게 되고 소설의 힘은 약화된다. 〈겨울여자〉가 그러한 예이다. 이 소설은 아버지로 표상 되는 지배담론인 경제 성장의 논리와 반공이념을 거부하는 동시에, 처녀성, 즉 정조를 강조하는 가부장적 담론의 도덕적 가치를 전복하려고 한다. 그러나 기존의 가치 질서를 전복하려는 작가의식이 앞섬으로써, 그 질서가 얼마나 견고한 벽을 쌓고 있는가를 형상화하는 데는 실패한다. 이 실패 요인의 일부를 지배자와 피지배자를 비순수와 순수, 악과 선으로 도식화하는, 고전 소설적 인물제시방법이 갖는 구태의연한 틀에서 벗어나지 못한 점과 사회적 실천을 성적 관용이라는 병적 대응 형태로 단순화한 점에서 찾을 수 있다. 그런데 작가는 단편 소설 〈무쇠탈〉이나 〈아메리카〉 등에서 부정적 현실이 어떻게 개인의 삶을 와해하고, 인간성을 파괴시키는가에 대해 진지하게 성찰하는 자세를 보여준다. 따라서 〈겨울여자〉를 양식적 측면과 신문연재 소설이라는 매체적 특질과 관련지어 재고할 필요가 있다. 그러나 이는 다음 과제로 남겨 두고자 한다.

마지막으로 짚고 넘어갈 점은 이화가 보여주는 비주체적 여성상이다. 이것은 모성성과 처녀성을 지닌 여성만이 순수한 여성이라고 이해하는 작가의 여성관에 기초한다. 작가는 작품 후기에서 이화라는 인물이 '이 황량하고 추운 겨울에 따뜻함(母性)과 순결(處女性)을 모두 잃지 않는 어떤 女子이' 며, '모든 추위하는 男子들의 마음을 자신의 따스한 체온으로 감싸주는, 그러면서도 마음의 순결을 잃지 않는 어떤 女子' 라고 밝히고 있다. 이것은 여성 자신이 필요한 사람이 아니라, 자신을 필요로 하는 사람들을 위해 헌신하고 성적으로 관용을 베풀 때, 여성의 정체성을 찾을 수 있다는 논리이다. 희생정신과 성적 관용을 모성적 포용력과 처녀의 순수성과 결부시킴으로써, 이화를 현실의 논리를 초월한 진정한 인간적 가치를 추구하는 인물, 도덕적 숭고함을 지닌 인물로 이상화하고 있다. 그러나 이러한 여성관은 여성의 희생을 강요하여 타자로 두고자하는 남근중심주의, 지배 이데올로기의 재현이며, 재생산의 기제이다.

이런 한계에도 불구하고, 〈겨울여자〉의 소설사적 의의는 사회적 통념을 부정하고, 자본주의 사회의 일상성과는 다른 비일상적인 세계를 형상화함으로써 '의미 있는 일상성'의 세계를 제시했다는 점이다. 그 결과 최인호의 〈별들의 고향〉처럼 대중적 반향을 불러 일으켰으며, 소설 독자층을 광범위하게 확보했다. 더불어 기존의 도덕적 가치인 성적 관습을 전복하려는 전략은 집단의식이나 획일주의를 강요하던 196, 70년대 한국 사회에 개인의 중요성을 인식시키는 역할을 했으며, 여성의 '성적 자유'와 관련된 담론은 여성의 사회적 진출 가능성을, 나아가 '정치적 자유'의 필요성을 인식하는데 부분적으로 기여했다는 점이다. 그리하여 이 소설은 일사천리로 치닫고 있는 사회 발진이 삶의 가치를 향상시켜 주는 것이 아니라 도리어 파괴시키며, 자본으로 교환할 수 없는 인간적 가치가 진정한 삶을 지탱하게 하는 원동력임을 깨닫게 해준다.

참고문헌

고미숙, 「대중문학론의 위상과 '전통성'에 대한 비판적 검토」, 『문학동네』, 1996. 봄.
권영민, 「대중소설과 통속소설」, 『예술과 비평』, 1984. 겨울.
김　현, 「70년대 문학과 상업주의」, 『우리 시대의 문학』, 김현전집 14, 문학과지성사, 1994.
김종철, 「상업주의 소설론」, 『한국문학의 현단계Ⅱ』, 창작과 비평사, 1993.
움베르토 에코, 김운찬 역, 『소설 속의 독자』, 열린책들, 1996.

최인호의 『별들의 고향』론
— '종합선물셋트' 로서의 소설

차혜영*

1. 축복 받은 출발

　1967년 조선일보에 「견습환자」가 당선되고 70년대부터 「술꾼」「모범동화」 등을 통해 신예작가로 문단의 주목을 받으면서 작품활동을 시작한 최인호는 허무주의적 세계인식과 허위적인 현실에 대한 공격을 통해 "진정한 의미의 도시문학가"로 "70년대적 감성의 혁명"을 예시하는 작가로 평가받은 바 있다. 그는 젊은 나이에 일찍부터 남다른 재능을 인정받았다는 점에서 그리고 누구보다 자기자신이 그 재능에 대해 패기만만한 자신감을 견지한다는 점에서, 그와 더불어 시대의 흐름을 읽어내는 탁월한 감각과 그 흐름으로부터 결코 등지지 않는 그래서 '저주받은 예술가' 라는 구식의 틀이 아닌 화려한 명성과 물질적 보상이라는 축복 속에 자기를 위치시키는 탁월한 선택과 그 선택이 문학의 틀을 넘어 영화와 대중문화에까지 확장된다는 점에서 그의 바로 앞 세대 작가 김승옥과 비교될 만하다. 고수는 고수가 알아보는 걸까. 작가로서의 그의 재능을 최초로 인정한 사람 또한 김승옥이었다고 한다. 그리고 최인호의 초기 작품에 따라 다니는 도시문학이나 '70년대적 감성의 혁명' 이라는 타이틀은 '감수성의 혁명' 으로 60년대를 대표하는 김승옥에 대한 문학사적 평가를 떠올리게도 한다. 재능있는 예술가가 자본주의 사회에서 위치하는 방식이라는 관점에서, 그리고 60년대와 70년대 사이에 존재하는 한국사회의 변모, 즉 산업화 소비사회로의 변모와 그 속에서의 주체의 위치설정 방식 등의 관점에서 두 작가는 흥미로운 비교대상이다.

---

*한양대 강사

　　그러나 최인호와 그의 작품세계 자체만을 놓고 볼 때 그는 ‘궁극적으로’ 『별들의 고향』의 작가이다. 여기서 궁극적이라 함은 몇 가지 측면에서 중의적이다. 그는 그 전이나 이후에 상당히 의미있고 중요한 작품들을 생산했음에도 불구하고 독자들에게 오로지 『별들의 고향』으로만 기억된다는 점에서, 그리고 이 작품 이후 나오는 비슷한 아류들에 영향을 끼쳐 70년대 상업주의 소설 혹은 호스티스 소설이 유행하는데 기폭제가 됨으로써 긍정적이든 부정적이든 70년대의 대표적인 한 경향성의 원조가 된다는 점에서 그러하다. 그리고 이러한 70년대적 경향성이, 이후 대중적인 영화작업으로 이어짐으로써 작가 개인에 머물지 않는 대중문화사의 한 장으로 위치한다는 점에서, 그리고 어떤 의미에서 『별들의 고향』의 텍스트 내에는 그러한 작가적 진로와 주제의식, 세계관적 선택 그리고 70년대 산업화가 본질적으로 함유하고 있는 어떤 인식론적 문화사적 본질이 내포되어있다는 점에서, 그래서 자본주의 사회에서 문학 텍스트가 존재하는 하나의 방식을 보여주는 아주 전형적인 샘플로 기능한다는 점에서 그는 오로지 『별들의 고향』만의 작가라고 할 수 있을 것이다.

　　『별들의 고향』은 1972년 9월부터 조선일보에 연재되고 1973년 예문관에서 단행본으로 출간된 장편소설이다. 엄청난 인기와 기록적인 판매부수, 아류 작품들의 연 이은 출간으로 인해 당시 평단에서는 호스티스 소설 혹은 상업주의 소설로 비판되기도 하고 산업화 시대의 현실을 일정정도 반영한 것으로 평가되기도 했다. 그리고 최근에는 통속소설의 고유 문법의 관점에서 재조명되기도 한다. 그러나 이러한 가치론적 관점이나 소재적 반영론은 사실은 같은 지평에서의 저울추의 이동에 불과하다고 볼 수 있다. 그 소설의 인기 자체를 사실로 인정은 하면서 가치절하하거나 소재적 현실반영을 근거로 일정정도의 의미를 부여함으로써 텍스트가 존재하는 사실의 상태 그 자체를 마지못해 인정하는 것이나 모두 그 텍스트 자체의 내적 논리와 ‘인기’의 형태로 존재하는 텍스트의 사회적 맥락에 대해서 함구하는 것은 마찬가지이기 때문이다.

　　그래서 이제 문제는 텍스트 자체의 존재 논리와 그것을 텍스트가 존재했던 사회적 맥락과의 관계 속에서 고구하는 일이다. 『별들의 고향』은 원천적으로 대중적 인기 떨어져 생각할 수 없는 대상이기도 하지만 그것을 마지못해 인정해 주거나 혹은 그 인기자체를 상업주의로 탓하는 것은 문제의 핵심을 벗어나는 일이다. 기실 스토리상 별로 새로울 것 없는 『별들의 고향』의 이야기 구조의 무엇이 당대 독자의 집단적 성감대를 건드린 것인지, 그 새로움의 본질이 무엇인지를 살펴야하는 것이다. 그러기 위해서는 텍스트가 사실내용을 드러내고 전달하는 방식에 주안점을 두면서 동시에 이 방식 속에서 텍스트가 당대에 보여준 인기와 파급력의 원인을 고찰해야한다. 왜냐하면 그 텍스트가 인기가 있었다면 그것이 독자 대중에게 다가간 방식은 시대상의 반영이나 도덕적 찬반을 넘어서는 보다 심층적이고 구조적이면서 동시에 독자 대중을 한 순간에 묶어내는 집단 표상 혹은 감정구조 같은 것이었다고 할 수 있기 때문이다. 그 집단 표상은 대중문화의 생산물답게 어떤 이미지나 감각적인 형태이지만, 이러한 감정구조의 내용, 그것이 안겨준 새로운 매력은 표면적으로는 독자 대중들이 환호하고 몰입한 근원이면서 동시에 그 안에는 주체의 자기의식이나 주제와 대상의 관계설정 방식이 변화된 지점과 그 변화를 구조화시킨 사회역사적 인식의 틀이 관류하고 있다고 볼 수 있다. 이는 곧 해당 시대의 이미지나 감각의 집단주의가 전제하는 시대적 에피스테메의 문제라고 할 수 있다. 70년대 한국 산업사회의 넓은 의미에서의 에피스테메란 푸코식의 '인식소' 개념이라기보다는 그 때까지 전개된 근대화 산업화의 본질이자 그 본질이 전제하는 사유구조이고, 동시에 그것을 집단적 심리적으로 드러내면서 동시에 은폐하는 어떤 핵심적 지점으로 생각해 볼 수 있을 것이다. 그러기에 그 지점은 텍스트 상에 언표상으로 드러나는 사실 내용보다는 그 내용을 실어 나르는 집단적 무의식이나 어떤 이야기 방식을 통해서 재구성하는 것이 더 유효하다고 할 수 있다.

2. 새로운 사랑

소설은 화가이자 대학강사인 나에게 경찰에서 '경아' 라는 여인의 시체를 인수해 가라는 전화를 받는 것으로 시작된다. 과거에 동거했던 그녀의 시체

를 인수하러 가는 장면과 며칠 후 화장하고 강물에 뿌리는 장례식, 이 두 장
면을 처음과 끝으로 해서 그녀를 회상하는 내용이 소설의 전체를 이룬다.
그러나 그 회상은 분명하게 갈라지는 두 부분으로 구성된다. 1권에서는 화
자인 '나'를 만나기 전까지의 경아의 삶이, 즉 가난한 집안의 맏딸로 태어
나 평범하게 성장한 이십대의 처녀 경아가 남자를 만나 사랑에 빠지고 임신
과 낙태, 결혼과 이혼을 겪으면서 지치고 버림받는 과정이 시간적인 연대기
의 순서로 서술된다. 그러나 2권에 와서는 서술화자가 '나'로 바뀌고 주인
공도 경아가 아닌 화가지망생 '나'이다. 예술가 지망생의 성장과 입사, 그
리고 일인칭 시점의 반성적 자의식에 의해 진술되는 밖의 최종적 이야기와
그 안에 감싸여진 자연주의적 하강의 구조를 갖는 여성의 일대기. 이런 이
원적 구성 속에서 경아는 3인칭의 시점으로 관찰되는 대상이고, 자기의식
을 가진 남성화자 '나'의 반성적 시선에 의해 수미쌍관적으로 서술이 시작
되고 종결됨으로써 성숙한——성공한 혹은 살아남은——남성의 멜랑콜리
로서의 회상 형식이라는 고급스러운 노블로 완성된다. 이 구조 속에서 1부
의 경아의 이야기 속에서는 당대에 새로 부상하는 '감정구조'를, 2부의 이
야기구조 속에서는 그 새로운 감정 구조가 사회적으로 용인되면서 위치하
는 방식을 보여준다고 볼 수 있다. 이러한 이원화된 구조를 통해 전달되는
시스템은 텍스트가 무의식적으로 기대고 있는 이데올로기이면서 동시에 그
것을 숨기는 방식이고, 나아가 그것을 강제하는 시대적 현실과 텍스트가 결
탁하는 메카니즘이라고 볼 수 있다.

1) 어린아이의 이미지

'경아'는 그 이름 자체가 당대에 하나의 신드롬을 형성할 만큼 엄청난 매
력의 대상이었다. 무엇이 그녀의 매력이었을까? 완벽한 미모를 갖고 있는
것도 그리고 도덕적으로 순결하기 만한 희생자도 아닌, 평범한 여성의 사랑
과 실연의 과정 중 무엇이 그토록 당대 독자들을 사로잡았던 것일까? 이에
대해 대중소설의 전형적인 특성들에서 답을 찾는 것은 별로 적절치 않다.
통속소설의 상투적인 문법들, 예컨대 선악 이분법, 돈·성공·출세와 사랑
이라는 이수일과 심순애 식의 이분법, 혹은 신분상승을 위한 배신의 과정,

또는 여성독자나 남성독자의 동일시 욕구를 부추기는 선남선녀형의 완벽한 인물 배치, 혹은 신문 소설의 주요 독자층인 남성독자의 시선을 붙잡기 위한 눈요깃거리로서의 여성의 육체에 대한 성적 배치 같은 것들은 『별들의 고향』에는 별로 들어맞지 않기 때문이다. 이 소설에는 그런 상투적인 문법을 넘어선 세련된 장치들이 놓여 있고 이 세련됨은 단순히 기교적 수준이 아닌 독자들이 동일시할만한 감정구조의 새로움이라고 할 수 있다. 이 새로운 감정구조는 70년대 새로 형성된 젊은 독자층이 발견한 자기세대의 감성 형식이고, 70년대 당대 소비사회의 패러다임과 정확히 상응하는 면모이다.

그녀의 '실체'는 완벽한 미모를 가진 것도 도덕적으로 순결하기 만한 희생양도 아닌 말 그대로 "그 나이에 걸맞은 매력과 청순함을 가진" 평범한 이십대 여인이다. 그러나 그러한 그녀가 존재하는 '방식'이 그녀의 매력의 실체이고 또 인기의 원인이라고 할 수 있다. 도대체 어떻게 존재하기에 그녀의 존재의 '방식'이 곧 존재의 '실체'라고 할 수 있는 것일까? 그것은 소설 줄거리 속의 경아가 아니라, 이미지로서의 경아로 존재하는 방식이다. 즉 시간의 변화 과정 속에서 나름의 삶의 이력을 만들어가는, 어떤 행동을 하고 사건을 일으키는 주체로서의 그녀가 아니라 정지된 화면 속의 인물처럼 순간의 생생한 이미지 그 자체로만 존재하는 방식, 그것이 그녀의 소설 속의 본질적 존재 의미인 것이다. 이는 경아라는 인물이 소설 속의 남자들에게 존재하는 방식이자 소설 밖의 독자들에게 존재하는 방식이기도하다.

그 이미지의 내용 즉 그녀의 매력은 한마디로 어린아이 같은 생기와 팔팔하고 발랄한 생명력이다. 나의 회상 속에서 경아는 무수히 "철부지의 잠든 경아" "우유 먹고 잠든 아기의 입내" "나이만 먹은 애기" "키 큰 유치원 생도" "벌받는 아동"으로 표현되고 심지어 그녀의 비극적인 상황에 대한 반응조차도 "이젠 집에 갈래하고 찔찔 우는 골목의 어린애" "어린애처럼 마룻바닥에 앉아 발로 마루를 차면서 엉엉 소리내어 우는" 모습으로 그려진다. 밝고 명랑하고 천진난만한 형상이 압도적이기 때문에 그들의 사랑은 아주 단순한 놀이같은 느낌을 준다. 놀이같은 사랑은 사랑하는 상대에 대한 배려나 책임보다는 사랑하는 바로 그 상태의 순수한 마음의 이끌림에 따르기 때문에 말 그대로 "제 멋대로"와 "무책임"이 그 속성이라고 할 수 있다. 줄거리

곧 시간적 일대기로 구성했을 때는 별 볼일 없는 그녀의 삶이 그토록 흥미의 대상이자 70년대 대중문화 속에서 만인의 연인으로 존재할 수 있게 된 근거는 그녀 삶의 산문적 본질을 감싸고 있는 그 이미지 때문인 것이다.

> 어린이 놀이터는 거의 끝장이 나 있었다. 그러나 경아는 비행기를 타고 싶다고 했다. 물론 첫 번째 만난 사내 앞에서 경아의 행동은 너무했을지도 모른다. 하지만 만준에게서 느껴지는 무엇인가 연인이라기보다는 나이 많은 오빠와 같은 신뢰감이 그날의 경아를 더욱더 방심하게 했던 지도 모르는 일이었다.
> 경아는 어린이용 풍선을 하나 사들었다. 그날 밤 경아는 런던에 다녀왔다. 런던에는 안개가 자욱이 껴 있었다. 또 프랑스에도 다녀왔고 센 강변을 산책도 하였다. 아무도 없는 어린이용 비행기에 타고 경아는 주위를 바라보았다. (상권, 208쪽)

> "좋아요 신나는 일이어요" 경아가 무엇인가 팡——하며 터뜨렸다. 다 먹은 크래커 봉지에 공기를 잔뜩 넣어 순간 쳐서 터뜨린 소리였다.
> "잡았어요. 고기를 잡았어요. 제가 고기를 잡았단 말예요" 경아는 만세를 부를 듯이 소리를 질렀다. (상권, 218쪽)

선을 보고 결혼하게될 만준과 처음 만나는 장면, 그리고 만준이 청혼을 하기 직전의 장면이다. 경아가 주는 이 천진스럽고 순수한 매력은 뚜렷한 성적 속성을 갖지 않는 것이기에 이끌리는 주체를 순화하고 마음을 맑게 하는 느낌이 있다. 남성이 성적 대상으로서의 여성 속에서 소녀이미지 어린아이의 이미지를 함께 본다는 것은 어쩌면 이런 순수성에 의한 구원욕망이 잠재되어 있을 것이다. 더구나 그 아름다움이라는 것은 내일을 대비하지 않는 영원한 현재, 젊음, 유한성의 속성을 갖고 있고, 그 유한한 아름다움을 눈앞에 있는 경아가 손에 잡힐 듯이 체현하고 있다는 것에 대한 믿을 수 없는 경이로움을 함께 불러일으키는 것이다. 어른이면서도 어린아이를 체현하고 있다는 것은 이처럼 흘러가는 시간을 고정시키는 마술같은 동화이다. 그 순수함 때문에 어린아이에게 다가가는, 그 어린아이를 갖고 싶다는 욕망의 부당함이나 부도덕성마저도 순수한 동화의 이미지로 은폐시켜주는 힘을 갖는 마술같은 동화.

　　그러나 이런 어린아이다운 특성은 경아에게만 국한되는 성질은 아니다. 그녀의 첫 남자인 강영석의 경우, "언제나 가불을 하고 어딘가 유아적이고 지극히 이기적이고 책임 앞에서 도망가버리는 어른스럽지 못한 태도"를 보이기는 마찬가지이다. 내일을 대비하지 않고 그 상태의 현재적 쾌락에 탐닉하는, 마치 "어린아이가 단 것만 찾는" 것 같은 태도, 이는 경아와 동일화하고 경아의 분신으로 자처하는 서술자 나의 속성이기도 하다. 내가 경아를 만날 당시는 미술대학을 졸업하고 군대까지 갔다온 후 미래에 대해서 뚜렷한 전망을 세울 수 없을 때이다. 약대생인 혜정과 오래 사귀어왔지만 나의 무능력과 불투명한 미래 때문에 그녀는 적당한 거리를 두고 계산하고있고, 나는 예술에서의 성공도 생활에서의 취직도 아무것도 확실하지 않은 채, 사랑도 자기자신의 미래도 감당할 수 없어 백수로 방황하고 있던 시기이다. 그때 나는 경아를 처음보고 혜정과 다른 "참으로 편안한 느낌"과 "내가 잃어버린 한 조각 분신인 것 같은 느낌"을 받는다 "우린 피차 어린애 같은 사람들이야. 그래서 난 네가 좋아." 경아 역시 "아저씨나 나나 너무나 똑같아서 우리는 정말 쌍둥이 같아요. 아저씨를 보면 꼭 나를 보는 것 같아요." 이처럼 아이다운 천진난만함 속에서 동질감을 확인하는 것이다. 따라서 이것은 덜 자란 어린아이들끼리의 유예된 관계를 시작하는 것이고 이는 한편이 어른이 되면 깨어질 수밖에 없는 동거인 것이다. 그래서 이런 덜 자란 아이들끼리의 사랑은 '소설'이라기보다는 '동화' 같은 느낌으로 다가온다. 당시 영화관에 걸린 선전 문구였던 '성인동화'란 이를 두고 이른 말일 것이다. 그들의 사랑을 채우는 내용들이란 "경아 말마따나 골치 아픈 일은 내일 생각하"고, "생활이라는 것을 무슨 소꿉장난으로 아는", 자는 애인의 얼굴에 "곡마단의 어릿광대처럼 마구 서투른 그림을 그려놓고 손뼉을 치며 웃음을 터뜨리는" 것처럼 유희같은 나날들이다. 이런 미래를 대비하지 않는 현재형으로만 지속되는 사랑, 순간의 느낌과 분위기로만 이루어진 사랑, 그 상태 속에서 사랑은 그 순간의 감정의 현재적 직접성만이 전면화되고, 그 배후에 놓인 이야기성, 산문성 흔히 '그래서?' '어떻게 됐는데?'로 이어지는 서사의 방향과 결말에 대한 관심—궁극적으로 버림받고 무책임하게 버리고 그래서 타락해가는—은 후면화되고 은폐되면서 이런 아름다운 동화들로 포장되는 것이다.

　　그래서 그 사랑이 등장하고 배치되고 설득되는 방식도 이야기나 서사적
인과성에 호소하는 것이 아니라 감성적 직접성 속에서 각인되고 '젖어드
는' 방식으로 진행된다. 그런 메카니즘은 등장인물들의 스토리 속의 존재
방식, 그러니까 도시의 아파트에 혼자 살면서 예술에 종사하고 생활에 구애
받지 않는 90년대 소설에 유행하는 댄디의 유형을 선취하고 있는 것과 밀
접한 관련이 있다. 그런 혼자인 인간들이 스치는 우연과 도시적 익명성을
전제로 관계맺는 방식, 그 정조가 바로 '서정적인 젖어듦'이기 때문이다.
그래서 '도시소설'이라는 명칭은 그 내용에 반영된 70년대적 현실이 아니
라 무책임과 익명성을 도시의 스치는 우연과 그 순간의 떨림으로 용인해주
는 비현실적이고 몽환적인 분위기로서의 밤거리의 도시이다.

　　이는 문체상 특이하게 중간중간에 삽입된 시나 노랫말이 하는 기능에도
해당된다고 할 수 있다. 주로 경아가 버림받았을 때 혹은 달콤한 사랑에 빠
지고 있는 그 순간, 그리고 만준이 이혼하기로 결심할 때, 그리고 내가 부도
덕한 이별을 결행하기 직전에 이런 시나 노랫말들이 삽입되고 있다. 원하지
않고 예상하지 못하고 그래서 준비하지 못한 치명적인 결과 앞에서 또는 책
임져야하는 결과 앞에서 도피하려고 할 때 등장하는 이런 시나 노랫말 등의
휴지부는 인과관계의 급격한 전개에서 '잠깐 비켜서게' 만들어준다. 주어
진 상태에 달콤하게 젖어들거나, 승복하기 힘든 결과를 "그럴 줄 알았어"
"어차피 그런거야"하면서 받아들이게 만들어준다. 그래서 그런 사랑의 모
습 그 동화 같은 분위기는 '그럴법한 개연성'의 모습으로 설득하는 것이 아
니라——사실 그런 측면에서 보았을 때 경아의 이야기는 얼마나 있을 수
없는, 아니 있어서는 안 되는 이야기인가?——그 이야기를 감싸고 있는 아
름다운 감성에 젖어들게 하고 그래서 받아들이게 한다. 이 '젖어들고 받아
들이는' 상태는 경아가 자신에게 닥쳐온 부당한 상황에 반응하는 방식이면
서, 동시에 경아의 그런 상황을 독자가 수용하는 방식이기도 하다. 논리적
인과적 부당함을 배제하면서 심정적 동조 속에 부당함을 용인하는 메카니
즘, 바로 이것이 새로운 사랑의 감정구조의 뒷면이라고 할 수 있다.

2) 사물성, 어린아이의 본질

그러나 왜 사랑의 대상이 어린아이 이미지여야만 하는 걸까? 왜 혜정을 마음놓고 사랑하지 못하고 경아를 사랑하는가? 이러한 단순하고 천진스러운 어린아이 같은 경아의 이미지 뒤에 전제된 것은 무엇일까?

그녀는 이동혁의 말대로 "나이만 먹고 키가 큰 미성년자에 불과"해서 "마땅히 보호자의 보호를 받아야하는" 어린아이이다. 어린아이는 스스로 책임질 만한 자기방어 능력이 없는 미숙한 주체이기 때문에 어른이 책임져 주어야만 하는 대상인 것이다. 이는 곧 어린아이는 스스로를 방어할 능력이 없기 때문에 자신을 책임지지 않는 어른에 대해 책임을 추궁할 능력도 부도덕성을 질타할 능력도 없다는 뜻이다. 어린아이는 자신을 선택한 어른에게 사랑받다가 어른이 버리면 그 버림을 고스란히 받아들일 수밖에 없는 수용성의 존재이다. 소설 속의 남자들이 경아를 사랑하는 이유, 그리고 서술화자인 내가 혜정 앞에서 주눅들고 왜소해지다가 경아를 첫 눈에 보고 자신있게 사랑할 수 있는 이유는 바로 이런 수용성의 존재이기 때문이다. 경아의 어린아이 이미지의 가장 첫 번째 매력은 그 철부지 같은 분방함과 생명력이지만 그 매력이 어떤 공포나 위협의 요소도 지니고 있지 않다는 것, 무방비 상태라는 것이 또 한 편의 핵심이라고 할 수 있다. 그 아이의 매력은 누구도 거부할 수 없게 욕망하게 만드는 매력이면서도 그 욕망에 쉽게 접근가능한 것으로 믿게 만드는, 즉 위협도 공포도 책임도 없는 순수한 매력 순수한 끌림의 대상이라는 점이다. 그녀는 쉽게 취득할 수 있는 대상이자 쉽게 버릴 수 있는 대상인 것이다. 그 새로움의 본질은 바로 이런 '쉬운 매력'이다.

구체적으로 아이 같은 경아는 자기에게 다가온 상황, 예컨대 받아들일 수 없는 이별, 부당한 버림받음의 상황 앞에서 "그럴 줄 알았어"라고 거부감 없이 모두 받아들인다. 받아들이는 것 외에 달리 방도가 없기 때문이다. 이 수동적 수용의 태도는 행위주체인 주인공으로서의 여성으로서보다 아이같이 귀엽고 불쌍한 경아의 것이기에 독자에게도 별 거부감 없이 수용된다. 그래서 결과로서의 타락에 대해 그녀의 도덕적 무자각을 비판하는 것은 설 자리가 없게 된다. 그런 비판은 성인 주체에게 요구하는 기준이기 때문이다. 그녀에게는 무력한 어린이에게 다가온 불가항력의 운명을 안쓰러워하듯 동정과 연민을 보내면 된다. 그리고 동정과 연민이라는 정서는 피해자에게 보내는 감정적 공감이지만 동시에 원인제공을 한 가해자 혹은 가해의 상황을 불가항력의 것으로 전제할 때 나오는 정서이다. 이 소설은 가해자를 "우리들의 이 도시전체"라는 이름으로 익명화 집단화하고 그것을 감성적 세련성으로 분식함으로써 가해 자체를 정당화하고 필연화한다. 소설이 익명화된 가해자에 대한 암묵적 동조, 어쩔 수 없음의 현실논리에 따른 이데올로기적 편승, 그리고 수동적인 행위자를 어린아이로 전치시킴으로써 책임추궁과 도덕적 질타를 차단시켜 주었기 때문에 경아의 남자들이나 독자들은 그 수동성 자체가 발산하는 매력에 흠뻑 빠지기만 하면 되는 것이다.

그래서 남자들은 경아와 헤어지면서 모두 동일한 태도를 보인다. "지쳤다"라는 한마디와 "잘 될 거야. 경아는 여전히 예쁘고 사랑스러우니까 좋은 남자 만나서 잘 살거야"라는 편지를 남기고 사라지는 것이다. 여기서 "지쳤다"는 것의 정확한 뜻은 '진력이 났다' '물렸다' 혹은 '이제 싫증이 났다'는 것이다. 음식에 질리듯 사랑에 진력이 나는 것은 선악의 가치 판단의 대상이 아니라는 것이다. 새로움에 끌리고 진력이 나면 버리는 형태의 사랑, 이런 '매력과 싫증'으로서의 사랑은, 더구나 특별히 악한 인물의 배신이 아닌 평범하고 감정적 정당성을 갖는 매력적인 모습으로는 처음 등장하는 것이라고 할 수 있다.

이런 사랑은 사랑에 대해 우리가 흔히 갖고 있는 근대적 보편성 혹은 감정적 정당성의 근원인 낭만적 사랑의 개념으로 포괄되지 않는다. 낭만적 사랑은 사랑은 시작되는 순간의 끌림이 자기확신의 진정성과 영원성을 동반하고, 그 이전과 이후 인생을 바꿀만한 계시의 무게를 갖는 사랑이다. 흔히 사랑에 빠진 남녀가 불륜의 모습을 띠고 야반도주의 형태로 표출되어도 그것이 심정적 정당성과 서사적 필연성을 갖는 이유는, 그 사랑이 전인격을 걸고 결단하는 자기확신의 결정적 계기이면서 동시에 그 주체가 스스로 기획하는 미래의 상과 연결되기 때문이다. 순간은 순간이 아니라 미래이고, 그 미래의 주인인 주체의 의지인 것이다.

그러나 어린아이에게 매력을 느끼고 빠져드는 이런 사랑 속에는 그런 낭만적 사랑이 갖는 의미의 원광이 탈각되어있다. 어린아이와 나누는 사랑 속

에는 성숙한 그래서 대등한 인격으로 서로 만나고 '소통' 하는 관계가 전제
되어 있지 않다. 그런 사랑은 혜정에게나 어울리는 것이다. 그러나 소설 속
에서 나에게 혜정의 사랑은 얼마나 무겁고 피곤한 것인가? 그렇게 버려질
때마다 경아는 "그럴줄 알았어"하고 언제나 이별을 받아들인다. "처분을 기
다리는 아이처럼" "벌받는 아동처럼". 어린아이 같은 천진스러움에 매력을
느끼고 그것에 싫증이 났을 때 지쳤다고 사라져버리는 이 무책임한 남자들
은 낭만적 사랑이 갖는 자기확신의 무게조차 버거워하는 것이다. 그들에게
사랑이란 아이가 단 것에 탐닉하듯, 그 무책임이 허락되는 유예의 공간 속에
오래오래 머물고 싶은 것이다.

음식에 물리듯 사랑이 싫어지는 것. 사랑이 도덕의 문제가 아니라 감정,
취미(taste)의 문제라면 이는 정확하고 당연한 것이다. 독자들이 환호했던
것은 그들이 특별히 악하거나 특별히 무책임한 인간들이었기 때문이 아니라
이 당연하고 자연스러움—즉 지극히 합리적인 측면——에 정확하게 반응한
것이리라. 근대의 모든 것들은 그것이 함께 갖고 있는 의미의 원광 같은 것
들을 떨구어내면서 자율화되고 분화되고 고립화되면서 그 안에서 자기목적
화 되어간다. 섹스가 종족번식의 기능과 분리되어 그 자체의 정당한 소통이
나 쾌락으로 자리매김되는 것처럼, 예술이 공동체의 앞날이나 가치관과 별
관련이 없는 것처럼, 사랑의 감정도 실은 그 감정의 상태를 벗어난 도덕이나
책임 같은 것들과 분리되는 것이 어쩌면 합리적일 것이다. '합리적' 이란 경
아를 버리는 남자들이 말하는 것처럼 혼자서는 "어쩔 수 없는", 그것을 원하
건 원하지 않건 거기에 발 담그고 있는 사소한 개별자들을 휩쓸어가는 강물
의 흐름 같은 것이기 때문이다. 70년대의 독자대중들이 환호했던 진정한 이
유, 그것을 집단적 무의식이나 성감대나 혹은 감정구조, 무엇이라 부르건 그
본질에는 사랑의 감정조차 마침내 합리화시켜내는 거대한 흐름과 그 흐름
앞에 무능력한 인간 감정의 헛되고도 진정한 본질에 감응한 것이다.

3) 소비, 새로운 사랑의 이름

이런 순수하게 사적이고 순수하게 자기 소유의 것이면서 내면 속에서의
비가시적인 사랑의 감정조차도 무거워서 견디지 못하는 '사랑', 이런 사랑

에 폭발적으로 빠져들었던 독자들의 '열광', 그리고 이런 사랑의 패러다임이 놓인 '1970년대의 한국사회'라는 세 개의 축을 연결해서 만드는 삼각형의 이름은 아마도 '소비'라고 해야할 것이다. 도덕적 선악의 가치판단은 물론 낭만적 사랑의 무게조차도 견디지 못하는 '매력과 싫증'으로서의 사랑의 패러다임, 사랑의 감정이 결코 영원의 감정을 보장하지 못하고 순간적 끌림, 반함, 그 매력이 유지되는 동안만의 사랑이라는 이런 속성은 기실, 새로움에 끌려 구매하고 소유하지만 그것에 싫증을 느끼고 끝없이 다른 상품으로 대체시키는 상품소비의 메카니즘과 같다. 책임지고 싶을 때만 책임지는 것은 책임이 아니라 소유물을 향유하고 있는 상태로서의 소비이다.

이 소비로서의 사랑은 주체로서의 성인 남녀가 만나는 '소통'의 방식도, 근대 산업자본주의하에서 내 것만을 배타적으로 축적시키기 위한 '소유'의 방식도 아니다. "경아는 여전히 착하고 예쁘니까 좋은 남자를 만날거야"라는 편지나 더 노골적으로는 이동혁이 나를 찾아와서 "아직 쓸만하니까 경아를 맡으라"는 말은 상품을 폐기처분하는 이유가 그 상품의 사용가치가 다해서가 아니라는 것이다. 그 상품의 사용가치가 다해서 혹은 상품에 하자가 있어서 그 상품을 소비할 수 없는 것이 아니라, 다만 싫증이 났다는 것 그래서 이 상품이 다른 소비자에게는 충분히 새로울 수 있고 여전히 쓸모가 있다는 것이다. 음식에 물리고 소비상품에 싫증난 것에 대해서 가치판단할 수 없듯 사랑했던 대상에 대해 지쳤다는 것, 이제는 싫어졌다는 것에 대해서도 가치판단할 수 없는 것이다. 새로 나온 신제품에 쉽게 끌려서 사고 그것에 싫증났을 때 '지쳤다'고 쉽게 폐기 처분할 수 있는 것, 순간의 새로운 매력이 그 이상의 신비로운 운명적인 혹은 도덕적 지고지순이라는 의미의 원광을 갖고 있지 않다는 것, 그 사랑이 시효 만료되었을 때, 상품의 유통기한이 다되었을 때 처럼 다른 잣대 없이 폐기 처분할 수 있다는 것. 그것으로 악한이거나 탕녀가 아닌 것이다.

당대 독자들이 그토록 열광했던 이유도 아마 이 소비로서의 사랑이라는 패러다임때문일 것이다. 사랑이 낭만적 가상을 벗어던지고 철저하게 소비의 패러다임 속에 놓인다는 것, 이런 감정의 해방구는 다른 통속 대중물에서 여성의 육체를 소비하는 남성의 시선 따위의 일차원성을 훌쩍 넘어서 있는 것이다. 그리고 이런 감정의 해방, 소비의 패러다임 속에 위치하는 사랑이라는 구도는 작가의 의도와는 상관없이 70년대 산업화 시대의 호흡 속에 『별들의 고향』이 위치하는 지점이다.

그렇다면 사랑의 대상, 매력을 느끼는 대상이 어린아이여야만 하는 한층 본질적인 이유가 분명해진다. 경아는 재고 계산하고 자기인생을 기획하고 책임을 지고 상대에게 요구하는 혜정의 속성을 갖지 않았기 때문에 매력의 대상인 것이다. 경아의 남편인 만준이 그녀의 천성적 밝음과 생명력을 허락하지 않고 죽은 것처럼 잠든 모습 앞에서만 성욕을 느끼는 것, 그때마다 그녀가 "나는 마치 죽은 것 같아"라고 되뇌는 것, 이런 모습들에서 그녀는 주체가 아니라 하나의 대상 그러니까 사물 혹은 상품의 속성을 갖는 것이다. 상품이 각각의 구매자에게 유통되듯이 경아는 이 남자에게서 저 남자에게로 유통된다. 나나 강영석이 대등한 어른끼리의 사랑에 자신없어 하고 수용성의 어린아이를 사랑하는 것은, 기실 살아있는 대상과의 '소통'에 무능력하고 죽어있는 대상을 '소비'하는 방식으로만 사랑할 줄밖에 모르는 현대의 왜소화되고 일그러진 주체들을 미리 보여준다. 이 작품에서는 사랑의 대상이 어린아이로 나타나지만 이것이 주체와 대상과의 소통이 전제되지 않고 주체의 전권이 지배적이라는 점에서 그리고 그 전권 자체가 대상의 사물성, 즉 죽어있는 상태를 전제로 한다는 점에서 90년대 이후 다양한 대중문화의 모습을 선취하고 있다. 사이버 공간의 가상적 이미지나 가상의 캐릭터, 영상물 속의 스타 이미지에 탐닉하는 현대적 주체를 미리 보여주는 것이다. 그래서 이 사랑의 패러다임은 한갓 사랑의 태도가 아니라 자본주의적 삶 속에서 주체가 타자와 관계맺는 방식을, 그것도 타자의 사물성을 전제로 해서만 관계맺을 수밖에 없는 방식을 보여주는 것이다.

나아가 이는 대상과의 사물적 관계방식을 넘어서서 주체의 성격자체의 규정성까지도 미리 보여주고 있다. 고도로 발달된 소비자본주의 사회에서 주체는 '소비자'이다. 그리고 소비자는 판단하고 지배하고 결정하고 결정을 고독하게 책임지는 '왕'도 '자본가'도 '생산자'도 아니다. 다만 입맛을 맞춰주어야하고 변덕이 심해서 끊임없이 새 입맛을 만들어 내서 공급해주어야하고 그렇지 않으면 무섭게 등돌리고 다른 대체 상품에 빠져버리는 변덕이 심한 '고객'들이다. 그들이 자본주의 사회의 주인들이다. 그 소비자 고객은 그래서 본질적으로 어린아이이다. 디즈니랜드나 놀이공원, 이벤트 나 유희화된 일상들이 번성하는 것은 그런 의미에서 사회적 필연이다. 경아 의 어린아이 이미지가 궁극적으로 사물성으로 귀결되는 것, 그 사물성을 전 제로 하고 그것에 매혹되면서 배제시키는 시스템과 그 시스템의 주인조차 도 어린아이라는 것. 바로 이점에서 최인호가 창조한 사랑의 패러다임과 그 패러다임이 독자를 흥분시킨 동시대성은 동시대성을 넘어서는 통찰력을 보 여준다. 이 통찰력을 만들어낸 진정한 주인이 작가 최인호라기보다는, '장 (field)'이라는, 호흡하는 공기로서의 1970년대 한국사회라는 점 또한 분명 하지만 말이다.

그러나 이러한 통찰력에서 그친다면 바로 그것이 '통찰'이라는 이유에 서 『별들의 고향』은 그토록 광범위한 인기를 누리지는 못했을 것이다. 새 로우면서도 동시대적인 것, 그래서 자기세대의 집단적 성감대를 건드리는 것은 환호의 대상이기도 하지만, 바로 그 이유에서 인정할 수 없는 것이기 도 하다. 그 새로운 것이 기존의 토대나 집단적 허위나 치부를 드러내는 것 이라면, 그래서 자신들의 죄를 묻고 있는 경우라면 더더욱 인정할 수 없기 때문이다. 자기 시대의 핵심을 꿰뚫는 날카로움은 곧 부끄러움을 들추어내 는 일이고, 그 부끄러움이나 죄의식을 견디는 고통스러운 긴장을 즐거이 감내할 '대중'——변덕이 심한 어린아이 같은 소비자인——은 존재하지 않는다. 그래서 모든 새로운 것이 항상 인기가 있는 것은 아닌 것이다. 그 새로운 것 속에서 위협의 요소를 제거해주어야만 집단적인 면죄부가 설정 되어야만 하는 것이다. 마치 작중의 경아가 새롭고 매력적이어서 유혹적이 지만 그 유혹에 수반되는 공포와 위협을 제거하기 위해 어린아이의 이미지 로 나타난 것처럼, 소설 『별들의 고향』도 새로운 감정구조를 짚어내고 그 것에 한없이 매력적인 형상으로 동화적 아름다움을 만들어냈지만 바로 그 것이 내포하고 있는 죄의 흔적, 즉 대상을 사물화하고 무책임을 제도화하 면서 승인하는 메카니즘은 은폐하든, 그것이 죄가 아니라고 강변하든 어떤 식으로든 제거 장치가 필요한 것이다. 그래야만 마음놓고 탐닉하고 유통시 킬 수 있는 것이다. 남자들이 경아에게 탐닉하고 유통시키듯, 소설 『별들의 고향』도 탐닉되고 소비되고 유통되기 위해서는 어떤 면죄의 장치, 날카로운 이빨을 제거하는 장치가 필요하다. 이 눈높이를 최인호는 정확히 가늠하고 있다.

3. 이데올로기, 새로움을 등록시키는 포장지

사물로서의 상품을 소비하는 구조로서의 사랑에 묻어 있는 죄의 흔적을 은폐하는 첫 번째 방법은 소비자의 '변덕'을 '상품 자체의 하자'로 바꿔치기 하는 방법이다.

이 소설은 스토리상으로는 착하고 예쁜 여주인공 경아가 아무런 운명적 보상 없이 죽어감으로써 해피엔딩에의 기대를 배반하고 냉혹한 현실을 보여주는 자연주의적 비극의 플롯이다. 그녀의 비극의 결정적인 원인은 첫사랑에 버림받은 후의 임신과 낙태, 그리고 그로인해 아기를 가질 수 없게 된 데 있다. 이 아이를 낳을 수 없다는 것이 결혼에 실패하게 만들고 이후의 불행의 결정적인 원인으로 작용한다. 예쁘고 착한 여주인공이 버림받는 것은 불쌍하지만 그렇다고 임신한 아이를 인공유산으로 살해한 어머니가 아무런 처벌 없이 다른 남자와 행복한 결혼 생활을 하는 것에 박수를 칠 수 없는 눈높이에 기댐으로써, 그녀의 불행이 그녀 자신의 반모성(反母性)때문인 것처럼 치환되는 것이다. 그래서 사물을 소비하고 유통시키고 떠넘기고 폐기처분하고 새로운 것에 끌리는 것은 주체이지만, 그것도 단지 '싫증'이 나서일 뿐이지만, 그 이유를 마치 상품 자체에 하자가 있었던 것처럼 살짝 바꿔치기 하는 것이다. 그럼으로써 그녀를 소비하고 폐기 처분한 가해자로서의 주체는 은폐되는 것이다.

그러나 그녀가 낙태를 하지 않았다면 혹은 술을 마시지 않았다면 혹은 어린애처럼 제멋대로가 아니었다면 아니 자기인생을 그렇게 속수무책으로 방임하지 않았다면 그녀는 그렇게 불행에 빠지지 않았을까? 그러나 낙태를 하지 않는다거나 술을 마시지 않는다거나 역경을 이겨낸다거나 자기인생을 계획하는 따위의 요소들은 사실은 작중에서 약대생인 혜정의 몫일 뿐이다.

그녀는 서술자 나의 인생에 우정의 파트너로서 존재하는 것이지 매력과 소비의 대상은 아니다. 경아 자신의 그런 속성들, 그래서 그녀가 불행해져야만 하는 이유들은 사실은 그녀가 사랑받는 이유였던 것이다. 상품 자체의 하자는 하자가 아니라 상품으로 선택받기——판매되기——위한 필수조건이었고, 이제는 다만 주체가 싫증이 난 것뿐이다. 사물을 소비한다는 주체의 행위에는 이미 대상을 사물화하는 폭력이 항상적으로 전제되어 있는 것이다. 그 폭력이 소비라는 아주 중립적이고 합리적인 방식으로 존재하기에, 그것은 주체의 의도와 관계없이 구조화되고 항상적이고 필수적인 것이다. 그처럼 항상적으로 존재하는 폭력이나 필수적인 악은 그래서 이런 얕은 바꿔치기로는 해결될 수 없다. 거기서 발생하는 죄의식과 공포는 합리화되거나 정당화되거나 하다못해 씻김이라도 돼야 그 폭력의 질서, 소비의 질서가 안정적으로 유지 존속될 것이다.

이 때 필요한 것이 희생제의의 양식이다. 지치고 버림받은 경아는 싸구려 술집의 작부로 전전하다가 눈 내리는 밤거리에서 수면제를 먹고 죽는다. 그러나 그 눈은 "춤추는 발레리나의 치마폭과 같이 흰 눈"이고 "아무도 걸어다닌 흔적이 없었으므로 땅에 깔린 흰 눈은 미지의 세계로 들어가는 카펫처럼 정결스러웠다" 내가 그녀의 시신을 수습해 강물에 뿌리는 장례식 장면에서 그녀는 "청산가는 나비가 되어 훨훨 하늘로 "올라간다. 중심에서 밀려난 파르마코스인 희생양들은, 그것이 사냥물이든 공동체 내의 어린소녀이든 무엇으로든 대체될 수 있지만, 그 사회를 이끌어가는 힘과는 이질적인 것이어야 하고 사회 속에서 항상적으로 공급될 수 있어야한다는 공통점을 갖는다. 그리고 그것을 희생하는 제의는 정결스럽고 신성한 모습을 띤다. 70년대 성장과 산업화의 신화 속에서 그 신화를 일구어낸 속성들, 그러니까 혜정이 갖추고 있는 책임있는 주체의 모습, 또는 한 때 그녀의 남편이었던 만준과 같은 잔혹하리 만치 엄격한 강한 남자와는 이질적 주변인들이라면 언제든 먹이로 소비될 수 있는 것이다. 그렇게 대체가능한 것이 희생양이고 그런 희생양을 소비하는 폭력을 조건으로 해서 이루어진 질서가 70년대의 성장의 신화일 것이다. 그런 희생의 제의를 통해 그 희생양에 대한 애도와 눈물 속에 자신들이 행한 폭력을 정화시키고 앞으로 행해갈 폭력을 미리 양해받음으로써 부끄러움과 죄의식을 훌훌 털어 버리고 성장으로 달려갈 수 있는 것이다. 이것이 독자 대중에게 안겨준 면죄부이면서 오직 70년대이기에 가능한 제의일 것이다. 이는 60년대 김승옥의 「무진기행」에서 내가 무진을 빠져 나오면서 느꼈던 심한 부끄러움과 비교할 만하다.「무진기행」이 "한번만 이 무책임을 긍정하기로 하자"라고 하면서 그 부끄러움을 표면화시켜 '마주한다'면, 최인호의 소설에서는 무책임을 긍정하되 부끄러움과 죄의식을 털어버리기 위한 다기한 장치들을 마련함으로써 소설 속의 주체에게 그리고 독자들에게 면죄부를 만들어주고 있는 것이다. 이런 점에서 『별들의 고향』은 60년대적 패러다임과 70년대적 패러다임이 갈라지는 지점이면서, 70년대의 감정구조와 그것이 놓인 일상의 삶을 지배하는 물적 환경과 인식소의 측면에서 60년대와 결별하고 90년대까지 이어지는 동시대성의 초입이라고 할 수 있을 것이다.

이 희생제의의 사제가 바로 서술자 '나'이다. '나'는 당대의 비판과 인기 그 어느 것으로부터도 주목받지 못했던 영역이지만 『별들의 고향』에 최종적인 정체성을 부여하고 당대 독자대중들로부터의 안정적인 인기를 해명해주는 단서이면서, 다른 비슷한 아류들로부터 차별성을 갖는 부분이다. 전후반의 이원적 구성 속에서, 전반부의 타락의 과정을 겪는 경아는 어찌보면 70년대 판 '복녀'라고 할 수 있을 만큼 자연주의적 타락과 하강의 플롯으로 서술된다. 경아는 그 이야기의 주인공이면서 3인칭의 객관적인 관찰자에 의해 서술되는 대상이다. 그러나 후반부에서 서술자와 주인공아 1인칭의 나로 바뀌면서, 주요한 이야기의 축도 나의 청춘, 예술, 불확실한 현재와 암담한 미래, 책임질 능력이 없어 줄다리기만 하는 사랑, 군입대와 귀향 그리고 예술적 성공을 통한 사회에의 입문으로 이루어진다. 그런 나의 회상 속에서 경아는 주인공 자리에서 물러나 청춘시절 우연히 만나 사랑하고 헤어진 한 여인일 뿐이다. 서술화자 '나'는 이런 타락한 여인을 자기자신을 포함한 남성 혹은 도시전체가 저지른 죄악에 대한 희생양으로 전치시켜 그 희생제의의 사제가 된다. 그리고 소설의 초두와 후반부 전체에서 수미쌍관적으로 자기의식을 가진 남성화자 '나'의 반성적 시선에 의해 서술이 시작되고 종결됨으로써 성숙한──결국은 성공한 혹은 살아남은──남성의 멜랑콜리로서의 회상 형식이라는 고급스러운 노블로 완성된다. 이제 소설을 읽는 독자는 저급한 통속 소설을 읽는 것이 아니라, 자신의 시점을 격조있게 동일화시켜주는 서술자와 함께 회상적이고 반성적인 시선을 공유하는 점잖은 독자가 되는 것이다.

그러나, 그럼에도 불구하고 사제로서 제의를 주관함으로써 무책임에 대한 부끄러움과 죄의식을 날려보내고 난 후에도 현실적 성공은 그 자체로 성공이 배태하고 있는 폭력과 죄의 현현물임에는 변함이 없다. 아무리 미사여구를 동원해 분식하고, 점잖은 반성적 시선으로 거리두기를 해도 현실적으로 성공한 어른의 세계 그 자체는 끊임없이 우리가 타고 일어선 죄를 묻는 것이다. 그러므로 이제 마지막으로 필요한 것은 성공으로 진입하기 위한 희생양 바치기를 넘어서서 그 희생양 따위는 마치 없었던 것처럼, 현실적 성공이 죄의 대가가 아닌 것처럼 그 성공의 기원의 순수성과 수단의 중립성을 입증하는 것이다. 그것을 위해 동원되는 마지막 장치가 바로 고향행이다.

서술자 나는 사랑이 식고 동정심만 남았을 때 "어두운 밤중에 자신만만하게 지껄이던 이동혁이라는 사내에게 경아를 넘겨주는 편이 나을 게 아니냐고 생각하고" "이동혁을 아슬아슬한 초조감속에서 기다리던" 끝에 "날 데려가 주세요. 난 무서워요. 난 내 혼자 힘으로는 못살 것 같아요"라는 경아에게 "스물다섯이면 아직 어린 나이라고, 좋은 사람 만나면 아주 귀여움을 받을 것"이라며 고향으로 내려간다. 그렇게 혜정의 배웅을 받고 돌아간 고향의 바닷가에서 열심히 그림을 그리고, 공모전에 응모해서 성공하고 서울의 대학에 강사로 발탁되어 다시 상경하게 된다. "눈에 보이는 고향의 사람들이 모두 그림의 소재가 될 수 있었고 그것은 참으로 행복한 일이었다." 낭만적 도피와 구원에의 갈망, 소망을 성취시켜주는 고향 바닷가, 이런 장치들로 배치된 고향은 촌스럽게 모성 따위를 직접 들먹이지는 않아도 그 고향의 품속에서의 장인적 수련을 거쳐 예술가로 성공하게 만들어주는 근원이다. 이렇게 해서 그의 성공은 죄의 대가가 아니라 장인적 수련에 의한 것이고 그 힘은 무구한 고향의 바다가 보장해준 것이 된다. '고향에서의 수련을 통한 성장과 입사'는 한 편으로는 성공에 묻어 있는 죄의 흔적을 씻어주고 한 편으로는 낭만적 구원이라는 오랜 꿈을 소망성취해 주고있다.

고향은 어머니로 상징되듯 낭만적 도피처이자 힘의 근원이고 ,세상의 경쟁에서 패배한 주인공을 어루만지는 최후의 구원처이다. 그러나 그것은 소망과 기대의 수준에서의 고향의 모습이고 근대 리얼리즘 혹은 통속이 아닌 본격소설에서 고향은 그렇게 '원하는 대로 남아있지' 않다. 1920년대의 현진건의 「고향」이나 한설야의 소설 「과도기」부터 실제의 고향은 도시보다 더 황폐해 있거나 어머니로 상징된 옛 질서는 사라져버린 환멸의 장소인 것이다. 그래서 결국 '영원히 고향에 가지 못하고' 그 고향은 형이상학적으로만 남아서 현재의 부정성을 비추어주기만 하는 거울로만 존재하는 것이 근대 리얼리즘 소설, 정확히 반성적 자의식을 가진 남성적 멜랑콜리 혹은 회상의 모습이라고 할 수 있다. 성숙한 남성의 회상적 시선에 의해 노블이라는 고급스러운 형식으로 포장된 이 소설 『별들의 고향』에서 고향은 그 소망형으로만 남는 고향이 믿을 수 없게도 "변한 것 없"이 현실로서 실재한다. 그래서 이 성숙한 남성의 회상은 반성도 직시도 아닌 소비자가 원하는 바를 소망성취시켜 주는 화려하고 유혹적인 포장지임이 드러나는 것이다.

흔히 통속소설이 현실에서의 경쟁에서 실패하고 합리성의 영역에서 소외된 여성 인물의 꿈을 동일시해서 대리만족시켜 준다면, 고향에 대한 원망충족을 통한 자력의 성공신화를 남성적 회상의 형식으로 감싸고 있는 이 소설은 남자의 꿈을 동일시를 통해 대리만족시켜 주는 남자를 위한 나르시시즘이라고 할 수 있다. 이 말은 바꿔말해 남성주체들——이 작품에 그토록 빠져들었던——이 자력에 의한 성공신화를 허구의 형식을 통해서 대리만족해야 할만큼 그 신화로부터 소외되어있었다는 뜻일 것이다. 정작 실제의 70년대적 주체의 모습은 자력에 의한 성공과 책임 앞에서 한없이 주눅들고 사물처럼 무력한 대상 앞에서나 주체임을 환기할 수 있는 나약한 주체, 그런 주체마저도 죄의 그림자를 안고 있는 모습일 지 모른다.

4. 1970년대 한국사회의 종합선물셋트

통속 소설이 도피와 위안으로서의 문학이고, 『별들의 고향』이 그러한 통속소설이라고 보는 견해, 그리고 그 이유가 유신의 폭압이 기세등등한 70년대 정치적 현실로부터 '성으로의 눈돌리기'라는 견해는 일견 타당할 지도 모른다. 그러나 사회적 코드 속에 존재하는 텍스트의 의미나 기능이 그렇게 단순하지는 않을 것이다. 이 소설이 통속소설이고 그것이 본격 사유의 비판적 거리를 사상시킨 채 다만 위안에 머무는 것이라면, 그 위안이나 도피의 구체적 내용은 그런 언제나 들어맞는 그래서 공허할 뿐인 공식이 아니다.

또 소재적 반영으로서의 근대화의 그늘에서 희생된 여성들의 사회적 타락과 그것에 대한 일정정도의 반영도 맞는 말일 것이다. 그러나 그것이 맞을지도 모르는 그 만큼의 무게로 실제 당대에 부상하고 있는 여성들 중에는 핵가족화하는 가정단위에서 점점 목소리를 높이는 젊은 엄마, 많이 배우고 사회적으로 자리잡는 직장여성이나 맞벌이 주부, 혹은 백화점의 고객으로 부상한 여성 소비자들도 있을 것이다. 그리고 무역일꾼이라는 미명하에 고된 삶의 현장으로 내몰린 대다수의 하층민 여성들이 있었지만 그들의 내면 모습 또한 경아와는 전혀 달랐을 것이다. 경아의 모습, 그 내면의 수용성과 정지된 이미지는 그래서 '존재하는 현실의 일정정도의 반영'이 아니라, 패배하고 왜소화된 남성주체가 요구하는 '상', 이미지일 뿐이다. 그래서 경아는 당대 새로 부상하는 여성, 그러니까 치밀하게 계산하고 미래를 기획하고 현실적으로 쟁취해가는, 그 두렵고 피곤한 여성 혜정의 뒤집어진 거울에 불과할 지도 모른다.

『별들의 고향』은, 남자의 성공과 성장의 신화라는 1970년대 한국사회가 이룩한 그 숨가쁜 성장의 드라마와 그것이 필수적으로 요구하고 은폐시킨 폭력, 그리고 그나마 거기서도 소외된 남성주체들에게 참으로 소중한 거울이고 위안물이었다고 할 수 있을 것이다. 이들은 솔직하고 경쾌한 새로운 사랑이 주는 정서의 해방감에 흠뻑 빠져들었고, 그 새로운 사랑은 당대에 새로이 부상하는 소비재로서의 상품의 패러다임 속에 안착된 것이었기에 너무나 자연스럽고 당연한 것으로 받아들여질 수 있었을 것이다. 여기에 숨어 있는 대상을 사물화하는 근대화의 폭력성을, 기존의 모성의 이데올로기를 온존시키고, 그 합리적(?) 폭력이 갖고 있는 죄의식을 희생제의의 양식으로 자기정화함으로써 독자의 심리에 면죄부를 제공함으로써 폭발적 인기와 거부감 없는 수용, 그리고 진부하지 않은 세련됨으로 다가설 수 있었던 것이리라. 여기에 1인칭 서술자 나의 회상적 시선에의해 일차적 동일시의 수준을 넘어서서 성숙한 남성의 멜랑콜리를 견지하는 노블이라는 진지한 소설의 외양까지 갖춘 것이다. 이 정도라면 가히 소설이라는 하나의 문학작품을 넘어서 70년대 독자의 눈높이에 맞는 종합선물셋트라고 할 수 있을 것이다.

최인훈의 『총독의 소리』론
― 문학의 무력감과 '말'의 위력

이상갑*

1. '총독의 소리', 또 하나의 형식 실험

최인훈은 한국문학사에서 가장 문제적인 작가중의 한 사람이다. '전후 최대의 문제작가'[1]라는 평가를 받고 있는 그가 우리 현실을 파악하는 넓이와 깊이는 남다른 바 있다. 식민지 잔재 청산문제, 분단, 전쟁, 독재정치 등의 현대사의 굵직굵직한 사건은 그의 작품을 구성하는 중심화제들이다. 그 화제들은 모두 그의 날카로운 비평의 도마 위에 올라 각자의 의미를 부여받는다. 그의 상상력은 신화와 환상의 세계로부터 가장 첨예한 이해관계가 맞부딪치는 현실정치에 이르기까지 이르지 않는 데가 없다.

최인훈은 1959년 「그레이구락부 전말기」와 「라울전」으로 안수길의 추천을 받아 문단에 등단하였는데, 그후 『광장』『구운몽』『회색인』『서유기』『총독의 소리』『소설가 구보씨의 일일』 등의 일련의 작품에서 다양한 형식 실험을 시도하였다.[2] 플롯을 중시하는 기존의 소설문법에서 벗어나 작품 속에 시를 끌어들이기도 하고, 수상·철학 및 사회비평 서적과 소설의 경계를 모호하게 만들기도 한다.[3] 그러나 그렇다고 해서 그가 소설의 구성을 무시하는 것은 아니다. 『구운몽』처럼 오히려 꽉 짜여진 액자형식을 취하기도 하고, 시작과 끝이 있다. 『서유기』의 경우에도 중간부분에 카프카의

---

1) 김현·김윤식, 『한국문학사』, 민음사, 1989, p.251
2) 『광장』『구운몽』『회색인』『서유기』 등의 정밀한 텍스트 분석은, 김기주의 논문 「최인훈 소설 연구」(동국대 박사, 1999)를 참조할 수 있다.
3) 천이두, 「제재와 방법」, 『창작과비평』, 1980 여름.

『변신』이 연상될 정도로 기괴한 환상세계가 나타나지만 처음과 끝에는 주인공 독고준이 이유정의 방에서 나와 자신의 방으로 들어가는 짧은 시-공간이라는 틀이 존재한다. 그의 문학에 대해 전혀 상반되기까지 한 논의가 이루어지고 있는 것도 이처럼 그의 문학이 한마디로 재단할 수 없을 정도로 다양한 문제의식을 지니고 있기 때문이다. 특히 4.19의 시대정신을 반영하고 있는 그의 대표작 『광장』은 50년대 전후문학을 대변하는 손창섭류의 문학이 지닌 상투적인 절망과 혼돈에서 벗어나 그 동안 터부시되었던 이데올로기와 분단상황을 본격적으로 문제삼게 된다. 그러나 그의 문학을 보다 엄정하게 평가하기 위해서는 앞서 언급한 그의 문학의 반(反)사실주의적 성격, 다시 말해 객관적 묘사문학을 주관적 서술문학으로 고쳐놓은 한국소설의 이단자[4]라는 지적도 중요하게 다루어져야 할 것이다. 4회에 걸쳐 연작의 형태로 발표된 『총독의 소리』도 이런 지적과 무관하지 않다.

『총독의 소리』는 1967년 8월에서 1976년 10월의 기간에 걸쳐 총 4회 연작으로 발표되었다. 1회는 한국의 역대 왕조의 매판성과 그로 인해 형성된 한국인의 노예근성과 부정선거의 악폐, 2회는 일본 체제를 답습하는 풍조 그리고 1·21사태와 푸에블로호 납치사건을 통해서 본 미국의 대한반도 정책의 실상, 3회는 가와바타 야스나리의 노벨문학상 수상과 관련한 단상 그리고 공산주의 사회가 공통적으로 제기하는 국수주의적 성격, 4회는 한반도의 긴장완화가 내포한 허와 실을 각각 다루고 있다.

우선 『총독의 소리』는 앞서 지적한 바와 같이 인물의 제시와 사건의 서술이라는 전통적인 소설 문법을 파괴하고 총독이 일방적으로 담화문을 발표하는 형식을 취하고 있는데[5], 그 총독의 입을 통해 시대에 대한 사유가 장황하게 나열된다. 작가의 말에 의하면, 『총독의 소리』는 한일협정을 바라보면서 느낀 충격과 위기의식의 소산이라 하겠는데, 그만큼 현실문제에 개입하고자 하는 작가의 의도가 강하게 노출되어 있다. 즉 작가는 한일협정을 보며 "문학의 형식을 파괴하면서라도 온몸으로 부딪쳐야 할 위기의식"을 느

---

4) 천이두, 「밀실과 광장」, 『문학과지성』, 1976 겨울, p.953~962
5) 차혜영, 「자율적 주체의 개인주의와 모더니즘적 글쓰기」, 민족문학사연구소 현대문학 분과 저, 『1960년대 문학 연구』(깊은샘, 1998), p.111

겼으며, 따라서 적의 입을 빌어 우리를 깨우치는 '빙적이아(憑敵利我)'[6] 형식을 통해 풍자정신을 유감없이 발휘하고 있는 것이다.

2. 내부 모순과 '외력'의 극복, 통일을 향한 '민족력'의 과제

『총독의 소리』는 4회 모두 "충용한 제국 신민 여러분, 帝國이 재기하여 半島에 다시 영광을 누릴 그날을 기다리면서 은인자중 맡은 바 고난의 항쟁을 이어가고 있는 모든 제국 군인과 경찰과 밀정과 狼人 여러분"이라는 말로 시작된다. 여기에서 우리는 조선 총독이 옛 식민지를 회복하겠다는 굳은 결의를 읽을 수 있는데, 따라서 우리는 조선 총독의 입을 빌어 우리 시대를 경계하며 반성케 하려는 작가의 의도를 확인할 수 있다.

『총독의 소리 1』에서 총독은 반도의 역대 정권의 매판성, 예를 들어 대륙을 넘겨주고 이룩한 삼국통일의 협소성, 대외 투쟁보다 오히려 대내 투쟁에 국력을 소모한 조선조의 권력투쟁의 협소성과 매판성 그리고 그 결과로 인한 한일합방의 폐해 등을 지적하고 있다. 총독은 일제 패망 이후 패주하는 일본인들을 조선 사람들이 공손하게 송별하는 태도를 보며 옛 식민지 회복에 자신감을 보이기까지 한다. 북한 또한 예외가 아니다. 북한의 공산정권은 역대 정권의 매판성의 또 하나의 예이며 동족상잔의 폐해를 불러온 장본인이라는 것이다. 북한을 포함한 위성국은 '민족공산주의'를 부르짖고 있는 공산당 종주국과 달리 '국제공산주의'를 앵무새처럼 외치며 그 매판성을 잘 보여준다는 것이다. 그러나 총독은 한반도의 그러한 매판성이 자신들의 식민지 정책의 결과이기도 하다는 사실은 망각하고 있다.

> 역사의 주체는 민족입니다. 역사의 주체가 민족인 것이 옳으냐 그르냐가 아니라 현실적으로 그렇다는 것이 문제의 핵심입니다. 세계가 앞으로는 한 혼혈아가 될 것이라는 것이 문제가 아니라 그렇게 되는 사이에는 여전히 민족이 주체라는 데 문제가 있는 것입니다. 이것이 인간의 조건입니

---

6) 최인훈, 「원시인이 되기 위한 문명한 의식」, 『길에 관한 명상』, 청하, 1989, p.39

다. 인간은 관념이고 실존이 존재이듯이, 인류는 관념이고 민족이 존재이
며, 역사는 관념이고 당대가 존재이며, 관념과 존재가 하나가 되는 날까지
그럴 것이며, 그럴 날은 오지 않을 것입니다. 사정이 이러한 인간의 조건
에 대한 감각이 모자란 종족이란 것이 있는 모양이며 그들은 政治的 音癡
이며 풍문에 사는 자들이며 현장에 있으면서 없는 자들이며 이목구비가
있으면서 죽은 자들이며 다시 말하면 반도인들입니다.[7]

정치적 단위로서의 민족이 지닌 현실적 의의를 무시할 수 없다는 지적은
세계화가 강조되는 오늘날 여전히 되새겨볼 문제이다. 총독은 한반도가 일
본처럼 용기 있고 절제 있게 노력하지 못했기 때문에 일본을 대신하여 서구
열강의 희생양으로 선택되었다고 지적하면서 한반도의 문화유적 발굴·수
집, 국학 장려, 4.19혁명 등을 두려운 눈으로 바라보기도 한다.

조선총독부 지하부가 제공하는 '총독의 소리'가 끝난 후 '그'가 등장하
는데, 다른 회에서는 '시인'으로 나오기도 한다. 그런데 그 '총독의 소리'
를 오직 '그' 혼자 듣고 있다는 상황 설정은 시대 상황에 대한 반도인 전체
의 무지와 둔감을 비판하면서 예민한 신경을 가진 한 지식인의 고뇌를 강조
하는 효과가 있다. 그러나 시인은 그 방송소리를 창틀을 통해 듣고 있을 따
름이며, 그만큼 그는 현실과 거리를 두고 있다. 그리고 시인이 등장하는 부
분에서 주어 "시인"을 수식하는 관형어가 무려 2페이지에 걸쳐 있고, 목적
어 "도시"를 꾸미는 관형어 또한 2페이지에 이르고 있을 뿐 아니라 문장이
연쇄적으로 이어져 있어 의미를 파악하기가 쉽지 않다. 간단히 압축하면,
"(…)한 시인은 (…)한 도시를 바라보면서 오래오래 서 있었다"로 정리할 수
있는데, 앞부분만 조금 인용하면 다음과 같다.

넝마를 입었으면서 의젓해 보이려고 안간힘하는 자기를 사랑하면서 거
기에 엿보이는 허영을 부끄러워한다는 데 무슨 구원이 있는가고 물을 만
한 힘을 가지고 있는 것을 저주하면서 진창에 떨어진 백조라고 자신을 꾸
미고 싶어하는 마음에 매일 날에말마다 깊은 밤 피흐르는 매질을 가하면
서 방대한 헛소문이 엉킨 電線들의 잡음처럼 뜻없는 푸른 불꽃을 튀기는

---

7) 『총독의 소리』(최인훈 전집 9), 문학과지성사, 1980, p.72~73 이하 작품 인용은 이 텍스트
를 원칙으로 하며, 면수만 밝힘.

속에서 갈피 있는 통신을 가려내기 위해서 원시의 옛날의 울울한 숲에서
먼 천둥소리를 가려 듣던 원시인의 귀보다 더욱 가난한 초라한 장치를 조
작하면서 이 세상의 악의와 선의의 목소리를 알아들으려는 나를 죽이려는
움직임과 (…)[8]

여러 문장이 병렬·중첩되면서 연쇄적으로 이어지는 이러한 어법은 독
자의 주의력을 환기시키면서 읽는 이를 강하게 끌어들이는 역할을 한다.
이는 작가의 입장에서는 자신의 생각을 압축하여 전달하는 효과를 지니기
도 한다.

『총독의 소리 2』는 김신조 등의 31명의 북조선 무장특무가 대통령 관저
가까이까지 침입한 1·21사태와 미국의 함정 푸에블로호가 북조선 해군에
게 붙잡힌 사건을 다루고 있다. 이 두 사건은 총독이 볼 때 한반도가 통일되
는 것을 막고 한반도를 전란과 혁명으로 지새우게 하여 궁극적으로 제국의
손아귀에 두려는 일본의 정책에 맞아떨어지는 것이다. 남(南)이 승하면 북
을 돕고 북이 승하면 남을 도와 어느 한 쪽이 다른 쪽을 통일하지 못하게 하
겠다는 것이다. 등거리 외교가 일본의 대한반도 정책의 핵심임을 총독은 정
확히 밝히고 있다.

요점은 너무 죽이지도 말고 너무 살리지도 말 것—백성의 힘의 태반을
국방에 소모시킬 것. 비상 태세의 이름 아래 천황제적 피라밋을 유지하고
비판이네, 자유네, 인권이네, 진보네 하는 권력에 대하여 재수 없는 풍습
이 숨쉬지 못하게 내리누르고 죽어 지내는 노예 근성이 더욱 몸에 배이게
지키고 있다가 그대로의 상태로 언젠가 그날 본인에게 고스란히 넘겨줄
것. 가시난닷 도셔 오쇼셔. 이것입니다.[9]

더욱이 북한은 제국이 이전에 가졌던 사회형태를 그대로 지키고 있는데,
김일성이 일본황실의 건국신화를 모방하여 "삼수갑산 주재소를 쳤다는 시
절의 諸種神器를 모시는 사당을 곳곳에 세우고 이에 참배시키며 大政翼贊

---

8) 『총독의 소리』, p.101
9) 『총독의 소리』, p.96

會를 본받은 정당 운영과 文人報國隊 정신을 이어받은 예술 조작과 神風特攻隊의 전술개념에 선 전쟁 태세를 갖추고" 있기 때문이다. 이런 점에서, 김일성은 제국의 충실한 신민이며 폐하의 적자인 셈이다.

『총독의 소리 3』은 전후 일본의 복구과정과 가와바다 야스나리의 노벨상 수상과 관련되어 있다. 총독은 일본이 대동아공영권을 주장하며 서양의 지배하에 있는 동양 전체를 구하려 한 것은 일본만이 19세기 말부터 서구열강의 기술을 재빨리 배워 서구에 대항할 수 있는 힘을 길렀기 때문이라고 말한다. 그같은 저력으로 패전 후에도 열심히 노력하여 세계경영의 길에 나서게 되었으며, 그 결과 "武로 이루지 못한 바를 산업으로" 이루었다는 것이다. "무력을 버린 제국의 무역은 허심탄회한 商道의 본질에 오히려 어울리는 모습을 띠어서 적과도 장사하고 도적놈과도 장사하는 귀축 미영식 상업의 알맹이를 비로소 터득"하였다는 것인데, 여기서 작가는 간접적으로 일본과 서구열강의 위선적인 상업형태, 나아가 한반도 문화계의 서양풍조를 강하게 비판한다. 이것은 결국 개인이든 국가든 자기를 지키는 행위가 가장 근본적인 것임을 말해준다.

> 이들 경향은 개화 이래 줄곧 맥이 이어온 迷妄으로서 귀축 미영의 관념적 사해 동포주의와 정치적 실리주의를 분간하지 않고 癒着된 채 받아들인 물신주의자들로서 이것은 國體에 대해 늘 위협적인 경향이었습니다. 제국의 국제 관념은 엄격한 사실주의이며, 어떤 方法假說의 實體化도 용납하지 않으며 기성 사실의 존중과 皇室에 의한 절대의 肉化만을 인정하며, 이같은 신념에서 민주주의와 공산주의를 다같이 배격할 수 있는 사실 감각을 유지할 수 있는 것입니다.[10]

공산주의 국가든 민주주의 국가든 자신이 가장 소중하게 여기는 것이 국수(國粹)이므로 국수를 내세우는 다른 국가가 가장 두려울 수밖에 없다. 중국과 러시아 그리고 러시아와 체코의 싸움에서도 알 수 있듯이 종족으로서의 조국이 중요한 것이며, 실제로 중국과 러시아를 포함한 공산주의 국가는 국가의 소멸은커녕 국경 문제와 출입국 문제도 제대로 해결하지 못하고 오

---

10) 『총독의 소리』, p.108

히려 공고한 국수의 길을 걷고 있다는 것이다. 그런데 총독은 "이데올로기는 짧고 종족은 영원하다"고 말하면서도 반도인이 제국의 대한반도 식민지 근대화의 은혜를 잊고 준동하는 것을 단호히 거부하겠다고 말함으로써 스스로 모순에 빠지고 있음을 망각하고 있다. 작가는 바로 이런 모순을 지적하고 환기하고자 한다.

『총독의 소리 4』는 작가가 1971년 미국 아이오아 대학의 '세계작가프로그램'에 초청되어 도미했다가 1976년에 귀국하여 발표한 작품이다. 2차 세계대전의 종전과 맞물려 있는 포츠담 선언과 핵무기 사용 문제, 이후 미국과 러시아의 세력 확장의 결과 발생한 6.25 등이 이 작품의 중심화제이다. 총독은 미국의 원자탄 사용을 씻을 수 없는 치욕으로 느끼는데, 작가는 이를 통해 일본의 군국주의화를 경계하고자 한다. 사실 총독의 입장에서는 반도인의 의식성장과 더불어 미국과 러시아의 화해 분위기 조성은 아주 못마땅한 것이다. 총독은 포츠담 선언을 미국과 러시아의 세계 분할점령 논리로 파악하면서 1945년 이후의 세계사의 논리를 일괄한다. 특히 천황제를 두고 "어진 신민에게는 비의도 아무것도 아닌 그저 사실이요, 생활이지만, 한번 미망의 길에 들어선 자나, 외지인에게는, 필사적으로 수행해서 자기화해야 하는 비의"라고 주장하는 총독의 말에서 우리는 아직도 남북한 사회에 남아 있는 천황제의 환상과 친일잔재의 폐해를 짐작할 수 있다. 다시 말해, 작가는 이런 총독의 말을 통해 일본에 의한 아시아 약소국가의 신식민지화에 대한 우려를 나타내고 있다고 하겠는데, 다음 대목은 그것을 잘 말해준다.

> (…) 이렇게 해서 영국은 인도라는 코끼리 등에서 내려왔습니다. 그렇길래, 인도를 잃을 망정 셰익스피어는 어쩌느니, 하는 그런 방정맞은 소리는 안 하는 법입니다. 셰익스피어야 잃을래야 잃을 수 없는 이친즉, 셰익스피어는 잃을망정 인도는 어림없다쯤 돼야지, 그 따위 사위스런 소리를 무슨 멋인 줄 알고 뇌까리면, 역사의 터줏대감이 화내는 것입니다. 본총독부를 보십시오. 一部短見者들이 뭐라 하건, 길 없는 데서 길을 보고 빛 없는 데서 빛을 만들어왔고, 만들어가고 있지 않습니까?[11]

---

11) 『총독의 소리』, p.136

　　최인훈은 『총독의 소리』 외에도 여러 작품에서 일본의 신식민지화에 대한 우려를 드러내고 있는데, 그것은 일본이 6.25전쟁의 최대 수혜국임에도 불구하고 남북한 등거리 외교를 통해 남북한의 소모전을 초래하면서 자신의 이익을 극대화하려 하기 때문이다. 서유럽·동유럽·조선반도·아열도와 같이 포츠담 체제에 따라 분할된 지역과, 스페인·아프리카·중동·인도 등의 원래 영국과 프랑스령이었던 지역 중에서, 전자는 미국과 러시아가 분할점령할 수 있었던 지역이었다면 후자는 프랑스와 영국이 핵무기를 소유하지 못해 미국·러시아와 세력균형을 확보하지 못했기 때문에 미국과 러시아의 각축장이 되었다. 그런데 총독은 연합국이었던 미·영·프·중·소 중에서 중국이 한반도 분단에 한 원인을 제공한 것으로 파악한다. 중국은 종전 후 주도권을 잡은 미국·러시아도 손을 쓸 수 없는 복잡한 지역이었는데, 그것은 중국이 대외적으로는 전승국이었지만 대내적으로는 모택동의 내란이 성공했기 때문이다. 따라서 미국과 소련은 중국을 분할하려고 했는데, 6.25는 미국과 소련이 중국을 분할점령하기 위한 하나의 수단이었던 셈이다. 그러나 미국은 모택동의 세력이 워낙 강했기 때문에 장개석에 의한 대륙공세가 불가능함을 확인하게 되었고, 소련 또한 제2의 티토화를 우려하게 되는데, 그 결과가 휴전으로 나타났다는 것이다.

　　이처럼 숱한 역사적 수난에도 불구하고 한반도가 30여 년 동안 평화를 누리면서 총독부 통치 시대의 수준을 넘어설 정도로 발전하고 있는 것에 총독은 마음 아파하면서 한반도에서 전쟁이 다시 일어나기를 바란다. 그것은 전후 일본경제를 부흥시킨 전쟁 경기를 다시 한번 맛볼 수 있을 뿐 아니라 군사 개입의 길을 열어놓을 수 있기 때문이다. 그러나 이 방법은 포츠담 체제하에서는 미국과 소련의 시선을 피할 수 없기 때문에 총독이 그 차선책으로 선택한 것이 '비전비화(非戰非和)'의 방법이다. 이 방법은 남북 어느 한쪽에도 사랑이 치우치지 않도록 함으로써 반도인의 힘을 지치게 하고 한반도가 자립할 수 있는 틈을 주지 않을 수 있으며, 특히 '상징적 천황제'로서의 내실을 기하고 있는 김일성 체제의 북한을 돕는 것이 일본 국체의 우수성을 널리 알리고 그것이 여전히 한반도에 건재하고 있음을 알리는 좋은 기회가 된다는 것이다. 여기에서 우리는 일본의 위선뿐만 아니라 북한 체제의 위선과 허약함에 대한 작가의 비판적인 인식을 엿볼 수 있다. 그리고 통일에 대한 총독의 방향제시에서 우리는 역설적으로 통일을 위해 가장 중요한 것이 무엇인지 확인할 수 있다.

> 통일의 가장 쉬운 길은 남북이 군비 경쟁을 버리고 각기의 체제의 합리성을 높여가는 길입니다. 통일=합리화/전쟁×민족력입니다. 이 공식은, 통일은 민족의 힘의 합리화에 비례하고, 전쟁에 반비례한다, 혹은 민족의 힘을 합리적으로 쓰면 통일에 가까워지고, 그것을 전쟁에 쓰면 통일은 멀어진다, 하는 것입니다. 혹 반대하는 사람이 있을 것입니다. 모든 국민사에서 무력에 의하지 않은 통일이 어디 있었는가 할 것입니다. 일반론으로서는 옳습니다. 그러나 반도에서의 이 법칙의 적용을 한번 살펴봅시다. 남북이 무력을 사용한다는 것은 동족만을 상대한다는 말이 아닙니다. 어느 쪽이든 일방이 단독 승리하자면 반도를 전리품으로 알고 있는 귀축 혹은 적마를 상대로 해야 합니다. 그런데 그 귀축과 적마는 포츠담 체제의 영속을 바랍니다. 통일=체제의 합리화/전쟁×민족력의 공식에서 전쟁은 민족력을 파괴할 뿐 외력을 파괴할 수 없다는 말입니다. 이것이 반도인들에게 데탕트가 뜻하는 바입니다. 통일에 대한 이같은 불모의 길을 버리고, 만일에 민족력을 합리화하는 길을 택한다면, 그것은 먼 것처럼 보이되 가까운 길이 될 것입니다.[12]

포츠담 체제라는 외부 조건을 감안한다면 남북한이 무력에 의하지 않고 서로의 힘을 합리적으로 사용하는 길, 그것이 멀지만 통일에 이르는 가장 올바른 길이라는 지적이다. 이런 점에서, 반도인들로 하여금 자신의 힘을 합리적으로 사용하지 못하게 하여 영구 분단체제를 고수하려는 것이 총독부의 기본정책임을 알 수 있다. 따라서 역사상 처음으로 통일을 위해 반도인들이 주체적으로 성사시킨 7·4남북공동성명을 총독이 부정적으로 보는 것은 당연하다.

---

12) 『총독의 소리』, p.154

3. 말과 권력의 긴장관계

최인훈 소설의 사변적인 경향은 현실을 '지식'이라는 거울을 통해 성찰적으로 전유하려는 데서 나타난 결과라 할 수 있다. 그러나 진정한 의미에서 지식을 성찰적으로 전유한다는 것은 지식 그 자체가 중요한 것이 아니라 현실을 해석하기 위한 지식의 투입과 반성 그리고 재투입의 과정이 중요하다. 그런데 최인훈 소설에서는 현실에 대한 지식의 성찰이 지나치게 사변적이고 현학적인 한계가 있다. 이같은 한계는 현실에 대한 반성에도 불구하고 정작 중요한 작가 자신에 대한 반성적 사유가 결여된 데서 나타난 현상으로 보이는데, 즉 자신에 대한 성찰이 철저하지 못할 때 지적 오만함이 나타나게 되는 것이며, 이는 궁극적으로 의사소통행위의 하나인 문학행위를 위협하는 요소로 작용할 수도 있는 것이다. 문학행위가 자기만족을 위한 것이 아니라면 필연코 또 다른 방향이 모색되어야 할 것인데, 최인훈은 그런 모색의 과정에서 역사에 대한 정확한 인식과 실천을 희석시키는 경향이 있다는 사실이다.

> 땅이 썩고 눈이 먹물처럼 흐리도록 밤아 익어라. 마지막 한마디를 어느 시인이 쓰는 순간에도 지구는 가라앉지 않는다. 밤은 더 익기를 원한다. 봄밤을 즐기는 새아씨처럼. 도둑놈의 팔베개 위에서. (중략) 거짓말을 지키기 위한 전차들이 장갑을 끼고 밤 속에 웅크리고 있다. 깡패처럼. 카포네의 기관총수들처럼. 포탄의 시거를 물고. 민중을 깔보는 자들이 민중을 대변한다. 달에서 지구를 본 육체의 눈 만한 의식의 눈이 있다면. 지구는 한 줄의 시가 되리라. 지구는 말이 되리라. 지구의 말을 알아들을 수 있으리라. 눈이 있다면 둥근 슬픔의 그림자의 메시지를 읽을 수 있으리라. 말을 건설하기 위해서 시인은 오늘도 불면제를 먹는다. 콤파스와 세모 자와 함께 말을 존경하는 마음을 해소기침처럼 앓으면서.[13]

시인은 밤이 깊어가는 것과 더불어 모순된 시대 또한 어두울 대로 어두워지기를 바라는데, 이러한 생각은 밤이 깊어야만 낮이 올 수 있다는 단순한

---

13) 『총독의 소리』, p.164

믿음의 표현이면서 그만큼 격심한 시대의 모순에 어쩔 줄 몰라하는 나약한 지식인의 모습을 반영하고 있다. 여전히 시대의 모순은 "도둑놈의 팔베개 위에서" 곤한 잠을 자고 있을 뿐이며, 그래서 시인은 글을 써 보지만 그것을 알아주는 사람은 많지 않아 보인다. 따라서 『총독의 소리』는 말을 잃게 하는 시대의 엄혹함에 대항하여 그 말을 지키고자 잠을 설치는 노력의 산물이다. 그리고 그 말은 당연히 현실 속에서의 의미 있는 발언이기를 원한다. 「주석의 소리」와 『총독의 소리』 연작이 관념과 환상의 세계에서 벗어나 나름대로의 역사성을 확보한 것은 이 때문이다. 사실, 『총독의 소리』는 일제 시대 말기 '귀축 미영' '충용한 국민' '신민' '적자' '만세일계' 등의 거의 감각으로 굳어버린 관념을 본래의 의미로 되돌리는 작업을 하지 않고서는 우리가 그 관념의 허상으로부터 해방될 수 없다는 사실을 잘 보여준다.[14] 우리는 이 지점에서 최인훈의 문학관의 일단을 확인할 수 있다.

> (…) 물론 인간은 보다 나은 것을 현시점에서 선택할 수밖에 없지 않느냐 할 것입니다. 물론 그렇습니다. 그러나 이 책임은 자기가 져야지 작자가 질 수는 없는 것입니다. 그렇다면 책임도 질 수 없는 주장을 사실주의의 수법으로 제시한다는 것은 얼마나 무책임한 생각인가, 하는 것입니다. 그러므로 그들은 寫實主義를 포기한다는 것입니다. 진보와 변화를 따르면서 사실주의의 입장에서 永遠을 可視化하는 길은 없다는 것입니다. 그들은 대상인 현실을 버리고 현실의 매체인 언어를 택합니다. 呂布, 關羽, 張飛, 趙子龍, 洪吉童, 李舜臣, 安重根 하는 식으로 영웅은 시세 따라 변하지만 '영웅'이라는 말은 영원하다는 것입니다. 영원은 밖에 있지 않고 '말'에 있다는 것입니다. 이것이 문학적 논리 실증주의로서 문학에서 윤리라는 이름의 형이상학을 쫓아내고 상징이라는 이름의 추상만을 남기자는 입장입니다. 이것으로써 귀축미영의 사상적 혼란을 충분히 이해하였을 것으로 믿으며 따라서 이들의 시인이 部族 시인으로서의 발상이 불가능한 것도 자명합니다. 왜냐하면 부족 시인이란, 부족이라는 현실의 집단이 곧 영원이라는 신념이 없는 곳에서는 존재할 수 없기 때문입니다. 그러나 귀축미영은 부족 시인을 믿고서 세계를 식민지화하는 것이 아닙니다. 그들은

---

14) 김윤식, 「'우리' 세대의 작가 최인훈-어떤 세대의 자화상」, 『총독의 소리』(최인훈 전집 9), 문학과지성사, 1980, p.445

> 자국 내에서는 이 같은 세 가지 입장을 다 허용해서 찧고 까부는 대로 두
> 어 두고 밖으로 식민지에 대해서는 상징주의고 개나발이고 없이 '힘'으로
> 조진 것입니다. 즉 '말'은 시인에게, '힘'은 권력자에게라는 체제를 유지
> 한 것입니다.[15]

작중 화자는 서구의 문화적인 횡포 그리고 '말'과 '힘'을 이원화하는 서구의 양면성을 공격하고 있다. 문학이 정치·군사적인 힘 앞에서 나약할 수밖에 없다 하더라도 그것에 '무력'으로 맞서기보다 '말의 힘'에 의존할 수밖에 없는데, 따라서 정치권력의 모순에 맞설 만한 힘을 가진 말을 창조하는 것이 작가의 사명이라는 것이다. 다시 말해, 서구 사회는 자신들은 사실주의, 언어, 상징 등을 이야기하며 다양성을 강조하나 정작 식민지 국가에 대해서는 오직 '힘'으로 다스리려 한다는 것, 따라서 식민지의 작가는 자신들에게 주어진 '말의 힘'을 빌려서라도 외부의 힘에 저항할 수밖에 없다는 것, 그리고 그 저항의 과정에서 자신이 살고 있는 사회현실에 대한 인식이 식민지 작가에게 가장 중요하다는 것, 이것이 우리가 위의 인용에서 읽어낼 수 있는 의미일 것이다.

그런데 '말의 힘'이라는 단어가 지닌 의미는 이중적인데, 이는 최인훈의 문학관을 간접적으로 내비친 것으로서, 현실을 사실적으로 반영하기보다 상징적이거나 환상적인 기법을 사용하여 표현하는 것이 보다 '사실적'일 수 있으며 나아가 사실주의가 감당할 수 없는 현실비판 기능을 더 효과적으로 할 수 있다는 생각이다. 그의 소설이 관념 그 자체에 함몰되지 않으면서 현실과의 긴장관계를 끊임없이 유발하는 것도 이 때문이다. 특히 최인훈은 지식과 정보가 폭발적으로 증가하고 있는 근대사회에서 일관된 내적 논리를 따지는 사실주의 기법은 현실을 전체적으로 조망하는 데 한계가 있다는 기본 전제를 갖고 있는데, 그는 이같은 전제에서 자신의 형상화 방식을 카프카의 『변신』을 언급하며 '물구나무 선 현실 반영'이라고 표현하고 있다. 그러나 그럼에도 불구하고 문학은 정치도 아니고 현실 그 자체도 아닌 언어의 산물이라는 그의 주장에 동의하면서도 문학이 기본적으로 가지고 있는,

---

15) 『총독의 소리』, p.79~80

그리고 가져야 할 이야기의 속성까지 파괴하는 것의 한계 또한 지적하지 않을 수 없다.

언어에 대한 최인훈의 애착은 이미 여러 회에 걸쳐 진행된 『광장』 개작에서도 드러난 바 있지만 『총독의 소리』 곳곳에서도 확인할 수 있다. "또 다시 피아노표, 쌍가락지표, 다리미표, 무더기표, 대리투표, 개표 부정의 난장판"과 같은 표현에서처럼 '표'라는 추상만을 선택하지 않고 '피아노표'를 '무더기표·대리투표'와 연결짓는 것이 그것이다. "걸음걸이며 기침걸이며"와 같은 어휘의 조롱도 이런 맥락에서 이해할 수 있다. 특히 단락도 구분되지 않은 채 의미의 연결조차 제대로 되지 않는 수많은 문장을 나열하거나, 마침표를 자주 사용하거나, 대화가 없다거나 하는 등의 파격적인 형식은 이미 그 속에 기존의 서사문법으로는 감당할 수 없는 현실의 모순이 전제되어 있다고 볼 수 있다. 따라서 최인훈의 이같은 형식실험은 현실에 대한 다대한 진폭의 사유만큼이나 시대를 반성하는 한 가지 유형임에는 분명하다.

▨ 참고문헌

구중서, 「제3세계 문학으로서의 한국문학」, 『역사, 현실 그리고 문학』, 김병걸·채광석 편, 지양사, 1985
김기중, 「최인훈 소설 연구」, 동국대 박사논문, 1999
김윤식, 「'우리' 세대 작가 최인훈—어떤 세대의 자화상」, 『총독의 소리』(최인훈 전집 9), 문학과지성사, 1980
차혜영, 「자율적 주체의 개인주의와 모더니즘적 글쓰기」, 민족문학사연구소 현대문학 분과 저, 『1960년대 문학 연구』, 깊은샘, 1998
천이두, 「밀실과 광장」, 『문학과지성』, 1876년 겨울.
———, 「제재와 방법」, 『창작과비평』, 1980년 여름.

홍성원의 『남과 북』론
— 강요된 죽음의 서사를 통한 비극적 전쟁 인식

오창은*

1. 한국전쟁과 소설의 만남

한국전쟁이 발발한 지 20여년이 지난 1970년에 '전쟁과 문학'이 다시 만났다. 그간 한국 전쟁의 소설화 작업은 지속적으로 시도돼 왔지만 '객관적 거리 두기'에서는 자유로울 수 없었다. 그런 의미에서 홍성원의 야심작 『남과 북』은 주목 받을 만 하다. 1970년 9월호부터 종합 잡지 《세대》에 「육이오」라는 이름으로 연재되었던 『남과 북』은 장장 5년 2개월의 지난한 시간을 버티면서 탄생했다. 홍성원은 총 62회의 소설 연재 도중 한 번도 쉬지 않고 원고지 9천 6백장 분량이라는 방대한 작업을 이뤄냈다. 이제 다시 『남과 북』 (전6권, 문학과 지성사)이 2000년 '보완과 개작'을 통해 독자들의 서고를 다시 두드리고 있어 반갑기만 하다. (『남과 북』은 네 번에 걸쳐 활자화됐다. 《세대》지에 70년 9월호부터 75년 10월호까지 「육이오」라는 제목으로 연재된 것을 시작으로, 서음출판사에서 『남과 북』(전7권)으로 1977년 간행했고, 1987년 문학사상사에서 『남과 북』(전6권)을 간행했다. 2000년 6월에는 문학과 지성사에서 개작 증보한 『남과 북』(전6권)이 출간됐다. 문학과 지성사 판은 인쇄 출판과 전자출판이 함께 이뤄진 새로운 매체 실험을 하고 있다.)

『남과 북』은 1950년 6월 25일 발발해 1953년 7월 27일 밤 22시에 정전이 이뤄지기까지의 3년 1개월 4시간의 전투를 고스란히 담고 있다. 숫자로 환산했을 때 이미 의미가 퇴색해 버리는 150만명의 사망자와 360만명의 부상자, 이 죽음의 파노라마는 어떤 다큐멘타리 영화로도 실감을 획득할 수

---

* 중앙대 강사

없다. 다큐멘타리는 피사체에 대한 냉정한 시선 때문에 사건의 전달에 머물고 만다. 그러나 소설은 상상력의 소산이기에 구체적 개인들의 모습을 통해 꼼꼼히 그 내부를 파헤칠 수 있고, 공간 이동이 자유로워 전쟁의 면면을 실감있게 재현해 낼 수 있다. 이렇듯 문학적 상상력은 부분을 확장시켜 전체로 감지할 수 있도록 도와준다.

구체적 개인에게 구체적 죽음은 숙명적 대입관계이다. 죽음은 선택적으로 맞이할 수 있는 것이 아닌 도둑처럼 다가와 한 인간을 강탈해가는 비극적인 것이다. 우리 민족의 역사 속에서 150만이라는 집단적 죽음을 이렇듯 단 시간내에 경험했던 과거가 있었던가. 단지 전쟁이라는 이름으로 이 수많은 죽음들은 집합화되고 쉽게 망각된다. 그 시기에는 죽음이 너무나 흔했기에 어쩔 수 없는 숙명적 과거로 묻혀지고 있다. 부폐한 시체를 들추어내서 수습하는 것보다는, 구더기가 끓고 있을 시체위에 시멘트를 덮어 씌워서 봉합해 버리는 것이 더 편하게 사는 방법일는지도 모른다. 이런 측면에서 보자면 홍성원은 우리 시대의 불행한 장의사이다. 시체의 썩은 냄새를 감수하고, 어긋난 뼈들을 끼워 맞추면서 힘겹게 입관절차를 밟고 있으니 말이다.

『남과 북』은 한국전쟁 전체 시기를 소설화한 작품이기에 대하소설 형식을 취하고 있다. 따라서 특정 주인공이 줄거리 전체를 이끄는 형식을 취하지 않고 있다. 마치 『수호지』처럼 수많은 등장인물들이 각자의 층위에서 전쟁을 경험하고, 아파하고 죽어간다. 34명에 이르는 주요 등장인물들 대부분은 전쟁이라는 거대한 사건 속에서 서로 직ㆍ간접적으로 관계를 맺으며 서사의 톱니바퀴를 굴리기도하고, 스스로의 의지와는 무관하게 톱니바퀴 속에 파묻히기도 한다.

각자의 개성을 분명히 하는 등장인물들은 몇 부분의 권역으로 분류할 수 있다. 우선 38선 제3경비중대의 중대장 오영탁 대위를 중심으로 하는 국군 장교들이 있다. 오영탁 대위는 "평화시의 군대에서는 장교로서는 어딘가 모자라고 약간 우스꽝스럽고 바보"스럽게 보이던 인물인데, 전쟁이 돌발하자 "빛을 내는 군인"으로 돌변한 강인한 인물이다. 그는 전쟁 기간 중 지휘관이 갖는 복잡한 고뇌를 다각도로 보여준다.

"자넨 내가 대대장이니까 대대를 내 마음대루 움직일 수 있다구 생각하

겠지? 천만에, 부대는 부대장이 아니라, 바루 우리 앞에 버틴 적들이 지휘
하는 거야. 그건 둘이 두는 장기판에서 상대편 말의 움직임에 따라 이편
말이 움직이는 것과 똑같은 이치야. 더구나 그 말이 최전방의 말일 때는
아무도 그 말을 자기 맘대루 움직일 수가 없어. 그걸 제맘대루 이리저리
옮기는 건 우리편 대대장이나 사단장이 아니라 언제 우릴 공격해올지 모
르는 우리 앞의 적들이란 말이야."(2권, 420쪽)

　　오영탁은 전쟁에서 군인, 혹은 장교가 처하게 되는 딜레마적 상황을 냉철
하게 인식하고 있다. 적군과 아군으로 나뉘어진 처절한 전쟁터에서 개인의
의지는 그것이 아무리 처절한 것일 지라도 무의미해 진다. 따라서 전투는
일선 지휘관이 하지만 전쟁에 대한 결정은 정치가 한다. 바로 그 중심에 내
밀한 폭력의 정치적 구조가 존재한다. 구조화된 폭력하에서 중간 조직자가
갖는 고통은 전체의 모순과 깊이 연관돼 있다. 따라서 한 개인의 타인에 대
한 폭력도 일종의 권력 관계일 수 밖에 없다. 홉스(T. Hobbs)는 원초적 자
연상태와 폭력의 관계에 대한 단서를 제공했는데, '공통의 권력체계' 가 수
립되는 않은 상태에서는 하나의 전쟁상태가 존재한다는 것이다. '만인의
만인에 대한 전쟁' 으로 일컬어지는 이 시기는 인간 생존의 원시적 형태일
수 있다. 생존을 위한 단계를 벗어났을 때는 구조화되고 조직화된 폭력이
문제시 된다. 개인들, 조직들, 가족들, 국가와 개인, 국가들 사이에서도 폭
력은 권력 관계를 형성하기 위한 방법으로 작용한다. 현대 사회에서 문제는
제도와 구조에 의한 폭력의 양상이고, 더 문제적인 것은 조직과 조직의 폭
력 사이에서 이데올로기가 개입된 형태라고 할 수 있다.

　　오영탁은 전쟁이라는 상황속에서 점차 높은 계급으로 진급하게 되자 "군
대 계급은 오르면 오를수록 그만큼 자기 손으로 많은 사람의 생사를 다루어
야 한다"며 침통해하기도 한다. 개인의 위치가 점차 조직의 중심부로 이동
함에 따라 폭력을 감내해야 하는 입장에서 폭력을 가하는 입장으로 변모하
고 있는 것이다. 이는 군대라는 조직이 갖는 특수성일 수 있다. 홍성원은 조
직과 개인의 관계에 대해 깊은 관심을 보이고 있는데 그 핵심에 군대 조직이
존재한다. 이는 홍성원의 등단작들인 「빙점지대」, 「기관차와 송아지」, 『디데
이의 병촌』 등도 모두 병영을 소재로 하고 있다는 사실에서 잘 드러난다.

　　오영탁은 사단장 등의 상관에게 때때로 항명할 뿐만 아니라, 연합군의 지
휘권이나, 미군 군사고문관과도 거침없이 갈등하는 모습을 보여주기도 한다.
전쟁이라는 특수 상황에서도 오영탁의 미군 지휘에 대한 거침없는 항명과 거
부는 한국군을 작전상의 도구로 이용하려는 태도에 단호한 저항이다. 또, 부
하들에 대한 사랑에 기반해서 그는 전쟁도 생존을 위한 투쟁이라고 주장한
다. 오영탁이 일선 지휘관에서 점차 상급부대 지휘관으로 옮겨감에 따라 전
쟁의 현장 상황은 손정남에 의해 묘사된다. 작품의 후반부에서는 모희규와
한상혁이 장교로 입대하면서 일선 지휘관의 비통한 인간적 고뇌와 좌절이 지
속적으로 독자에게 전달된다. 작가 홍성원은 작품의 전면에서 전투 현장의
비통함을 독자들에게 전달하려고 지속적으로 노력하고 있음을 알 수 있다.

　　전쟁에서 가장 많은 피를 흘리는 사람들은 역시 사병들이다. 전쟁이라는 폭
력의 최대 피해자인 박노익·허세웅·변칠두·조만춘·이덕구·서동필 등은
죽음의 현장에서 겁먹고, 분노하고, 이리저리 내몰리면서 전쟁터 전역을 누빈
다. 박노익은 이기적이면서도 정감넘치는 독특한 개성을 지닌 주인공이다. 강
원도 일대에서 소문난 사냥꾼이었던 박두식 노인의 셋째 아들 박노익은 어려
서부터 사격술을 익혀왔다. 고기가 물을 만난듯 그는 전선의 현장에서 동물적
감각으로 백전노장의 면모를 갖춰나간다. 또 그는 요술쟁이로 소문나 있을 정
도로 군대에서는 구하기 힘든 물건을 적측으로부터 노획해 병사를 상대로 장
사하는 날쌘 너구리 같은 인물이기도 하다. 박노익은 아군 1개 사단이 적들에
의해 초토화된 상황에서 중령을 사칭해 패잔병을 지도해 포위망을 뚫는 작전
을 성공시키고 유유히 사라지는 영웅적인 면모를 보이기도 한다.

　　전장에서 총탄에 맞고, 수류탄에 처절히 찢기고, 부상당한 채 방치돼 죽는
사병·하사관들의 죽음은 부조리하기만 하다. 뻔히 보이는 불가능한 작전에
내몰려 죽음을 향해 돌진하기도 하고, 작전상의 이유로 버림받아 죽음을 맞
이하기도 한다. 개개인은 살아 숨쉬는 생명체이지만 전투 수행중에는 생명
의 존엄이 짓밟히는 소모품이고 전쟁기계이다. 이런 비정한 전투의 황폐한
현장을 뒷 수습하는 이들은 바로 '죽음으로써 전쟁에 저항 아닌 저항'을 하
고 있는 무지랭이 사병들인 것이다. 조직적 폭력, 전쟁이라는 폭력의 극단을
사병·하사관들은 전장의 핵심에서 폭력의 처참한 피해자로 부대끼고 있다.

2. 뿌리 잃은 월남민들의 경계 넘나들기

『남과 북』에서 주요 인물군으로 비중있게 설정된 월남민들도 주목할 필요가 있다. 월남민들은 38도선의 획정에 따른 미국과 소련의 한반도 분할 점령 이후 발생하게 된다. 제2차 세계대전 종전 이후 미국 보다 먼저 한반도를 점령하기 시작한 소련군은 공산주의자들을 중심으로 하는 인민위원회를 각 도마다 결성하여 행정권을 이양했다. 따라서 남한에 비해 통치체제가 일찍 안정되고 강화되어갔다. 이후 남과 북은 각각 분단정권이 수립되면서 38선에 의한 분단이 기정 사실화되었다. 남한은 이승만을 대통령으로 하는 대한민국(1948. 8. 15)이, 북한은 김일성을 중심으로 조선민주주의인민공화국이 성립된 것이다.(1948. 9. 9)

한상혁, 모희규, 신동렬, 민관옥 등은 모두 평안남도 남포 일원에 살던 20대의 젊은이들이다. 월남민들은 '세상이 헤까닥 뒤집히' 면서 삶의 근거를 위협받아 남한으로 쫓겨온 사람들이라고 할 수 있다. 한상혁은 평남일대의 소문난 지주의 외아들이었으며 모희규는 남포항의 '작은 선장' 이라 불리던 선주였다. 신동렬도 북한에서 의학을 공부했던 엘리트였다. 즉 북한에 공산주의 정권이 성립되기 이전에는 탄탄한 경제적 기반을 지니고 있었으나 분단정권이 성립되면서 위협을 느껴 월남했다고 할 수 있다. 그 내면적 맥락에는 북한에서 실시한 토지개혁(1946. 3)과 급격한 사회주의 경제체제로의 재편이 있었다. 한상혁, 신동렬, 모희규의 실질적이고 구체적인 월남 동기는 작품 속에 나와있지 않지만, 사회경제적 체제재편과 깊은 연관이 있는 것으로 보인다. 따라서 실향민으로서 '삼팔따라지' 라 일컫는 이들의 생활은 상대적으로 큰 박탈감을 가질 수밖에 없었다. 또 이들 월남민들은 남과 북이 아군과 적군으로 갈려 전쟁을 하는 와중에서 가장 큰 피해를 입고 휩쓸려야 했다. 고향인 북한을 적으로 간주하고 싸워야 했던 이들의 고뇌는 남다를 수밖에 없다. 한상혁과 모희규가 고향에 대해 갖는 강렬한 집착도 이런 맥락에서 이해할 수 있다. 한상혁과 모희규의 변화는 월남민들의 보편적인 변화상과 연결돼 있다. 월남민들은 사회적, 경제적 기반의 상실로 인해 철저한 대북관과 반공이데올로기에 의해 남한 사회 구성의 핵심중추역할을 수행하게 된다. 한상혁과 모희규가 『남과 북』의 후반부에서 정전협상으로 혼란의 극점에 달한 최전방 전투를 형상화하는 일선 지휘관 역할을 맡는 것도 이런 맥락과 연관돼 있다.

같은 월남민인 신동렬의 행적은 비슷하면서도 복잡하다. 그는 이복형의 부인인 민관옥과 월남해 의사로 근무하다 인민군에 의해 점령된 서울에 남게 된다. 신동렬은 '인민군 야전병원에 배속'돼 죽음의 현장에서 전쟁의 무자비함을 손과 옷에 핏물을 묻히며 증언한다. 처음에는 육체를 무자비하게 찢고 관통하며 넝마처럼 만들어 버리는 죽음에 분노하고, 다음에는 모자란 약품 때문에 환자를 죽여야 하는 병원의 현실에 분노한다. 그러다 마지막에는 환자를 고치는 의사가 아닌 너무 많은 죽음을 자기 손으로 처리해야 하는 현실에 깊은 절망의 나락으로 빠지고 만다. 자신의 의지와 무관하게 인민군 부역자였던 신동렬도 극적 계기를 통해 국군 의무장교로 입대하게 된다. 의사라는 특수직과 남과 북에 모두 연고를 두고 있는 월남민의 신분이 작용했기에 경계 넘나들기가 가능한 것이다. 월남민인 그는 인민군이든 국군이든 환자에 대해서는 그 어떤 편견과 분노도 갖지 않으려고 노력한다. 전쟁이 만들어낸 피해자들의 마지막 종착역인 병원에서 그는 환자들 치료를 위해 또 다른 전쟁을 치르면서 비참한 현실을 고발한다.

그리고 신동렬과 관계를 맺고 있는 또 다른 북한 출신의 인물이 있다. 이복형 신학렬인데 그는 『남과 북』에서 문정길과 함께 비중있는 인민군 정치보위국 장교로 등장한다. 신학렬은 거제도 포로수용소를 거점으로 혁명사업을 수행하기 위해 위장 투항하고, 세계적 사건으로 알려진 거제도 포로수용소장 돗드 장군 납치사건을 진두지휘하는 문제적 인물이다. 그는 인민군 전체의 상황에 관여하기보다는 '거제도 포로수용소' 사건에 국한돼 있다. 대신 문정길과 조명숙이 북한의 상황을 거칠게나마 대변하고 있다. 문정길은 일본에서 공과대학을 나온 진보적 지식인으로 투철한 사회주의 혁명가다. 그는 한국전쟁 발발 당시 사회주의 지하 서클 '샛별'을 조직하여 활동하고, 전쟁 발발 후에는 서울 정치보위부 임시 책임자로 활동한다. 또 후퇴의 와중에서는 보위국 소좌와 8계급 강등이라는 수모를 겪으며 전사로서 인민군 전선의 상황을 보여주고 있다. 문정길은 『남과 북』에 등장하는 신념에 찬 이상주의자의 면모를 보이며, 혁명의 완성에 대한 열정과 당에 대한 무한한 신뢰를 보여주는 인물이다. 문정길과 조명숙은 전쟁 교착 상태에 빠진 이후 북조선 공작원으로 활동하는 등 이들의 여정은 화려하다. 독자들은 북조선의 비극적 면모를 문정길이라는 창을 통해 다시 확인하게 된다. 다만 신학렬·문정길·조명숙의 행적은 북한 사회의 일부만 단편적으로 보여주고 있어 아쉬움으로 남는다.

『남과 북』이 결국 남쪽 중심의 한국전쟁 기술이 될 수밖에 없었던 이유도 여기에 있다. 또 월남민들이 북녘의 현실을 실감있게 표현하지 못하고 있으며, 더불어 작품의 말미에서 모희규는 전투중에, 한상혁은 오발사고로, 신동렬은 자살로 이어지는 죽음으로 끝난다는 사실도 이들의 몰락을 예시하는 듯이 읽히고 있다.

3. 새로운 세대의 등장과 구세대의 몰락

『남과 북』의 시간적 구성은 한국전쟁의 흐름과 일치한다. 서장은 전쟁 발발 바로 직전의 주요 인물 배경설명에, 종장은 정전 이후 살아남은 자들의 아픔을 보여준다. 본론부분의 11장은 전쟁 기간 중의 한반도 상황을 전쟁터와 서울, 경기도 P군 유천동을 중심으로 서술해나간다.

주목을 끄는 것은 『남과 북』의 공간배치이다. 오영탁 등 장교들과 박노익 등 하사관들의 전투와 전선(戰線)의 공간은 끊임없이 이동한다. 38선 경비 중대부터 시작해 대전일원, 낙동강 전투 지역, 서울 수복, 38선 돌파, 북한 지역 점령, 다시 전선의 하강에 따라 남한 전투 지역 등. 이러한 공간의 끊임없는 변화는 소설의 서사구조를 훼손할 위험이 있다. 따라서 『남과 북』은 서사의 주요한 거점으로 서울 M동과 경기도 P군 유천동(일명 버드내)을 설정하고 있다. 작품의 주요인물들은 어떤 식으로든 서울과 버드내에 관련을 맺고 있다. 설규헌 박사의 집인 서울 M동은 아들 설경민, 딸 설소영을 중심으로 신동렬, 한상혁, 모희규, 민관옥, 박가연, 최선화, 로이, 킬머, 터너 등이 배치된다. 시골의 명문 지주인 우동준 일가와 소작인이었던 포수 박두식 노인 일가 사람들도 버드내라는 공간을 중심으로 배치돼 있다. 우대인의 아들인 K대학의 사학과 강사 효중, 화가 효석, 딸 효진, 그리고 박노인의 세 아들 한익, 수익, 노익의 고향이 바로 버드내다.

특히 버드내는 급격하고 폭력적인 사회변동이라 할 수 있는 전쟁으로 인해 전통사회가 어떻게 변화하는가를 보여준다. 이는 서울 M동의 사회변동과 대비해 볼 때 흥미로운 지점이 많다. 사회변동을 사회학에서는 특수한 상황 아닌 정상적인 운동관계로 바라본다. 그것이 개인적 수준에서든 사회적 수준에서든 필수불가결하다는 것이다. 단지 쟁점이 되는 것은 변동의 존재여부보다는 변동의 속도이다. 전쟁은 그 어느 시기보다 급격한 사회변동을 초래한다는 점에서 문제적이다.

전쟁 전 버드내는 지주와 소작인의 관계, 양반과 상민의 구분 등 자본주의적 관계가 침투하기 이전의 전통사회적 풍경을 형성하고 있었다. 우대인의 보살핌으로 박두식 노인은 포수 생활을 청산하고 결혼하여 버드내에 정착했었다. 따라서 전통적 토착 양반지주인 우대인과 박포수의 관계는 인간적이면서도 봉건적인 형태로 지속되었다. 문제는 2세대인 효중·효석·효진과 한익·수익·노익의 관계변화다. 전쟁 전까지 우대인의 아들 삼형제는 박포수의 아들 삼형제와 극히 상반된 제도적·계급적 위치에 있었다. 그러나 평화와 질서가 무너진 전쟁은 기존의 관계를 송두리째 흔들어 버린다. 박포수 아들 삼형제가 우대인 아들 삼형제의 역할을 대체하는 상황이 발생하게 된 것이다.

효석은 지주 계급이라는 이유로 재판 없이 처형되고, 효중은 집안의 퇴락을 온몸으로 세상에 알리는 기이한 행동을 일삼다 자살하고 만다. 효진은 심리적 거부감속에서도 박포수의 장남 한익과 결혼하게 된다. 반면 P군 시장내에서 곡물 도매상을 운영하던 한익은 전쟁을 통해 엄청난 부를 축적해 우대인 집안의 전 재산을 흡수하게 됨은 물론 우대인 집 딸 효진과의 결혼에도 성공한다.

> "나 벌써 다 알구 있어. 어쩌면 그게 잘된 일인지두 알 수 없어. 역사라
> 는 게 그런 거 아니냐? 한쪽이 망하면 한쪽이 흥하구……."

효진은 두 손에 얼굴을 묻으며 새삼 서러운 듯 격렬하게 흐느낀다.

"알구 계셨군요. 전 아직두 한익씨 그 사람이 마음속에 가깝게 느껴지지 않아요. 왜 전쟁이 우리 집안에만 이런 시련을 안겨주는 거죠? 어째서 우리 집안에만 이런 불행들이 닥쳐야 하는 거죠?"

"고목이야 우리집은. 꺾이지도 않은 채 꼿꼿이 서서 형해만 남은 채 말라 죽는 고목 말이야. 우리집도 이젠 건강한 새 거름이 필요해. 박한익이 같은 우리와 다른 질기고 강인하며 끈적끈적한 새 거름 말이야. 네가 그렇게 된 건 오히려 잘된 일이야. 아버님도 아마 그런 과정을 다 아시고 돌아가셨을 거야."(4권, 147~148쪽)

대중의 의식 깊이 뿌리박혀 있는 양반 상놈 간의 차별이 한국전쟁을 통해 마지막으로 해체되고 있음을 보여준다. 효진이 비록 강한 거부감을 피력하고 있다 하더라도 급격한 자본의 이합집산으로 한익은 P군의 실력자로 거듭난다. 사회변동은 이중적인 성격을 지닌다. 한쪽의 상승은 다른 쪽의 하강을 강요할 수 있다. 이러한 사회적 변동은 극심한 저항을 동반하기 마련이다. 그러나 특징적인 것은 버드내의 사회변동이 남북한 이데올로기의 폭력적 충돌로 이어지지 않는다는 점이다. 흔히 소작인들에 의한 지주계급의 숙청과 연이어 터지는 보복행렬, 그리고 역전과 역전, 복수와 복수를 거듭하는 피의 살육전은 버드내에서 발생하지 않는다. 이는 우대인이 토호 지주이면서도 박노인 등의 소작인에게 시혜를 베푸는 유교주의적 가부장질서를 유지했기 때문이라고 할 수 있다. 다른 측면에서 폭력적 사회 변화가 일어나지 않는 이유로 박한익이 좌우의 이데올로기를 피해가면서 소작인에서 상업 자본가로, 다시 축적된 자본을 바탕으로 학교 재단을 인수하는 온건한 방향으로 자신의 신분 변화를 꾀했기 때문이라고도 할 수 있다.

그러나 도시의 사회변동은 버드내처럼 급격하지 않다. 이는 사회변동의 방향과도 관계를 맺고 있다고 할 수 있다. 즉 이미 자본주의적 질서 재편이 이뤄진 서울의 경우 신분질서의 변동이나 구조해체의 흔적은 찾아볼 수 없다. 버드내의 변화는 한국전쟁이 농촌 공동체 사회를 급격히 해체시키고, 자본주의화시켰다는 한 상징으로 읽을 필요가 있다.

4. 한국 전쟁에 대한 주체적 수용

한국 전쟁의 성격에 관한 객관적 분석과 상황 파악은 기자들에 의해 이뤄
진다. 일간지 외신부 차장인 설경민, 한국인 2세이며 ANS 극동주재 특파
기자 로이 킴, FENS 극동주재 기자 에드워드 킬머 등은 언론인의 입장에
서 한국전쟁의 국제적 역학관계와 정치적 맥락들을 보여준다. 맥아더 참모
부 지투(G-2)에 근무하는 유태계 조셉 터너 중령도 한국전쟁을 미국측의
입장에서 살필 수 있도록 하는 중요한 통로 역할을 하기도 한다.

설경민은 어떤 의미에서 『남과 북』의 핵심적 주인공이다. 전쟁 전부터 이
미 불구의 다리를 지니고 있었던 그는 해방 이후 한반도의 불완전성을 상징
하고, 건강한 나머지 다리마저도 미군의 총에 의해 다치게 되는 것 또한 전
쟁이 낳은 비극적 상처를 은유적으로 드러낸다. 그는 능통한 영어를 바탕으
로 미국 정보부의 통역관으로 일하기도 하는 한국 지식인의 표상이다. 전쟁
의 외중에서 아버지인 K대학 교수 설규헌 박사를 여의고, 우발적으로 최선
화와 관계를 맺어 아들 진철을 얻게 된다. 또 진철을 자신의 아들로 받아들
이게 되자마자 부인 최선화는 자살하고 마는 비극적 관계의 정점에 서 있다.

미국인들은 한국을 "걸인의 나라, 협잡꾼의 나라, 쓰레기의 나라"로 재단
하고 있는가 하면 "세계 모든 나라의 나쁜 점만을 끌어모은 나라"라고 혹독
한 비난을 퍼붓기도 한다. 설경민은 미국인들의 이러한 한국에 대한 이미지
와 싸우며 민족적 주체성에 대해 적극적으로 옹호한다. 또 한국적 지식인인
그는 곳곳에서 한국전쟁에 대한 날카로운 해석과 비판적 예지를 보여준다.

　① 신문 라디오 등 각종 보도들은 북한의 인민군들을 오래 전부터 적이
　　라고 부르고 있다. 그러나 적이라고 불리는 그들이 실은 같은 피를
　　나눈 동족이며 같은 언어의 동포들이다. 그들이 적이 아니면 안 될
　　이유는 피차 섬기는 사상과 정치 체제가 다르기 때문이다. 그렇다면
　　경민은 오늘의 전쟁 사태가 한반도에 도대체 어떤 의미를 줄 것인가
　　궁금하다. 전쟁은 인간들이 연출하는 가장 노골적인 적대감의 표출
　　이다. 그런데 그는 이 적대감의 노출이 이 나라의 오랜 일체감에 과
　　연 어떻게 작용할까 궁금하다. 한번도 겪어본 일 없는 동족간의 전쟁

이 과연 이 나라가 수천 년 간 다져온 결속에 아무 상처도 흠집도 내
지 않고 무사히 스쳐갈 것인가 궁금한 것이다. (1권, 164쪽)

② "미국은 한국의 반대 의사 따위에는 아무 관심도 없을 거요. 지난 6
월 30일 한국은 벌써 대통령의 성명서를 통해 정전 반대 의사를 분
명히 밝혔소. 허지만 한국의 반대 의사에도 불구하고 미국은 자기들
의 스케줄대로 정전 회담을 시작했고, 지금은 회담 경과에 대해 나름
대로 낙관적이며 긍정적인 일부 전망까지 나돌고 있소. 회담에 한국
대표를 옵서버 자격으로 참석시킨 것만 봐도 미국은 벌써 이번 회담
을 한국을 배제한 채 자기들의 주관하에 진행하겠다는 의사 아니
오?"(4권, 255쪽)

설경민의 인식적 기반은 민족주의와 주체성이다. 그는 한국전쟁이 국제
전 양상을 띠는 것에 대한 거부감이 강하다. 물론 같은 민족간의 전쟁이 한
반도에 발발한 것 자체를 비극으로 인식하고 있음은 물론이다. ①은 전쟁이
발발한 시점에서 민족분단의 고착화를 예견하는 안타까운 토로이다. 전쟁
으로 표출된 "노골적 적대감"이 미래의 한반도 정세에 미칠 치명적 악 영향
은 현실로 구체화됐다. 설경민은 반만년의 역사속에서 지속돼 온 민족의
"장구한 결속"이 전쟁의 영향을 통해 장기간 상반된 운명에 놓일 가능성이
있음을 내비친다. 전쟁이 강요한 무수한 죽음 이후에 나타날 '분단고착화'
의 위험에 대해 경고하고 있다고 할 수 있다. ②는 한국인의 의사와는 무관
하게 진행되는 전쟁과 정전협정에 대한 울분이다. 결국 전쟁의 시작은 한반
도에서 이뤄졌지만 한국은 한국인의 목숨과 한반도라는 전쟁터를 미국을
비롯한 연합군과 중국군에게 빌려줬을 뿐이라는 비극적 상황을 보여준다.
설경민은 일간지 외신부 차장으로서 능통한 영어실력으로 미국인 기자나
미군들과 수시로 관계를 맺고 있다. 따라서 그가 행하는 발언은 국제관계에
대한 냉철한 인식에 기반해 있다. 지식인 설경민은 한국 전쟁의 발발 원인
인 이데올로기 문제가 서구에서 수입된 타자의 이데올로기라는 것, 38선
분단이 제2차 대전 종전 후 열강에 의해 편의상 이뤄졌다는 사실, 그리고
전쟁의 진행과정 또한 한국인의 의사와 무관하게 이끌리고 있음에 대해 분

노하고 있다. 따라서 '주어진 전쟁'에 대한 인식적 비관의 골은 깊다. 「남과 북」 전반에 흐르고 있는 비장미는 한국인이 1950년대에 가질 수밖에 없었던 나약함에 대한 반성과 울분에 기인하고 있음을 알 수 있다.

여기서 작가 홍성원의 인식적 기반을 되짚어 볼 필요가 있다. 비록 개정판 「남과 북」이 2000년에 재출판되기도 했지만 인식의 틀의 근간은 여전히 1970년대에 기반해 있음을 확인할 수 있다. 설경민으로 대표되는 1970년대의 한국전쟁 인식은 '민족주의'와 '주체성'이다. 민족주의와 주체성 확립은 한국 지식인 사회의 한 경향으로 1960년부터 자리잡아 왔다. 한국 사학계와 사회학계의 연구성과가 1970년대 초부터 쏟아져 나오기 시작했고 이는 사회전반으로 확산되었다. 특히 1967년 12월과 68년 3월 한국경제사학회주최의 '한국사의 시대구분문제'는 주체적 관점의 확립에 영향을 준 사건으로 지성계에 기억되고 있다. 이러한 민족 추체성 확립 노력에 기반해 김윤식·김현의 「한국문학사」가 집필되기도 했다. 「남과 북」이 한국전쟁에 대한 해석적 깊이를 확보하며 역사적 관점에 접근할 수 있었던 것도 한국 지성계의 전반적 변화와 연관을 맺고 있다고 할 수 있다. 그런데 여기서 한 가지 더 짚어야 할 사항이 있다. 박정희 정권시기의 '조국근대화' 담론에 담긴 개발독재와 '민족주의', '주체성'과의 상관관계에 관한 것이다. 박정희는 곳곳에서 한국적 민주주의, 혹은 민족주의를 주장했다. 그는 "외국에서 들여오는 주의, 사상, 정치제도를 우리 체질과 체격에 맞추어서, 우리에게 알맞는 사회를 만들자는 것이 내가 주장하는 민족주의다"고 천명하고 있다. 그의 저서와 어록은 국가·민족·역사·혁명이라는 네 단어가 빈번하게 나타난다. 박정희 정권의 담론은 위로부터 동원된 민족주의 형태라고 할 수 있는데 다른 측면에서 민족적 군사주의와 상당부분 관련을 맺고 있다고 할 수도 있다. 「남과 북」의 인식구조가 박정희 정권의 담론을 그대로 수용하고 있는 것은 아니다. 그러나 민족주의와 주체성에 입각해 한국전쟁을 다룸으로써 군사정권의 담론과 유사한 측면을 지니고 있음이 드러난다. 따라서 「남과 북」이 일정부분 (민족)국가주의적 개발독재에 저항하고 있음에도 1977년 '반공문학상' 대통령상을 수상한 것도 '민족주의'적 주체성 때문이라고 할 수 있다.

5. 죽음의 서사를 넘어

집단적 폭력 행위의 극단인 전쟁은 살아남은 자들에게 엄청난 **후유증**을 남긴다. 『남과 북』은 그 후유증을 치유하려고 노력하고 있다. 오영탁, 손정남, 우효중, 우효석, 신동렬, 한상혁, 모희규, 박가연, 최선화, 킬머 등 대부분의 중심인물들은 죽음의 길을 걷는다. 물론 모든 죽음은 서사적 맥락을 지니고 있으며 비극적이다. 하지만 『남과 북』에 등장하는 인물들의 죽음은 책임을 떠넘기지 않으려는, 혹은 살아남은 자들에게 빚을 지우지 않으려는 결연한 태도로 비춰진다. 그 이면에는 여인들이 있다. 남자들이 논두렁과 산비탈에서 명분 있는 적과 싸우는 동안 여인들은 후방에서 아무렇게나 버려진 채 가난과 치욕과 절망이라는 보이지 않는 적과 피투성이로 싸우고 있다. 이 여인들은 인간 생명의 원천을 지니고 있기에 또 다른 역사를 책임지고 있다고 할 수 있다. 한쪽에서 끊임없이 조직간의 대규모 학살이 진행되고 있고, 다른 한쪽에서는 여인들이 죽어갈 이들에게서 잉태한 새 생명을 간직한 채 살아가고 있다.

『남과 북』은 이러한 생명의 자연사 이외에도 한국전쟁에 대한 몇가지 인식적 근거를 마련해 준다. 비록 2000년에 문장과 등장인물에서 수정과 보완이 이뤄졌지만 1970년대의 한국 정치 · 경제 · 사회 · 지성의 흐름과 연관해 읽을 때 이는 보다 명확해 진다. 전쟁은 필연적으로 군대의 기능을 강화시킨다. 한국 군사정권의 탄생은 한국 사회내에서 조직의 개인에 대한 폭력을 증대시켰고, 홍성원은 병영문학을 통해 이에 저항하고 있다. 역사적 사건의 소설화는 현재를 과거에 투영하는 작업이고, 전망을 확보하려는 지난한 노력이다. 『남과 북』은 너무도 많은 죽음으로 점철돼 있기에 서사구조가 전망(perspective)을 확보하고 있다기보다는 비극적이라고 할 수 있다. 추악한 전쟁에 대한 작가의 거부는 순결한 상태, 혹은 전쟁 이전의 상태로 되돌리고자 하는 작가의 낭만적 열망에 대해 대부분의 주요 인물을 죽음으로 귀착되게 한다.

그러나 무엇보다 아쉬운 점은 여전히 남과 북이 함께 서사 영역으로 투영되지 못했다는 사실이다. 이는 다른 측면에서 남과 북이 통일을 위해 가야 할 길이 아직도 구불구불한 굴곡과 함께 지루하게 뻗어 있음을 역설적으로 보여주고 있다고 할 수 있다. 북을 진정한 의미에서 '타자'로 껴안지 못하고 '남한 중심의 서사구조'에 꿰 맞추고 있다는 사실은 한반도의 상황을 그대로 반영하고 있다. 남북정상회담이 이뤄지고, 한반도에 전환적 신데땅트(new-detente)가 이뤄지고 있음에도 남북한의 내면 속에는 한국전쟁에 대한 의도적 외면이 깊이 자리하고 있다. '남'과 '북'이 따로따로 만나 소설『남과 북』을 이루는 것이 아니라, 진정한 구분조차도 없어지는『통일』로 얼싸안을 때 '한국전쟁'의 아픔은 그 깊숙한 내면으로부터 치유가 가능할 것이다.

▒ 참고문헌

김병익, 「6.25 콤플렉스와 그 극복」, 『문학과 지성』 75년 겨울
김치수, 「남성문학의 세계」, 『작가세계』, 1993년 가을, 세계사
김현숙, 「홍성원의 소설 '南과 北' 연구 : 인물 구조를 중심으로」, 『성신어문학』 7,
    1995.
송희복, 「전쟁과 애증, 혹은 욕망의 서사시 : 홍성원의 '남과 북'」, 『문학사상』 1993년
    4월, 문학사상사

황석영의 『張吉山』론
— 「張吉山」의 서사 구조와 시적 세계

김동환*

1. 역사소설의 의미망

역사소설에 대해 적극적이고 긍정적인 의미를 부여하기 위한 노력은 80년대 중반에 이르러 본격화되었다. 이러한 노력들이 이 시기에 이르러 본격화된 데에는 다음과 같은 요인이 작용했을 것으로 판단된다.

우선적으로 논의의 실제적 대상인 작품들이 산출되었다는 점이다. 이 시기에 『土地』, 『張吉山』, 『客主』, 『太白山脈』 등의 대하역사소설이 연재를 마치거나 발표 중이었다는 사실은 이러한 논의들을 가능케 한 일차적인 요인이었을 것이다. 새롭다고는 할 수 없지만 문학사적 전통에서 다소 낯선 것으로 볼 수 있는 양식들이 집중적으로 산출되었을 때 그 현상들에 대해 설명해 내고 지속적인 발전이 가능하도록 하는 것이 비평의 일차적 임무임을 감안한다면 당연한 현상이라 할 수 있다.

두 번째로는 시대적인 상황의 변화라는 요인을 들 수 있다. 70년대 이후 지속적으로 성장해온 사회운동이 정치·경제·사회적 측면에서 균질화되고 저변으로 확대되면서 그에 상응하여 사회 제 계층의 역사의식이 제고되어야 한다는 당위론이 대두되었다. 이와 같이 우리의 근대사에 대한 깊이 있는 논의들이 집중적으로 이루어지고 또 현실적으로 가능케 된 상황의 변화가 역사소설에 대한 관심을 불러일으킨 또 다른 요인이라 본다.

세 번째는 문학사 내적인 문제에서 찾을 수 있다. 우리의 근대문학이 전후, 60년대, 70년대를 거치면서 여러 국면에서 질적 양적 성장을 이루어 냈

지만 작품세계의 확대나 현실인식에의 기여라는 측면에서는 미흡했던 것으로 평가되고 있다. 그 중에서 소설의 경우를 놓고 본다면 단편·중편 중심의 창작 경향이나 체험의 차원에서 크게 벗어나지 않은 현실 재구, 현실에 대한 총체적 인식에 기여할 수 있는 의미를 창출해 내지 못했던 점등이 비판적 평가의 주된 초점이었다. 특히 급격한 변화양상을 보여주는 사회적 국면들에 대응하여 올바른 방향성을 제시해야 하리라는 기대지평의 측면에서 소설이 지니고 있었던 이러한 한계들을 극복해 내고자 하는 노력들이 심도 있게 진행되었고 그 한 지향성으로 역사소설의 본질적 기능에 대한 관심이 논의의 대상으로 등장한 것으로 본다. 여기에서는 이러한 맥락을 염두에 두고 황석영의 『張吉山』에 대해 검토해 보기로 한다.

『張吉山』에 대한 논의는 작품이 연재중인 시점에서부터 현재에 이르기까지 지속적으로 이루어지고 있다. 이들 논의들의 거의 대부분은 작품에 대해 매우 긍정적이며 높은 평가를 하고 있고 홍명희의 『林巨正』과의 관련성, 민중의식의 구현이라는 측면에서 접근하고 있다는 점에서 공통점을 지니고 있다. 특히 『林巨正』과의 관련성에 대한 논의는 역사소설의 묘미를 느끼게 해준다는 점에서 주목할 필요가 있다. '거의 같은 시기'의 서로 다른 두 인물인 '임꺽정', '장길산'과 관련된 역사적 사실을 소재로 한 두 작품이 서로 '다른 시대'에 쓰여졌지만 민중성과 저항의지라는 '동일한 의식'을 기반으로 하고 있고 상호 조응하여 대하역사소설이라는 장르의 정체성을 확보하는 데 기여하고 있기 때문이다.

이 글의 초점은 이런 측면에서 『張吉山』에 부여된 의미가 작품의 구조적 측면에서는 어떻게 드러나는가 하는 점을 밝혀 보는데 있다. '허구로서의 사실'과 '구조'의 조화야말로 서사양식을 이루는 가장 기본적인 요소라 생각하기 때문이다.

2. 역사적 사실과 소설 구조의 상관성

1) 역사적 사실의 검토

『林巨正』의 소재가 되는 역사적 사실들은 여러 문헌을 통해 전해지고 있고 대부분의 한국사에서 주요한 항목으로 취급하고 있는데 반해 『張吉山』의 소재가 되는 사실들은 별다른 기록도 없거니와 한국사에서도 다루어지지 않고 있다. 이 같은 사실은 작가에게는 소설 창작과정상에서 더욱 폭넓은 '문학적 허용'을 제공해 주는 요인으로 작용할 수 있으며, 반대로 풍부한 재현을 방해하는 요인이 될 수도 있을 것이다. 우선 구체적인 사실들을 검토해 보자.

역사적인 문헌에 드러난 장길산 사건은 일부분이 밝혀져 있을 뿐 그 정확한 내력이나 과정에 대해서는 자세히 드러나 있지 않다. 또한 그 밝혀진 부분도 숙종 대의 다른 역사적 사실들과의 연관하에 기술되고 있는 것이 특징이다. 이로 보아 지금까지의 학계의 연구들은 일차적으로는 장길산 사건을 개별적인 사건으로 보기보다는 일련의 체제반항 운동의 한 연장선상에 놓여 있는 것으로 파악하고 있음을 알 수 있다. 그런데 이 두 가지 문제는 장길산 사건을 보는 관점의 측면에서뿐만 아니라 소설 『張吉山』과도 밀접하게 연관되는 문제이다. 일반적으로 조선시대의 '민란'은 사회의 구조적 모순의 한 발현 형태이기 때문에 비록 민란 세력의 지역적·계층적 변별성에 의해 개별적인 현상으로 보인다 할지라도 근본적으로는 동일한 흐름 속에서 파악되게 되는 것이다. 그런 측면에서라면 장길산 사건이 다른 사건들과 함께 논의되는 것이 특별히 어떤 의미를 가지지 못하지만 본고에서는 장길산 사건을 앞뒤로 해서 일어난 여러 형태의 사건들이 다른 경우와는 달리 이면 깊숙한 측면에서 서로 유기적으로 연관되어 있다는 사실에 주목하고자 한다. 임꺽정의 난은 그 자체가 중심이 되는 사건이지만 장길산 사건은 당대의 한 흐름 중의 일부를 이루는 것이라는 점에서 서로 변별된다. 장길산 사건이 지니는 특징이 여기에 있다. 이와 관련하여 장길산 사건을 전후로 해서 발생한 일련의 사건들 중 주요한 것들을 들어보면 다음과 같다.

(1) 劍契·殺主契 事件

香徒契 가 근원이 되어 형성된 비밀결사 조직으로 양반 살육, 부녀 겁탈,
재화 약탈 등을 조약으로 삼았다. 士大夫家나 宮家의 노비들이 결속하여 만
들어 철저하게 비밀 조직으로 유지됐으나 숙종 10년(1684)에 몇몇 계원이
체포되면서 세력이 약화되었다.

(2) 彌勒信仰事件

"석가가 진하고 미륵이 세상을 주장하게 된다"는 미륵신앙을 내세워 신
도들을 모은 뒤 "雨水傾蕩의 기회를 이용하여 한성의 궐중에 침입하여 새
로운 사회를 실현할 것을 기도"한 사건이다. 경기 양주가 중심이었다가 점
차 황해도, 강원도 등으로 확대되었으나 숙종 14년(1688)에 주모자가 모두
검거됨으로써 실패로 끝났다. 주도 계층은 하층 평민, 노비층이며 주요 인
물로는 승려 여환, 무녀 계화와 원향, 풍수지리가 황희, 공방 출신의 천민
정원태 등을 들 수 있다.

(3) 甲戌換局(숙종 20년, 1694)

장희빈 사건을 계기로 남인이 정권을 잡은 己巳換局에 이어 소론 세력이
정권을 잡는 과정에 해당하는 甲戌換局은 사대부 이외의 계층이 공식적으
로 역사의 무대에 등장했다는 점에서 주목된다. 少論세력은 역관을 중심으
로 한 중인, 상인, 서얼층과 결탁하였으며 海島 중의 노비 도적을 상징하는
鄭姓眞人을 영입하고 한성 내의 노비세력과도 연계를 맺었다. 이 중 중인과
서얼층의 기회주의적 속성이 여러 고변 사건을 야기한다는 점에서 주목되
는 사건이다.

(4) 李悅 俞選基 告變事件

8도의 승려 세력이 중심이 되어 京中의 庶類층, 장길산 부대 등과 결속하
여 거사를 계획했으나 숙종23년(1697)에 가담 인물 중 李悅과 俞選基 가 당
쟁의 와중에서 자신들의 입지 강화를 위한 방편으로 고변을 함으로써 거사
에 앞서 노출이 되었다. 이들은 眞人 鄭氏, 崔氏 양인을 얻어 조선을 평정하

고 鄭氏를 세워 왕으로 삼고 뒤에 중원을 공격하여 崔氏를 세워 황제로 삼는 것을 목표로 삼았으며 주요 인물로는 승려 운부, 옥여, 대성법주 등이며 서류층, 장길산부대 등과 연계를 맺었다.

(5) 張吉山事件

숙종 13년(1687)경부터 활동을 시작한 것으로 보이며 李悅·俞選基 등의 告變이 있었던 해인 숙종 23년에 가장 왕성한 활동을 한 것으로 보인다. 倡優 출신으로 馬商을 가탁한 군대 5천과 보병 천여 명을 옹위하는 세력으로 성장했으며 황해도, 함경도, 강원도 등지를 무대로 하고 있다. 관군의 토포로 구월산에서 물러나 양덕에 숨었으나 끝내 잡히지 않았다고 한다.

위에서 제시된 사건들 중 기록상으로 볼 때 장길산 사건과 직접적으로 연관되어 있는 것은 李悅·俞選基 등의 告變事件으로 명명된 승려들의 거사 계획이다. 물론 다른 사건들도 그 속성상 연관성이 있으리라 추정은 되지만 확정적인 근거는 없다. 각 사건의 처리과정에서 몇몇 관계자(주로 검거자)들이 제공한 내용들을 중심으로 기록했던 데서 오는 귀결인지도 모르지만 직접적인 연관을 이야기하기에는 어려움이 많다. 그러나 중요한 것은 이 사건들이 서로 동일한 사회사적 배경에서 발생했다는 점이다.

이상에서 살펴 본 事實들은 숙종조에 발생한 주요 사건들로 지배체제에 항거해 새로운 사회를 건설하고자 하는 피지배계급의 운동이 표면화된 것이다. 17세기말부터를 우리 나라 봉건사회의 급격한 변혁기로 보는 것이 일반적인 견해인 점을 감안할 때 이들 事實들은 단순한 사건에 그치지 않는다. 지배계층의 입장에서 보면 소수 무리배들이 야기한 소요 정도에 지나지 않겠지만 역사의 흐름에서 본다면 쉽게 간과될 수 없다. 당대 사회의 저변에 흐르던 민중의식의 성장을 단적으로 보여 주는 것이기 때문이다. 『張吉山』이라는 역사소설이 그것이 창작된 시대의 의식사, 정신사와 맞물림으로써 높이 평가되고 있는 것과 이 사건들의 의미는 서로 분리될 수 없는 층위에 놓여 있는 것으로 판단된다.

2) 복합구조의 의미

앞에서 『張吉山』의 소재로서의 장길산 사건에 대한 기록이 단편적이고 그 기술 내용도 개별적인 차원이 아니라 다른 사건들과 관련된 측면에서 이루어지고 있음을 그 특징으로 지적한 바 있다. 이 특징은 『張吉山』의 구조와 불가분의 관계에 있는 것으로 판단되는데 우선 작가의 말을 인용해 보자.

> "이조 후기를 바라보는 민중의 한 사람으로, 민중운동사를 새겨보는 의미에서 깨달은 점이 많습니다. 역사의 실재 재료를 새로운 눈으로 평가해야 한다는 것이죠. 역사의 사실을 기술한 사람이 그 사회에 어떠한 위치에 있는가가 역사관을 푸는 열쇠입니다. 「왕조실록」, 「승정원일기」, 「비변사등록」 등은 전부 지배층을 중심으로 쓴 자료가 아닙니까. 정치권에서 소외된 민중을 주체로 민중의 눈에서 소설을 써나가고 있습니다. 저는 역사의 기술자가 '우매하다' 고 썼다면 '어질다' 고 보는 반면적 고찰이 역사에 필요하다고 봅니다. 이조 후기의 민란 · 난동 · 소요 등을 진압하는 입장과 반항하는 입장 중 저는 후자의 편에 서있습니다. 『張吉山』은 요즘 활발해진 민중운동사 연구와 함께 노비문서, 호적문서, 토지대장, 민요나 민담, 재해석 등에 의해 새로 태어나 인물이라고도 할 수 있지요."

여기에서 관심을 끄는 부분은 장길산이 '새로 태어난 인물' 이라는 점과 '반면적 고찰' 이라는 용어이다. 우선 역사에 대한 반면적 고찰이라는 용어는 이 소설의 출발점이자 지향성에 해당한다. 즉 '새로운' 평가의 방향을 반면적 고찰에서 찾고 그 주체를 민중으로 설정한다는 것이 소설을 쓰게 된 의도이다. 그러나 이미 지나간 시대의 사료는 한정되어 있다는 점에 문제가 있다. 아무리 다르게 본다고 할지라도 그 사료 자체가 이미 고정된 관점에 의해 선택되어 있는 것이라면 새로운 고찰이란 쉽지 않다. 더욱이 장길산 사건의 사료는 매우 부분적이고 단편적으로 남아 있는 형편이다. 장길산이 새롭게 태어나야 할 일차적인 이유는 여기에 있다고 본다. '새로 태어난' 이라는 수식어는 단순히 관점을 달리해 보는 것만을 의미하지는 않을 것이다. 재창조에 가까운 쪽이다. 앞에서 살펴 본 장길산 사건에 대한 연구들이 사건을 개별적인 것이 아닌 커다란 흐름의 한 지류로 파악하고 있음도 이에 작용했을 것으로 판단된다. 이 점은 당대에 '활발해진 민중운동사 연구와 함께'라는 대목에서 여실히 드러난다. 한정된 사료 속의 장길산이 아닌 여러 사료들과의 연계 속에서 재창조된 인물로서의 장길산이 작가에게 필요한 인물인 셈이다. 역사라는 한정어가 붙어 있기는 하지만 소설이라는 장르적 속성에서 볼 때 인물형상의 재창조는 당연한 것이겠으나 이 대목에서의 재창조는 또다른 차원에 속한다고 볼 수 있다. 그렇다면 장길산이라는 인물명을 소설의 제목으로 삼은 연후 작가는 자신의 창작의도를 어떤 방식으로 달성하고자 하는가를 검토하는 것이 이 장의 목적이다. 결론적으로 말한다면 작가는 복합구조를 통해 그 문제를 해결하고 있다.

『張吉山』의 구조는 검계·살주계사건, 미륵신앙 사건, 한양 선비들의 고변 사건 등을 장길산의 이야기와 함께 순차적으로 서술하는 형식으로 되어 있다. 그리고 각각의 사건은 작가의 의식적인 노력에도 불구하고 개별적인 성격이 강하게 드러난다. 역사적 사실로서의 이 사건들은 앞 절에서 살펴본 바와 같이 한양 선비들의 고변 사건으로 드러나게 된 승려들의 거사 계획을 제외하고는 장길산 사건과 직접적인 연관이 없다고 할 수 있다. 다만 그 연관 가능성을 추정할 수 있을 뿐이다. 그러나 당대의 민중운동의 흐름을 파악하고 거기에서 새로운 의미를 찾고자 하는 작가에게는 이 사건들이 서로 연결되어야 할 당위성이 주어진다. 그렇다고 내적 연관 없이 독립적으로 사건들을 다룰 수는 없다. 작품의 완결성이 문제되기 때문이다. 여기에서 복합구조가 가지는 유용성이 힘을 발휘한다.

복합구조는 현실의 다양한 국면을 핍진성을 잃지 않고 재현할 수 있는 형식 원리로서 작품 구성을 치밀하게 하고 변화를 주고, 복잡하게 만들어 사실성을 유발하는 기능을 지니고 있다. 톨스토이의 작품에서 자주 등장하는 이 형식 원리는 리얼리즘 소설 연구자들의 많은 관심을 받고 있기도 하다. 主구조와 함께 副구조를 병렬시킴으로써 主구조만으로는 포착이 어려운 국면들을 형상화낸다. 이 원리를 원용하면 단일구조에서는 다루기 어려운 다양한 상황이나 대상들을 동일한 소설공간 내로 끌어올 수 있다. 어쩔 수 없이 단일구조 내에서 다루었을 경우에 생기기 쉬운 산만함도 극복할 수 있다.

　역사소설의 소재가 되는 역사적 사실들은 생생하게 전달될수록 가치창출 효과가 크다. 하나의 역사적 사실이 소설 속에서 부수적인 것으로 그려질 경우 대부분 형해화되어 '사실 전달' 차원에 머물게 되기 때문에 서술대상에 대한 집중성이 필수적으로 요청된다. 일단 복합구조를 통해 소설의 공간 속으로 편입된 사건이나 상황에 대해서는 작가는 주구조 못지 않게 집중적으로 그려낼 수 있다. 독자의 입장에서도 모든 사건의 흐름을 끊임없이 주구조와 연관지어야 하는 압박감에서 벗어나 그 자체에 몰두할 수 있다. 복합구조를 구성하는 각각의 사건들이 독특한 미적 경험이나 가치 있는 세계를 체험 가능케 한다면 작품의 의미는 더욱 제고되게 된다.

　『張吉山』은 복합구조를 원용하여 당대 사회의 여러 국면을 실감있게 그려내고 있다. 각 구조를 이용해서 작가는 도성과 지방의 생활상, 지배계층과 피지배계층의 삶의 방식, 다양한 인물 군상들을 작품 속으로 끌어 들여 현실의 총체적 재현을 위한 기틀을 마련하고 있다. 특히 각 구조간의 넘나듦을 통해서 그 동안 제반 역사물들이 재현해내지 못한 기층민중들의 다양하고 진지한 삶의 모습을 그려낸 것은 탁월한 업적에 속한다. 한갓 지배계층의 정치이념에 종속되어 부수적인 존재들로만 여겨져 왔던 이들 계층들의 삶을 구체적이고 풍부하게 재현함으로써 역사의 진정한 주체는 누구이며 정치는 무엇을 위해 존재해야 하는가 하는 진지한 물음을 던져 주고 있다.

　『張吉山』이 복합구조를 도입하여 얻고 있는 또 하나의 이점은 이원적 대립구조를 극복할 수 있었다는 점이다. 지배계급과 피지배계급의 대립을 다루게 되는 작품들이 필연적으로 중간층이 상정되지 않는 이원 대립구조를 보여 주는 것과 달리 이 작품에서는 양 계급의 중간에 존재하는 인간군들이 등장하고 있다. 이들 인간군들은 단순히 중간적 존재로 남는 것이 아니라 때로는 적극적으로 두 계급간의 관계형성에 관여하기도 하고 때로는 어느 한쪽을 위해 경도되기도 하는 모습들을 보여주어 이원적 대립구조에서 오는 경직성을 완화시켜 주는 역할을 하게 된다. 승려나 상인, 관청의 하위 관리, 몰락 양반 등이 그에 해당하는 인물군들로 이들은 이원적 대립구조를 통해서는 쉽게 접근할 수 없는 역사의 흐름 내에 존재하는 다양한 양상을 재현하는 데 큰 몫을 담당하고 있다.

그러나 이런 유용성을 가지고 있는 복합구조이지만 주구조와 부구조간에 긴밀한 내적 연관이 없게 되면 오히려 작품의 완성도를 떨어뜨리게 된다. 『張吉山』의 경우도 이 점에서는 별로 자유롭지 못하다. 부구조와 주구조간의 연결고리가 긴밀하지 못하다. 역사적 사실들간에 명확한 연관성이 없다는 것에 일차적인 원인이 있기는 하지만 지나치게 단순화되어 있다. 작품 내의 여러 사건들이 주구조와 관련을 맺게 되는 것은 인물들간의 만남을 통해서이다. 검계 · 살주계 사건의 경우에는 사건의 핵심에서 다소 벗어나 있는 모신과 고달근이라는 인물과 장길산과의 만남이 연결고리로 작용하고 있다. 미륵신앙의 경우에도 역시 장길산과 몇몇 관계 인물들간의 우연에 가까운 만남을 통해 연계되고 있다. 그 중 내적 연관이 깊은 경우로 승려세력의 거사사건을 들 수 있는데 장길산의 의식 형성과정과 거사사건이 그 핵심적 인물인 운부대사를 통해 연관되고 있다는 점에서 긴밀함을 갖추고 있다. 그러나 전체적으로 보면 주구조와 부구조간의 내적 연관은 그리 긴밀하지 못하다고 할 수 있다.

이렇듯 복합구조간의 상호 연계성이 긴밀하지 못함에도 불구하고 작가가 의도하는 소설적 세계가 강한 흡인력을 지닌 채 밀도있게 그려지고 있는 동인은 어디에 있는 것인가? 본고는 그 동인을 주구조와 부구조 각각을 이끌어 가는 독특한 서사원리에서 찾고자 한다. 이 서사원리들은 복합구조가 지니는 미흡함을 보완하여 『張吉山』의 문학적 성과를 이끌어내고 있다.

3. 소설적 세계의 구현을 위한 서사 원리

1) 만남과 죽음의 모티프

『張吉山』을 이끌어 가는 서사원리 중 일차적으로 분석대상이 되는 것은 만남과 죽음의 모티프이다. 이 두 개의 모티프는 앞장에서 살펴본 복합구조를 서로 연계시키는 유일한 요소로 작용하기도 하면서 각 구조를 이끌어 가는 중심요소로 작용하고 있다. 먼저 만남의 모티프를 검토해 보자.

『張吉山』의 전반부는 장길산과 제 등장인물들간의 만남의 기록이라 할 수 있을 정도로 만남의 연속으로 이루어지고 있다. 장충과 장길산 모. 장길산과 박대근, 묘옥, 마감동, 우대용, 강선홍, 고달근, 김기 등이 만나게 되는 과정이 순차적으로 서술되고 있다. 이 과정에서 장길산과 인연을 맺게 되는 인물들은 이후 사건 전개에 핵심적인 인물로 등장하게 된다. 주요 인물들을 등장시키는 방법으로 만남의 모티프를 동원하는 것은 우리 소설사에서도 자주 접할 수 있다. 문제는 그 만남들이 어떠한 계기를 통해 이루어지는가 이다. 흔히 고대소설의 한 단점으로 우연성을 들고 있는데 그 우연성의 대표적인 경우로 인물들간의 만남이 거론된다. 주인공이 길을 가다가 우연히 한 사람을 만나는데 그 사람이 이후 주인공의 삶에 결정적인 영향을 미치는 사람이 된다든가, 어떤 장소에서 우연히 만난 처자와 백년가약을 맺는다든가 하는 것 등이 그 우연성의 전형으로 지적되고 있다.

『張吉山』의 전반부를 통해 집중적으로 제시되고 있는 만남의 모티프들을 접하다 보면 역시 이런 우연성의 문제가 제기된다. 만약 이 만남들이 매우 우연적인 것으로 규정된다면 작품의 평가에 부정적으로 작용할 것이다. 실제로 그럴 소지가 다분하다. 그러나 『장길산』의 경우는 역사소설이라는 장르적 속성에서 오는 특수성을 인정해야 하리라 본다. 역사소설은 그 장르적 속성상 필연적으로 집단적인 인물들을 다룰 수밖에 없다. 이 때 그 집단적 인물들의 형성과정은 두 가지로 나누어 볼 수 있다. 하나는 소설 이전에 선험적으로 주어져 있는 경우이고 다른 하나는 소설 내에서 형성되는 경우이다. 『張吉山』의 경우는 후자에 속한다. 앞장에서 살펴 본 자료들에는 장길산 부대의 구성인물들에 대해서는 언급되어 있지 않다. 그런 상태에서 소설을 통해 그 집단을 구성해 내야 하는 경우는 일정한 의도가 작용할 수밖에 없다. 『張吉山』에서는 그 작가의 의도가 장길산이 순차적으로 여러 사람들을 만나 자연스럽게 집단화되는 쪽으로 나아가게 하는 것으로 나타나고 있다. 『張吉山』의 소설적 구성에 대한 평가의 한 기준은 그 경로가 어떻게 이루어지고 있는가에 대한 검토에서 마련되어야 할 것이다.

장길산이 여러 인물들을 만나는 과정에서 드러나는 특징으로 그 만남이 의미있는 공간을 통해 이루어지고 있음을 들 수 있다. 그 대표적인 경우를 보자. 『張吉山』의 여러 인물 중에서 작가가 매우 의욕적으로 설정한 것으로 보이는 박대근과 장길산의 만남은 장터에서 이루어진다. 이 장터는 장길산 등의 재인들이 연희를 하거나 잡다한 물건들을 내다 팔아 생계를 유지하는 터전이다. 상인들과 장터의 관련성은 설명할 필요가 없을 것이다. 이 장터에서 재인인 장길산과 이갑송이 송도 상인의 차인 행수인 박대근을 만나게 될 개연성은 매우 크다. 이런 일차적인 조건 외에 그 계기도 자연스럽다. 장길산과 이갑송이 자신들의 삶의 방편인 보따리 장사를 방해하고 얼마되지 않는 이익을 갈취해 가는 무뢰배들을 응징하던 날, 타자역 상인으로 난장을 트러 다니는 박대근이가 이들을 불러 동업을 제의한다. 재인들이 놀이판을 벌려 사람을 모으면 그 기회를 이용하여 물건을 팔고자 하는 상인의 입장과 상인과 계약을 맺고 놀이판을 벌여 고정적인 수입을 확보할 수 있는 재인들의 입장이 서로 맞아 떨어짐으로써 이들의 동업이 이루어진다. 서로에게 삶의 터전이 되는 장소에서 삶의 영위와 관계되는 계기를 통해 이루어지는 만남은 내적 필연성을 지니게 된다. 이외에도 장길산이 우대용(감옥), 강선흥(행상길)등과 만나게 되는 장소나 계기도 이와 동일한 맥락에서 이루어지고 있다. 장터나 행상길, 감옥 등은 당대 기층 민중들에게는 그 어느 공간보다도 현실적이고 본질적인 공간이다.

『張吉山』에서 여러 인물들이 만나게 되는 과정이 외견상으로는 우연에 가까운 것으로 보이지만 내적으로는 필연성을 지니고 있는 것은 바로 이러한 공간들이 지니는 특성에서 비롯된다고 판단된다. 그리고 이러한 과정을 통해 장길산 부대라는 집단이 형성되게 된다는 점에서 이 만남의 모티프는 소설 세계의 구축을 위한 일차적인 역할을 담당하고 있다.

『張吉山』에 나타나는 또 다른 만남의 모티프는 장길산의 의식성장의 기회로 작용하고 있다. 장길산은 감옥에서 나와 잠행(潛行)을 하는 과정에서 여러 인물군들을 두루 접하게 되는데 그 다양한 인물들이 살아가는 모습들을 보면서 세상에 대한 견문을 넓히게 되고 자신의 삶의 방향을 결정하게 된다. 특히 기층 민중들의 '마지 못해 살아가는 모습'과 세도가들의 '탐욕스러운 모습'이 공존하고 있는 현실을 보면서 장차 활빈행을 할 결의를 다지게 된다. 이 과정은 운부대사와 만나게 될 때까지 이어지는데 이 단계에서 장길산의 의식은 政治를 논하는 수준에 이르게 된다.

"아, 슬프도다! 예나 지금이나 정치란 것은 백성을 편케 하고 사랑하는 데 불과한 것인데, 만약 무능한 것이라 하여 또는 혼란한 것이라 하여 아니 한다면 이것은 마치 음식을 추하게 먹는 자를 보고서 음식을 폐지함과 같은 격이 아닌가. 우리나라에는 백성을 괴롭게 하는 정치가 하나둘이 아니다. 비록 웃사람이 백성을 사랑하는 마음이 있다손 치더라도 뚜렷하게 나타난 바가 없을 것인데 하물며 그 백성을 사랑하는 마음이 대략이나마 백성을 괴롭게 하는 정치에 미칠 수 없으면 어찌 되겠는가. 상하 내외의 인사들은 모두가 백성을 괴롭게 하여 자신을 보양하고 있는 것이다. 그런데 이제 사랑을 베풀고 은혜를 펴서 도탄에 빠진 백성을 구원할 생각은 하지 않고, 한갓 이슬 같은 정책이나 기이한 꾀로 얽매어서 유지하려고 한다"

변변하게 글을 배우거나 세상 이치를 깨우칠 공부를 할 기회조차 가지지 못한 장길산이 토로하는 이러한 정치관은 세상을 직접 겪으면서 얻은 깨달음에서 나온 것이다. 그리고 그 깨달음은 세상을 단지 관찰하고 얻은 것이 아니라 그 동안의 수도의 과정에서 이루어진 수많은 기층 민중들과의 만남에서 얻어진 것이기에 상대적이고도 현실적인 힘을 가지게 된다. 이 유형의 만남의 모티프의 의미는 여기에 있다.

이상에서 살펴본 만남의 모티프들은 기왕의 논의들이 『張吉山』이 이룩해 낸 성과의 하나로 꼽고 있는 민중성의 구현의 한 근거로 제시될 수 있다. 사실 소설이 진행됨에 따라 변화해 가는 주요 인물들의 모습은 민중이라기보다 지식인에 가깝고 영웅에 가깝다. 많은 논자들도 이에 대해 언급하고 있다. 이점 때문에 『장길산』이 과연 민중성을 올바로 구현하고 있는가라는 논란이 있었다.

그러나 본고의 입장에서는 민중성의 구현이라는 문제에 접근해갈 때 집단화한 이후에 형성된 인물의 자질을 중심으로 할 것이 아니라 그 과정에서 인물들이 어떻게 민중적 세계에 관계하고 있었는가를 중심으로 해야 하리라고 본다. 소설 속의 인물들이 서로 관계를 맺는 과정과 공동의 의식을 형성하게 되는 과정에서 민중의 생활과 밀접히 연관되어 있을 때 본질적인 의미에서의 민중성이 확보된다고 판단하기 때문이다. 인물들의 개인적인 출신 성분이나 능력, 개별적 의식 등은 작품이 민중성을 구현하고 있는가 라는 문제를 해명하는데 있어 부차적인 요소들에 지나지 않는다. 그런 맥락에서 이 만남의 모티프들을 통해 분석해 본 요소들은 이 작품의 민중성의 구현이 긍정적으로 이루어지고 있음을 말해주는 것이라 생각한다.

한편 「張吉山」에 나타나는 죽음의 모티프는 어떠한가를 살펴보기로 하자. 「張吉山」에는 몇 개의 매우 인상 깊은 죽음의 장면이 나온다. 순차적으로 본다면 산지니와 석씨의 죽음, 산채 식구들의 죽음, 마감동의 죽음, 최형기의 죽음 등이다. 서사성이 강한 소설 속의 주요 인물의 죽음은 대체적으로 극적이고 긴장감을 주며 결말의 의미를 지닌다. 표면적으로는 「張吉山」도 여기에서 벗어나지 않는다. 그러나 「張吉山」에서 죽음은 그 이상의 의미를 지니고 있다. 최형기의 죽음을 예외로 한다면 나머지 인물들의 죽음은 그 자체로 끝나지 않고 소설 전체를 관류하는 힘을 배태시키는 역할을 한다. 이 소설의 사상적 거점인 민중들의 미륵신앙의 한 발현형태라고도 할 수 있다. 그들의 구차하지 않은, 의연한 죽음의 장면들은 입에서 입을 거쳐, 그리고 소설의 구조를 통해 전달되면서 기층 민중들이 갖기 쉬운 패배주의나 이 소설세계가 도달하기 쉬운 허무주의를 극복할 수 있게 하는 기제로 작용한다. 그러한 예로 다음 두 장면을 보자.

"산지니는 문득 어떤 생각이 지나쳐서 그에 어울리지도 않게 아이처럼 빙긋 웃었다. 그것은 이런 저자 한가운데서, 아이들의 조롱 가운데 저희를 내리누르는 관헌들 앞에서, 영문도 모르고 공구경에만 정신이 팔린 무수한 백성들의 놀란 눈딱지 앞에 잘려 나갈 그의 몸과 몸뚱이는 바로 미륵의 것이라는 소박한 깨달음이었다. 미륵은 언젠가 오시는 게 아니라 우리의 넋 가운데 시시때때로 찾아들어 이렇게 잠깐 당신을 헌신시키고는 넘어진 내 고깃덩이를 넘어 다른 넋으로 찾아 가신다. 미륵은 내게 왔다. 미륵은 언제나 이 자리에 섰다. 그의 등판이 어째서 둥근 불덩이로 지져졌는가를 산지니는 겨우 알아 차렸던 것이다. 미륵이 두터운 살을 뚫고 전신으로 퍼져 가는 아픔이었다.

"그 여자는 글을 읽어 나라에 벼슬을 하겠다는 남편이 녹림당의 일원이 되어버린 것을 처음에는 절통해하고 수치스럽게 여겨왔던 터였다. 그러나 막상 탑고개에 들어와서 산사람들과 내왕하고 마을의 괴뢰배나 월정사 사

당들과 이럭저럭 지내다 보니 그만 저들의 순박하고 꾸밈없는 정에 젖어
들고 말았던 것이다. (중략) 길산이나 갑송이나 감동의 반생에 대하여도
익히 들어 온 김기의 아내로서, 글을 읽은 자의 식솔로서, 떳떳하게 이 참
담한 마을의 환란 속에서 죽어갈 수가 있었다.
　「끝내 함께 이루시옵소서」
　(중략)
　마당에 몰린 연기가 바람에 불리는 것이 보였다. 그 여자는 눈을 질끈
감았다. 그리고는 칼을 거꾸로 쥐어 스스로 가슴에 힘껏 박았다. 김기의
아내가 노모의 몸 위에 넘어 졌고 잠시 후에는 불꽃의 일렁이는 이빨들이
그들을 삼켜 버렸다."

　앞에 인용한 부분은 검계·살주계 사건의 결말 부분으로 그 계원인 산지
니가 죽음을 맞이하는 장면이고 뒤에 인용한 부분은 관군의 토포를 당한 구
월산 산채 식구 중 김기의 아내가 죽어 가는 장면이다. 죽음에 직면해서 보
여 주는 이들의 믿음과 의연함은 장길산 부대를 구성하는 인물들의 삶을 유
지시켜 주는 힘의 또 다른 표현이다. 유교적인 가치질서가 중심이 되는 사
회에서 '세상을 등지고 살아야 하는' 데 따르는 온갖 어려움과 고난에도 불
구하고 일관되게 유지되는 그들의 생활을 보면 그들이 추구하고 있는 새로
운 사회에 대한 열망의 강도를 알 수 있다. 그 사회변혁에의 의지는 작품 내
에 적절히 배치된 죽음을 통해 승화되어 나타나고 작품을 이끌어 간다.
　그러나 이 죽음의 모티프는 진실성의 측면에서 문제점을 안고 있다. 우선
죽음에 직면한 인물들이 죽음 자체를 전혀 두려워하지 않는다. 그 이전까지
인물들의 삶은 평범한 사람들의 그것과 크게 다르지 않다. 세상을 등진 활
빈도의 활빈행이나 자신 나름의 소신을 가지고 활빈도를 추적하는 포교의
임무수행은 삶의 차원에서는 동일하다. 현실을 초월하고 삶의 영역을 떠난
구도자가 아닌 이상 삶에 대한 집착은 있기 마련이다. 그럼에도 불구하고
『張吉山』의 인물들은 죽음에 직면해서 순교자같은 면모를 보여주고 있다.
오히려 그 죽음을 통해 높은 차원의 깨달음을 얻게 되는 것으로 그려져 있
다. 자신의 삶을 돌아보며 회한을 가지거나 반성하는 것도 아니고 새로운
사회가 도래할 것을 기원하는 태도를 보이고 있다.

이는 일종의 영웅주의의 발로이다. 한 사람의 영웅적인 죽음을 통해 많은 사람들의 의식을 각성시키고자 하는 것이기 때문이다. 물론 그 인물이 본래부터 영웅으로서의 면모를 지니고 있고 많은 민중들에게도 영웅으로 인식되고 있다면 또다른 문제지만 『張吉山』의 경우는 거리가 멀다. 형장에 모인 사람들은 아직 그가 어떤 인물인지도 잘 모른다. 때로는 관의 발표대로 도적의 무리 정도로 알고 있는 경우도 있다. 그런 상태에서 그 죽음이 커다란 파장을 가져오기를 원하는 것은 오도된 영웅주의의 표출이라 본다. 의미 있는 죽음이 지니고 있는 힘을 인정하지만 그 자체를 지나치게 강조하고 미화하는 것은 진실성을 외면한 것이라 아니할 수 없다. 『張吉山』의 영웅주의에 대한 비판의 근거를 여기에서 찾을 수 있다.

2) ‘市中’과 ‘山中’의 대립구조

『張吉山』의 지리적 배경은 황해도, 강원도, 경기도, 평안도일대를 포함하고 있다. 그런데 그 지리적 배경은 단일한 세계로 남아 있지 않고 작품 내에서 두 개의 세계로 구분되어 있다. 하나는 市中의 세계이고 다른 하나는 山中의 세계이다. 이 두 세계는 인간이 사는 곳이면 어디에서나 존재할 수 있는 지형상으로 구분된 세계가 아니다. 역사의 흐름에 대해 서로 다른 입장을 취하고 있는 일종의 역사적 의미를 지닌 공간이다. 일반적인 역사의 흐름을 좇는 세계가 시중의 세계라면 그 흐름에 거스르고자 하는 세계가 산중의 세계이다. 그렇다고 두 세계가 철저히 분리되어 있는 것은 아니다. 산중의 세계는 시중의 세계에 공존하는 여러 층위 중 한 층위가 특수화되어 나타난 경우이다. 두 세계와 관련된 층위 중 어느 층위의 가능성을 믿느냐는 물음은 역사의 주체를 무엇으로 보느냐와 관련되며 이는 사관의 문제에 속한다.

『張吉山』은 산중의 세계를 지향하고 있다. 그러나 그 산중의 세계의 계속적인 존재 가능성은 미지수이다. 만일 산중의 세계가 계속적으로 존재할 수 있고 시중의 세계보다 우위에 놓이게 되면 현실의 구도는 달라지게 된다. 즉 이 소설의 주인공들이 열망하는 현실변혁이 이루어지는 것이다. 그러나 이 산중의 세계가 추상적이고 비현실적인 성격을 지닐 경우 낭만주의적 역사소설로 변질될 수 있다. 이 장에서 살펴보고자 하는 것은 이 작품이 지니고 있는 현실변혁적 의지의 현실성 여부이다. 여기에는 여러 접근방법이 있겠지만 기존의 논의들과는 달리 작품 속의 인물들의 물적 기반이 되는 산중의 세계의 속성을 분석하는 쪽을 택하기로 한다. 인물들의 의식, 행동의 방향성을 분석대상으로 하는 논의보다 구체성을 확보할 수 있으리라 보기 때문이다.

여기에서는 산중의 세계가 지니는 속성을 밝히기 위한 구체적인 방법으로 산중과 시중의 세계의 경계를 이루고 있는, 시공소(크로노토프)로서의 '산등성이'를 중심으로 분석해 보도록 한다. 소설 내의 기본적 서술 사건들을 조직화하는 중심으로서의 크로노토프는 그 사건들이 지니는 현실성과 지향의식의 속성을 밝혀줄 수 있는 요소이기 때문이다. 앞에서도 언급한 바와 같이 산중의 세계는 시중의 세계와 밀접한 관계를 지니고 있기에 산중의 세계만을 대상으로 할 겨우 본질적인 속성을 밝혀 낼 수 없다. 그렇다고 해서 두 세계를 몇 개의 비교범주를 설정하고 그에 따라 단순비교를 하는 것도 바람직하지 않다. 구분되는 세계인 이상 그 결론은 자명하기 때문이다. 따라서 두 세계를 관계개념 속에 놓고 분석해야 할 것이다. 그런 맥락에서 경계로서의 '산등성이'라는 크로노토프가 양 세계에 대해 어떠한 입장을 취하는가를 분석해 보자.

'산등성이'가 산중의 세계에 대해 취하는 입장은 매우 제한적이다. 산중의 인물이 산등성이를 넘어 시중으로 향하게 될 때 산등성이를 넘는 순간부터 모험이 수반된다. 이 모험은 귀환을 전제로 하여 이루어지는 제한된 여정이다. 시중의 세계를 보호하고자 하는 세력들이 이 모험을 인지하고 저지하기 위해 나타나기 전에 산등성이에 몰래 도착해야 한다. 극히 제한된 시간만이 허용될 따름이다. 이 시간을 어기게 되면 귀환이 불가능하고 산등성이를 넘을 수 없다. 산중의 세계는 가능한 한 보호되어야 하기 때문이다. 활빈행을 하는 산채의 인물들에게 이 산등성이는 그리 개방적이지는 않다. 물론 산채의 인물들이 개별적인 행동을 위해서나 활빈행과 관계되지 않을 경우에는 그 개방성의 정도가 다르게 나타나지만 이 소설의 사건의 핵심은 활빈행을 통해 이루어지는 행동들에 있기 때문에 다른 문제이다. 이 제한성은 산등성이의 위치와 시중과의 거리에 따라 정도가 달라지지만 시중의 세계와 완전히 동떨어진 경우를 제외하고는 계속적으로 작용하게 된다.

산중의 세계가 시중의 세계와 완전히 동떨어진 경우에는 산중의 세계 자체도 의미가 없으며 그에 따라 이 소설의 의미도 축소된다. 그럴 경우 단순한 의적들의 거점으로 남게 되며 이 소설이 지니는 현실변혁의 의지는 무화되게 된다. 시중의 세계는 산중의 인물들에게는 일종의 구체적 운동공간(konkreter Spielraum)에 해당한다. 그들이 추구하는 의식은 이 공간에서 구체화되어 작용할 때 성립될 수 있고 발전되어 갈 수 있다. 그러나 현실적으로 시중의 세계에서는 산중의 인물들의 의식을 받아들일 수 없는 것이며 당연히 그들의 활동도 제한될 수밖에 없다. 산중에서 시중으로의 움직임에 대한 '산등성이'의 제한성은 이러한 현실이 구조적으로 충실히 반영된 것으로 볼 수 있다. 따라서 이 제한성을 극복하기 위해 격리된다면 산중의 세계는 현실도피의 공간이 될 수밖에 없다. 작품에서는 여러 곳에 산채를 두거나 위치를 옮겨 그 제한성을 어느 정도 극복하고자 하였지만 거기에도 한계가 있다. 산중의 세계가 굳건한 토대를 형성하기 전까지는 그 규모를 작게 할 수밖에 없고 또한 식솔들이 따르고 있는 경우에는 잦은 이동도 불가능하기 때문이다. 이런 점에서 '산등성이'가 산중의 세계에 대해 매우 제한적인 입장을 취하고 있는 것은 현실적인 구도이다.

이에 비해 시중의 세계에 대한 '산등성이'의 입장은 철저히 개방적이다. 시중의 인물들이 이 '산등성이'를 넘을 때는 앞의 경우와 달리 모험이 수반된다거나 시간이 제한되지 않는다. 산중의 인물들과 우호적인 관계에 있는 사람들이나 중립적인 관계(방물장사 등)에 있는 인물들은 말할 것도 없고 적대적인 관계에 있는 사람조차도 아무 조건없이 접근할 수 있다. 오히려 이 경우의 산등성이는 산중의 세계로 인도하는 역할을 하기도 한다. 관군의 정탐군이 방물장사를 가장하여 산중의 세계에 접근하여 기찰을 함으로써 토포가 가능했던 것도 이러한 개방성 덕분이다. 이 개방성을 최소로 줄이기 위해 산중의 사람들은 번을 서기도 하고 성을 쌓기도 하지만 각각이 확보하는 시간과 공간은 '산등성이'가 제공하는 시간과 공간의 범위에 비하면 극히 부분적일 수밖에 없다. 이처럼 작품 내에서 나타나는 시중에 대한 '산등성이'의 입장은 철저히 개방적인 것으로 나타난다.

이때 시중의 세계에 거주하고 있지만 그 의식에서는 산중의 인물들과 동일한 인물군이 문제가 된다. 단순한 우호관계에 있는 것이 아니라 동질적인 관계에 있는 경우로 박대근이나 이경순이 그 대표적인 경우에 해당한다. 그들은 산중의 세계와 직접적인 연관을 지니고 있지만 시중의 세계에 남아 있다. 그들이 살고 있는 공간은 일종의 섬을 이루고 있는 셈이다. 이 섬을 통해서 산중의 인물들은 자신들의 의지를 달성하는 데 필요한 물적 토대의 일부를 확보하고 있다. 이들의 경우에는 앞의 경우와 달리 '산등성이'가 상대적으로 제한적으로 작용한다. 이들의 의식이나 행동이 산중으로 향하게 될 때는 일종의 모험이 된다. 산중의 세계와 시중의 섬이 보존해야 하는 당위성이 여기에 수반되기 때문이다. 이들에게 작용하는 크로노토프의 특성은 산중인물들의 의식이 현실과 결코 유리되지 않고 있으며 이들의 행동이 현실적으로 제한을 받고 있다는 점을 입증해주는 또 하나의 증거가 된다. 이 크로노토프가 변질될 때, 즉 이 유형에 속한다고 볼 수 있는 인물들이 아무런 제한을 받지 않고 '산등성이'를 통과하는 때는 이들의 역할이 달라짐으로써 국면이 전환되게 된다. 즉 이 제한성의 해제는 이들이 변절하여 관의 앞잡이가 될 때만 가능한 것이며 그로 인해 결정적인 국면전환이 이루어지고 있다.

이상에서 살펴본 바와 같이 작품 내의 독특한 크로노토프로서의 '산등성이'는 산중의 세계에 대해서는 제한적이고 시중의 세계에 대해서는 철저히 개방적인 입장을 취하고 있다. 이 같은 사실은 현실적인 역학관계로 보아 시중의 세계가 산중의 세계에 대해 우위에 놓여 있음을 의미한다. 시중의 세계에 의해 산중의 세계가 일방적으로 파괴당하는 관계가 형성되는 것이다. 그러나 산중의 인물들은 제한성이 없는 '산등성이'를 찾아 나서려는 모습을 보이지 않는다. 많은 제한에도 불구하고 여전히 산등성이를 넘어 모험을 감행한다. 하나의 산중의 세계가 무너지면 다시 새로운 세계를 만들어내며 거기에는 어김없이 시중의 세계에 대해 철저히 개방적인 '산등성이'가 존재한다. 이러한 사실들은 무엇을 말해주는 것인가. 만일 산중의 인물들이 시중의 세계에 대해 철저히 패쇄적인 '산등성이'를 선택하고 그 안에 산중의 세계를 구축했다면 현실도피라 할 수 있다. 그렇지만 산중의 인물들은 그러한 선택을 하지 않는다. 현실의 법칙을 회피하거나 역학관계를 호도하지 않고 그들의 의지를 관철하기 위해 정면으로 맞서고 있다. 시중에 대해 열려져 있는 '산등성이'를 가지고 있지만 더 이상 옮기거나 제한을 받을 필요가 없는 산중의 세계를 형성할 수 있을 만큼 굳건한 토대가 마련될 때 그들의 의지는 달성될 것이다.

4. 시적 세계와 역사적 전망

『張吉山』을 관류하는 민중들의 새로운 세계에 대한 의지는 의지는 다음과 같은 소박한 꿈에서도 잘 나타나고 있다.

> "김기의 아내는 어느덧 구월산 녹림당을 자랑스런 입국의 선진이라고 믿게 되었다. 그 여자는 남편의 가담을 이제는 확신을 가지고 찬성할 수 있었다. 탑고개처럼 이웃과 이웃이 서로를 아끼고 아무 차등없이 평화롭게 살아가는 마을이 모든 세상에 걸쳐서 이룩되어야 할 것이었다."

산중의 인물들이 현실적인 압박에도 불구하고 계속적으로 닫혀진 것이 아니라 열려진 '산등성이'가 존재하는 산중의 세계를 고집하는 것은 모든 세상에 걸쳐 자기들이 바라는 마을이 이룩되어야 한다는 이러한 의지를 달성하기 위해서이다. 주요 인물도 아니고 그저 한 인물의 식솔에 불과한 아낙네의 입을 통해서도 표출되는 이러한 의지는 현실변혁의 의지에 해당한다.

이는 어느 측면에서는 시적인 세계의 표현이다. 작품의 서두에서 그리고 중간중간 삽화의 형식으로 제시되고 있는 시의 세계는 이러한 의지가 지니는 비극적 성격을 암시해주는 대목으로 생각된다. 광대들의 한이 서려있는 노래와 민중들의 삶에 찌들린 정신에서 나오는 옥중에서 불려지는 노래 등은 이 소설의 기본정서를 표현해 주고 있다. 시의 세계는 논리의 세계가 아니라 감정의 세계이기에 그 노래를 통해 전해지는 메시지는 그들에게 다가오는 현실의 강한 벽을 넘어서고자 하는 원초적 정서에 가깝다. 논리로만 따진다면 이들의 의식은 다분히 비현실적이기 때문이다.

　이 소설의 또 하나의 가능성은 시의 세계에서 출발한 의지를 구체화하고
자 하는 민중들의 정서가 잘 묘파되고 있다는 점이다. 미륵신앙이나 정진인
출현설등이 작품의 사상적 배경을 형성하고 있는 점도 이와 연관시켜 살펴
볼 수 있다. 그리고 앞에서 살펴 본 '산등성이'의 존재형태는 이러한 성격
을 지니고 있는 의지를 형상화하는 한 기제로서 작용하고 있다.

　인용부분에서 드러나는 의지의 달성 가능성에 대해서 작가는 작품의 전
후에 실린 장산곶매의 전설과 千佛千 전설로 대신하고 있다. 그러나 이 현
실변혁의 의지가 현실의 역학구도를 인정하면서 지속적으로 이어지고 있다
는 점에서 『張吉山』이 제시하는 역사에 대한 전망은 긍정적으로 평가될 수
있을 것이다.

참고문헌

강영주,「역사소설과 민중성」,『한국 역사 소설의 재인식』, 창작과 비평사, 1991.
김윤식,「장길산론」,『우리 소설과의 만남』, 민음사, 1986.
임형택·최원식 편,『한국근대문학사론』, 한길사, 1982.
한국민중사연구회,『한국민중사』, 풀빛, 1986.
게오르그 루카치, 김영욱 역,『역사소설론』, 거름, 1987.

1970년대 장편소설의 현장

인쇄일 초판 1쇄 2002년 05월 11일
            2쇄 2015년 05월 01일
발행일 초판 1쇄 2002년 05월 16일
            2쇄 2015년 05월 11일

지은이 민족문학사연구소 현대문학부과
발행인 정찬용
발행처 국학자료원
등록일 1987.12.21, 제17-270호
서울시 강동구 성내동 447-11 현영빌딩 2층
Tel : 442-4623~4 Fax : 442-4625
www. kookhak.co.kr
E- mail : kookhak2001@hanmail.net

ISBN 978-89-8206-686-3 *93810
가 격 13,000원